刀 锋

The Razor's Edge

[英] 毛姆 著 刘应诚 译

北方联合出版传媒（集团）股份有限公司
万卷出版公司

刀片的锋刃难以逾越；
因此智者说救赎之路难行。

《迦托——奥义书》

第一章

一

我下笔写小说从来没有这么多的疑虑。我之所以称它为小说，只是因为我不知道还能叫它什么。我有微不足道的故事要讲，我既没有死亡的收场也没有婚姻的结尾。死亡是一切的终结，也是一个故事的总定论。当然婚姻作为结局也很合适，那些见过世面的人用不着去嘲笑世俗认为的快乐大结局。百姓有一种本能，总认为该交代的都说了这才合乎情理。无论男女，在经历怎样的悲欢离合之后，最终走到一起时，他们就已经履行了传宗接代的使命，兴趣也自然地移到未来下一代人的身上。可我使读者如堕云里雾里。这本书回顾了我以前认识的一个人，我和他关系密切，不过要间隔很长一段时间才见一次面，所以几乎不知道这中间他发生了什么。我想使用杜撰的手法填补缺漏，这完全行得通，还可以使故事情节更连贯；但我不希望这样做。我只想知道什么就写什么。

许多年前,我写了一本小说,名叫《月亮和六便士》。在那本书里,我写的是一位著名画家保罗·高更[1];他是法国的艺术家,关于他的事,我知之甚少,但我使用小说家的特权,凭借得到的些许提示,炮制了若干情节来述说我创造出来的人物。在这本书里,我打算不再这样做了。我在书中没有一点杜撰。为了避免还活着的人尴尬,我把书中角色的名字都更换了,并努力用别的办法使人认不出来他们是谁。我要写的这个人没有名气。也许他永远不会出名,也许他一生终结也不会在这个世上留下什么,甚至不及一枚石子投入水中留下的涟漪。至于我的书,如果有人读,那就是它固有的兴趣所在。不过,或许他自己选择的生活方式和他特殊的过人之处及受人的爱戴在同类中的影响会与日俱增,这样或许在他死后很长时间人们才会认识到在我们的年代曾有一位非凡的人物。那时你就会清楚我在这本书里写的是谁了,至少那些想了解一点他早期生活的人会在书里看到他们想要的东西。我觉得这本书虽然涉猎有限,但对于写传记的朋友来说不失一部可用来征引的书。

　　我不敢说我记下来的谈话都是逐字逐句一字不差的。在这类或其他场合,我不能记下谈话的全部内容,但与我有关的事却记得很清楚,虽然这些谈话出自我的笔,但我认为内容忠实地呈现了他们的谈话。我说过,我一点没有杜撰;现在想要改口。如希罗多德[2]以来的历史学家们,我已经擅自把我没有亲自听到、也不可能听到的事情放在了我故事人物的口中。我这样做的理由和历史学家一样,是增添场景的真实性和生动性,如果只有叙述没有对话就会显得没有生气。我想要有人读我的书,所以我觉得为了这个做什么都说得过去。聪明的读者自然会明白我在什么地方使用了增添手法,他完全可以自由地摒弃它。

1　保罗·高更(1848—1903),法国后印象派画家。
2　希罗多德(约公元前484年—前425年),古希腊历史学家。

使我对写这部小说有忧虑的另一个理由是书中要描述的主要人物都是美国人。了解人是件很难的事，我觉得一个人除了本国人以外说他真正地了解了谁，根本是不可能的。因为无论男人女人不仅仅是他们自身因素决定的；还有他们的出生地、学会走路的农场或城市的公寓、儿时玩的游戏、不经意间听到的愚蠢迷信、吃的食物、去的学校、从事的体育、朗读的诗句和信奉的上帝。所有这一切造就了现在的他们，而这些事情绝非道听途说可为，你只有和他们共同生活才能知晓。你只有是他们才能知晓他们。除了观察之外，你不可能了解你陌生的民族的人，所以把他们真切地呈现在书中不是容易的事。就连亨利·詹姆斯[1]那样细致的观察家，在英国住了四十年，也没有创造出一位地道英国味的英国人物来。至于我，除几部短篇小说外，从未打算去写本国以外的人。即便在短篇小说中斗胆染笔，也是因为在这些书中你可以更为粗略地交代人物，让读者大概地了解，让他们填补细节。人们或许要问，既然你把保罗·高更编成了英国人，为什么不能把这本书里的人如法炮制呢？答复很简单：我不能。那样的话，他们就不是他们自己了。我不要把他们装扮成美国人眼里的美国人，他们是英国人眼里的美国人。我不想仿效他们说话的特点。英国作家试图做到这一点闹出的乱子如同美国作家模仿英格兰人说英语也是弄得一团糟。俚语是大陷阱。亨利·詹姆斯在他的英语小说中经常用，但从来都不像英国人用的那样，所以不但没有达到他想要的地道效果，还常常使英国读者感到有一种颠簸的不舒服。

---

1 亨利·詹姆斯（1843—1916），19世纪美国最伟大的小说家之一。

二

一九一九年,我到远东的途中恰好路过芝加哥;我在那里待了两三个星期,理由与这本书情节毫无关联。之前不久,我成功地出版了一本小说,当时也算是成了新闻人物,所以一到芝加哥,就有记者来访。第二天早晨,我的电话响了,我接了。

"我是艾略特·坦普尔顿。"

"艾略特?我还以为你在巴黎呢。"

"不,我在和姐姐聊天,我要你今天过来与我们一起吃午饭。"

"那好。"

他说了时间,也告诉了地址。

我认识艾略特·坦普尔顿有十五年。现在他快六十了,高高的个头,眉清目秀,一表人才。满头乌黑的鬓发,但其中冒出了一些花白的银发,明显衬托了他的仪表。他总是衣冠楚楚;一般用品在夏尔凡商店购买,但西装、皮鞋和帽子要到伦敦去购买。他在巴黎有一所公寓,坐落在圣纪尧姆时尚街左岸。不喜欢他的人说他是捐客,那是对他的非议,他愤恨至极。他有品位和学识,也不否认以往做过的事情。他最初落脚巴黎时,曾经给那些想买画的有钱收藏家出过点子;而且通过社会关系打听到破落的贵族,不论法国人还是英国人,要卖掉一幅精品画,正好他还知道美国博物馆的理事们正在寻找某类大师时,他很乐于把两者联系起来。在法国,有许多年久的家族,在英国也有一些。他们的境遇迫使他们不得不把镶嵌布尔[1]名字的橱柜或者齐彭

---

[1] 安德烈·查尔斯·布尔(1642—1732),路易十四时期最优秀的家具工艺师。著名的"布尔镶嵌工艺"便是以他的名字命名。

代尔[1]亲手制造的书桌悄悄地卖掉,所以他们愿意认识一位有文化素养和懂规则的人,谨慎地安排此事。人们自然会想艾略特在这些交易中得到好处,但人们都很有教养地谁也不提这事。不厚道的人硬说他公寓里的东西都是要卖的,还说他用佳酿宴请美国阔佬一顿美餐,他值钱的那些画作中的一两幅就不见了,要不然就是一个镶嵌精美的梳妆台换成了一个上漆的。有人问他怎么那件东西不见了时,他振振有词地说那件东西他没看上眼,换了一件品质更高的。接着又说总看同样的东西腻味了。

他张口说了句法语,"我们美国人喜欢变化。这既是我们的弱点,有时是我们的长处。"

一些在巴黎的美国太太声称了解他的底细,说他的家境很穷,他能这样地起居生活只是因为他非常的精明。我不知道他有多少钱,但他的公爵房东着实让他支付了一笔房租,而且公寓里的摆设都很名贵。墙上挂有华多[2]、弗拉戈纳尔[3]、克洛德·洛兰[4]等法国大师的画作;镶木地板上铺的是萨伏纳里和奥比松[5]的地毯,彰显美感;客厅里摆了一套路易十五时代的家具,雕琢精美高雅,如他所说,完全有可能是蓬帕杜夫人[6]的闺中物。总之,他能过着他认为的绅士派头的生活,而不用设法去挣钱,至于他过去怎么做才能达到这样,明智的话最好别提,除非你要和他断交。由于在物质上不需要费心,他就全身心地

---

[1] 托马斯·齐彭代尔(1718—1779),英国杰出的家具设计家和制作家,被誉为"欧洲家具之父"。

[2] 让·安东尼·华多(1684—1721),法国洛可可时期画家。

[3] 让·奥诺雷·弗拉戈纳尔(1732—1806),法国画家。

[4] 克洛德·洛兰(1600—1682),巴洛克时代的田园画家。

[5] 萨伏纳里和奥比松,均为法国地毯品牌。

[6] 蓬帕杜夫人(1721—1764),法国国王路易十五的著名情妇,拥有铁腕的女强人,凭借自己的才色,蓬帕杜夫人影响到路易十五的统治和法国的艺术。

投入到他一生最大的爱好——社交中去。他与英国和法国那些一贫如洗的艺术大家们的商业关系使他站稳了脚跟，有了立足之地。不再是个刚到欧洲拿着介绍信去见要人的毛头小子。他的老家在弗吉尼亚，从他母亲的血缘可以追溯到一位在《独立宣言》上签过名的人，他的这一背景使他得以拿着信件见到那些有头有脸的美国太太们。他英俊、聪明、善舞、枪法好，还是个不错的网球运动员。他是任何聚会里少不了的人物。他慷慨大方，手捧鲜花和成盒昂贵的巧克力送人，虽然次数不多，但每当这样做时，总是别出心裁令人愉悦。那些被带到苏活区波希米亚人的餐馆或拉丁区酒吧的富婆们开怀大笑。他时刻准备替人效力，你要请他为你做点什么，不管多无聊，没有不甘心情愿的时候。他费尽心思地去取悦上了年龄的老妇人，所以没多久他就成了许多显赫人家的座上宾，特别讨人喜欢；他从不介意被人找去顶包，甚至你可以让他坐在一位非常烦人的老太太身旁，一定替你把她照料得高高兴兴，流连忘返。

两年多以后，无论是在巴黎还是在伦敦，一个年轻的美国人能够认识的人他都认识了。他常住巴黎，而伦敦，则在每年的旅游季节的尾端前往，再有就是在初秋时节光临一圈乡间别墅。最早把他引入社交圈里的那些太太们惊奇地发现他的熟人圈竟发展得有那么广。她们的感情是喜忧参半。一方面，令她们高兴的是她们抬爱的年轻人居然取得了偌大的成功；另一方面，叫她们感到有点懊恼的是他竟然能和那些一直和她们保持着非常拘谨关系的人处得很亲密。尽管他对她们依旧彬彬有礼愿意效劳，可她们还是心神不安，总觉得他把她们当作垫脚石爬上社交的高层。她们担心他是势利眼。是的，猜着了，他是势利眼。他是一个非常势利的人，是个不知廉耻的势利眼。为了受邀置身于他想去的晚会或攀上某位大名鼎鼎而脾气暴躁的老妇，他可以忍受侮辱，不怕碰钉子，粗言秽语全吃，可谓是不屈不挠。他一旦盯上自己的猎物,就会像植物学家那样执着,不怕洪水、地震、患病发烧和怀有敌意的当地人所构成的危险,为的是找到独特稀世的一种兰花。一九一四年的战争给了他最后的机会:战争爆发,他就参加了一个救护队,先在佛兰德[1],后在阿尔艮战区服役;一年后回来,胸前佩戴一枚红勋章,并在巴黎的红十字会得到了一个职位。那时候,他经济状况很宽裕,对于需要人赞助的善举,他都慷慨解囊。他时刻准备着用其高雅的品位和组织才能去协办任何一场广泛宣传的慈善大会。他是巴黎两家最高贵俱乐部的会员。他是法兰西最耀眼的太太们脱口而出的"那个好艾略特"。他终于发迹了。

三

我第一次见到艾略特的时候,和别人一样就是个年轻记者,他根本没把我放在眼里。他从不忘记曾见过的脸,所以不论我在哪儿碰到他,他总是客气地和我握手,但无意深交;比方说,我在剧院里看见他正和一位高管在一块时,他往往会看不见你。但后来我作为剧作家取得了点出人意料的成功,很快我就看出艾略特对我热乎起来。一天我接到他的一封短束,请我到克拉里奇旅馆吃午饭,他到伦敦就住在那里。客人不多,规格一般,可我觉得他是在试探我的社交能力。不过,从那时起,我的成功使我有了许多新朋友,所以见到艾略特的机会也就多了起来。之后不久,我在巴黎度秋日,待了几个星期,在双方都认识的一个朋友家里又见面了。他问我住在哪儿,一两天后,又寄来一张午饭请帖,这次在他自己的公寓里;我一到,惊奇地发现这次宴会是高朋满座。我心里暗笑,我知道凭他对社会关系的完美感觉,

---

[1] 佛兰德,比利时的东佛兰德省和西佛兰德省以及法国北部的部分地区。

在英国社交界像我这样一个作家根本不算什么,但在法国,只要你是作家就有声望,我是沾了这个光了。在接下来的数年中,我们从相识到非常密切,但始终没有发展成为朋友关系。我怀疑艾略特·坦普尔顿会成为任何人的朋友。他对没有社会地位的人不感兴趣。不论我恰逢在巴黎还是他在伦敦,当他觉得客人不够或者非得招待旅游的美国人时,总要请我去。我怀疑,这些人中,有的是他的老主顾,有些是拿着介绍信来拜见他的陌生人。他们就是他这一生背负的十字架。他觉得该做的总得表示一下,但他并不愿意让他们见到他的重要朋友们。当然,最好的打发办法就是请他们吃饭带他们看戏,但就是这样的安排常常也很困难,因为他每晚都有应酬,早在三个星期前就定好了;他也知道就是那样做了,他们也不会满足的。因为我是个作家,也无关紧要,所以他不在乎把这等事的苦恼告诉我。

"那些给你看信的美国人太不替别人着想了。不是我不愿意见那些介绍给我的人,而是我确实看不出有什么理由我竟让我的朋友们为他们跟着受罪。"

他给来访客人送大花篮玫瑰和大盒巧克力,想弥补歉意,不过有时他还得请客。就在他有点天真地跟我抱怨后不久,请我前往他要举行的宴会。

他在信上捧我:"他们非常想见你,某某太太很有文学修养,你写的书她一字不落地都读过。"

然后某某太太会对我说,她非常喜欢我的《佩兰先生和特雷尔先生》那本书,还祝贺我的《软体动物》剧本演出成功。前本书的作者是休·沃波尔,后一个剧本的作者为哈伯特·亨利·戴维斯[1]。

---

[1] 哈伯特·亨利·戴维斯(1876—1917),英国戏剧作家。

四

如果我使读者觉得艾略特·坦普尔顿是个卑鄙小人,那是我冤枉了他。

首先,他是法国人说的那种热心助人的人,这个词,据我所知,在英语里没有确切的同义语。词典里的 serviceable,古义是指乐于助人、施惠、厚道的。这才是我要说的艾略特。他为人慷慨,虽然在他早期社交活动中,给人送花、送糖、送礼的确别有用心,但后来没有必要时,他照做不误。给予使他乐在其中。他好客,他请的厨子不亚于巴黎任何一家的,而且在他那儿吃饭,保管你吃上头一口时令佳肴。他的酒足以证明他是品酒高手。他请的客人不是兴趣相投的朋友而是根据他们的社会地位而定,这不假,但他起码有意地叫上一两个有娱乐天赋的人,这样一来,他的宴会几乎总是让人愉悦。有人在背后嘲笑他,说他是个龌龊的势利小人,可拿到请柬时心里却美滋滋的。他的法语说得流利正确,口音无可挑剔。他曾下了很大气力来学会英国人说话的方式,你只有非常敏感的听觉才能偶尔捕捉到美音。他很健谈,特别是那些公爵和公爵夫人的逸事,即使谈到了他们,也是为了讨个笑脸,特别是单独和你在一块的时候,因为他的社会地位不容置疑。人们欣赏他那张刻薄的嘴,而且,那些达官贵人的丑闻没有他不知道的。从他那里,我得知 X 公主最后的孩子的父亲是谁,Y 侯爵的情妇又是哪一位。我甚至觉得马塞尔·普鲁斯特[1]了解的贵族生活秘闻还不及艾略特多。

---

1 马塞尔·普鲁斯特(1871—1922),20 世纪法国最伟大的小说家之一,意识流文学的先驱与大师。代表作品《追忆逝水年华》。

在巴黎时，我经常跟他一起吃午饭，有时在他公寓，有时在饭馆。我喜欢逛古玩店，偶尔也买些，但观赏居多，而艾略特总缠着跟我去。他懂行，也着实喜爱漂亮的物件。我想在巴黎这类店铺他没有不知道的，老板也都是熟人。他非常喜欢砍价，每次出发时，他都对我说：

"如果你看好了什么，先不要吱声，给我来个暗示就好了，剩下的我来。"

每当他把我看中的东西以一半的要价买到手时，他总是非常高兴。看他讲价是一种享受。他总是使出各种解数：争论、哄骗、发脾气、博得卖方同情、嘲笑他、挑剔要买物件的毛病、威胁不再跨进他的门槛、叹气、耸肩、规劝、锁眉怒色向外走，最后达到目的时，还伤心地摇摇头好像是屈服认栽一样。然后用英语跟我耳语：

"买下它，两倍的价钱也便宜。"

艾略特是个热心的天主教徒。他在巴黎居住不长时间就遇见了一位神父。那位神父因成功使那些异教徒皈依而名声显赫。他饭局很多，特别会见人下菜碟。他专门为达官贵人服务。一个出身卑微，却能成为那些豪宅富户座上宾的人，不可能不打动艾略特。他私下对一位最近被这位神父说服而改变信仰的美国太太说，虽然他的家族一直是圣公会教徒，但是他对天主教的兴趣也不是一两天的时间了。一天晚上，那位太太请艾略特吃饭，跟这位神父见见面，就他们三人，神父的言语妙趣横生。女主人把话引到天主教上去，神父是津津乐道，丝毫不迂腐。虽然是个神父，犹如一个精通世故的人在和另一个见过世面的人在谈话。艾略特发现神父知道他的一切，真是受宠若惊。

"前几天，旺多姆公爵夫人谈起你，她对我说她非常欣赏你的聪颖。"

艾略特喜形于色，他谒见过公爵夫人，但从来没想到她还会对他有想法。神父对其信仰的见解充满智慧和仁慈；他心胸开阔、态度宽容、观点时尚。他把教堂说得让艾略特听起来像是一个有教养的人不得不加入的精英俱乐部。六个月后，艾略特被纳入天主教。他的皈依以及他对天主教慈善机构的慷慨捐助，打开了那几家以前他进不去的大门。

也许在放弃祖辈的宗教时，他的动机不纯，但是皈依以后，他确实是诚心诚意。他每个星期日都到上流社会经常光顾的教堂去做弥撒，定期去忏悔，还定期到罗马朝拜。终于有一天，他的虔诚使他被授予教宗侍从一职，后来又因他恪尽职守被授予了圣墓勋章。实际上，他在天主教事业和世俗上流社会上的事业一样成功。

我常常问自己，像他这样聪颖、厚道、文雅的人怎么会被势利的魔咒锁住心扉。他绝不是暴富户。他祖父是相当有名望的神学家，父亲曾在南方一所大学任校长。艾略特的聪明才智完全可以看得出应邀前来吃饭的人中，许多就是来蹭饭的，他也该明白这些人中，有些就是蠢货，有些毫无价值。他们响亮的头衔所发出的光辉晃得他已看不见他们的错点了。我只能猜想他和这些有渊源家世的绅士交往亲密，做他们太太的忠实家臣使他有一种永不乏味的胜利感；而且我认为这一切的背后是一种激情浪漫主义，使他在那些懦弱矮小的法国公爵身上看到了曾跟随圣路易斯[1]前往圣地的十字军战士影子，在那些装腔作势、狩猎狐狸的英国伯爵身上看到曾和亨利八世一起前往金锦原[2]的祖先的影子。有这样的人陪伴，他觉得他仿佛回到了万里无垠彰显英雄的旧时代。我想他翻阅《欧洲王族家谱年鉴》时，他的心会激烈地跳动，因为一个个姓氏使他回想起古时的战争、历史著名的围攻战、名人的决斗、外交的阴谋以及国王的桃色逸事。总之，这就是艾略特·坦普尔顿。

---

1 圣路易斯（1215—1270），法王路易九世，曾两次率领十字军东征。
2 金锦原，在法国吉塞尼附近的平原，1520年英王亨利八世与法王弗朗西斯一世在此会见，因场景奢华铺张而获此称。

五

我正在洗脸梳头准备去艾略特邀我的饭局,这时,旅馆的人从前台打电话上来,说他已到楼下。我有点诧异,但还是收拾完就下去了。

我们握手时,他说:"我看我来接你更稳妥些。我不知你对芝加哥有多熟。"

他的这种感觉——美国是个有麻烦的甚至危险的地方,不能让欧洲人单独找路——我已察觉到一些在国外待了多年的美国人都有。

"时间还早,我们能走一会儿吗?"他建议。

外面有点冷,还好,一片蓝天万里无云,伸伸腿脚也很惬意。

我们走路时,他说:"我想,在见我姐姐之前,还是告诉你有关她的一些事为好。她偶尔到巴黎住我那里,不过,我想你当时都不在。我告诉你,今天吃饭人不多,只有我姐和她女儿伊莎贝尔以及格雷戈里·布拉巴宗。"

"那个装修的人?"我问。

"是的,我姐家的房子别提多破了,伊莎贝尔和我想都让她找人重新装修一下。正好我听说格雷戈里在芝加哥,所以就叫我姐请他今天来吃午饭。当然,他不是很有身份的人,但是有品位。玛丽·奥利方的拉尼城堡、圣厄斯的圣克莱门特·塔尔伯特府第都是他装修的。公爵夫人对他非常满意。你要愿意,可以亲眼看看路易莎的屋子。我一直弄不懂,她怎么能在这房子里住这么多年。说到这事,我也一直弄不明白她怎么能在芝加哥住下去。"

布兰得利太太好像是个寡妇,有三个孩子,两儿一女,不过儿子年纪大得多,都结了婚。一个在菲律宾政府里供职,另一个在布宜诺斯艾利斯，和他父亲过去一样从事外交工作。布兰得利太太的丈夫曾在世界各地任过职，先在罗马做了几年一等秘书，后被派到南美洲西岸的一个共和国当外交使节，人也死在那边。

艾略特继续讲下去，"她丈夫去世后，我希望路易莎把芝加哥的房子卖掉，可她恋恋不舍。这栋房子属于布兰得利家族已有年头了。布兰得利家族是伊利诺斯州最老户之一。一八三九年他们从弗吉尼亚州出发来到大约六十英里以外也就是现在的芝加哥安顿下来。至今他们还拥有这块土地。"艾略特犹豫了一会儿，看看我是否能听进去，"布兰得利在这儿落户，我想，你也许会说他是农民。但是，我不确定你是否知道，大约在上世纪中叶，中西部开始开发时，很多弗吉尼亚人，你知道，都是些不错人家的年轻一点的子弟被未知的世界所诱惑，离开了自己家乡那奢华的生活。我姐夫的父亲切斯特·布兰得利觉得芝加哥有前途，就进了一家律师事务所。不管怎样，他赚足了钱，给他儿子那是绰绰有余。"

艾略特的话是没那么说，但从他的态度上可以看出，过世的切斯特·布兰得利离开他继承的高屋大宅和富足良田，进到律师事务所，完全不是那么回事，但从他积攒的财富来看，在一定的程度上也算是行了。后来有一回布兰得利太太给我看了几张艾略特所说的他们乡下"老家"的生活照，他知道后很是不爽；我看到了一个不太大的木屋，周围是一片荒芜的平地，虽有个漂亮的小花园，但谷仓、牛棚、猪圈却只有一箭之遥。我不禁想到，在切斯特·布兰得利先生抛弃这里的一切到城里找出路时，心里明镜似的。

走了一会儿，我们叫了一辆出租车，把我们送到一所褐色砂石房子前。房子脸面不宽但很高，到大门口，要走一段陡立的阶梯。这座房子坐落在一条连接湖滨大道的街上，并排在一溜房子当中，从外表上看，即使是阳光明媚的秋日，也是阴沉沉的，我想知道有谁会对它有眷恋之情。一个高大壮实、满头白发的黑人男管家开了门,把我们引进客厅。我们进来时,布兰得利太太从椅子上起来,艾略特向她做了介绍。她年轻时一定是个漂亮女子;她的五官虽说大一些,但端正好看,眼睛很美。不过,她那张几乎不再特意化妆的灰黄脸,肌肉已经耷拉下来,显然在与中年发胖的博弈中以失败告终。我猜想她不愿意服老,因为她在坐着的时候,腰杆在硬背椅子上挺得笔直;穿着像铠甲一般的紧身衣,这样要比坐在有软垫的椅子上舒服得多。她穿了一件蓝色礼服,边上镶满穗带,高领被鲸鱼骨撑得非常挺括。满头白发烫成小波浪形,打理得非常精致。她的另一位客人还没到,我们一边等一边东拉西扯。

布兰得利太太说:"艾略特告诉我,你走南线来美国的,在罗马停留了吗?"

"停了,待了一个星期。"

"亲爱的玛格丽塔皇后[1]好吗?"

她的提问使我感到有点诧异,我说不知道。

"哦,你没去看她吗?那种非常好的女人。我们在罗马时,对我们厚待有加。布兰得利先生那时是驻罗马使馆的一等秘书。你为什么不去看看她呢?你不会像艾略特那样犯浑连奎里纳尔宫[2]都不能去吧?"

"绝不是,"我笑着说,"事实是我不认识她。"

"不认识?"布兰得利太太说话的声调好像是听错了,"怎能不认识呢?"

"说实话,一般情况下,作家不与国王和皇后过往甚密。"

---

1 玛格丽塔皇后的父亲是法国瓦卢瓦王朝的国王亨利二世(1519—1559),母亲凯萨琳王太后来自意大利美第奇家族。

2 奎里纳尔宫,现为意大利总统府,坐落于罗马的奎利纳尔山。

"可她确实招人喜爱，"布兰得利太太告诫我，好像不去结识这样的皇室成员就太不自量了，"我敢说你会喜欢她的。"

这时门开了，男管家把格雷戈里·布拉巴宗领了进来。

格雷戈里·布拉巴宗，名字不错，但人不浪漫。他个头不高，很胖，头秃得像个鸡蛋，只在耳朵和脖子后有一圈黑鬈发；脸通红，看上去好像要爆出大汗一样，骨碌碌的灰眼珠子，厚厚嘴唇配上一个大下巴。他是英国人，我有时在伦敦波希米亚的宴会上见到他。他是乐天派，很热心，总咧嘴笑，但人不可貌相，他嘻嘻哈哈的亲密只是一种假象，他是个非常精明的生意人。多年来，他一直是伦敦最成功的装饰家。他有一副洪亮的大嗓门和一双表现力惊人的小肥手。他手舞足蹈，满口激情，能荡起一个持怀疑态度的主顾的想象力，使其几乎无法拒绝他似乎给了你优惠的那份交易。

管家托着一盘鸡尾酒又进来了。

"我们不等伊莎贝尔了。"布兰得利太太拿了一杯酒时说。

"她上哪儿去了？"艾略特问。

"跟拉里打高尔夫去了。她说也许要晚点儿。"

艾略特转向我说，"拉里就是劳伦斯·达雷尔。伊莎贝尔应该是和他订婚了。"

我说："艾略特，我不知道你喝鸡尾酒。"

他一边呷手里的酒一边冷酷地说，"我不喝，但在这个禁酒的野蛮国家里，你能喝什么呢？"他叹息着说，"在巴黎，一些家开始喝这东西了。不良的交往败坏良好的举止。"

"胡说八道，艾略特。"布兰得利太太说。

她说话的口气非常和善而利落，这使我感到她是个有性格的女人，而且从她对艾略特的愉悦而精明的表情上，我也能猜出她根本没有指望他什么。我想知道她是怎么看格雷戈里·布拉巴宗的。在他进屋时，我就看到了那对专业的眼神，他扫视了一下房间，随后扬起两道浓眉。这的确是个令人惊讶的房间。壁纸、窗帘布、椅套都是一样的图案；挂在墙上厚重镶金画框里的油画明显是布兰得利家人在罗马时买的，有拉斐尔[1]的圣母、圭多·雷尼[2]的圣母、苏卡吕尼[3]的风景、庞尼尼[4]的遗迹。还有他们住在北京时的纪念品：布满雕刻的黑檀木桌和景泰蓝大花瓶。还有从智利或秘鲁买来的物件：硬石刻的胖人和硬陶花瓶。还有一张齐本德尔的写字台和一个镶嵌装饰品的玻璃柜。灯罩是白丝绸，上面不知被哪个欠考虑的艺术家画了一些穿华多[5]式服装的牧羊男女。屋子的摆设着实拙劣但还令人感到温馨，我也不知为什么。房子里有一种家的感觉和常住人的气息，而且你会觉得那些难以置信的破东烂西还真缺不得。因为所有这些不和谐的东西凑在一起才构成了布兰得利太太生活的一部分。

我们刚喝完鸡尾酒，门一下子开了，进来一个女孩，后面跟着一个男孩。

"我们来晚了吗？"她问，"我把拉里带回来了。有他吃的吗？"

"我想有，"布兰得利太太笑着说，"你按下铃，叫尤金添个位。"

"他给我们开的门，我已经和他说了。"

"这是我女儿伊莎贝尔，"布兰得利太太转身对我说，"这位是劳伦斯·达雷尔。"

伊莎贝尔和我快速地握一下手，就赶紧转向布拉巴宗。

"你是布拉巴宗先生吗？我一直盼着见你。你给克莱曼婷·多默

---

1 拉斐尔（1483—1520），意大利著名画家。
2 圭多·雷尼（1575—1642），是17世纪意大利最杰出的画家。
3 苏卡吕尼（1702—1788），意大利风景画家。
4 庞尼尼（1691—1765），意大利18世纪著名地形画家。
5 指法国画家华多作品中的女子服装样式。

装饰的屋子我真喜欢。这屋子太差了吧？好多年来我想方设法叫我妈收拾一下，这回你来芝加哥，我们可有机会了。老实告诉我，你觉得这屋子怎样？"

我知道布拉巴宗最不想回答。他瞟了布兰得利太太一眼，可是她毫无表情，什么也看不出来。他断定伊莎贝尔说了算，随后发出一阵狂笑。

他说："这房子很舒适，这方面没得说，不过，要我直言不讳，那好，我觉得的确叫人不敢恭维。"

伊莎贝尔高高的个头，椭圆脸，直鼻梁，俊俏的眼睛，丰满的嘴，好像是这个家族具有的特征。她人秀气，但有些胖，我觉得是年龄的缘故，等她长大一点就会瘦下来。她的手长得厚实好看，不过也肥了一点，短裙露出的小腿也过于粗了。她皮肤很好，颜色红红的，这与她先前的锻炼和乘敞篷车回来有直接的关系。她眼里闪耀着青春的兴奋和活力。她容光焕发的健康、嬉笑的愉悦、对生活的享乐、内心流露出来的幸福令人心花怒发。她言谈举止清纯自然，相比之下，艾略特就是再高雅，也显得很俗气。更别提那个布兰得利太太了，她那苍白褶皱的脸，在伊莎贝尔的鲜活稚嫩的衬托下，一看就是疲惫和衰老。

我们下楼去吃饭。布拉巴宗一看见饭厅，眼睛就眨个不停。墙上贴的是深红色的纸，算是模仿布料，还挂着一些画得很糟糕的拧眉绷脸的男女肖像，他们是过世的布兰得利先生的直系祖先。布兰得利也在其中，他留着一撮浓密的胡须，穿着一件有白色上浆领的袍式外衣，身板死挺挺的。布兰得利太太的画像，出自九十年代一个法国画家之手，挂在壁炉台上方。她身着浅蓝色缎子晚礼服，脖子上一串珍珠，头上一颗钻石星。她一只手戴满珠宝，手指轻抚一条花边头巾，此处描绘得细致入微，针脚悉数可见；她的另一只手随意拿一把鸵鸟羽扇子。屋内黑橡木家具给人一种压抑感。

我们坐下来时，伊莎贝尔问格雷戈里·布拉巴宗："你觉得这家具怎么样？"

"我敢肯定花了不少钱。"他回答说。

"是的，"布兰得利太太说，"这是布兰得利先生的父亲送我们的结婚礼物，跟随我们跑遍了世界，什么里斯本、北京、基多、罗马。亲爱的玛格丽塔王后非常赞美它。"

"如果这家具是你的，你把它怎么办？"伊莎贝尔在问布拉巴宗，可是，没等他回答，艾略特替他说了。

"烧掉。"他说。

三个人开始讨论怎样装修这屋子。艾略特非常喜欢路易十五年代的风格，伊莎贝尔希望有一张修道院那种长餐桌和意大利的椅子，布拉巴宗则认为齐本德尔式的家具更适合布兰得利太太的个性。

他说："我总觉得体现出一个人的个性才是真格的。"

他转身对艾略特说："你当然认识奥利方公爵夫人啦？"

"玛丽吗？最亲密的朋友之一。"

"她要我装修餐厅，我去了一看，就说乔治二世风格。"

"太对了。上次在她那儿吃饭，我就注意到了那间屋子，雅极了。"

谈话在继续，布兰得利太太在听，但你说不清她在想什么。我说得很少，伊莎贝尔的未婚夫拉里，我忘了他姓什么，干脆声都没吭。他坐在桌子的另一边，在布拉巴宗和艾略特之间，我不时看他一眼。他看上去很年轻，个头和艾略特差不多高，就差一点到六英尺，身材消瘦，四肢松软。是个有讨人喜欢相的男孩，不英俊也不丑，非常腼腆，没有出类拔萃的地方。我觉得我感兴趣的是，从他进屋子，就没说上几句话，但却显得非常自如，而且拿出一副好奇的样子，好像是和大家交谈，但却不开口。我注意到他的手，长长的，就他的个头而论，也不算大，形状很美很有力。我想画家一定愿意画这双手。他体格略瘦，但看上去并不文弱，相反，应该说干练顽强。他的脸宁静庄重，晒得黝黑，所以几乎没有颜色；他的容貌，端端正正，但并不出众；他的颧骨凸出，庭穴凹进；深棕色的头发，有点波浪；他的眼睛看上去比原来的要大，因为深深地陷在眼窝里，而且睫毛又浓又长。他的眼珠颜色很特别，不是伊莎贝尔和她母亲、舅舅共有的那种富丽的浅褐色，而是非常黑，使虹膜和瞳子变成了一个颜色，这给了他的眼睛一种特别的强光。他有一种动人的自然优雅，难怪伊莎贝尔对他倾心。她时不时地就看他一会儿，从她的表情中我好像看出不但有爱，更有溺爱。两人的四眼相碰时，他的眼神里有一种柔情，看着真美。没有什么比看见年轻人的相爱更动人了，这使我这个已届中年的人羡慕他们，同时不知为什么，还替他们感到难受。这很愚蠢，因为我知道，他们的幸福根本没有障碍；他们的经济状况宽裕，你找不出什么理由他们不结婚，而且婚后一直幸福地生活下去。

伊莎贝尔、艾略特和格雷戈里·布拉巴宗还在谈论重新装饰屋子的事，他们要从布兰得利太太嘴里得到至少是一句同意应该弄一弄这房子的话，可她只是和蔼地笑了笑。

"你们不要催我，我需要时间考虑。"她转身对那男孩说，"拉里，你怎么看这一切？"

他环顾一下桌子，眼里有微笑。

"我觉得怎么做都行。"他说。

"烦人你，拉里，"伊莎贝尔喊道，"我特地跟你说要支持我们。"

"假如路易莎伯母愿意保持原样，那还动什么呢？"

他的话真是说到点子上，非常合乎情理，不禁让我笑了出来。当时，他瞧瞧我，也笑了。

"不要因为你说了句犯傻的话，就把嘴咧成那样。"伊莎贝尔说。

可是他的嘴咧得更大了，这时我注意到他有一副又白又规整的小牙。在他看着伊莎贝尔的眼神中,有种说不出来的东西使伊莎贝尔脸红起来,呼吸也急促了。如果我没看错的话,她在疯狂地爱着他,虽然说不出来,但我有这种感觉在她对他的爱恋中有一种母性的东西。这么年轻的一个女孩子身上有这种东西有点出乎意料。她努嘴微微一笑,把注意力再次集中到了布拉巴宗那里。

"别理他。他很蠢,完全就是白痴。除了飞行,他什么都不懂。"

"飞行?"我说。

"大战时,他是一名飞行员。"

"我还认为他那么年轻没当过兵呢。"

"他是年轻,根本不够当兵岁数。他做得很过分,逃离了学校,来到加拿大。他说了一大堆谎话,他们相信了他十八岁,他就进了陆军航空团。停战时,他在法国作战。"

"伊莎贝尔,你在烦你妈妈的客人呢。"拉里说。

"我从小就认识他,他回来时一身戎装,外衣上挂着所有那些漂亮的勋章,看上去帅呆了。所以,我就坐在他家的门阶上,可以这么说吧,直到他答应娶我,我这才叫他消停。竞争好残酷呀。"

"真的吗,伊莎贝尔。"她母亲说。

拉里倾身对我说:"我希望她说的每一句话你都不要信。伊莎贝尔确实不是个坏女孩,可她撒谎。"

午饭结束,稍后我和艾略特就走了。这之前我告诉过他,我要去博物馆看画,他说他带我去。我不大喜欢和别人一起去美术馆,可我没法说我更喜欢一个人去,所以就让他陪吧。在路上,我们谈到了伊莎贝尔和拉里。

我说:"很难得看见两个年轻人这样相爱。"

"他们太年轻结婚还早。"

"为什么?年轻谈恋爱结婚才叫乐趣呢。"

"别丢人现眼啦。她十九岁,他刚二十。他还没有工作。他有点小收入,一年三千块,路易莎告诉我的;而路易莎毕竟不是什么富婆,她的钱只够她自己花。"

"是啊,他可以找份工作。"

"就是呀。可他不想找工作。他好像无所事事很心安理得。"

"我敢说他在战争中吃了不少苦头,也许想休息休息。"

"他待了一年,可算不短了。"

"我觉得他像是个很不错的孩子。"

"哦,我对他毫无成见。他的出身和类似的事都很好。父亲是巴尔的摩市人,过去是耶鲁大学罗曼语副教授,大概如此。母亲是一费城老教友派信徒的后裔。"

"你是在说他父母过去的情况,他们都过世了吗?"

"是的,他母亲在分娩时死的,父亲大约在十二年前去世。他是他父亲的老同学抚养大的,那个人是麻汾的一位医生。路易莎和伊莎贝尔是这样认识他的。"

"麻汾在哪儿?"

"那是布兰得利的老家。路易莎经常在那边过夏天。她可怜这孩子。纳尔逊医生是个独身汉,连抚养孩子最起码的事都不懂。路易莎坚持把这孩子送到圣保罗教堂去,而且总把他接出来过圣诞节。"艾略特像高卢人那样耸耸肩,"我想她会料到这种必然结果的。"

这时,我们走到了博物馆,注意力也就转到了画上。艾略特的学识和审美再次打动了我。他领着我在那些屋子里转来转去,仿佛我是一群旅游的人。没有哪位美术教授像他那样讲起那些画来更使人受益。我决定自己再来一次,好随意逛逛,玩得开心,因此,现在一切由他吧;过了一会儿,他看了看表。

"咱们走吧,"他说,"我在博物馆里从未待过一个小时。这还得是一个人的欣赏力能挺得住。我们改天再来看完它。"

我们分手时，我热情地向他道谢。或许我这样做更明智，但确实很恼火。

我向布兰得利太太道别时，她告诉我第二天伊莎贝尔要请她的几位年轻朋友来家吃晚饭，然后去跳舞；如果我愿意来，等那些孩子走后，我和艾略特还可以聊聊。

"你那是在抬举他，"她接着说，"他在外国待得太久了，感到在这里十分孤寂；似乎找不到一个跟他志同道合的人。"

我接受了邀请；当我和艾略特在博物馆台阶上分手时，他对我说，他很高兴我答应了下来。

"在这座大城里，我就像迷失的灵魂。"他说，"我答应路易莎跟她住六个星期，我们从一九一二年以来就没见过面，但是我是在数日子过，直到能回巴黎。那里才是世界上文明人能住下去的地方。我亲爱的朋友，你知道他们在这儿是怎么看我的吗？他们把我看成一个怪人物。真是野蛮人。"

我笑了，走了。

六

第二天傍晚，我很顺畅地到了布兰得利太太家，之前谢绝了艾略特打电话要来接我的好意。因为有人来看我，耽搁了一会儿，所以稍微晚到了一点儿。上楼时，客厅里传出的声音特别嘈杂，把我搞得还以为客人一定很多，可没想到的是连我一共才十二个人。布兰得利太太打扮得雍容华贵，一身绿缎子衣服，脖子上戴着一串细珠项链。艾略特身着裁剪入时的小礼服，显示出他独有的文雅风范。他和我握手时，一股纯阿拉伯香水的气味袭入我的鼻孔。他把一位又高又胖的人介绍给了我；那人红红的脸，穿着晚礼服，看上去有点拘束。他是纳尔逊医生，可当时对我来说毫无意义。其他的来宾都是伊莎贝尔的朋友，不过，他们的姓名我是听完就忘。女孩个个年轻漂亮，男孩全都是青年才俊。他们中除了一人谁都没有给我留下什么印象，那个男孩也还是因为他身材特别高大魁梧所致。他一定有六英尺三四英寸高，而且虎背熊腰。伊莎贝尔看上去漂亮极了；白丝绸上衣，长下摆裙，恰好罩着她的肥腿；衣服的剪裁显出一对丰满的乳房；赤裸的双臂稍嫌肥胖，但颈部很美。她激情似火，明眸四射。毫无疑问，她是个人见人爱的美人，但有一点，如果不注意的话，她就会胖得不成样子了。

吃饭时，我被安排在布兰得利太太和一位腼腆的女孩之间；她好像比其他人还年轻。我们坐下来时，布兰得利太太为避免相互间的尴尬，向我解释，说她的祖父母就住在麻汶，伊莎贝尔和她从前是同学；她的名字叫索菲，还是我听别人说的，姓什么不知道。大家尽情打诨逗哏，可嗓门闹，真是笑声满满。他们之间好像非常熟。女主人无暇顾及我时，我就设法和邻座的女孩子攀谈，可不太顺利。她比其余的人都要安静些。她人长得不算美，但脸面挺喜人，微翘的鼻子，一张大嘴和一对绿蓝眼；黄褐色的头发，梳理得简洁。她很苗条，胸部几乎像男孩子一样平坦。大家开玩笑时，她也笑，不过还像有点勉强的样子，使人觉得她真的不大爱笑。我想她在尽量给大家面子；我弄不明白她是反应有点慢，或者就是真的腼腆。由于先前和她聊了几个话题都没有谈下去，再则没有什么更好的可说，我就请她告诉我所有在座人是谁。

"那好，你认识纳尔逊医生吧，"她说，指着正对布兰得利太太的那位中年人。"他是拉里的监护人，是麻汶那儿的医生。他很聪明，发明了一些飞机配件，没有人感兴趣，他不搞那些东西时，就喝酒。"

说话间她苍白的眼里闪出一道亮光，这使我感到她比我之前所想更有内涵。

她继续把年轻人的名字逐一告诉了我,他们的父母是谁;讲到男孩时,还要说说他曾就读的大学,现在干什么。她所说的不大会使人眼前一亮。

"她很可爱,"或者,"他高尔夫球打得很棒。"

"那个浓眉大个是谁?"

"那个吗?哦,那是格雷·马图林。他父亲在麻汶河畔有一所大房子,他是我们那儿的百万富翁。我们为他感到十分自豪,他使我们抬了份。马图林、霍布斯、雷纳、史密斯都是这样的富人。他是芝加哥最有钱的人之一,而格雷又是他的独子。"

她在提到那些富豪名字时,说了句颇具讽刺意义的话,令我好奇地瞅了他一眼;她看见了,脸红了起来。

"再说点马图林先生的事。"

"没什么要说的,他就是有钱,大家非常尊重他。他在麻汶为我们建了一所教堂,还给了芝加哥大学一百万美元。"

"他的儿子是很帅的小伙子。"

"他人很好。你怎么也想不到他祖父是一个穷爱尔兰人,他祖母是一个小吃店里的瑞典服务员。"

格雷·马图林相貌不英俊但能打动人。脸部粗糙,不加修饰;鼻子短而扁,厚嘴唇,鲜红的爱尔兰肤色;一头乌油黑发,光滑洁净。浓眉下,嵌着一双鲜蓝色的明眸。他虽然体格高大,但身材非常匀称。脱掉衣服,他一定是个标准的男性胴体。很显然他很有劲,男性雄风令人过目难忘。坐在他身边的拉里,虽然个头比他只差三四英寸,但是在他的衬托下,显得十分孱弱。

"爱慕他的人很多,"我身旁那位腼腆的女孩说,"我知道几个女孩为了得到他差点动刀杀人。可是她们绝对没戏。"

"为什么？"

"你不知道吗？"

"我怎么会知道？"

"他特别爱伊莎贝尔，到了鬼迷心窍的地步，可伊莎贝尔却爱上了拉里。"

"他怎么没使把劲打败拉里呢？"

"拉里是他最好的朋友。"

"我说，这事复杂了。"

"人要是都像格雷那样节操高尚就好了。"

我说不好她的话是真格的还是带有讥讽的口吻。她可没有一丝的戏谑，不鲁莽或者不冒失，然而，我觉得她不失幽默也不乏精明。我想知道她和我谈话时心里实际在盘算着什么，可是，我知道我永远也不会弄清楚。她明显缺乏自信，我想是这样，她是独生女，一直和年龄比她大得多的人在一起过着隐居的生活。她质朴文静，也有魅力，不过我觉得是这么回事，她大多时间孤独地生活，她会默默地观察和她一起生活的老人，并对她们有自己的主见。我们成年人很少想到那些非常年轻的人会毫不留情，但非常深刻地判断我们。我再次看着她那双绿蓝眼。

"你多大了？"

"十七岁。"

"你爱看书吗？"我斗胆问了她一句。她还没来得及回答，布兰得利太太就赶紧拿出主人应尽的份，用话把我给拽她那儿去了，没等我答对完她，晚饭结束了。年轻人一下子走得无影无踪，剩下我们四个人上楼去了客厅。

被邀请参加这个晚宴我感到诧异，因为闲谈一会儿后，他们谈起一件我本觉得他们更想私下里谈的事来。我拿不定主意是否要更为谨慎起见起身走开，还是当个局外人，做个对于他们有益的旁观者。讨论的中心问题是拉里竟然不愿上班，原来马图林先生答应在他的公司里给拉里一个职位，马图林先生就是刚才吃晚饭时那个男孩子的父亲。机会难得，只要有能力和勤快，拉里完全有望在适当的时候赚一大笔钱。格雷·马图林非常希望他答应下来。

我记不住所有的谈话，但要旨记忆犹新。拉里刚从法国回来时，他的监护人纳尔逊医生曾建议他上大学，可是他拒绝了。他一时什么也不想做，也是人之常情；毕竟他有过一段艰难的经历，他两次受伤，虽然不重。纳尔逊医生认为他还在遭受战争的冲击给他带来的苦难，他休息一阵子直到完全恢复正常也好。但是，几个星期变成了数月，现在自打他脱下军装已经一年多了。似乎他在陆军航空团服役期间干得很好，回来后，在芝加哥也算个人物，所以，有几个商人要他去就职。他谢绝了他们。他没说理由，只说还没拿定主意要干什么。他和伊莎贝尔订了婚，布兰得利太太对此一点也不感到惊奇，因为多年来他们不离不弃，布兰得利太太知道伊莎贝尔爱他；她本人也喜欢他，也觉得他会使伊莎贝尔幸福。

"她的性格比拉里的性格强，正好能弥补他的短处。"

尽管他们俩都那么年轻，可布兰得利太太巴不得他们马上结婚，不过她还要等拉里上了班才为他们操办这喜事。他自己有点钱，但是，即使他有比这多十倍的钱，她也会坚持这点的。据我所知，她和艾略特想从纳尔逊医生那里弄明白的就是拉里打算做什么。他们希望纳尔逊医生用他的影响使拉里接受马图林先生给他的工作。

"我从来就管不了拉里，这你是知道的，"他说，"即使是孩子时，他就任性。"

"是的，你对他放羊，他出息成现在这样，可以说是奇迹了。"

纳尔逊医生已经喝下不少酒，很不高兴地看了她一眼，他那张红脸变得更红了。

"那时我很忙,有自己的事要打理。我收养他是因为他无处可去。再则,他父亲又是我朋友。很难说他会听别人的话。"

"我不明白你怎么能这么说话,"布兰得利太太尖刻地回答,"他的性情很温顺。"

"这孩子从不跟你吵嘴,就是我行我素;如果你和他生气了,他就说声对不起,然后任你咆哮去,你说能怎么办?他要是我自己的儿子,我可以打。但是,一个世上举目无亲的孩子,而且他父亲认为我会待他好才把他托付给我,我能打吗?"

"你说哪儿去了,"艾略特说,他有点坐不住了。"目前的情形是这样,他无所事事的时间不短了;他现在有一个就职的机会,只要做下去就能赚很多的钱;他如果要娶伊莎贝尔,就得接受这份工作。"

"他务必懂得目前的世界,"布兰得利太太插嘴说,"男人总得工作。他身体已经很强壮了,好人一个。我们都知道,南北战争之后,有些人回来后什么工作也不做。他们成了家庭的负担,对社会毫无用处。"

后来,我也张口了。

"他拒绝了人家给他提供的各种工作机会也没有给出什么理由啊?"

"是的,只说那些工作他不喜欢。"

"但是,他什么都不想做吗?"

"那不是明摆着呢。"

纳尔逊医生给自己又倒了一杯威士忌,他喝了一大口,然后看了看他的两个朋友。

"你们听听我的印象行吗?我不敢说我很会看人,不过,至少是行了三十年的医,我想这方面我是知道个一二。这场战争改变了拉里。

他回来时不再是他走时的那个人了。不光是他年长了,也不知他碰上了什么事,使他的性格都改变了。"

"哪方面的事?"我问。

"我怎能知道。他对自己战争的经历一直缄默无语。"纳尔逊医生转向布兰得利太太,"路易莎,他可跟你谈过这些吗?"

她摇摇头。

"没有。他刚回来时,我们设法让他告诉我们一些他出生入死的事,可是,他只是那样笑笑,说没有什么可讲的。就连伊莎贝尔他都没告诉过。她屡次问他,可到现在也没从他那里得到一点东西。"

谈话就这样差强人意地继续下去,一会儿,纳尔逊医生看看表,说他得走了。我准备和他一块走,但是,艾略特硬把我留下。纳尔逊医生走后,布兰得利太太向我表示歉意,说用他们的私事劳神于我,还表示怕我觉得厌烦。

"不过,你看得出来,这的确是我的一件心事。"她最后说。

"路易莎,毛姆先生很谨慎,你有事只管告诉他。我觉得鲍勃·纳尔逊和拉里不是非常亲密,所以,有些事路易莎和我都觉得最好不要跟他提。"

"艾略特。"

"你已经和他说了那么多,还不如把其余的也告诉他。我不知道吃饭时你注意到格雷·马图林没有?"

"他那么高,怎么会不注意到。"

"他是伊莎贝尔追求者之一。拉里不在时,他总是对伊莎贝尔照顾有加。她也喜欢格雷。要是战争持续更长时间,她很可能就嫁给格雷。格雷向她求过婚。她既没有接受也没有拒绝。路易莎猜她不想在拉里回来之前下这个决心。"

"格雷没去打仗是怎么回事?"

"他因为踢足球损伤了心脏,虽然不严重,可是军队不能要他。不管怎样,拉里一回来,他就没戏了。伊莎贝尔干脆拒绝了他。"

我不知道应该说什么,也就什么也没说。艾略特继续说了下去。他仪表堂堂,操牛津口音[1],完全一副外交部高级官员的派头。

"当然,拉里是个非常好的孩子,而且他出走参加陆军航空团也是壮举,不过,我看人相当准……"他会心地笑了笑,说了句他从来没有透露的情况,他做艺术品生意发了大财。"不然,我现在不会有一笔数额巨大的金边股票[2]。我的看法是拉里永远不会有大出息,没钱没地位。格雷·马图林则完全不同。他祖上爱尔兰人的名声不错。家族中有一位主教、一位剧作家,还有几位著名的军人和学者。"

"你怎么知道的这一切?"我问。

"这种事谁都知道。"他随便地回答,"实际上,前两天我正好在俱乐部翻阅《英国人物传记辞典》,无意中看到了这个名字。"

我觉得犯不上把晚饭时我的邻座告诉我马图林的祖父母是穷爱尔兰人和瑞典服务员的事再说出来。

艾略特继续说。

"我们都认识亨利·马图林许多年了。他人很好,而且非常有钱。格雷正在踏进芝加哥最好的一家经纪行。他已经功成名就。他想娶伊莎贝尔,要是替她着想,谁也不可否认这将是门当户对。我自己完全赞成,也知道路易莎也赞成。"

"艾略特,你离开美国已经太久了。"布兰得利太太说,冷冷地一笑,"你忘了在这个国度,女孩嫁人不是因为她们的母亲或者舅舅赞成。"

"这不值得骄傲,路易莎。"艾略特尖刻地说,"凭我三十年的经

---

1 牛津大学学生持有的一种口音,一般被认为是装腔作势的口音。
2 指有政府担保的股票。

验，我可以告诉你，地位、财富和居住环境都门当户对的婚姻比自由恋爱的婚姻方方面面都强。法国毕竟是世界上唯一的文明国家，要是在那儿，伊莎贝尔会毫不迟疑嫁给格雷；然后，再过一两年，如果她愿意，可以把拉里当作她的情人，格雷可以置一所豪华公寓，养个女明星，这样谁都皆大欢喜。"

布兰得利太太一点不傻，她看了自己兄弟一眼，心中荡起诡秘的喜悦。

"艾略特，不成的是纽约的剧团到这里演出时间就那么有限的几回。格雷金屋藏娇的时辰也只能随缘而定。这肯定弄得大家都心神不宁。"

艾略特笑了。

"格雷能在纽约证券交易所里找个职位。不管怎么说，要是你必须住在美国，除了纽约之外，我看不出还能住哪儿。"

稍后，我就离开了，可是，在走之前，我怎么也弄不明白为什么艾略特问我是否愿意和他一起吃午饭好见见马图林父子。

"亨利是美国商人的最好的典型，"他说，"我觉得你应该认识他。他负责我们的投资已经很多年了。"

我不是特别想见这个人，但也没有理由拒绝，所以就说我愿意。

七

我在芝加哥逗留期间被安排住在一个俱乐部，俱乐部里有个藏书不少的图书馆。第二天早晨，我去那里想翻阅一两本大学杂志，因为这种刊物对于没有订阅的人来说一直很难看到。时间还早，图书馆里只有一个人，他坐在一个大皮椅子里，聚精会神在看书。我惊讶地看见这人就是拉里。在这样一个地方，他是我最没有想到能见到的人。

我走过去时,他抬起头看,认出了我,并要站起来。

"别动,"我说,接着几乎随口问道,"看什么呢?"

"一本书。"他说,微微一笑,这一笑倒是很有魅力,连他冷漠的回话都绝不会使你生气。

他把书合上,用手拿着使我看不到书名,同时用他那令人特别难懂的眼睛看着我。

"昨晚玩得好吗?"我问。

"好极了,五点钟才到家。"

"你这一大早就来到这儿可真太发奋了。"

"我常来这儿。一般这个时候就我自己。"

"我不打搅你。"

"你没打搅我。"他说,又笑一下,这时候,我才感到他的笑非常可爱。那不是才华闪现的微笑,是有一种犹如内心之光点亮面容的微笑。他坐在一个伸出的书架形成的凹处,身旁有把椅子。他把手放在椅子扶手上说,"你坐一会儿吗?"

"好的。"

他把手里的书递给我。

"我在看这个。"

我一看,原来是威廉·詹姆斯[1]的《心理学原理》。当然,这本书是部权威的著作,在这门科学的历史上很重要;此外,书写得非常通俗易懂;不过我怎么也想象不到这样的书会出现在一个年轻人、一个飞行员、一个前一天跳舞跳到早上五点钟的人手上。

"你为什么看这个?"我问。

"我学识太浅薄了。"

---

[1] 威廉·詹姆斯(1842—1910),美国心理学家。

"你还很年轻。"我笑着说。

他半天没有说话，我开始感到这种沉默的尴尬，要起身去找我要看的杂志。但是，我感觉到他要说点什么。他眼神空洞，脸色严肃而急切，似乎在冥想。我没走，很想知道是怎么一回事。当他开口说话时，好像是在接着谈刚才的话，没有意识到那段长时间的沉默。

"我从法国回来时，他们都要我去上大学。我不能。有过一些经历之后，我觉得不能回到学校去。反正我在大学预科也没有学到什么东西，觉得我不能适应大学一年级的生活。他们不会喜欢我，我也不想扮演一个我不想尝试的角色。而且我认为那些教师也不会教给我想要知道的东西。"

"当然，我知道这不关我的事，"我说，"不过，我不觉得你是对的。我想我明白你的意思，也明白打了两年仗后，再去做一名大学一二年级的学生，还感到荣耀，实在是太没劲了。我相信他们会喜欢你的。美国大学我不大熟悉，可是，我相信美国的大学生和英国的差不多，也许更能闹一点，更喜欢恶作剧，但总体来说，还是些规矩懂事的孩子；我觉得是这样，如果你不想过他们那种生活，略施雕虫小技，他们就会心甘情愿让你过你自己的生活。我从未去过剑桥而我的兄弟去过。我有过一个机会，但拒绝了。我想闯世界。我一直很后悔，我想进了大学可以使我少犯多少错。在有经验的老师指导下，你学得会快些。如果你没有人指路，就会浪费很多时间，走死胡同。"

"你也许是对的。我不在乎犯错误。也许正是在其中的一条死胡同里，可以找到我想要的东西。"

"你的目的是什么？"

他犹豫了一会儿。

"你问着了，我还不大清楚。"

我沉默了，因为好像没有什么可说的来回答这句话。我从小就有个明确的追求目标,所以遇事往往性急,但我责备自己;我有种感觉,只能说是直觉,在这孩子的灵魂里有种困惑的驱动力、半明半暗的观念,或者半隐半现的感受情绪,我也说不清楚,这种东西使他身心不得宁息,而这种不安让他不知何去何从。他竟然激起了我的同情。我从来没有听过他说很多话,这时我才觉察到他那悦耳的说话声。他的语调非常动人,使人感到慰藉。想到这一点,以及他迷人的微笑和富于表情的非常黑的眼睛,我完全能理解伊莎贝尔对他的爱。他身上也确实有招人爱的地方。他转过头,很坦然地看着我,眼神在审视同时露出了愉悦。

"昨晚我们都去跳舞了以后,你们谈论我了,我说得对不对?"

"谈了一会儿。"

"我想这就是硬把鲍勃大叔请来吃饭的原因吧,他非常不愿意出门。"

"好像有人给你提供了一份很好的工作。"

"一份不错的工作。"

"你打算去干吗?"

"我不这样认为。"

"为什么不呢?"

"我不想干。"

这事与我毫不相关,我是在多管闲事,但是,我觉得正因为我是来自外国的局外人,拉里才不介意和我谈这事。

"是啊,你知道,人要是什么也干不了,就变成作家了。"我说,咯咯地笑了。

"我哪有那天赋。"

"那么,你想干什么?"

他对我粲然迷人地笑了笑。

"闲逛。"他说。

我只能笑了。

"我还是觉得芝加哥并非世界上无所事事的最好地方。"我说,"不管怎么着,你看你的书,我想看看《耶鲁季刊》。"

我站了起来。当我离开图书馆时,拉里还在全神贯注地看威廉·詹姆斯的那本书。中午,我自己在俱乐部吃了饭,因为图书馆里静,就又回到那里抽雪茄,并看看书写写信,消磨了一两个钟头。我惊奇地看见拉里还在一心看他的书。那姿态好像我走后他就没有动弹过。大约四点钟,我走时,他还在那里。我被他那股明显的聚精会神的劲头所打动。他既没注意到我来,也没注意到我走。下午我有各种事要做,直到该换衣服去赴晚宴时,才回百事通俱乐部。回来途中,我被一股好奇心所驱使,就又走进俱乐部,到图书馆里看看。那时候,里面有很多人了,看报纸什么的。拉里还坐在那把椅子里,目不转睛地在看那本书。怪人!

八

第二天,艾略特邀我在帕尔默旅馆午餐,见见老马图林和他的儿子。我们就四个人。亨利·马图林也是个大块头,和他儿子差不多高大,他大脸盘,红红的,肉嘟嘟的,同样有个有闯劲的钝头鼻。但是,他的眼睛没有他儿子的大,不那么蓝,极其精明。虽然也就五十多岁,但头发稀疏花白,看上去要老十岁。乍一看,他给人的感觉并不爽,就好像多年的打拼自己功成名就了,他给我的印象是一个残酷、精明、有才干的人,这种人只要是做生意就会冷酷无情。起初,他几乎没说几句话,我觉得他是在对我做判断。我当然看得出他把艾略特看成一个有点可笑的人。格雷彬彬有礼和蔼亲切,几乎一句话不说,要不是艾略特施展他的社交绝技,滔滔不绝地讲些闲话,这顿饭就会很尴尬。我猜他过去和那些中西部的商人打交道过程中,已经获得了不少经验,这些人必须花言巧语哄骗,才能花一大笔来买一件老名家的艺术品。一会儿,马图林先生开始觉得更随意了,也说了一两句话,这才显出他比看上去更阳光,而且确有一种冷面幽默。有一阵子,谈话转到证券和股票上去。艾略特对这东西可是轻车熟路,对此我毫不奇怪,因为我早知道尽管他信口开河,可一点不傻。这时,马图林先生说道:

"今天早上我收到格雷的朋友拉里·达雷尔一封信。"

"你没有跟我说,爸。"格雷说。

马图林先生转向我说:

"你是不是认识拉里?"我点点头。"格雷说服我把他安排到我的公司里。他们是好朋友。格雷对他佩服得五体投地。"

"他说什么了,爸?"

"他谢谢我,他说他很清楚这对于一个年轻人来说是个很好的机会,经过深思熟虑,他最后得出结论,如果去了肯定会令我失望,所以思前想后还是拒绝更好。"

"他这人真蠢。"艾略特说。

"是的。"马图林先生说。

"十分抱歉,爸,"格雷说,"要是我和拉里能在一起工作,那可真是太棒了。"

"你可以把马牵到水边,但你不能强迫它饮水。"

马图林先生说这话时看看儿子,精明的眼光没了锐气。我意识到冷酷无情的商人有其另一面,他宠爱他这个五大三粗的儿子。他又转向我说:

"你知道吗,这孩子星期天打标准杆的高尔夫球,赢了我六七杆。我本能够用我的球杆狠狠地砸他的头。想想还是我亲自教他打高尔夫的。"

他自豪满满,我喜欢起他来。

"我是碰大运,爸。"

"绝不是。谁要是把球从沙坑里打出来,落下来离洞口只有六英寸远,这是运气吗?一杆打出三十五码不是什么近距离了。明年我想要他去参加业余锦标赛。"

"我挤不出时间来。"

"我是你的老板,不是吗?"

"我能不知道吗!迟到办公室一分钟,你就大发雷霆。"

马图林先生咯咯地笑了。

"他想把我说成暴君,"他向我说,"你别信他。我是做生意的,我的合伙人不是什么好东西,不过我倒是为我的生意感到自豪。我已经让我这个孩子从底层做起,指望他像我雇来的那些年轻人一样自己上来,这样一旦代替我的时机成熟,他也好万事俱备。这是很大的责任,我的公司就是如此。我的一些客户把投资交给我打理已有三十年,他们信任我。说实话,我宁可把自己的钱输掉,也不能看着他们赔钱。"

格雷笑出了声。

"前几天,一个大姐来,要把一千块美元投到一个不靠谱的计划上,那是她的牧师建议的,我爸拒绝了这笔生意,可她非要做时,他就狠狠地斥责了她,把人家弄得哭出了门。后来他又打电话给那牧师,把牧师也臭骂了一顿。"

"总有人对我们这些经纪人说很多刻薄的话,可是,经纪人里面也有区别。我不想要人家赔钱,想要人家赚钱,可他们大多数人的做法总使你觉得他们这辈子的一个目的就是让自己一文不名。"

在马图林父子离开我们回公司办公室以后,我们也离开了。走时艾略特问我:"我说,你觉得他怎么样?"

"我一直都很高兴见到新类型的人物。我觉得父子之间的彼此感情相当感动人,我认为这种情况在英国也少见。"

"他非常喜欢这孩子。他是个集善恶于一身的怪人,他对客户的评价确实是那么回事。几百个老太婆、退伍军人、牧师的储蓄交给他打理,我觉得他们带来的麻烦大于创造的价值。而他却认为这是对他的信任,以此为荣。但是,当他遇到大生意并有厚利可图时,任何人都比不上他残酷无情,一点慈悲也没有。他非要满足自己的要求,什么也阻挡不了他。要是和他作对,他不仅要毁了你,而且为之而洋洋得意。"

回家后,艾略特告诉布兰得利太太,拉里回绝了亨利·马图林提供的工作。

伊莎贝尔一直在和女朋友们吃午饭,等她进来时,他们俩还在谈这件事。他们告诉了她。我从艾略特后来对这段谈话的描述来判断,他是用了一番口舌来表达自己的看法的。虽然他十年来真的一点工作没做,而且为积累一笔充盈财富所付出的工作也绝非艰辛,但他坚定地认为,工作是人类生存必不可缺的。拉里是一个再正常不过的年轻人,毫无社会地位,他没有任何理由不遵从他本国令人赞许的习俗。很明显,在艾略特这样眼光精准的人看来,美国正在进入一个空前的繁荣时代。拉里现在有个入门的机会,只要他努力工作,到四十岁时,他会远不只是个百万富翁。那时,他要是想退休,活得像个绅士,那么,就在巴黎杜波依斯大街公寓或者在都兰别墅里一住。他艾略特无可非议。但布兰得利太太的话更是直截了当,没有回答的余地。

"他要是爱你,就应该为你准备去工作。"

我不知道伊莎贝尔怎么回答的这些话,但她完全明白她的长辈那么说是有他们的道理。她认识的那些小伙子都在学习以谋个什么职业或忙于办公室的工作。拉里不可能指望以他在陆军航空团时的卓越成绩度过余生。战争已经结束，人人都厌恶它，恨不得尽快忘掉它。三人议论的结果是，伊莎贝尔答应把这件事情和拉里彻底讲清楚。为此，布兰得利太太建议，让伊莎贝尔找拉里开车跟她一起去麻汶。布兰得利太太正打算给客厅装个新窗帘，可量完的尺码不知叫她弄哪儿去了，所以想要叫伊莎贝尔再去量一下。

"鲍勃·纳尔逊会留你们吃午饭。"她说。

"我有比这个建议更好的计划，"艾略特说，"你给他们准备个午餐篮子，让他们在门廊处午餐，饭后他们可以谈。"

"那会很好玩。"伊莎贝尔说。

"几乎没有比舒舒服服吃一顿野餐的事更惬意的了，"艾略特说教式地补充说，"老迪泽公爵夫人过去常跟我说，最顽固的男人在这种场合也会变得言听计从的。你为他们准备什么午饭了？"

"荷包蛋和一块鸡肉三明治。"

"胡说，哪有野餐没有肥鹅肝酱饼的。首先，得有咖喱虾仁，然后是鸡脯冻，加上生菜色拉，这道菜我要亲自做。肥鹅肝酱饼之后，按照美国人的习惯，来个苹果派。"

"我给他们吃荷包蛋和一块鸡三明治，艾略特。"布兰得利太太拿定主意说。

"那好，记着我的话，要是弄砸了，那只能怪你自己。"

"艾略特舅舅，拉里吃得很少，"伊莎贝尔说，"而且我相信他不会注意到他吃的是什么。"

"我希望你不要以为这是他的优点，可怜的孩子。"她舅舅回答说。

不过他们那天吃的就是布兰得利太太说给他们吃的那些东西。后来艾略特告诉我伊莎贝尔和拉里这次短途旅行的结果时，他非常法国派头地耸了耸肩。

"我告诉他们一定不会成功。我央求路易莎给他们带一瓶蒙拉榭酒，那是我在战前送给她的，可她就是不听，给他们带的是一暖瓶热咖啡，仅此而已。你能指望什么呢？"

事情好像是这样的，布兰得利太太和艾略特单独坐在客厅里，这时他们听到车子停到门口，伊莎贝尔进了屋。天刚黑，窗帘拉上了。艾略特躺在炉边的单人沙发里，在看一本小说，布兰得利太太在一块挂毯上刺绣，要做成防火屏。伊莎贝尔没到客厅，而是上楼进了自己卧室。艾略特从眼镜上面望着他姐姐。

"我想她脱掉帽子就会下来的。"她说。

但是，伊莎贝尔没有下来。几分钟过去了。

"也许她累了，可能正躺着呢。"

"难道你没希望拉里也进来吗？"

"艾略特，别让人发火。"

"那好，反正是你的事，不关我事。"

他又看书，布兰得利太太继续刺绣。但是，半小时之后，她突然站起来。

"恐怕，还是上去看看她怎样为好。如果她休息了，我就不惊动她。"

她离开客厅，可不大一会儿就下来了。

"她一直在哭。拉里要去巴黎，离开两年。她已经答应等他。"

"他为什么要到巴黎去？"

"问我没有用，艾略特，我不知道。她什么都不肯告诉我。她说她明白，不想阻挡他。我对她说：'如果他准备丢下你两年，那他不可能非常爱你了。'她说：'我也没有办法。重要的是我非常爱他。'我说：'甚至于今天发生的事之后？'她说：'今天使我比往常更加爱他了，而且，妈，他也的确爱我，我敢肯定。'"

艾略特想了一会儿。

"两年之后怎样呢?"

"我告诉你我不知道,艾略特。"

"你不认为这事令人非常不满意吗?"

"是的。"

"这里只有一件事可以说,那就是他们还都年轻。等两年对他们倒也无妨,不过这段时间里会发生很多事情的。"

艾略特和布兰得利太太一致认为最好不去惊扰伊莎贝尔。那天晚上,他们本想出去吃晚饭。

"我不想让她心烦,"布兰得利太太说,"如果她眼睛真的肿了,那么人们肯定要打听其中缘由的。"

第二天他们自家人用的午餐。但是饭后,布太太又提起这件事,可是,从伊莎贝尔嘴里,她几乎问不出什么来。

"妈,除了已经告诉你的,实在没有什么可说的了。"她说。

"可他要去巴黎做什么呢?"

伊莎贝尔微微一笑,因为她知道自己的回答在她母亲看来多么荒谬。

"闲逛。"

"闲逛?你这话怎么讲?"

"这是他跟我说的。"

"我真是受不了你。你如果还有点志气的话,当场就会跟他解除婚约。他这是在耍你。"

伊莎贝尔看看她左手戴的戒指。

"我有什么办法?我爱他。"

后来,艾略特也加入到谈话中来。他非常老练地谈及这件事。"我不是以她的舅舅、老朋友的身份,而是作为一个精通世故的人的身份,在和一个不谙世事的女孩谈话。"可是,他的效果不比布兰得利太太的好。我的印象是伊莎贝尔叫他别管闲事,毫无疑问语言很有礼貌,但意思清清楚楚。艾略特是在当天晚些时候在我居住的百事通俱乐部的客厅里告诉我这一切的。

"当然路易莎说得很对,"他又说,"出现这种情况的确很不尽如人意,可是,倘若让年轻人自己决定婚姻,除了相互爱慕之情,什么也不考虑的话,你必然遇到这种事情。我跟路易莎说不用担心;我觉得这事的结果会比布兰得利太太想得要好。拉里不在跟前,格雷·马图林却守在这儿——你说,男人这点事我能不明白吗,结果明摆在那里。一个人在十八岁时情感如狂潮,但不能持久。"

"你是世俗智慧满满,艾略特。"我笑了笑。

"拉罗什富科[1] 的书我没有白读。你知道芝加哥是什么地方,他们会天天见面。一个女孩子有一个男人对她如此钟情,自然会感到受宠若惊的,而且等到她知道她的女友中没有一个不乐意要嫁给他时——好,我问你,从人类本性而言,有谁会不让其他每一个人都出局呢?我是说,这就像受请赴约,明知道自己去了会烦得忍无可忍,也就喝点柠檬水,吃点饼干;但你还是去,因为你知道你最好的朋友们对宴请虎视眈眈,却一直没有得到邀请。"

"拉里几时走?"

"不知道。我想还没定下来。"艾略特从口袋里掏出一个又长又薄、白金和黄金相间的烟盒,从里面拿出一支埃及香烟。他不抽发第玛、吉士、骆驼和好彩[2] 牌。他看着我微微一笑,充满了曲意奉承。"当然我不想跟路易莎这样说,但是,我不介意告诉你,我私下同情这个年轻人。我理解,他在战争期间瞥见过巴黎,如果他被这座世界上唯一适合有教养的人居住的城市迷住了,我不能怪他。他年纪轻,我敢肯

---

1 拉罗什富科(1613—1680),法国政治家和作家。
2 这些都是美国生产的纸烟。

定他想要在安顿下来结婚过日子之前放荡一把。这很自然也不过分。他有规矩懂礼数,我再指点一二,完全上得台面;我能保证让他看到很少美国人有机会看到的法国人生活的另一面。老兄,相信我说的,一般的美国人进入天国王朝远比他进入圣日耳曼大街容易得多。他二十岁,又有魅力。我想我大概能给他找一个年纪大一点的女人私通,这会使他成熟。我始终认为,对青年男子的最好教育就是做一个中年女子的情人。当然,她得是我理想中的那种女人,一个妇女界名流,你懂的,这会马上使他在巴黎有地位。"

"你把这话告诉布兰得利太太了吗?"我微笑着问。

艾略特咯咯笑了。

"我的老兄,如果我还有什么值得骄傲的话,那就是我的老到。我没有告诉她。她也弄不明白,可怜的女人。我在一些事情上永远不懂得路易莎,这是其中的一件;尽管她在外交界生活了半辈子,也在世界上一半的首都住过,可她还是个不可救药的美国人。"

九

那天晚上,我到湖滨大道一所石砌的大房子赴宴。这房子看上去好像建筑师开始想盖一座中世纪的城堡,后来中途改变主意,决定把它建为一幢瑞士木屋。那天宴会的人很多,走进那宽敞奢华的客厅,进入眼帘的是雕塑、棕榈树、大吊灯、古画、满满登登的家具,我很高兴至少有几个我认识的人。亨利·马图林给我介绍了他的纤瘦、孱弱、浓妆的夫人。我向布兰得利太太和伊莎贝尔问了好。伊莎贝尔看上去很漂亮,一身红丝绸连衣裙,与她的乌黑的头发和深情的淡褐色眼睛十分相配。她好像兴致勃勃,没人会猜到她最近曾经历过一段烦恼。她正和围着她的两三个年轻人说说笑笑,格雷是其中一个。就餐时，她坐在另一桌，我看不见她。但后来，我们男人先是没完没了地喝咖啡、呷酒、抽雪茄，而后才回到客厅，这时我有了和她说话的机会。我跟她不熟，不能把艾略特跟我讲的事直接向她说，但是，我要说的事，我想，她听了也许会高兴。

"前几天我在俱乐部里碰见你的男朋友了。"我随便地说。

"哦，是吗？"

她说得和我一样随便，可是，我感觉到她一激灵，眼睛警觉起来，在她的眼神中，我觉得我看到了些许对未来的忧虑。

"他在图书馆里看书。他专心致志的劲头，非常令我称羡。我十点钟稍过进图书馆时，他在看书；我吃完午饭，回图书馆时，他还在看书；我要出外吃晚饭，再进图书馆时，他仍然在看书。我想他有十来个钟头没离开过那把椅子。"

"他看的什么？"

"威廉·詹姆斯的《心理学原理》。"

她眼睛向下看，使我没法知道她听了我这番话后有什么反应，可是，我觉得她先是困惑然后释然。这时主人把我拉过去打桥牌，等牌局散去，伊莎贝尔和她母亲已经走了。

十

几天后，我去向布兰得利太太和艾略特辞行，看见他们正在喝茶。伊莎贝尔随后也来了。我们谈了有关我要开始的远东之行，我向他们对我在芝加哥逗留期间的盛情表示感谢，坐了适当一段时间之后，我便起身告辞。

"我陪你走到那个药店[1],"伊莎贝尔说,"我正好有点东西要买。"

布兰得利太太最后对我说的话是,"下次见到亲爱的玛格丽塔王后时,代我问候好吗?"

我已放弃了不想结识这位尊贵女人的想法,就痛快地回答我一定做到。

刚到街上,伊莎贝尔侧头微笑着看了我一眼。

"你觉得喝杯冰淇淋苏打水怎样?"她问。

"还行。"我谨慎地回答。

到达药店之前,伊莎贝尔没有说话;我本没什么可说,也没吱声。进了药店,我们在一张桌子旁坐下,椅背和椅子腿都缠绕着金属线,坐着很不舒服。

我要了两杯冰淇淋苏打水。柜台那儿有几个人在买东西;其他的桌子也坐有两三个人,但是,都在忙着自己的事;实际上这里等于就我们俩。

我点着一支香烟等着,伊莎贝尔吮着长吸管显得十分惬意。我感到她有点紧张。

"我想跟你谈谈。"她突然说。

"我猜到了。"我微笑说。

她若有所思地看了我一会儿。

"前天晚上,你在萨特恩韦特家为什么说拉里的事?"

"我想你会感兴趣的。我突然想起来也许你不完全知道他说的闲逛是什么意思。"

"艾略特舅舅极为八卦,他说要去黑石俱乐部找你闲聊时,我就知道他什么都会跟你说的。"

---

[1] 药店兼售化妆品和饮料等。

"你知道,我认识你舅舅很多年了。对别人的事他总是津津乐道。"

"他是这样,"她微微一笑,但瞬间即逝。她凝视着我,眼神是认真的,"你觉得拉里怎样?"

"我只见过他三次,似乎是个很不错的孩子。"

"就这么些吗?"

她的声音里有一种极其忧虑的口气。

"不,不完全这样。这叫我很难说;你知道,我对他的了解甚少。当然,他有魅力,在他身上有一种谦虚、友善、温柔的东西,非常讨人喜欢。他虽然那么年轻,但遇事泰然自若。他跟我在这里见到的其他男孩完全不同。"

我就是这样支支吾吾地表达了一种脑海里不清晰的印象,我在说,伊莎贝尔在聚精会神地看着我。我讲完后,她轻叹了一口气,如释重负,然后给了我一个迷人的、几乎调皮的微笑。

"艾略特舅舅说他时常对你的观察力感到惊讶。他说没有什么事情能逃过你的眼睛,你作为一个作家最大的资产就是你的常识。"

"我能想到一种品质更有价值,"我冷淡地说,"例如,天赋。"

"你知道,我没有跟任何人谈过这件事。我妈只能从她自己的角度看问题。她希望我的未来得到保证。"

"这很自然,不是吗?"

"艾略特舅舅只从社交方面看待这个问题。我自己的朋友,我是说,我这一代人,认为拉里没有出息。这使我很难受。"

"当然。"

"倒不是说他们待他不好,谁也没法对拉里不好。可是,他们把他当笑料,老是捉弄他,而且他好像不在乎更使得他们变本加厉。他只是笑。你知道事情现在是怎么回事吗?"

"我只知道艾略特告诉我的情况。"

"我可以把我们那天去麻汶的情形如实地告诉你吗？"

"当然啦。"

我把伊莎贝尔的讲述重新整理了出来，一部分是我对她和我讲的内容的回忆，一部分是借助了我的想象力。不过，她和拉里的谈话很长，我敢肯定他们说的比我现在要叙述的多得多。就像人们在这类场合通常做的那样，他们不但讲了许多不相干的话，而且反复讲了许多车轱辘话。

那天，伊莎贝尔醒来，看见天气很好，就给拉里打个电话，叫他开车送她去麻汶，她告诉他说，她母亲有点事情要她去办。除了她母亲让尤金把一暖瓶咖啡放进篮子里外，她还多准备了一暖瓶马丁尼酒。拉里的敞篷车是最近买的，很是得意。他是个开快车的主儿，他的车速使两人都感到刺激。到了之后，伊莎贝尔量了要替换的窗帘的尺寸，拉里记下了数字。后来就在门廊把午餐摆出来。门廊里刮不进一丝风，深秋初冬时节的阳光温暖宜人。那幢房子，坐落在一条土路边上，一点也没有新英格兰旧木屋的雅致，顶好只能说得上宽敞舒适，但从门廊望去，令人悦目；一个黑屋顶的红色大谷仓，一丛老树，再远就是一片一眼望不到头的褐色田野。虽然景色有些单调，可是，阳光和深秋的鲜艳色彩却在那天赋予了景色一种亲密的爱恋。在你面前展现的空旷里有一种兴奋。冬天这里一定寒冷、荒凉、枯燥，酷夏可能干涸、灼热、压抑。可就在那时，季节令人奇妙地兴奋，因为浩瀚的视野引诱灵魂去冒险。

他们像健康的年轻男女一样，午饭吃得很开心，他们愿意两个人在一起。伊莎贝尔倒出咖啡，拉里点着烟斗。

"现在，有啥就说吧，宝贝。"他说，目光里有一种开心的笑容。

伊莎贝尔吃了一惊。

"说什么？"她问道，尽量装出天真的样子。

拉里咯咯地笑了。

"你把我当作十足的傻瓜吗,亲爱的?你妈要是不知道客厅窗帘的尺寸,我把脑袋给你。这不是你叫我开车把你送到这里的理由。"

缓过神来,伊莎贝尔给了他一个精彩的微笑。

"可能是我觉得我们俩单独在一起玩一天很好。"

"可能吧,但我不信。我的猜想是,艾略特舅舅已经告诉你,我谢绝了亨利·马图林给我工作岗位一事。"

他说得轻松愉快,伊莎贝尔觉得用这种口吻把话谈下去倒也方便。

"格雷一定非常失望。他觉得有你在一块工作太棒了。你总得正经八百地干点什么,工作拖得越久,越难找。"

他抽着烟斗看着她,温柔地微笑着,使她弄不清他是不是认真的。

"你知道吗,我是这样想的,这一生我要多做点事,而不是卖证券。"

"那么好吧。进律师事务所或者学医。"

"不,哪个都不想做。"

"那么,你想做什么呢?"

"闲逛。"他冷静地回答。

"哦,拉里,别发疯。这可不是闹着玩的。"

她的声音有些发抖,眼里含着泪水。

"别哭,宝贝。我不想让你伤心。"

他走过来,坐在她身边,用胳膊搂着她。他的声音里有一种柔情,触到了她的伤心处,泪水再也忍不住了。但是,她擦干眼泪,强作欢颜。

"你说得多好,你不让我伤心。可你正让我伤心。你心里很明白,我爱你。"

"我也爱你,伊莎贝尔。"

她深深叹了口气；然后挣脱他的胳膊，从他身边挪开。

"我们理智点。男人总得工作，拉里。这是一个自尊的问题。这个国家还年轻，参加国家的建设是一个男人的职责。亨利·马图林前几天还讲到，我们将开始一个新时代，过去的成就显得微不足道。他说他看得出来，我们的进步是无限制的，他深信到一九三〇年，我们将成为世界上最富有和最伟大的国家。你不认为这太叫人兴奋吗？"

"非常叫人兴奋。"

"年轻人从来没碰到过这样的机会。我原认为你会以投入到我们面前的这项工作中而自豪。这是一次多么令人惊奇而激动的壮举。"

他轻松地笑了。

"我敢说你是对的。那些阿穆尔和斯威夫特公司将做出更多更好的肉罐头，那些麦考密克公司将造出更多更好的收割机，亨利·福特公司也将造出更多更好的汽车。而且人人会愈来愈富。"

"怎能不好呢？"

"正如你说的，怎能不好呢？说着了，我就是对钱不感兴趣。"

伊莎贝尔咯咯笑了。

"亲爱的，别像傻子一样说话。人没钱就不能生存。"

"我现在有点钱。这才使我有机会去做我想做的事。"

"闲逛吗？"

"对。"他微笑着回答。

"我真拿你没有办法，拉里。"她叹口气。

"对不起，我是不得已而为之。"

"你不是没办法。"

他摇摇头。他沉默了一会儿，陷入了沉思。等到他终于开口时，那话使伊莎贝尔感到震惊。

"人在死去的时候样子非常可怕。"

"你到底是什么意思?"她心怀忐忑地问。

"就是这个意思,"他向她懊悔地笑一下,"当你一个人飞上天时,你有许多时间思考。你会产生一些怪想法。"

"哪些想法?"

"模糊的。"他微笑着说,"不连贯的。混乱的。"

伊莎贝尔思忖了片刻。

"你不觉得,如果你找份工作,这些想法或许会自消自灭,你也就会知道你在哪儿了吗?"

"这个我也想过。我认为我也许做个木匠或者汽车修理工。"

"哦,拉里,人家会认为你疯了呢。"

"这重要吗?"

"对我来说,是的。"

两个人再次沉默不语。是伊莎贝尔先开了口,她叹了口气说:

"你现在跟你去法国之前判若两人。"

"这并不奇怪。你知道后来我碰上许多事情。"

"比如?"

"哦,就是些习以为常的闲事。我在陆军航空团里最好的朋友为救我而牺牲了,我怎么也不能从这件事中恢复过来。"

"说说看,拉里。"

他看着她,眼里露出深深的苦痛。

"我不愿意谈及它。毕竟,只是一件不起眼的事。"

伊莎贝尔天生就多愁善感,此时又泪眼汪汪。

"你不快乐吗,亲爱的?"

"快乐,"他微笑回答,"唯一使我不快乐的是我在令你不高兴。"

51

他抓着她的手,紧紧地握着,她感到他有力的手传递着非常友善的情意,多么情深意切,使她不得不咬着嘴唇,不让自己哭出来。他沉重地说,"除非我打定主意干什么,否则我将永远不能安宁。"他犹豫了一下,"这很难用语言表达,你一想说,就感到尴尬。你自言自语地说:'我是谁,竟对这事、那事以及别的事操心劳神呢?也许只是因为我是个自以为是的正人君子。如果循规蹈矩、随遇而安那不就好了吗?'可接着,你就会想到一个一小时前还有说有笑、充满生机和活力的人,直挺挺躺在那里死了;一切就是这样残酷,这样没有意义。你很难不扪心自问,人生究竟为了什么,是赋予了什么意义,还就是盲目的命运酿成的一场悲剧性错误。"

拉里说话的音调非常悦耳,但是犹犹豫豫,仿佛不得已说出他本来就不愿意说的话,然而语气非常沉痛并充满真挚,叫人不可能不被感动;沉默了一会儿,伊莎贝尔没有底气地说:

"要是我离开一段你会好些吗?"

她问这话时心里沉甸甸的。拉里等了好久才回答。

"我也这样想。你设法不在乎公众舆论,但很难。当公众舆论对你是敌视的,就会使你产生敌视,这样你就得不到安宁。"

"那么,你为什么不走呢?"

"哦,为了你。"

"亲爱的,让我们彼此坦率。眼下你的生活中并没有我的位置。"

"那你的意思是不想和我保持订婚关系了吗?"

她嘴唇颤抖强装微笑。

"不,真蠢,我的意思是我准备等了。"

"也许一年,也许两年。"

"没有关系。也许更短些。你想要上哪儿?"

他凝视着她,仿佛试着看透她内心深处似的。她脸上轻松地微笑,以掩饰自己深深的苦楚。

"哦,我想先去巴黎。那边我一个人不认识,不会有人来打扰我。我在部队里休假时,去过巴黎几次。我不知道为什么,但总觉得我脑海中的那些糊涂事能在那里得到澄清。那是个奇妙的地方,使你感到你在那里能够顺畅地理清思绪。我想在那里也许可以找到我要走的路。"

"要是找不到怎么办呢?"

他咯咯地笑了。

"那样,我就凭借我们美国人的务实精神,放弃徒劳的事,回到芝加哥,能找到什么工作就干什么。"

他们说话的情景对伊莎贝尔的影响太大了,使她告诉我时还有些激动,讲完之后,还可怜巴巴地看着我。

"你觉得我做得对吗?"

"我认为你不但做了你唯一能够做的事,而且还觉得你非常仁慈厚道、宽宏大量、善解人意。"

"我爱他,要他快乐。你知道,在某种程度上,我对他的走不感觉遗憾。我要他离开这个不友好的环境,这不仅为了他,也为了我。我不能怪那些人说他一事无成;为此我恨他们,然而在我内心里一直有种可怕的恐惧——他们是对的。可是,你不要说我善解人意,我不理解他的追求。"

"也许你的心懂而理智上不解,"我微笑着说,"你为什么不和他马上结婚,跟他一起去巴黎呢?"

她的眼神中露出了微笑。

"没有比这件事情我更愿意的了,可是我不能。你也知道,尽管我非常不愿意承认这一点,但是,我的确认为他要是没有我生活反而更好。如果纳尔逊医生说得对,他现在患的是延迟性休克,新环境和新兴趣肯定能将他治愈,一旦他的精神状态恢复平衡,他就会回到芝加哥来,像其他人一样做生意。我不想嫁给一个游手好闲的人。"

伊莎贝尔是在一定的教育方式下长大的,做人的原则根深蒂固。她没有想到钱,因为她从未有过她需要的东西得不到的经历,可是,她本能地知道钱的重要性。钱意味着权势、影响和社会地位。男人赚钱是天经地义的事,这就是男人简单的一生。

"你不理解拉里,不令我奇怪,"我说,"因为我相当肯定他连自己也不理解自己。他对自己的目的缄默不语,也许因为他自己也弄不清楚。听着,我根本还不了解他,这只是猜测,是不是有可能他在找什么,可又不知道那个东西是什么,甚至存在与否也都没有把握呢?也许他在战争中遇到的事情,无论什么,使他不安。你不认为他可能在追求一种虚无缥缈的理想——就像天文学家在寻找一颗只有数学计算才说明其存在的星体吗?"

"我觉得有什么事情在折磨着他。"

"是他的灵魂吗?可能他心有余悸。可能他对自己心灵的眼睛模糊看到的愿景是否真实没有信心。"

"他有时候给我一种这样古怪的印象,像个梦游者突然在一个陌生地方醒来,不知身在何处。战前他非常正常,他的一个可爱之处就是对生活的极大热情。他心不在焉,没有愁事,跟他在一起真爽;他非常可爱又可笑。究竟发生了什么,竟然使他有这么大的变化?"

"我也弄不明白。有时候,一件小事情对你的影响超出了事情本身。这要看你当时的环境和心情。我记得有一次在万圣节去做弥撒,法国人称那天为亡灵日,在一个村庄的教堂里,德国人在第一次挺进法国时曾骚扰过那里。教堂里满是军人和戴孝的女人,墓园里是一排排木制的小十字架。当悲惨肃穆的追悼仪式进行时,女人哭了,男人也哭了。我当时有个感觉,也许那些躺在小十字架下面的人可能比我们活着的人过得更好。我把我的感受告诉了一个朋友,他问我这是什么意思。我没法解释,也看出他认为我就是个彻头彻尾的白痴。我还记得,在一次战斗之后,看到很多死去的法国士兵一个个摞成一堆,就像一个破了产的木偶剧团胡乱丢弃在满是灰尘角落里的木偶,因为它们再也派不上用场了。当时我就想到了拉里对你说的那句话:死人看上去就完全没有了生机。"

我不想要读者认为我把拉里战争中所遭遇到的一切弄得很神秘,给对他的影响造势,然后在一个适当时候再加以披露。我想他没有告诉过任何人。可是,多年以后,他确实告诉了一个我和他都相识的女子,苏姗·鲁维埃,关于那个为了救他而牺牲的年轻飞行员的事情。苏姗转告了我,所以,我只能根据第二手材料来叙述事情的经过。我是从苏姗的法语翻译过来的。拉里显然和他的飞行中队里另一个男孩结下了深厚的友谊。苏姗只知道那个男孩带有讽刺性的绰号,那也是拉里提及他的时候所称呼的。

拉里告诉苏姗,"他是个红头发的小伙子,爱尔兰人,我们习惯叫他帕特西。他比我认识的任何人都更加充满活力,哎,是个精力充沛的人。他长了一张滑稽的脸,一咧嘴非常搞笑,你只要看他,就要笑出来。他是个冒失鬼,最疯狂的事也做得出来;总是挨上级的臭骂。他干脆不知什么是怕,他九死一生后,还咧着大嘴笑,好像这是世界上最好笑的笑话一样。但他是个天生的飞行员,在空中,他沉着冷静谨慎小心。他教我很多。他比我年龄大一点,什么事都罩着我;可事情就是很滑稽,因为我比他足足高出六英寸,如果打起架来,我能一下子就把他打晕。一次,他在巴黎喝醉了,恐怕我真的叫他体验到了我的厉害。

"我加入到这个飞行中队时,有点闷闷不乐,怕自己干不好,但是，他恰好开玩笑地让我树立自信心。他对战争的看法很怪，对德国鬼子一点也不恨；可是，他喜欢打架，要是去和德国鬼子打仗能把他给乐死。他把击落一架他们的飞机就看作是一个恶作剧。他性情鲁莽，无拘无束，不管轻重，但非常真诚，使你没有法子不喜欢他。他会为你随便把他身上的钱花光，也会把你的钱随便花光。如果你觉得寂寞，想家或者害怕（我有时候就那样），他会看出来，然后拿出一副搞笑的丑陋小脸，说些中听的话，把你的心情恢复过来。"

拉里抽他的烟斗，苏姗等他继续说下去。

"我们总是想方设法找由头，使我们能够一起休假；我们一到巴黎，他人就野了。我们玩得真愉快。那是在一九一八年，我们预定在三月初休一段时间假期，然后提前作安排。没有一件事是我们不想做的。在我们要走的前一天，我们受命飞越敌方上空带回侦察报告。突然，我们遭遇几架德国飞机，我们还没有弄清是怎么回事，激战就打了起来。其中一架朝我追来，可是我先击中了它。我看看它会不会摔下去，这时，我从眼角看到另一架飞机在我的后方位置。我俯冲甩开了它，可是，一转眼它又追上了我，我想这回交待了；后来，我看见帕特西就像一道闪电直劈过去，向它疯狂射击。它们招架不住掉头离去，我们也返航了。我的飞机被打得千疮百孔，我侥幸着陆了。帕特西比我先着陆。我下飞机时，他们刚把他抬出飞机。他躺在地上，他们在等待救护车开来。他看见了我，咧开嘴笑了。

"'我干掉了那个盯着你尾巴的笨蛋，'他说。

"'你怎么啦，帕特西？'我问。

"'哦，没有关系。我的胳膊受伤了。'

"他脸色死人般的苍白。突然，他脸上呈现一种奇怪的神情。他这才意识到自己要死了，而他脑海里还从未闪过什么叫死。他们还没有来得及拦他，他就坐了起来，笑了一声。

"'哟,真怪呀。'他说。

"他倒下死了。他二十二岁。他打算战后和一位爱尔兰的姑娘结婚。"

我和伊莎贝尔谈话的第二天,离开了芝加哥前往旧金山,在那里坐船去了远东。

第二章

一

一直到第二年临近六月底时，艾略特到伦敦来，我这才见到他。我问他拉里到底去了巴黎没有；他说他去了。听到艾略特因为拉里很恼火，我感到有点愉悦。

"我对这孩子有种说不出来的同情，他想要在巴黎待一两年，我不能怪他，而且还准备让他崭露头角。我告诉他，一到巴黎，就告诉我，可是，直到路易莎写信告诉我他在巴黎时，我才知道他已经来了。我按照路易莎告诉我的地址给他写了封信，由美国运通旅游公司转交，让他来吃饭，以便见我认为他应该认识的一些人；我想先让他认识一下那些法籍美国人，爱米丽·德·蒙塔杜尔和格拉西·德·夏托加亚尔等，可你知道他回信是怎么说的吗？他说，他很抱歉不能来，因为他来巴黎没有带晚礼服。"

艾略特直视我的脸，想看到他这番话会使我目瞪口呆。当看见我泰然处之时,他抬了抬眉毛,拿出一派目空一切的样子。

"他给我的回信写在一张脏兮兮的信纸上,信头是拉丁区的一家咖啡馆,我回信时让他告诉我他住在什么地方。我觉得,为了伊莎贝尔的缘故,我必须为他做点什么;我原以为也许他不好意思——我是说我不相信一个正常的年轻人到巴黎来会不带晚礼服,而且不管怎样说,巴黎的服装店还可以。所以,我就邀他来吃午饭,而且说了是个很小的宴会,可是,你信不信,他不但不理会我要求他把住址告诉我,仍旧由美国运通公司转交,而且说他从来不吃午饭。那我对他就没辙了。"

"我想知道他究竟在干些什么?"

"不知道,而且,跟你说实话,我也不想知道。恐怕他是个完全不受欢迎的年轻人,我认为伊莎贝尔要是嫁给他,那将是个大错。如果他过的是一种正常生活,我终究会在里兹酒吧间或者富格饭店或者什么地方碰见他。"

有时,我自己也去这些时髦的地方,但是,别的地方也去。那年初秋,我准备从马赛搭乘法国运输公司的船到新加坡,在去马赛的途中,碰巧在巴黎待了几天。有一天傍晚,我和几个朋友在蒙帕纳斯大街吃了晚饭,饭后又去多姆酒吧喝杯啤酒。我那双环视的眼睛一会儿就瞧见了拉里,他一个人坐在拥挤的走廊上摆放的一张大理石面的桌子旁。他在无所事事地看着闷热的一天过后来这纳凉的来往行人。我丢下朋友向拉里走去。他看见我,脸上露出笑容,对我深情地笑了笑。他请我坐下,可是,我说我和朋友在一起,不能坐了。

"我只想问候你。"我说。

"你在巴黎吗?"他问。

"只有几天工夫。"

"明天跟我吃午饭好吗?"

"我还以为你不吃午饭呢。"

他咯咯笑了。

"你见过艾略特了。我一般不吃,搭不起时间,我只喝杯牛奶和一个奶油蛋卷,可是,我很想跟你一起吃午饭。"

"好吧。"

我们约好第二天在多姆见面,先喝杯开胃酒,然后在蒙帕纳司大街上找个地方吃顿饭。我回到了朋友那里,我们坐着闲聊。当我再找拉里时,他已经走了。

二

第二天上午,我过得非常愉快。我去卢森堡博物馆待了一个小时看了几张我喜欢的画。然后,我走在公园里,青年时代的记忆浮现在眼前。一切如故。成双结走在沙砾小径上、热烈讨论那些使他们兴奋的作家的人,也许是当年那些学生;在保姆的监视目光下滚着铁环的孩子,也许是当年那些孩子;那些晒着太阳、看着早报的人,也许是当年那些老人;那些戴着孝,坐在公共长凳上,相互八卦食品价格和用人弊病的人,也许是当年那些中年妇女。后来我去了奥台翁剧院在画廊里看了看新书,我看到那些小伙子和我三十年前一样,在身着长袍工作服的服务员的不耐烦目光下,尽量多看一点他们买不起的书。后来我缓慢地走过那些亲切而昏暗的街道来到了蒙帕纳斯大街,再走就到了多姆咖啡馆。拉里在等我。

我们喝了一杯酒,然后沿着马路走到一家可以露天进餐的饭馆。

拉里可能比我记忆中的要苍白些,这使得他陷在眼窝里的那对黑眼睛更引人注目了;但人和以前一样泰然自若,这在一个这么年轻的人身上罕见,笑得还是那么天真。他在点午餐时,我注意到他的法语讲得很流利，口音很好。为此我向他表示了祝贺。

"你知道，我以前懂一点法语，"他解释说，"路易莎伯母给伊莎贝尔请了一位法国女家庭教师，她们在麻汶时，她常常叫我们一直和伊莎贝尔讲法语。"

我问他喜欢不喜欢巴黎。

"很喜欢。"

"你住在蒙帕纳斯吗？"

"是的。"他犹豫了一下才回答，我理解这是他不愿意说出他确切的居住地。

"艾略特对你只告诉他一个美国运通旅游公司的地址很生气。"

拉里笑了笑，但没有回答。

"你成天干些什么呢？"

"闲逛。"

"看书吗？"

"是的，看书。"

"你收到过伊莎贝尔的来信吗？"

"有时候。我们两人都不大欢喜写信。她在芝加哥过得很愉快。她和伯母明年过来要和艾略特住些时候。"

"那将对你很好嘛。"

"我想伊莎贝尔还从未来过巴黎。带她逛一逛那会很开心的。"

他很想知道我的中国行情况，聚精会神地听我讲；但是，当我想让他谈谈自己时，却没能如愿。他太寡言少语，使我只能得出这样的结论：他约我和他吃午饭，只是为了让我陪陪他高兴而已。我虽然高兴，但是感到困惑。我们一喝完咖啡，他就喊结账，付了钱，他就站起身来。

"好了，我得走了。"他说。

我们分了手。和以前一样我对他要干什么还是一无所知。我没有再见过他。

三

春天，布兰得利太太和伊莎贝尔比原计划早了一些到了巴黎。在艾略特家住下，那时我不在巴黎；我只得再次凭借我的想象力把他们几个星期的情况用我的话给填补上。她们在瑟堡上的岸，总是考虑周到的艾略特亲自迎接了她们。他们通关之后，开始了火车之旅；艾略特有些得意地告诉她们，他雇了一个很好的女佣来照顾她们。布兰得利太太说这完全没有必要，因为她们不需要女佣，艾略特训斥了她。

"不要一到就烦人，路易莎。一个人如果没有女佣不可能穿戴得很好，我雇下安托瓦内特不但为了你和伊莎贝尔，也为了我自己。你们穿得不讲究，我会很没面子。"

他轻蔑地看了一眼她们的穿戴。

"当然，你们要买点新礼服。我思来想去，终于得出结论只有香奈儿服装店才行。"

"我以前总去沃思服装店。"布兰得利太太说。

她这话还不如不说，因为艾略特根本没有理睬。

"我已经亲自跟香奈儿店说了，替你们约好了明天下午三点钟。此外，还有帽子。当然是在勒布店里买。"

"我不想花很多钱，艾略特。"

"我知道。我打算一切费用都由我来付。我一定得让你们给我长脸。哦，路易莎，我已经为你们安排好了几次宴会，而且告诉了我的法国朋友，说你丈夫迈伦当过大使；当然，如果他活得长一点，会当上的；这样效果会更好些。我想不会有人问起这事的，不过我觉得还是提醒一下为好。"

"你真荒唐，艾略特。"

"不，我不。我通晓人情世故，知道一个大使的孤孀要比一个牧师的孤孀更有地位。"

当蒸汽火车驶进巴黎北站时，伊莎贝尔站在窗口，喊了出来。

"拉里来了。"

火车一停，伊莎贝尔就跳下车，迎着拉里跑去。他张开胳膊抱着她。

"他怎么知道你们要来？"艾略特尖刻地问姐姐。

"伊莎贝尔在船上给他拍了电报。"

布兰得利太太亲切地吻了拉里，艾略特伸出一只无力的手和拉里握了一下。时间是晚上十点。

"艾略特舅舅，拉里明天能来吃午饭吗？"伊莎贝尔喊，她的胳膊挽着拉里的胳膊，满脸渴望，眼里闪着光。

"那我可很荣幸，不过，拉里已经跟我说过，他不吃午饭。"

"他明天会吃的，是不是，拉里？"

"是的。"他微笑说。

"那么，明天一点敬请光临。"

他再次伸出手来，想把拉里打发走，可是拉里傻乎乎地向他咧着嘴笑。

"我帮你们搬行李、叫车。"

"我的车子在等着，我的用人会照顾行李。"艾略特有尊严地说。

"这就好。那我们就可以走了。如果车子坐得下，我就送你们到家门口。"

"是的，就这么办，拉里。"伊莎贝尔说。

两人一同沿站台走去，布兰得利太太和艾略特跟在后面。艾略特的脸一副不以为然的冷酷样子。

"啥个腔调。"他自言自语地说了句法语。在某种情况下,他觉得讲法语能够更有力地表达他的情绪。

第二天上午十一点钟,艾略特梳理完毕后,因为他起床较晚,就给他姐姐写了一张便条,叫用人约瑟夫和女佣安托瓦内特送去,约她到书房来,他们有话说。布兰得利太太来了之后,他小心地关上门,把一支香烟放到一根很长的玛瑙烟嘴上,点着了,坐下来。

"我是说伊莎贝尔和拉里还维持着婚约吗?"他问。

"据我知道是这样。"

"恐怕我对这个年轻人可没有什么好话可说。"接着,他就告诉她,他是怎样准备把拉里推介给社交界和他计划以一种适当的方式让他确立地位的情况。"我甚至注意到一处住房,那正好是他所需要的。房子属于小马奎斯·德雷特尔的,他想转租出去,因为,因为他被派驻马德里大使馆任职。"

但是,拉里以一种清楚地表明他不想要艾略特任何帮助的方式拒绝了他的那些邀请。

"如果你不去利用巴黎不得不给你的机会,你来巴黎的目的是什么呢,我难以理解。我不知道他在干什么。他好像谁都不认识。你知道他住在哪儿吗?"

"我们所知道的唯一通信地址就是美国运通旅游公司。"

"像个旅行推销员或者度假期的学校教师。他要是在蒙马特[1]的一个画室里跟某个下流女子同居,我倒觉得很自然。"

"哎呀,艾略特。"

"他把自己的住处搞得这样神秘,还不和他同样身份的人来往,

---

1 巴黎穷画家的集中地。

这还能有什么别的解释呢?"

"这不像拉里。而且昨天晚上,你看不出他一如既往地爱着伊莎贝尔吗?他不可能如此虚假。"

艾略特耸一耸肩,让她明白男人的花花肠子匪夷所思。

"格雷·马图林怎样?还没放弃吗?"

"只要伊莎贝尔应允他,他明天就会娶她。"

接着,布兰得利太太告诉艾略特,她们为什么比原计划提前来欧洲。她发现自己身体欠佳,医生通知她患了糖尿病。病情不重,注意饮食并适当使用胰岛素,完全有理由活很多年,可是,她得知自己患了不治之症,就急着要看见伊莎贝尔的婚事尘埃落定。她们母女俩说明白了这件事。伊莎贝尔通晓事理,已经同意如果拉里拒绝他们原定的在巴黎待两年之后回到芝加哥,并且找个工作,那唯一能做的就是与他解除婚约。可是,布兰得利太太觉得,她们等到约定的时间,然后去巴黎把拉里像个逃犯一样抓回本国的做法有损她个人的尊严。她感到伊莎贝尔也会使自己很丢面子。但是,她们到欧洲避暑是很自然的事,伊莎贝尔还是在孩提时到过巴黎,以后再没去过。她们在巴黎走访后,可以去一个适合布兰得利太太养病的海滨,然后再到奥地利的蒂罗尔[1]住上很短一段时间,从那儿悠闲从容地穿过意大利。布兰得利太太的意思是让拉里陪她们去,以便他和伊莎贝尔都能体会到分开这么长时间两人的感情有没有变。拉里经过一时的放荡之后,是否准备承担生活的责任,届时会一清二楚的。

"亨利·马图林对拉里拒绝他给他提供的职位一事很恼火,但是,格雷说服了父亲,所以只要他回芝加哥,就可以有工作。"

"格雷这人很好。"

---

[1] 欧洲冬夏皆宜的旅游胜地。

"当然,"布兰得利太太叹口气,"我知道他会使伊莎贝尔幸福的。"

然后艾略特告诉布兰得利太太他已经为她们安排的宴会情况。明天他要举行一个大型午宴,周末还有一次盛大的晚宴。他还要带她们去参加夏托·加亚尔家的招待会,而且为她们弄到两张罗斯柴尔德[1]家将举行的舞会请帖。

"你请拉里吗?"

"他告诉我他没有晚礼服。"艾略特轻蔑地说。

"不过还要请他。毕竟还是个好孩子。冷淡他于事无补,只会使伊莎贝尔变得固执。"

"当然,你希望请我就请。"

拉里在约定的时间来午餐了。艾略特的礼数是谁也挑不出毛病的,他对拉里尤为热情。这很正常,因为拉里非常高兴、兴致勃勃,只有比艾略特心眼儿更坏的人才不会被拉里迷住。谈话都是关于芝加哥和他们在那里共同朋友的事,这样艾略特除了摆出一副和蔼可亲的样子并装得对这些他认为没有社会地位的人感觉兴趣外,也就没有什么事可做了。他不介意当听众;诚然,他觉得听他们谈到这对年轻人订婚了,那对年轻人结婚了,另一对年轻人离婚了这类事,相当有感触。有谁听过他们的事呢?他知道的是美丽的小德·克兰尚侯爵夫人曾经要服毒自杀,因为她的情人德·科龙贝亲王离开了她,娶了个南美洲百万富翁的女儿。这种事才值得一谈。他看看拉里,不得不承认他身上有种异常吸引人的地方:一双深陷的、黑得出奇的眼睛,高颧骨,苍白的皮肤和灵活的嘴。使艾略特想起波提切利[2]画的一幅肖像,他突然觉得如果拉里穿上那个时代的服装,看上去一定极其浪漫。他记得他想让拉里和一位著名的法国女人沾上风流韵事,而且一想到星

---

1 欧洲最著名的犹太金融财阀家族。
2 波提切利(1445—1510),意大利文艺复兴时期画家。

期六晚宴他就要见到玛丽·路易丝·德·弗洛里蒙,他狡猾地笑了。这个女人的社会关系无可挑剔,但出了名的伤风败俗。她四十岁,但看上去要年轻十岁;她继承了母辈的细腻之美,画家纳蒂埃[1]画过她的女祖先的肖像,这张像就是通过艾略特本人现在挂在美国的一个大博物馆里;她性欲极强,似无底之洞。艾略特决定让拉里坐在她身边。他知道玛丽会抓紧时间使拉里明白她的欲望。他已经邀请了英国大使馆的一位年轻专员,他认为伊莎贝尔也许会喜欢上他。伊莎贝尔人长得很美,而那位专员是个英国人,家境富裕,所以伊莎贝尔没有财富毫无关系。午饭开始,他们先喝的是极品的梦拉榭葡萄酒,然后是上等的波尔多葡萄酒,艾略特喝得和颜悦色,他心中暗喜,脑海里思忖着会出现的各种可能性。如果事情的最终结果如他认为完全可能发生的那样,亲爱的路易莎就再也没有什么可担心的理由了。路易莎与他始终有点谈不拢;可怜路易莎,她太闭塞了;可是他喜欢她。凭借他见过的世面能为她安排好一切,对他来说,是一件乐事。

为了不浪费时间,艾略特已经事先安排好一吃完午饭就带路易莎母女去看衣服,所以当他们站起来离开饭桌时,艾略特就用他最擅长的辞令暗示拉里他得走了,同时,用恳切和蔼的口吻让他参加自己已经安排完的另两次盛大宴会。他根本用不着这么麻烦,因为拉里早就欣然接受了邀请。

但是,艾略特的计划失败了。拉里来参加晚宴时,穿了一套非常露脸的晚礼服,艾略特见状如释重负,因为他一直有些担心,他还穿上次午饭时的那身蓝色套装。晚饭后,艾略特把玛丽·德·弗洛里蒙拉到角落里,问她觉得他的年轻美国朋友怎样。

"他眼睛很美,牙齿不错。"

---

1 纳蒂埃(1685—1766),法国宫廷画家,以其为路易十五宫廷中的贵妇人画肖像画而著名。

"就这些吗？我让他坐在你身边，因为我认为他恰是你的心爱之物。"

她怀疑地望着他。

"他告诉我他和你的漂亮外甥女订婚了。"

"得了，亲爱的，只要你能做到，一个男人属于另一个女人的情况从来没有阻止过你把他从她那里抢走。"

"你要我做的是这个吗？嗯，我可不想为你干这种卑鄙勾当，我可怜的艾略特。"

艾略特咯咯地笑了。

"我想，你这话的意思是你那套伎俩试过了，但是，发现不好使。"

"艾略特，我喜欢你的就是你有妓院老板的道德。你不想要他娶你的外甥女。为什么不呢？他有教养，又很讨人喜欢。可是他实在太天真了。我认为他对我的用意没有一点怀疑。"

"你应当表示得更明确些，亲爱的朋友。"

"我有足够的经验，知道我那是在浪费时间。事实是，他的眼里只有你的小伊莎贝尔，也就跟你说吧，她有比我年轻二十岁的优势。她人也可爱。"

"你喜欢她的衣服吗？我亲自给她挑的。"

"很好，也很合身。不过，她的穿戴肯定不是时髦的。"

艾略特认为这话有损他的面子，不挖苦她一下，不能就让她走开。他亲切地笑了笑。

"亲爱的朋友，活到你这样成熟年龄的人才能像你这样时髦。"

德·弗洛里蒙夫人手里挥的是一根大头棒，而不是一把长剑。她的反驳使艾略特这位弗吉尼亚人的血液沸腾。

"但是，我可以肯定，在你们黑帮圈内（贵国里）他们几乎不可能错过如此微妙、如此独特的事情。"

虽然德·弗洛里蒙夫人在吹毛求疵,但艾略特其余的朋友对伊莎贝尔和拉里都很喜欢。他们喜欢伊莎贝尔:她的鲜嫩之美、她的健康丰满、她的朝气蓬勃;他们喜欢拉里:他的生动外表,他的礼貌举止,他的恬静而讽刺的幽默。两个人都有讲得一口地道流利的法语的优势。布兰得利太太在外交界生活多年,法语说得着实正确,但还是带有一种美国音调,充斥着满不在乎。艾略特对他们盛情款待。伊莎贝尔对自己的新衣服新帽子很满意,对艾略特提供的所有快乐活动非常高兴,对自己和拉里在一起感到幸福快活,她认为自己从来没有玩得这样开心。

四

艾略特的观点是,早餐就是应该只和毫不相识的人一起吃的一顿饭,一般是不会有什么安排的,因此,布兰得利太太和伊莎贝尔只得在自己的卧房里吃早饭。布兰得利太太有点不情愿,而伊莎贝尔没有一丝不悦之感。但有时候,伊莎贝尔醒来后,就告诉安托瓦内特——艾略特给她们雇的那个主要的女用人,把她的牛奶咖啡送到她母亲房间里,这样她能一边喝咖啡,一边和母亲说话。在她忙碌的生活中,此时是她一天中唯一能够和母亲单独在一起的时刻。一个这样的早晨,母女到达巴黎后将近一个月的光景,伊莎贝尔向母亲叙述头一天晚上的事,大多是她和拉里与一群朋友逛夜总会的事,布兰得利太太听完后向她提出了那个自从来到巴黎之后心里一直想要问的问题。

"他什么时候回芝加哥?"

"不知道。他没有说过。"

"你没有问他吗?"

"没有。"

"你害怕问他吗?"

"不,当然不是。"

布兰得利太太倚在躺椅上,穿着艾略特坚持要给她买的时髦睡袍,修着指甲。

"你们两个人单独在一起时,都谈些什么?"

"我们不老是在谈。在一起就很好。你知道,拉里一直都很沉默。就是说话,也大都是我在说。"

"他一直在干什么?"

"我真不知道。我认为没有什么。我想他一直过得不错。"

"还有他住在哪里?"

"这个,我也不知道。"

"他好像非常不愿意说,是不是?"

伊莎贝尔点着一支香烟,一边从鼻孔里呼出一缕烟云,一边冷静地望着母亲。

"妈,你究竟想说什么?"

"你舅舅艾略特认为他租了一所公寓,跟一个女人同居。"

伊莎贝尔突然大笑起来。

"你不相信,是吗?"

"是的,老实说我不相信。"

布兰得利太太望着自己的指甲,思忖着:"你跟他谈过芝加哥吗?"

"是的,谈得很多。"

"他表示过他打算回去吗?"

"我不能说他表示过。"

"到今年十月他已经离开芝加哥两年了。"

"我知道。"

"好啦,这是你的事,亲爱的,你必须做你认为对的事情。但是,事情不是靠拖延就能解决的。"她的目光向女儿扫去,但伊莎贝尔并没有看她。布兰得利太太疼爱地向她笑了笑。"如果你吃午饭不想晚,最好还是去洗个澡吧。"

"我要跟拉里吃午饭。打算去拉丁区的什么地方。"

"玩得愉快。"

一小时后,拉里来接她。他们乘坐一辆出租车到了左岸圣米歇尔广场,下车漫步在行人拥挤的大街上,直到一家外表像样的咖啡馆。他们在阳台上坐下,要了两杯杜博尼[1]开胃酒。然后又叫了一辆出租车去了一家饭馆,伊莎贝尔胃口很好,拉里给她点的好吃的东西,她非常喜欢。她喜欢看和他们紧挨着坐的人们,因为这地方人很满;看见他们明显喜欢自己食物的强烈乐趣,自己都笑了;可是,她最最开心的是和拉里单独坐在一张小饭桌旁。她喜欢在自己兴致勃勃说话时,拉里眼神中的喜悦之情。和他在一起的那种无拘无束的感觉令她陶醉。但是,在她的心灵深处有种隐约的不安,虽然拉里看上去也自由自在,但她觉得这不是由于和她在一起的缘故,而是由于这种环境。母亲说过的话对她已经产生了点作用,表面上她还是那样天真地闲聊,实际上却在观察他的每一个表情。他和离开芝加哥时并不完全一样,但她说不出来哪儿变了。他看上去和她记得的年轻、坦率一模一样,只是表情变了。不是说他更加严肃了,他的面部表情在安静时一直是严肃的,而现在多了一种她陌生的镇静;犹如他已尘埃落定心安理得,这种心态他以前从未有过。

他们吃完午饭后,他建议逛一逛卢森堡博物馆。

"不,我不想去看画。"

---

[1] 一种非常受欢迎的开胃酒。

"那好吧,就到公园里坐坐。"

"不,这个也不想。我要去看看你住在哪儿。"

"没什么可看的,我住在旅馆里一个穷酸的小房间。"

"艾略特舅舅说你住在一所公寓,跟一个画家的模特姘居。"

"那么,你亲自去看看。"他大笑说,"离这里只有几步路,我们可以走过去。"

他带着她穿过狭窄、弯曲、昏暗的街道,尽管两边的高房子中间露出了一道蓝天,一会儿,就在一家门脸矫饰的小旅馆门口停下。

"我们到了。"

伊莎贝尔跟随着他进了一个窄厅,厅的一边有张书桌,书桌后面坐了一个人在看报,他只穿了衬衣,配了件薄黑黄条相间的马甲和一条脏兮兮的围裙。拉里向他要钥匙,那人马上从身后的架子上取来递给了他。那个人好奇地瞥了伊莎贝尔一眼,进而会意地假笑一下。显然他认为伊莎贝尔去拉里的房间不是做什么老实事。

他们上了两段楼梯,楼梯上铺的破旧的红地毯,拉里打开房门,伊莎贝尔走进一个有两扇窗户的小房间。他们窗子对面是栋灰色公寓,公寓底层是家文具店。房间里有张带个床头柜的单人床、一个镶面大镜子的大衣柜、一把装了垫子直背的扶手椅和一张桌子。桌子在两个窗户中间,上面有台打字机、信件和许多书。壁炉架上堆放着成套的平装书。

"你坐那把椅子,虽不大舒服,但这是我能提供的最好的了。"

他拉过来另一把椅子,坐下了。

"你就是住在这儿吗?"伊莎贝尔问。

看见她脸上的表情,他咯咯地笑了。

"是的,我自从来到巴黎,就一直住在这儿。"

"可是为什么呢?"

"方便。这儿离国家图书馆和巴黎大学近。"他指向伊莎贝尔先前没有注意到的一扇门,"这里有间浴室,早饭我可以在这儿吃,其他时间一般在我们吃午饭的那家餐馆吃。"

"这简直太脏了。"

"哦不,我觉得不错,这是我想要的。"

"可是,这里住的都是些什么类型的人?"

"哦,不清楚。阁楼里住了几个学生。其他房间是两三个在政府机关里做事的老单身汉和一个奥台翁剧院的退休女演员;另一个带浴室的房间住着一个被包养的女人,她的男友每星期四来看她;恐怕还有几个暂住的人。这地方很安静,很正派。"

伊莎贝尔有点不好意思了,因为她知道拉里已经看出来她有些不高兴并且在笑她。

"桌子上那本大书是什么?"她问。

"哪个?哦,那是我的希腊字典。"

"你的什么?"她叫道。

"没有关系,不会咬你的。"

"你在学希腊文吗?"

"对。"

"为什么?"

"我觉得我想学。"

他看着她,眼里充满微笑,她还以微笑。

"你不觉得你也许要告诉我,你到巴黎至今一直在做些什么吗?"

"我看了很多书。一天八小时或十小时。我在巴黎大学听过课。我想我已经把法国文学里所有的重要作品都看了,而且我能看拉丁文了,至少能看拉丁散文,几乎跟我看法文一样没有困难。当然,希腊文难些。但我有一个非常好的老师。我通常一星期到他那里补习三个晚上，一直到你来这里为止。"

"会有什么结果呢？"

"获得知识。"他微笑说。

"听起来不太实际。"

"也许不太实际，但另一方面，也许实际。总之非常有趣。你无法想象读《奥德修纪》[1]的原文该有多激动。它使你觉得只要踮起脚尖伸出双手，就能摸到星星似的。"

他从椅子上站起来，仿佛一股激情支配着他令他身不由己，在小房里来回走着。

"前一两个月我一直在看斯宾诺莎[2]。我想我还没有完全看懂，可是却感到欢欣鼓舞。这种感觉就像你乘一架飞机降落在群山中的一个大高原上，空旷孤寂，空气像佳酿一样如此甘醇，沁人心脾，你感觉像个百万富翁。"

"你要什么时候回芝加哥？"

"芝加哥？不知道。我没有想过。"

"你说过，如果两年之后，你得不到你要的东西，你就放弃不干了吗？"

"我现在不能回去。我刚迈进门，展现在我眼前的是广袤的精神之乡，令人心动，我渴望踏上这片无垠的热土。"

"你希望在那里找到什么？"

"我的问题的答案。"

他瞥了她一眼，几乎是在闹着玩，要不是伊莎贝尔那么熟悉他，说不准也认为他是在开玩笑。"我想弄清楚有没有上帝，我想弄清楚为什么有恶。我想要知道我的灵魂是不朽的，还是随死而灭。"

1　据传系古希腊诗人荷马所撰史诗。
2　斯宾诺莎（1632—1677），荷兰哲学家。

伊莎贝尔倒吸了一口冷气。听见拉里讲这等事情,她觉得很不舒服,幸亏他说得那么轻松,语气和平时讲话一样,不然伊莎贝尔很可能抑制不住她的窘相。

"可是,拉里,"她微笑着说,"人们几千年来都在问这些问题;如果有答案的话,至今肯定早已回答了。"

拉里轻声笑了笑。

"别笑得好像我说了什么蠢话似的。"她厉声地说。

"正相反,我认为,你说了很敏锐的问题。但是,另一方面,你也许会说,人们禁不住问这些问题是不争的事实,因此人们问了几千年,而且不得不继续问下去。还有,没有人找到过答案的说法不正确。答案比问题要多,而且许多人已经找到了令他们十分满意的答案。例如老鲁斯布鲁克。"

"他是谁?"

"哦,只是学院的一个我不认识的人。"拉里随口回答。

伊莎贝尔虽不明白他是什么意思,但还是阐述了自己的看法。

"这话听起来那么幼稚。大学二年级的学生才会对这些事情感到兴奋,可是,离开大学以后就忘得一干二净。他们得养家糊口。"

"我不怪罪他们,你知道,我的处境很好,活下去的钱还是足够的。要是没有的话,也会像别人那样不得不去赚钱。"

"但是,你一点也不把钱放在眼里吗?"

"是的。"他笑着说。

"你觉得你打算用多长时间来弄清楚这些事情?"

"这可说不准。五年。十年。"

"弄清楚以后呢?你打算把这种智慧用在什么上呢?"

"一旦我获得了智慧,我想我定会聪颖之至知道如何去做的。"

伊莎贝尔激动得十指相扣,身子从椅子上前倾。

"你大错特错,拉里。你是个美国人,你安身立命的地方不在这里。你的出路在美国。"

"我一达到目的,就会回去的。"

"可是,你在错失那么多的机会。此时我们正经受着这个世界从未有过的最惊天动地的壮举,你怎么能忍心坐在这停滞不前的地方?欧洲的时代已经结束。我们才是世界上最伟大、最强大的民族。我们在一日千里地前进。我们万事俱备。投身到你的国家的发展事业中是你的责任。你健忘了,你不知道今日美国的生活是多么令人激动。你敢说你不想投身是因为你没有勇气去面对摆在每个美国人面前的工作吗?唉,我知道在某一方面你也在工作,但这绝非你逃避责任的借口?这不比那种牵强的懒惰更甚吗?如果每个人像你这样畏缩不前,美国会变成什么样呢?"

"你的话够劲,心肝儿,"他笑着说,"我的答复是,不是每个人都有和我一样的感受。大多数人是运气的,也许他们准备循规蹈矩;但是你忘记的是,我想求知的欲望和格雷想挣大钱的欲望一样非常强烈。我想用几年时间让自己受教育就真的是背叛自己的国家吗?也许我学有所成,我定将回报,人们也会欣然接受。当然,还要看运气,不过,如果我失败了,也不比一个人做生意没有成功差什么。"

"可我呢?我难道对你一点不重要?"

"非常重要。我要你嫁给我。"

"何时?十年以后?"

"不。现在。越快越好。"

"啊,什么?妈妈给不起我什么。而且就是有,她也不会给的。她会认为,帮助游手好闲的人是错的。"

"我不要你母亲的任何东西,"拉里说,"我一年有三千元钱。这在巴黎足够用了。我们可以有一个小公寓和一个全天的女用人。我们会过得非常开心,亲爱的。"

"可是,拉里,一年三千块叫人怎么活。"

"当然能。很多人的钱比这少得多也能生活。"

"可是,我不想靠一年三千块钱生活。我怎么也不至于到这种地步。"

"我用一半的钱一直生活至今。"

"可你是怎么过的!"

她看一下那间昏暗的小屋,厌恶得浑身打战。

"这就是说,我已经有了点储蓄。我们可以去卡碧岛[1]度蜜月,秋天我们再去希腊。我疯了似的想去那儿。你忘了我们过去总是谈论要一起环游世界吗?"

"我当然想旅行。但不是像这样。我不想坐二等舱的船,不想住连个浴室都没有的三等旅馆,也不想在低档餐馆吃饭。"

"去年十月,我就这样去了意大利。玩得快活极了。我们可以靠一年这三千块把全世界游遍。"

"可是,拉里,我要有孩子。"

"不要紧。我们把孩子带着一起去。"

"你那么白痴,"她大笑说,"你知道有个孩子要花多少钱?维奥莱·托姆林森去年生了一个孩子,她节俭到了极致,可还是花了两千五百块。还有,你知道雇一个保姆要多少钱?"一件接一件的事情在她的脑海里涌现出来,她变得愈来愈不平静了,"你那么不实际。你不知道你要满足我什么。我年轻,我要快快乐乐的。我想要做人家都做的事情,我要去赴宴、参加舞会、打高尔夫球和骑马,我要穿漂亮衣服。你能体会到一个女孩子不能穿戴得跟她一起的那些人一样好,

---

[1] 著名的蜜月之乡。

心里是什么滋味吗？拉里，当你的朋友穿腻了的旧衣服被你买下时，当有人出于怜悯送给你一件新衣服作为礼品你表示感谢时，你知道这意味着什么吗？我甚至去不起一家像样的理发店适当地做做头发。我不要坐电车和公共汽车到处跑；我要有我自己的汽车。你觉得你在图书馆里看书我成天干什么呢？逛马路看橱窗还是坐在卢森堡公园里照看自己的孩子不要闯祸？我们连朋友都不会有。"

"哦，伊莎贝尔。"他打断她。

"不会是我过去经常来往的那些朋友。哦，是的，艾略特舅舅的朋友偶尔会看他的面子请我们一次，但是，我们去不了，因为我没有像样的衣服穿，我们也不会去，因为我们回请不起他们的款待。我不想认识一大堆邋邋遢遢、不修边幅的人。我要生活，拉里。"她突然意识到他眼睛里的神情，虽然盯着她时总是那样温柔，但是有一种觉得可笑的味道，"你觉得我愚蠢，是不是？你觉得我絮叨烦人。"

"不，不是。我觉得你说的这些很自然。"

他正背对着壁炉站着，所以她站起来，走到他跟前，这样他们就面对面了。

"拉里，如果你一文不名，找到一份工作收入三千元，我会毫不犹豫地嫁给你。我会为你做饭，我会收拾床铺，我会不在乎穿什么，也不在乎干什么，我会把这样看作是极大的乐趣，因为我知道这只是个时间问题，你会有钱的。但是，现在这样那就意味着我们一辈子要过一种肮脏且牛马不如的生活，一点期望都没有。这意味着我要苦海挣扎直到死的那天。我图什么呢？为了使你能够成年累月地设法找到连你自己都说解决不了的问题的答案。这可真是大错特错。一个男人应当工作。这是他来到世界上的原因。这才是他造福社会的方式。"

"总之，在芝加哥安顿下来，进亨利·马图林的投资公司是他的责任。你认为让我的朋友去买亨利·马图林感兴趣的证券，我会大大造福社会吗？"

"捎客总得有，养家糊口也完全是体面和光荣的。"

"你把巴黎中等收入人的生活状况描绘得很黑。你知道，实际上并非如此。人们不去香奈儿服装店，照样可以穿得很漂亮。而且所有令人关注的人不都住在凯旋门附近和福煦大道上。事实上，人们关注的人几乎都不住在那儿，因为他们一般钱都不多。我在这儿认识相当多的人；画家和作家、学生、法国人、英国人、美国人等等，我想你会觉得这些人比艾略特的那些品位低俗、热衷八卦的侯爵夫人和公爵夫人有趣得多。你脑筋来得快，又有生动的幽默感，听他们一边吃晚饭，一边交流想法，你一定乐在其中，尽管喝的只是普通的葡萄酒，也没有一个男管家和两个手下人在伺候你。"

"别犯傻了，拉里。当然我会那样。你知道我不是势利小人。我很喜欢会见令人关注的人。"

"是的，穿着香奈儿服装店的衣服。你想他们会不会理解为你在进行一种有教养的人对贫民窟的走访吧？他们会不自在，你也如此，而且你会一无所获，只是过后告诉爱米丽·德·蒙塔杜尔和格拉茜·德·夏托加亚尔，你在拉丁区碰到一群怪里怪气放荡不羁的人很好玩。"

伊莎贝尔轻微耸一耸肩。

"我敢说是这么回事。他们不是在和我一样的环境里长大的那种人，我和他们没有一点共同之处。"

"这扯到哪儿去了？"

"还是我们的原点。自从我记事起，我就一直就住在芝加哥。我所有的朋友在那儿，我全部的兴趣在那儿。我的家在那儿，芝加哥是我的归属，也是你的归属。我妈现在患病，而且她的病不会再好转起来。我就是想离开她也不能那样做。"

"这是说除非我准备回芝加哥,不然你就不想嫁给我了吗?"

伊莎贝尔在犹豫。她爱拉里,她想要嫁给他。她全身心地想要他,她知道他渴望得到她。她认为一旦摊牌,他会软下来。她害怕,可是她不得不冒这个险。

"是的,拉里,就是这个意思。"

他在壁炉架上划了一根火柴,点着了烟斗,一种旧式法国硫黄火柴点着后使鼻子里灌满了辛辣气味。然后他从她的身边走过,来到一扇窗子前面站着。他向窗外望去,沉默不语,似乎没有尽头。她仍旧站在原来面对着他站的地方,对着壁炉架上的镜子照自己,但照不着。她的心在怦怦地跳,她非常恐惧。他终于转过身来。

"我希望我能使你懂得,我向你建议的生活比你设想的任何生活都充实得多。我希望我能使你懂得精神生活多么令人兴奋、多么富有经验。精神生活没有止境,它是那样的美满。只有一种事堪与它媲美,那就是你亲自驾机飞到天上,越飞越高,越飞越高,只有无限的空间包围着你,无边无际的空间使你心醉。你会无比的高兴,这种感觉就是用世界上所有的权力和荣誉你都不会交换的。前几天,我读了笛卡儿[1]的著作,安逸、优雅、清澈,神了!"

"可是,拉里,"她不顾一切地打断他,"你看不明白你是在要求我去做我不适合的、不感兴趣的,也不想感兴趣的事情吗?我已经对你重复多少遍了,我只是一个普通的、正常的女孩,我现在二十岁,十年后我就老了,我要及时行乐。哦,拉里,我的确非常爱你。所有这些都是鸡毛蒜皮的事,不会使你有什么出息的。为了你自己,我求求你放弃吧。拉里,像个男人,做男人的事情。别人在争分夺秒地干而你却浪费宝贵的时光。拉里,你要是爱我的话,你就不会为了一个

---

1 笛卡儿(1596—1650),法国哲学家、数学家、物理学家。

梦想而抛弃我。该纵情玩乐的你也享受到了,跟我们回美国去吧。"

"我不能,亲爱的。这对我来说将是死亡,将是出卖我的灵魂。"

"哦,拉里,为什么这样说话?那些歇斯底里、卖弄知识的女人就是如此说话。这有什么意义呢?毫无意义,毫无意义,毫无意义。"

"恰好这正是我的感受。"他答道,眼睛闪烁着光芒。

"你怎么还笑呢?你没有意识到,这是一个极其严肃的问题吗?我们已经来到了十字路口,我们现在做的将影响我们的一生。"

"我知道。相信我的话,我现在十分认真。"

她叹了口气。

"如果你不听从道理,那就再也没有什么可说的了。"

"可是,我不认为这是道理。我认为,你这么半天讲的都是荒谬透顶的东西。"

"我?"要不是她心里难受,她会哈哈大笑的,"我可怜的拉里,你就是个白痴。"

她慢慢地把订婚戒指从手指上褪了下来,放在手心里,看着它。那是一枚用白金嵌着细边的四方红宝石戒指,她一直都很喜欢。

"如果你爱我,就不应当让我这样不愉快。"

"我确实爱你。可惜,有时候一个人无法做自己认为对的事情又不使别人不快乐。"

她把拿着红宝石戒指的手伸了出来,颤抖的嘴唇强作欢颜。

"给你,拉里。"

"我没有用。你把它留作我们友谊的纪念好不好?你可以把它戴在小拇指上。我们的友谊不需要中止,对吗?"

"我将永远关心你,拉里。"

"那就留着。我也会像你一样。"

她犹豫了一会儿,然后把戒指戴在右手的小拇指上。

"太大了。"

"你可以把它改一下。我们去里兹酒吧喝杯酒吧。"

"好。"

一切就这样轻而易举地过去了,她感到有点诧异。她没有哭。除了那时她不会跟拉里结婚外,似乎什么都没有改变。她几乎无法相信什么都过去了。他们俩没有大吵大闹反倒使得她心里感到不忿。他们几乎是心平气和地把这件事情谈妥的,犹如他们一直在讨论租房子的事。她感到有些失落,但同时又觉得有一丝满意的滋味,因为他们的举止言行是那样的文明。她本想用浑身解数弄明白拉里究竟是一种什么感受。可是,始终难以如愿;他那张讨好的脸和那双黑色的眼是一尊面具,她知道即使是认识他那么多年的她也看不透。她先前是把帽子脱掉放在床上的,这时她重新戴上帽子,站在了镜子前面。

"问你只是出于兴趣,"她一边说,一边整理着头发,"你原来想跟我解除婚约吗?"

"没有。"

"我曾想过这也许对你是一种解脱。"他没有回答。她转过身来,嘴角露出了欢乐的微笑,"好了,走吧。"

拉里把身后的门锁上。当他把钥匙交给桌子旁的那个人时,那人从头到脚地看着他们俩,眼里露出一种默许的狡猾神色。伊莎贝尔不可能猜不到这个人认为他们做了苟且之事。

"我就不信这个家伙敢对我的贞操打赌。"她说。

他们乘一辆出租到里兹喝了一杯酒。他们谈到一些无关痛痒的事,没有明显的不自然,就像两个天天见面的老朋友一样。尽管拉里天生木讷寡言,但伊莎贝尔却健谈言多,有唠不完的闲嗑,而且她决心不让沉默降落在他们之间,弄得没有话说。她不想让拉里觉得她怨恨他,同时她的自尊心又逼迫她装得和往常一样使拉里不会怀疑她伤心和不快乐。过了一会儿，她建议他送她回家。当他把车停在门口送她下车时，她愉快地对他说：

"不要忘了你明天跟我们一起吃午饭。"

"说死也不会的。"

她让他吻了自己的面颊，下车走了。

五

当伊莎贝尔走进客厅时，她看见有几个来访的客人已经在喝茶。有两个是美国妇女，她们住在巴黎，身着精美的礼服，脖子上戴着珍珠项链，手腕上戴着钻石手镯，手指上戴着昂贵的戒指。虽然一个人的头发染成了红褐色，另一个人的金发也不自然，但两个人出奇的相似。她们同样染着浓重的睫毛，同样涂着鲜红的嘴唇，同样抹着胭脂的面颊，同样保持着经过刻苦锻炼换来的苗条的身材，同样长着轮廓清晰的五官，同样有着如饥似渴不甘寂寞的眼睛；你不禁会意识到她们的生活就是拼命挣扎以保持住她们日益凋谢的魅力。她们无聊地唠着，声音喧嚣刺耳，没有一刻停留，好像害怕要是有瞬间的沉默，机器就会停运、代表他们一切的人工大厦就会坍塌。还有一个人，是来自美国大使馆的秘书，文雅沉默——因为他一句嘴也插不进——阅历丰富。他是个矮小、黑皮肤的罗马尼亚贵族，事事卑躬屈膝，两只又小又凸出的黑眼睛，一张刮得干干净净的黑脸；他总是站起来递个茶杯、传一盘子蛋糕或者给人点香烟、厚颜无耻地对在座的人进行最诣媚、最令人厌恶的恭维。他这样做是在偿还他曾巴结过的那些人已经给他的和以后将给他的所有晚餐。

布兰得利太太坐在茶桌旁，穿得比她认为的切合时宜更讲究以取悦于艾略特，她以平时的礼貌相当泰然自若地在尽地主之责。她对自己兄弟的这些客人是怎么看的,我只能想象。我只是认识她而已,而且她是个自有主意的女人,她不是白痴;她曾在外国首都住了那么多年,形形色色的人也见过无数,我想,她是根据自己出生和成长的弗吉尼亚小城市标准,对这些人做出精明之至的结论。我想她从观察他们古怪滑稽的姿态中感到相当好笑,而且我认为她对这些人的盛气凌人不屑一顾,如同她对小说里的人物的痛苦无动于衷,她从一开始就知道小说的结局是圆满的(否则她就不会去看它)。巴黎、罗马、北京对她的美国精神毫无影响,如同艾略特的虔诚天主教对她的坚定顺畅的长老会宗教毫无影响。

伊莎贝尔的青春、活力和强健的美貌给庸俗的气氛带来一股新鲜空气。她像个年轻的大地女神飘然而至。那位罗马尼亚贵族腾地一下站起来为她拉过来一把椅子,用丰富的手势施展他的外交手段。两个美国女人一边嘴上喊叫着爱慕之词,一边眼睛在上上下下打量着她,仔细瞧她的衣服,面对她的锦绣年华,也许会有一种失落感。当那位美国外交官看见伊莎贝尔使这两个女人看上去多么虚伪和憔悴时,独自微微一笑。可是,伊莎贝尔却觉得她们贵气十足;她喜欢她们的华丽衣服和昂贵珍珠,而且对她们老于世故的风度感到一阵嫉妒。她想知道是否能有那么一天她也会那样高雅之至。当然那个小罗马尼亚人相当可笑,不过,他相当讨人喜欢,即使他的动听好话是言不由衷,叫人听着也感亲切。她进屋打断的会话又恢复了,而且是兴高采烈,她们深信不疑,她们说的事情都值得一谈,也会让你几乎认为她们说得有道理。她们谈到自己出席过的宴会和将要出席的宴会。她们八卦最近的秽闻丑事。她们把自己的朋友诋毁得体无完肤。她们从一个名人谈到另一个名人,似乎谁都认识,所有的秘密都知道。她们几乎是一口气道出了最新的话剧,最新的裁缝,最新的人像画家,最新的首相的最新的情妇。人们会认为她们没有不知道的事情。伊莎贝尔都听呆了,这一切对她来说似乎极其文明。这才是生活,她有一种身临其境的兴奋感,这是实实在在的。环境好极了。宽敞的房间,地板上铺的萨冯内里地毯,满是镶嵌的墙上挂着赏心悦目的绘画,她们落座的是粗布刺绣椅子,各种镶嵌图案的无价家具,五斗橱和休闲桌,每一件都值得进博物馆;这个房间一定花了一大笔钱,但是值得。她前所未有地感觉到这个房间装点和布置得井井有条美轮美奂,因为旅馆的破旧房间、铁床、坐着不舒服的椅子还活生生地印在她的脑海里,而拉里还认为一切不错。房间空空如也,毫无生气而且恐怖。想到它使她不寒而栗。

聚会结束,剩下伊莎贝尔、她母亲和艾略特三人。

"妩媚的女人,"艾略特送那两个可怜的涂满脂粉的黄脸婆出门回来后说,"她们最初定居巴黎时,我就认识她们。我做梦也没有想到她们会变得现在这样高雅。我们的女士的适应能力是令人惊异的。你几乎看不出她们是美国人,而且是中西部来的。"

布兰得利太太扬起眉毛但没有说话,只是看了艾略特一眼,艾略特非常之机敏伶俐岂有不心领神会的。

"怎么说呢,可怜的路易莎,"他半刻薄半亲热地说,"不过,天知道,你曾有过机会的。"

布兰得利太太抿紧嘴唇。

"恐怕我一直令你感到伤心和失望,艾略特,不过,说实话,我对我现在这样非常满意。"

"人各有志。"艾略特咕哝了一句法文。

"我想我应当告诉你们,我和拉里解除婚约了。"伊莎贝尔说。

"啧,啧,"艾略特叫了出来,"这不使我明天请吃午饭的人少了一个吗?在这么短的时间里,我怎么能再找来一个人呢?"

"哦,他将正常来赴午宴。"

"在你跟他解除婚约之后？这好像很不合乎习惯。"

伊莎贝尔咯咯笑了。她的目光一直在艾略特身上，因为她知道，她母亲的眼睛正盯着自己，而她不愿意和她母亲的眼光碰上。

"我们没有争吵。我们今天下午谈了这个事情，得出了相同的结论：我们订婚是个错误。他不想回美国，他想要继续留在巴黎，他谈到要去希腊。"

"这到底是为什么？雅典没有交际活动。事实上，我本人对希腊艺术从来不大放在眼里。有些古希腊历史的东西有一种颓废的魅力，相当吸引人。可是，菲狄亚斯[1]：不行，不行。"

"你看着我，伊莎贝尔。"布兰得利太太说。

伊莎贝尔转过头来，看着母亲，嘴唇带有一丝微笑。布兰得利太太仔细凝视了她一会儿，只是发出了一声"哼"。这孩子没有哭过，她看了出来；她看上去泰然自若。

"我觉得解脱出来好，伊莎贝尔，"艾略特说，"我原来是准备竭力成全这件事的，可是，我一直认为，这个婚姻不是很合适。他确实配不上你，而且他在巴黎的言谈举止很清楚表明他将一事无成。凭你的相貌和关系，你可以找到比他更好的人。我觉得，你这件事情做得非常明智。"

布兰得利太太瞟了女儿一眼，心里不免忧虑。

"你不是为了我才这样做吧，伊莎贝尔？"

伊莎贝尔坚定地摇摇头。

"不是，亲爱的，我完全是自愿做的。"

1　菲狄亚斯（公元前490—前430），古希腊雕塑家、建筑设计师。

六

我已经从远东回来,就在那时,要在伦敦待一阵子。也许就在我刚叙述的那些事情之后的两个星期,艾略特一天早上给我打来电话。我听见他的声音并不奇怪,因为我知道他习惯来英国享受旅游季节结束时的快乐。他告诉我,布兰得利太太和伊莎贝尔跟他在一起呢,要是我那天晚上六点过去喝杯酒,她们会很高兴见到我。他们当然住在克拉里奇饭店。当时我住的地方离那儿不远,所以我漫步花园弄,穿过梅菲尔区安静、尊严的街道直到克拉里奇饭店。艾略特就住在他平时住的一套房间。室内镶嵌着褐色木,就像雪茄烟盒的那种木头,配备的家具寂静奢华。我被领进门时,艾略特一个人在屋里。布兰得利太太和伊莎贝尔去买东西了,随时会回来。他告诉我,伊莎贝尔和拉里已经解除了婚约。

由于艾略特对于人在特定的情况下应该怎样规范自己有自己的浪漫和高度传统的意识,所以他对这对年轻人的做法感到窘迫。拉里不仅就在解除婚约后的第二天赴午宴,而且举止好像他的地位没有改变似的。他和往常一样令人愉悦、彬彬有礼、冷静快乐。他一如既往地用同志般的深情厚谊对待伊莎贝尔。他看上去既没有疲倦、烦恼,也没有愁眉苦脸。伊莎贝尔没有表现出情绪沮丧。看上去还是那样幸福、笑得还是那样轻盈、玩得还是那样开心,好像她根本没有做过她一生中具有决定性和极其刻骨铭心的决定。艾略特是丈二和尚摸不着头脑。他根据从他们会话中听到的只言片语中得知,他们丝毫没有意思要取消以前约定的那些约会。所以一有机会,他就和他姐谈这件事。

"这不成体统,"他说,"他们不能一起到处跑好像他们仍旧是订婚一样。拉里实在应当懂得男女之间的分寸。而且，这样做有损伊莎贝尔的机遇。小福塞林根，那个英国大使馆的男孩，显然爱上了她；他富有，也有优越的社会关系；如果他知道伊莎贝尔解除了婚约，一定会向她求婚，这一点毋庸置疑。我觉得你应当跟她谈一下这个问题。"

"亲爱的，伊莎贝尔二十岁了，她有法子不得罪人地告诉你不要管她的事情，这一直使我感到很头疼。"

"那你可真把她给惯坏了，路易莎，再则，这是你应管的事情。"

"在这点上，你跟她的意见肯定有分歧。"

"你是在试探我的耐心，路易莎。"

"我可怜的艾略特，如果你有个成年的女儿，你就会发现一头反抗的小公牛也比她好管。至于想知道她内心在琢磨什么——我说，还是装作她几乎确认的那种单纯天真的老傻瓜好得多。"

"可是，你不是跟她把这件事谈清楚了吗？"

"我试了。她嘲笑我，告诉我实在没有什么可说的。"

"她伤心吗？"

"我上哪儿知道。我只知道她吃得香，睡得像个孩子。"

"算了，相信我的话，如果你任凭他们这样下去，他们总有一天会走掉，而且跟谁也不吱一声就结婚了。"

布兰得利太太微笑了一下。

"我们现在生活的这个国家，处处都给不正常的性关系提供了方便，反而给婚姻设置了各种障碍，你要是想到这些，就一定不会操心啦。"

"十分正确。结婚是件严肃的事，家庭和国家的稳定都寄托在这上面。但是，婚姻只有在通奸关系不仅得到容忍，并且还被认可的情况下，才会保持其权威。那就是娼妓的存在，可怜的路易莎——"

"就那么回事吧,艾略特,"布太太打断他,"我对你的那些不正常男女关系的社会价值观和道德价值观不感兴趣。"

就在那时,艾略特提出了一个阻止伊莎贝尔和拉里继续交往的计划,因为他们的关系与他认为的合适程度是格格不入的。巴黎的春游季节接近尾声,所有上流社会的人士安排要去海边或者多维尔,然后去他们在都兰、昂儒或者布列塔尼的祖传城堡里度夏。通常艾略特六月底去伦敦,可是,他的家族感很强,对姐姐和伊莎贝尔的感情又很真诚;他已经完全准备好了牺牲自己留在巴黎,如果她们希望他这样,谁走他也会坚守的;但是,现在他发现自己的处境很合心意,既能对他人做到最佳,同时又能方便自己。他向布兰得利太太建议,三个人立刻去伦敦,因为那边仍然是旅游旺季,而且新的兴趣和新的朋友会使伊莎贝尔的心境摆脱不幸的纠缠。根据报纸的消息,那位专治糖尿病的有名专家那时就在英国首都,布兰得利太太找他诊治的愿望完全可以对她们急促离开巴黎做出合理的解释,而且不用顾及伊莎贝尔或许有的任何不情愿。布兰得利太太同意这个计划。她弄不懂的是伊莎贝尔。她不能断定伊莎贝尔是否如她表面那样无忧无虑,还是心里痛苦、气愤或者伤心,不能断定她是否在装出一副放肆的样子,以掩盖她自己受伤害的情感。她只能同意艾略特的说法,看见新朋友和新地方,对伊莎贝尔有好处。

艾略特开始忙着打电话,因为在伊莎贝尔和拉里逛了一天的凡尔赛宫回来后,他就可以告诉伊莎贝尔他已经为她母亲约好了那位著名的医生在三天以后看病;还能告诉伊莎贝尔他在克拉里奇饭店定下一套房间以及他们后天就要动身。当艾略特有点自鸣得意地把这个消息告诉伊莎贝尔时,布兰得利太太观察着女儿的表情,但她是不动声色。

"哦,亲爱的,我很高兴你能够去看那个医生,"她还是气都不喘地脱口叫道,"当然你切不可错过这个机会。而且去伦敦太棒了。我们要在那里待多久?"

"回巴黎一点用处都没有了,"艾略特说,"一个礼拜以后这里就没有一个人了。我想要你们跟我在克拉里奇饭店度过这个季节剩余的日子。七月份总有一些好舞会,当然还有温布尔登网球赛。之后,还有在古德伍德举行的赛马和在考斯举行的赛船。我肯定埃林厄姆家乐于让我们坐他们的帆船去看考斯船赛,班托克家在古德伍德赛马时总要举行大型的宴会。"

伊莎贝尔似乎很高兴,布兰得利太太也放心了。从外表上看伊莎贝尔好像根本没有把拉里放在心上。

艾略特刚告诉完我这些,她们母女两人就进来了。我有超过十八个月没见到她们,布兰得利太太比以前瘦了一点,脸色更苍白了;她看上去一副疲惫的样子,身体很差。伊莎贝尔则容光焕发。红润的脸色,深褐色的头发,光芒四射的淡褐色眼睛,光洁的肌肤,给人一种那么青春和活着就那么幸福的印象,使你有一种高兴得要笑出来的感觉。她使我萌生十分荒唐的想法:她就像一个熟透了的梨,金色甘美,就等着你来吃。她浑身温暖四射,使你觉得只要伸出手来就能感到舒适。她看上去比我上次见面时高了一点;是不是因为穿了高跟鞋的缘故,还是因为那个聪明的裁缝把她的连衣裙剪裁得遮盖住了她年轻丰满的体型,我也说不出。她的姿态飘逸优雅,是自幼从事户外运动的女孩子所具备的。总之,她是一个非常诱人的少女,令人想入非非。假如我是她母亲,就该想到她到了该嫁出去的时候了。

我很高兴这次有机会对我在芝加哥时布兰得利太太对我的好意做些回报,所以我请他们三位在晚上一起去看戏,还为他们安排了一次午宴。

"你还是马上就请吧,老朋友,"艾略特说,"我已经告诉一些朋友我们到伦敦了,我想一两天后这个季节的剩余时间就会排满的。"

我明白艾略特说这话的意思是他们以后就没有时间和我这样的人在一起了,我笑了起来。艾略特瞟了我一眼,目光中我看到了有种傲慢。

"当然,一般情况下,你六点钟左右都会在这儿找到我们,我们始终会很高兴看见你。"他优雅地说,可是明显是想把我作为作家放在卑微的地位上。

但是,沉默规矩的人被逼急了也会反抗。

"你一定得跟圣奥尔弗德家取得联系,"我说,"听说他们打算卖掉他家的那幅康斯太勃尔[1]的画《索尔兹伯里大教堂》。"

"我眼下不想买什么画。"

"我知道,可是我认为你或许能帮他们卖掉这幅画。"

艾略特的眼睛冒出一股寒光。

"我亲爱的朋友,英国人是一个伟大的民族,可是,他们从来就不会绘画,而且永远也不会画。我对英国画派不感兴趣。"

七

在接下来的四个星期中,我很少见到艾略特和布兰得利太太母女。他令她们骄傲。他带她们到苏塞克斯郡的一个豪华人家度一个周末,又带她们到威尔特郡的另一个更豪华的人家过另一个周末。他带她们坐在皇家包厢里,作为温莎王室一个年轻公主的客人看歌剧;他带她们和大人物共进午宴和晚宴。伊莎贝尔去了几次舞会。艾略特在克拉里奇饭店招待了一系列宾客,这些人的名字第二天就在报纸上华丽登场。他在西罗饭店和大使馆举行晚餐招待会。其实,他做了一切

---

[1] 康斯太勃尔(1776—1837),英国风景画家。

应做的事情,他为了使伊莎贝尔高兴做了隆重、典雅的安排,伊莎贝尔要避免眼花缭乱,非得有一副复杂得多的头脑不可。艾略特能够自诩,他费尽心思不辞辛苦就是为了让伊莎贝尔忘掉不幸的恋爱,毫无私念而言;我觉得他是想让姐姐亲眼看见他和那些时髦、著名的人有多么熟悉,从中得到很大的满足。他是一个令人钦佩的主人,以施展自己精湛的交际手腕为乐。

我也被邀请参加过一两次艾略特的宴会,偶尔还在下午六点钟去克拉里奇饭店拜访一下。我看见伊莎贝尔被一些在近卫军里的身着漂亮衣服的魁梧年轻人和一些在外交部的身着差一点服装的高雅年轻人包围着。也就在一次这样的场合,伊莎贝尔把我拉到一边。

"我想求你点事,"她说,"你记得那天傍晚我们去一个药店喝了瓶冰淇淋苏打水的事吗?"

"十分清楚。"

"那次你很够朋友。你再做一次好人帮一次忙,好吗?"

"我会竭尽全力的。"

"我想跟你谈点事。我们能不能哪天一起吃顿午饭?"

"你想哪天都行。"

"找个清静的地方。"

"你说坐车到汉普顿宫苑,在那边吃午饭怎样?那些庭院眼下应该是繁花似锦的时候,而且还能看到伊丽莎白女王的床。"

这个想法很合她意,我们就确定了日期。可是,到了那一天,原来的风和日丽一下子变了。天空灰蒙蒙的,还下起了小雨。我打电话问伊莎贝尔是否还在城里吃午饭。

"我们不能坐在庭院里了,那些画作也会非常暗,看不出个子丑寅卯。"

"我在庭院里坐过的次数多啦,而且对古典油画也厌倦到了极点。"

不管怎样，我们去吧。"

"好的。"

我去接她，一起坐车走的。我知道一家小酒店，那里的饭菜还行，所以就直接到了那里。路上，伊莎贝尔还是津津乐道她参加的宴会和碰见的人。她一直玩得很开心，可是，她对自己结识的形形色色人物的评论，使我感到她很精明，而且对荒唐的人一目了然。恶劣的天气使游客止步，我们成了餐厅的唯一宾客。这家酒店的特色是英国的家常菜，我们点了一份配青豆、新马铃薯的上等羊腿和一个用深盘烘烤的涂上德文郡奶油的苹果派，再加上一大杯淡啤酒，就是一顿绝佳的午餐。吃完饭后，我建议到空无一人的咖啡屋去，我们能舒服地坐在那里的单人沙发里。咖啡屋很冷，不过炉火准备就绪，所以我擦了一根火柴生了火。火焰使这个昏暗的房间变得亲切了许多。

"好了，"我说，"现在告诉我，你要跟我谈什么事。"

"和上次一样，"她咯咯地笑了，"拉里。"

"我猜到了。"

"你知道我们已经解除婚约了。"

"艾略特告诉我了。"

"妈妈释然了，艾略特高兴了。"

她犹豫了片刻，然后开始叙述了她和拉里的那次谈话，对此我已原原本本地告诉了读者。读者也许会很惊讶，她为什么要跟一个她那么不熟悉的人说那么多的事情呢。我想我和她见面也就十多次，除去药店的那次，从来没有单独在一起过。我并不感到诧异。一则，如同任何作家都会告诉你的，人们不会跟别人讲的事情，的确会告诉一个作家。我不知道为什么，除非是这种情况：他们读了作者的一两本书以后，就对他有了特别亲密的感觉；再就是，或许他们把自己融入到了剧本中，认为自己好像是小说中的人物，所以随时准备像他们想象的作者杜撰的人物那样向他说出一切。我还觉得伊莎贝尔认为我喜欢拉里和她，他们的年轻打动了我，并且我对他们的不幸感到同情。她无法指望艾略特好心听她的诉说，因为拉里轻蔑地拒绝了一个年轻人少有的进入社交界的好机会，所以艾略特不愿意为这样的年轻人给自己找麻烦。她母亲也帮助不了她。布兰得利太太有崇高的原则和常识。她的常识使她认定，假如你想要在这个世界上生存下去，你就得接受这个世界的习俗，而且不去做他人点明了的不靠谱的事。她的崇高原则使她相信一个男人的责任就是在一个公司里上班，凭能力和主动性得到机会赚足够的钱，按照自己地位的生活标准养活妻子和家庭，给子女提供教育使他们能够长大成人靠正常收入生活，死后给自己的妻子留下足够的财产。

伊莎贝尔记性很好。那次长谈提到的各种变化她都铭记在心。我一声没吭地听她说完。她只打断自己一次，为了问我一个问题。

"勒伊思达尔是谁？"

"勒伊思达尔？他是荷兰的一个山水画家。怎么啦？"

她告诉我拉里提到过他。他说勒伊思达尔至少回答了他提出的那些问题中的一个，伊莎贝尔向我重复了她问拉里那个人是谁时他对她轻描淡写地回答。

"你想他是什么意思？"

我来了灵感。

"你确信他不是说的鲁斯布鲁克？"

"也许是。他是什么人？"

"一个生活在十四世纪的佛兰芒神秘主义者。"

"哦。"她带着失望说。

这对伊莎贝尔来说不重要，但是，对我来说很重要。这是第一次我对拉里心理转变的发现，所以，伊莎贝尔继续讲她的经历时，我虽然还在聚精会神地听,可是,一部分心思在考虑着拉里提到这个人可能意味着什么。我不想强调这个问题,因为有这种可能,他提到这位使人心醉神迷的导师的名字只是作为一个论证性的观点;也可能这里面有重要意义伊莎贝尔没有听出来。他说鲁斯布鲁克只是他上大学时一个不认识的同学这句话来回答伊莎贝尔的问题,显然是让她无法追问下去。

"你对这一切怎么看?"她讲完之后问我。

我等了一会儿才回答。

"你记得他说过他就是要闲逛吗?如果他这话当真,他指的闲逛似乎是从事某种很费力的工作。"

"我肯定他这话是真的。可是,你难道不明白,如果他努力从事任何有成效的工作,他肯定会有一份体面的收入的。"

"有人天生就令人不可思议。犯罪分子苦思冥想地设计阴谋结果把自己投入监狱,可是,一放出来他们就重操旧业,结果又进了监狱。如果他们把那么多勤奋、聪明、智慧和耐心放在正经工作上,他们会生活得很好,并且身居要职。但是,他们就想那样地生活。他们喜欢犯罪。"

"可怜的拉里,"她咯咯地笑着说,"你不是要说他学希腊语目的是制造一起银行抢劫案吧。"

我也笑了。

"不,我不是。我试图告诉你的是,有人要做某件具体的事情是他们情不自禁的,是受到一股非常强烈的欲望所支配的,他们不得不为之。他们准备牺牲一切以满足他们的渴望。"

"甚至爱他们的人都可以牺牲?"

"哦,是的。"

"这明显是自私吗?"

"我也不懂。"我微笑说。

"拉里学习死语言能有什么用处？"

"有些人的求知欲是没有利害关系的。这不是不光彩的欲望。"

"如果你不打算把知识派上用场，那它有什么好呢？"

"也许他就是这种人。也许，仅仅为了知道就是足够的满意，如同艺术家，能创造一件艺术品就是一种足够的满意。也可能这只是更远目标的一个步骤。"

"如果他想要知识，为什么从战场回来以后不去上大学呢？这正是纳尔逊医生和我妈想要他做的。"

"我在芝加哥时跟他谈过。学位对他没有用处。我模模糊糊地觉得他对自己想要什么有明确的想法，他觉得在大学里是得不到的。你知道，在学习上，有独狼，也有群狼。我认为拉里是那种只走自己路的人当中的一个。"

"我记得有次问他想不想写书。他大笑，说他没有东西可写。"

"这是我听到最不令人信服的不写作的理由。"我微笑说。

伊莎贝尔做了个不耐烦的手势。她连最温和的玩笑都没有心情听。

"我弄不懂的是他竟然已经变成这个样子。大战以前他和别人没有两样。你不会相信的，可是，他网球打得很好，也是个相当不错的高尔夫球手。我们其他人做的所有事情他都经常做。他是一个十分正常的男孩，而且谁也没有理由假设他不会成为一个完全正常的男人。你毕竟是个小说家，你应当能够解释这个事。"

"我怎么能解释人性的无限复杂性呢？"

"这就是今天我要跟你谈的原因。"她接着说，不理睬我说的那句话。

"你不开心吗？"

"是的,一点也不开心。拉里不在时,我很好;只要跟他在一起,我就感觉浑身无力。现在只是一种难受,就像你好几个月没有骑马,在骑马跑了一次长途后,你感到的那种僵硬:不是疼痛,也绝不是不可忍受,但是你能意识到这种感觉;我会挺过来的。我只恨拉里把自己的生活弄得如此糟糕的理念。"

"也许他不会。他开始走的是一条漫长而艰辛的道路,但是,或许,在路的尽头他会找到他寻觅的东西。"

"那是什么呢?"

"你没有想到过?在我看来从他告诉你的那些话中他表示得明明白白。上帝。"

"上帝!"她叫了出来。可是,这一句是极其诧异的惊叹语。虽然我们用了同一个词,但含义大相径庭,这很有喜剧效果,所以我们只得笑了出来。但是,伊莎贝尔马上又变得严肃起来,我觉得她的整个态度有点恐惧。"你怎么会那么想?"

"我只是猜测。可你要我告诉你我作为一个小说家是怎样看的。不幸的是,你一点不知道他在战争中的经历是那么深刻地感动了他。我觉得,他受到的瞬间震惊是他完全没有预料到的。我跟你说的是,不管拉里碰到了什么事都使他有了一种人生稍纵即逝的感觉,而且他感到极度的痛苦,认定世界上的罪恶和懊悔有弥补的方法。"

我看得出伊莎贝尔不喜欢我把谈话变化到这个主题上来。这使她感到畏缩和尴尬。

"这一切完全是病态,不是吗?人必须接受现实。假如我们活着,就一定要充分享受生活。"

"或许你是对的。"

"我只是一个十分正常、普通的女孩。我想要快快乐乐的。"

"看上去你们两人的脾气完全不相容。你在结婚之前发现了这一点好多了。"

"我想要结婚、生子,过上——"

"仁慈的上帝一直高兴给你安排的那种生活。"我微笑着打断了她的话。

"是啊,那样生活没有一点不对,是吗?那是一种非常惬意的状态,我非常满意。"

"你们就像两个一起去度假的朋友,一个要爬格陵兰的雪山,另一个要到印度的珊瑚礁去钓鱼。这显然是办不到的。"

"不管怎样,我也许在格陵兰的雪山上弄到一件海豹皮大衣,但我认为在印度的珊瑚礁是否能钓到鱼那就很难说了。"

"那还得看。"

"你为什么这样说?"她问,眉头有点皱,"你始终好像心里有什么事情没有说。当然我知道我在这件事中不是扮演主角。拉里才是主角。他是理想家,是做美梦的人,即使这个梦没实现,做了就相当令人兴奋。我扮演的是狠心、唯利是图、讲究实际的角色。一般来说从来不会大发慈悲,是吧?可是,你忘了我得用钱。拉里可以傲慢前行,留下荣耀的阴云,我只能尾随其后量入而出勉强度日。我要生活。"

"我一点都没忘。多年前,我年轻时,认识一个医生,人也不错,可他不开业。他花费数年时间埋头在大英博物馆的图书馆里寻找,间隔一段很长的时间他就写一部伪科学、伪哲学的巨著,由于没有人要看,他只好自费出版。他在谢世前写了四五本这样的书,没有一点价值。他有个儿子想参军,由于没有钱送他进桑德赫斯特军事学院,所以只好去当一名士兵。他在战争中阵亡了。他还有个女儿,长得很美,我对她相当倾心。她当了演员,可是没有天赋,只好游走外地,在二流公司里演小角色,工资微薄。他的妻子在从事多年的枯燥肮脏的苦活后身体终于垮了,女儿只好回家护理母亲,接替母亲做她已经做不动了的苦活。时间浪费、生活落败、一切徒劳。当你决定另辟蹊径时，这是在碰运气。虽然许多人参与了竞选，但是，中选者寥寥无几。"

"妈和艾略特舅舅赞成我的做法。你也赞成吗？"

"亲爱的，这对你重要吗？我对你几乎是个陌生人。"

"我把你看作是一个没有利害关系的观察者，"她舒心地笑着说，"我很想得到你的赞同。你确实认为我做得对，是吗？"

"我认为你为你自己做得对。"我说，深信她不会听出我的回话中有丝毫的区别。

"那么，为什么我感到内疚呢？"

"真的吗？"

她点点头，虽然嘴唇还带着微笑，可显得有点悔恨的苦笑。

"我知道这只是常识。我知道任何通情达理的人都会认同我做了唯一合理的事情。我知道从各方实际的角度，从人情世故的角度，从常规礼仪的角度，从是是非非的角度，我已经做了我应该做的。然而，在我的内心深处，有一种不安的感觉：如果我更好一点，更不功利一点，更无私一点，更高尚一点，我就会和拉里结婚，过他那种生活。如果我唯有足够爱他，我会一切皆可抛的。"

"你可以把话颠倒过来说。如果他足够爱你，他会毫不踌躇随你心所欲。"

"我跟自己也这样说过。但没有用。我想女人和男人的天性比较，女人比男人更能牺牲自己。"她咯咯地笑了，"路得和异乡麦田[1]及那类事情。"

"你为什么不冒险试试？"

---

[1]《旧约·路得记》：寡妇路得在波阿斯田里拾麦穗奉养婆婆拿俄米，波阿斯很照顾她。拿俄米得知后，就让路得趁波阿斯在场上睡熟时，掀被睡在他的脚下。波阿斯就娶了路得为妻，即大卫王的高祖母。

我们一直谈得很轻松，仿佛随意在谈论我们俩都认识，但关系不亲密的人；甚至伊莎贝尔在向我叙述她跟拉里的谈话时，也是轻松愉快，时而还伴有诙谐，引人发笑，好像她不想要我把她说的话太当真似的。但现在她的脸色变苍白了。

"我怕。"

我们沉默了一会儿。一股寒意沿着我的脊柱贯穿下去，这种奇怪的感觉是我面临深刻真实的人类情感时才会有的。我觉得这实在可怕而且相当令人惊叹。

"你非常爱他吗？"我终于问了她一句。

"我不知道。我对他不耐烦，生他的气。我一直渴望他。"

我们又沉默下来。我不知道说什么，我们坐的咖啡屋很小，厚厚的花边窗帘挡着外面的光线。贴着黄色的大理石花纹纸的墙上挂有旧的体育项目的图片。屋内陈设的红木家具、破旧的皮椅子以及一股霉味，不可思议地让人想起狄更斯小说里的咖啡屋。我拨了拨火，又加上些煤。伊莎贝尔突然开口说：

"你看，我原以为我一摊牌，他就会屈服。我知道他软弱。"

"软弱？"我叫了出来，"你怎么会这么想？他是一个这样的人，由于下决心要走自己的路，他经受住了他所有的亲戚朋友长达一年时间的反对。"

"过去我叫他做什么，他都能去做。我能把他玩于股掌之上。在我们做的事情上，他从不当头，只是随大溜。"

我点着一根香烟，看着我吐出的烟圈。烟圈变得越来越大，最后消散在空气中。

"我妈和艾略特都认为我在解除婚约之后仍然若无其事地跟他到处走很不对，但是，我没有把这当回事。我一直到最后都认为他会屈服。我不相信，当他的笨脑袋明白我说的话算数时，他不会让步。"

她犹豫一下,向我恶作剧地笑了笑,顽皮又不怀好意,"如果我告诉你点重要的事,你会不会大吃一惊?"

"我想可能性很小。"

"在我们决定来伦敦之后,我打电话给拉里,问他我们能不能一起度过我在巴黎的最后一晚。当我把这事告诉家里人时,艾略特舅舅说这非常不合适,我妈也说她认为没有必要。妈妈说没有必要,意思就是说她完全不赞成这样做。艾略特舅舅问我想要干什么,我说,我们打算找个地方吃晚饭,然后去逛夜总会。他告诉我妈她应当禁止我去。我妈说,'如果我禁止你去,你会听吗?'我说,'不,亲爱的,绝对不会。'然后她说,'这就是我原来所想的,既然那样,我禁止去似乎没多大意义了。'"

"你母亲好像是个非常理智的女人。"

"我相信很多事情是逃不过她的眼睛的。拉里来接我时,我到她房间里跟她说再见。我稍微打扮了一下;你知道,在巴黎不得不这样,否则你看上去那么赤裸裸的;当她看见我穿的那件连衣裙时,她把我从头到脚看了一遍,弄得我心神不安,怀疑她非常精明地知道了我的小九九。但是,她什么也没有说,只是吻了我一下,说她希望我玩得高兴。"

"你打算干什么呢?"

伊莎贝尔怀疑地看着我,好像不能完全决定她准备坦白到什么程度。

"我想我看上去很不错,而且这是我的最后机会。拉里在马克昔姆饭店预订了一张桌子。我们点了好吃的,所有的东西都是我特别喜欢吃的,还喝了香槟。我们喋喋不休,至少我是这样,我逗得拉里大笑。我喜欢他的一件事情是,我总能使他愉快。我们跳了舞。舞跳够了以后,我们又去了马德里城堡,我们在那里碰到几个相识的人,就加入了他们一起,而且又喝了香槟。后来我们都去阿凯西亚。拉里舞跳得很好,我们很合拍。热度、音乐和酒——我有点飘飘然起来。我感到一切都无所谓了。我和拉里脸贴脸跳着,我知道他要我。天晓得,我也要他。我有了一个想法。这个想法一直就在我的脑海里。我想我要把他带回家,一旦到家,嗯,那个不可避免的事情几乎不可避免地会发生。"

"我敢保证,你的措辞再微妙不过了。"

"我的房间与艾略特舅舅的房间和妈的房间不挨着,因此我知道没有什么风险。等我们回到美国之后,我想我会写信告诉他我怀孩子了。他只好回来和我结婚,而且只要能把他弄回去,我认为使他留在那儿并不难,特别是我妈在生病。'我真蠢,以前怎么就没有想到这个,'我跟自己说,'当然,这不什么都解决了。'音乐停下来时,我就原地不动让他搂着我。后来我说时间晚了,明天中午我们还得坐火车,所以我们最好走吧。我们乘了一辆出租汽车。我紧紧依偎着他,他搂着我,还吻了我。他吻我,吻我——啊,这是在天堂。好像一瞬间出租车停在了门口。拉里付了钱。

"'我走回去。'他说。

"出租车吱嘎一声快速开走,我搂着他的脖子。

"'上来最后喝一杯酒,好吗?'我说。

"'行,如果你愿意。'他说。

"他已经按了门铃,门开了。我们进门时,他开了灯。我看了他的眼睛,是那样的信赖、那样的诚实,那样——那样坦诚无欺;他显然一点没有想到我在给他设圈套;我觉得,我不能对他玩这样的卑鄙手段。我要做的就像把糖从孩子手里夺走似的。你知道我是怎样做的吗?我说,'好吧,也许你还是不上去为好。我妈今晚身体不大好。如果她已经睡了,我不想让她醒来。晚安。'我把脸伸了过去让他吻了,然后推他出了门。事情就这样结束了。"

"你遗憾吗？"我问。

"不高兴，也不遗憾。我只是情不自禁，我并不是要这样做；就是一时冲动，身不由己就做了。"她咧嘴笑了，"我想你会说这是我人性高尚善良的一面。"

"我想是的。"

"那么我高尚善良的人性一定会产生影响的。我相信将来它会更小心的。"

这句话实际上就是我们谈话的结束。或许伊莎贝尔能够敞开心扉地跟人说说话就是心灵的某种慰藉，而我能对她做的仅仅是听着而已。感觉到了自己的欠缺，我尽力说了至少几句话使她舒服一点。

我说："你知道，一个人在热恋中把事情搞砸了时，心里极为难受，认为再也不能摆脱痛苦了。可是，你将惊讶地学到大海的教诲。"

"这话怎么讲？"她微微一笑。

"是啊，爱情不是一个好水手，在大海的航行中它失去了活力。当你和拉里之间相隔大西洋时，你会惊奇地发现，你启程之前似乎无法忍受的痛苦竟是那么轻微。"

"这是你的经验之谈吗？"

"是往日经风雨见世面的经验体会。当我遭受单相思的痛苦时，我立刻搭上了一艘远洋客轮。"

雨还没有停下来的迹象，所以我们决定不看汉普顿宫的宏伟建筑群，乃至伊丽莎白女王的床，这样伊莎贝尔就不用去了，直接坐车回了伦敦。这以后我还见过伊莎贝尔两三次，但是，都有别人在场。后来，我在伦敦住够了一阵子，就动身前往提洛尔了。

第三章

一

在这以后十年，我没有见到伊莎贝尔和拉里。我依然能见到艾略特，甚至由于某种原因，我稍后再说，比以前见面的机会更多了。我不时从他那里得知伊莎贝尔的情况。但关于拉里，他一点情况都不能告诉我。

"据我所知，他还住在巴黎，可是，我不大可能碰到他。我们生活在不同的圈子里。"他又自鸣得意地补上一句，"令人悲哀的是，他竟堕落到如此地步。他出身于很好的家庭。我确信如果他把自己交给我来安排，我可以使他出人头地。总之，伊莎贝尔是幸免了。"

我的熟人圈并不限于艾略特认识的人；我在巴黎认识的许多人，艾略特可能会认为根本上不了场面。我虽然经常在巴黎逗留但都时间不长；也问过认识的人是否碰到过拉里或者有他什么消息；有几个碰巧认识他，但是，没有一个可称得上和他有深交，所以谁也没法告诉我他的情况。我去过他常吃晚饭的那家饭馆,但发现他已经好久不去了,所以他们认为他一定是离开了巴黎。我从未在蒙帕纳司大街的任何一家咖啡店里见到过他,这也是住在附近的人常去的地方。

拉里在伊莎贝尔离开巴黎之后,原打算去希腊,但是他放弃了。他实际做了些什么多年以后亲口告诉了我,但是,我会现在进行叙述,因为把事情尽量按时间顺序排列出来更方便。他整个夏天都待在巴黎,一直工作到秋深。

"我觉得我那时需要从书本里抽身出来休息一下,"他说,"我一天看八到十小时的书已经有两年了。所以我去了一家煤矿上班。"

"你干什么了?"我叫了出来。

他看到我的惊讶笑了起来。

"我认为干几个月的体力劳动对我有好处;我心想这样我会有机会理清自己的思绪,接受自己的现实。"

我没有作声。我不知道这是拉里走这个意外步骤的唯一理由,还是与伊莎贝尔拒绝和他结婚有关。事实是,我根本不知道他爱伊莎贝尔有多深。大多数人在恋爱时会想出各种理由说服自己,想做什么就去做什么这才是明智的。我想这就是为什么有那么多不幸婚姻的原因。他们就像这样的人,把自己的事情交给一个他们知道是个坏蛋的人去办理,恰好这个人是他们的亲密朋友,他们不愿意相信坏蛋首先是坏蛋,然后才是朋友这个道理,因为他们确信尽管这个人可能对别人不老实,对自己是决不会那样的。虽然拉里非常坚定地拒绝了为伊莎贝尔而牺牲自己选择的生活,但是,失掉伊莎贝尔可能比他自己预料的要更加苦涩地去忍受。可能他和我们大多数人一样,想要吃掉他的蛋糕又要拥有它。

"好,继续吧。"我说。

"我把书和衣服放在几个箱子里,交给美国运通旅行社保管。然后把一套上好的衣服和一些内衣打了一个包，就动身了。我的希腊文教师有个妹妹嫁给了朗斯附近一家煤矿的经理，所以老师让我给那个经理带了一封信。你知道朗斯吗？"

"不知道。"

"在法国北部，离比利时边界不远。我在那儿只住了一宿，在车站旅馆里，第二天坐当地的火车去了煤矿所在地。你去过煤矿村吗？"

"在英国去过。"

"哦，我想大致一样。有矿井，还有经理的房子，一排排整齐的三层小楼，都是一个样，完全相似，非常单调，使你心情沮丧。有一座新建、丑陋的教堂和几家酒吧。我到达时，天气阴冷，还下着毛毛雨。我去了经理办公室，把信交给了他。他是个矮胖子，两颊通红，看上去是个喜欢吃的家伙。矿上正缺乏劳动力，许多矿工在战争中被杀害了，还有很多波兰人在那儿干活，我认为有二三百人。他问了我一两个问题，他不太喜欢我是个美国人，似乎觉得这里面有鬼，可他大舅哥说我很好，不管怎样他还是乐意用我了。他想要安排我在地面上的工作，可是，我告诉他我想到矿下面去干活。他说如果我没有适应，会感到很难熬的，但是，我告诉他我有准备，所以他就说，我可以做一个矿工的助手。这活确实是男孩子干的，不过，没有足够的男孩子人手。他这人很不错，他问我有没有去找个安身之处，当我告诉他还没有去找时，他就在一张纸上写了个地址，说如果我去那儿，房子的女主人就会给我一个地方睡。她是个被杀害的矿工的遗孀，有两个儿子，都在矿上做工。

"我拿了包，去了那个地方。我找到了那所房子，一个身材高大面容憔悴的女人为我开了门，她头发已经花白，一双乌黑的大眼睛。她五官很好看，一定曾经漂亮过。要不是掉了两颗门牙，她不至于像当时那样憔悴的。她告诉我她没有房间，但是，她租给一个波兰人的房间里有两张床,我能睡另一张床。她的两个儿子住在楼上其中一个房间,另外一间是她自己的。她给我看的那个房间在一楼,我想应该是客厅;我本该有个属于自己的房间,但是,我想最好还是别挑剔;外面的毛毛雨已经变成了淅淅沥沥的小雨,我已经被淋湿了。我不想再走了,把自己弄得浑身湿透。所以,我说行,就这样住了下来。他们把厨房当作客厅,里面有几把要散架子的扶手椅。院子里有个装煤的棚子,也用作浴室。两个男孩和那个波兰人已经带了午饭,但是,她说中午我可以跟她一起吃饭。吃完饭后,我坐在厨房里抽烟,她一边做家务,一边跟我讲了她的身世和家庭。其他人下班回来了。那个波兰人先回来的,然后是两个男孩。波兰人穿过厨房,当房东太太告诉他,我要和他睡一个房间时,他一言没发只跟我点一下头,从炉盘上拿起一个大水壶到煤棚里洗澡去了。两个男孩尽管满脸煤尘但还是高挑英俊的小伙子,他们似乎跟谁都很友好。他们把我看作是个怪人,因为我是美国人。其中一个男孩十九岁,退伍才几个月,另一个十八岁。

"那个波兰人回来后,两个男孩又去清洗一番。波兰人的名字是难叫的那种波兰姓氏,可是他们都叫他科斯提。他是个大块头,比我高出两三英寸,身材魁梧。他脸色苍白、肥胖,鼻子短而宽,一副大嘴。他蓝眼睛,由于没能把眉毛和睫毛上面的煤灰洗掉,看上去像化了妆一样。黑睫毛把眼睛的蓝颜色衬托得几乎吓人一跳。他是个丑陋粗俗的家伙。两个男孩换了衣服出来了。那个波兰人还坐在厨房里抽烟斗看报纸。我口袋里有本书,所以拿了出来,也读了起来。我注意到他瞥了我一两次,一会儿他放下了报纸。

"'你看的是什么?'他问。

"我把书递给他,让他自己看。书名是《克莱夫王妃》[1],我在巴黎火车站买的,因为书小得完全可以放在衣袋里。他好奇地看了看书,又看了看我,然后把书还给了我。我发现他露出一种讽刺的微笑。

"'这本书有意思吗?'

"'我觉得很有意思——甚至引人入胜。'

"'我在华沙上学时读过,烦死我了。'他法语讲得很好,几乎听不出一点波兰口音。'我现在除了报纸和侦探小说以外,什么都不看。'

"勒克莱尔夫人,我们房东太太的名字,坐在饭桌旁补袜子,同时盯着正在做的晚餐的汤。她对科斯提说,我是煤矿经理介绍来的,还重复了我认为可以跟她说的话。他一边听,一边吸着烟斗,一双灿烂的蓝眼睛看着我,眼光犀利而精明。他问了我几个关于我个人的问题。当我告诉他我从未在煤矿上做过工时,他再次露出讽刺的微笑。

"'你不知道你要遭的是什么罪。一个人只要有别的什么事可做,决不肯上煤矿来工作。不过这是你的私事,肯定有你的理由。你在巴黎住哪儿?'

"我告诉了他。

"'有一段时间,我每年都要去巴黎一趟,不过,我都住在格兰大道上。你到过拉吕饭店没有?那是我最喜欢的餐馆。'

"'这有点出乎我的意料,因为你知道,这餐馆不便宜。'

"'一点不便宜。'

"我想他看出了我的诧异,因为他又一次露出那种嘲弄的微笑。可是,他显然觉得没必要进一步解释。我们继续在东拉西扯,后来两个男孩进来。我们吃了晚饭。晚饭后,科斯提问我是否愿意和他去小酒馆喝杯啤酒。小酒馆就是一间相当大的房子,房子的一头是个酒吧

---

[1] 法国拉法耶特夫人(1634—1693)著,是一部开性格小说先河的作品。

间和几张大理石面的饭桌,四周是木椅子。房子里有一架自动钢琴,有人放进去一个硬币,钢琴正播放着刺耳的舞曲。除了我们坐的那张桌子以外,只有三张桌子坐有人。科斯提问我是否会玩贝洛特纸牌。我曾经跟我的一些学生朋友学过,所以我说会玩;他就建议我们赌啤酒钱。我同意了,他叫人把纸牌拿来。我输了一杯,接着又输了第二杯。后来他建议我们赌钱。他的牌好,可我的运气不好。虽然我们的赌注非常小,但我还是输了几个法郎。赢了钱和啤酒使他的情绪高涨,他打开了话匣子。没多大一会儿我就从他的言谈举止上猜到他是个受过教育的人。当他再次谈到巴黎时,他就问我是否认识某某和某某,我在路易莎伯母和伊莎贝尔居住的艾略特家里见到的那些美国女人。他似乎比我跟这些人更熟悉,我很想知道他怎么会落到现在的这步田地。时间并不晚,可是,我们在破晓时就得起来。

"'走之前,我们再喝一杯啤酒吧。'科斯提说。

"他呷着啤酒,并用他那精明的小眼睛凝视着我。我知道他当时使我想起一个坏脾气的猪猡。

"'你为什么到这个糟糕透的煤矿来做工?'他问我。

"'体验一下。'

"'你是个傻瓜,小伙子。'他说。

"'可你为什么在这儿做工呢?'

"他耸耸魁梧笨拙的肩膀。

"'我是个孩子时就进了贵族的军官学校,我父亲是沙皇属下的一个将军,上次战争时我是骑兵军官。我受不了皮尔苏茨基[1]。我们筹划要杀死他,可是有人出卖了我们。他枪毙了我们那些被他捉到的人。我设法及时越过了边境。摆在我面前的只有参加法国军团或者到煤矿

---

[1] 皮尔苏茨基(1867—1935),波兰政治家、军事家。因主张波兰独立,屡次被捕,最后成为波兰的独裁者(1918—1922)。

上做工的两条路。我选择了两害之轻者。'

"我已经告诉过科斯提我在煤矿上要做的工作,他当时没有说什么,可是,现在他把胳膊肘放在大理石台面上,说道:

"'你试试把我的手腕子掰倒。'

"我知道这种老式的角力,所以握住他的手掌。他笑了。'几个星期之后,你的手不会再像这样软了。'我使尽力气掰,可是,他的力气巨大,根本不管用,他慢慢地把我的手压倒并按下了桌子。

"'你很有劲儿,'他这样说,'不是很多人能挺这么长时间的。听着,我的助手根本不行,他是个弱小的法国人,连个虱子的力气也没有。明天你跟我来,我会让工头叫你当我的助手。'

"'我很愿意,'我说,'你看他愿意吗?'

"'破点财。你能出五十个法郎吗?'

"他把手伸出来,我从钱包里拿出了一张钞票。我们回家睡觉了。我折腾了一整天,睡得像死猪一样。"

"你觉得煤矿的活极为艰辛吗?"我问拉里。

"开始是筋疲力尽,"他咧嘴笑了,"科斯提和工头一起干,我当科斯提的助手。那时候,科斯提干活的地方和旅馆浴室大小差不多,人进去要通过一条隧道,由于非常低你只能用手和膝盖爬进去。里面灼似地狱,我们干活时只穿一条裤子。科斯提又白又胖的上半身叫人极其厌恶,他看上去像一只巨大的蛞蝓。在那么狭窄的地方,风动剪的噪音震耳欲聋。我的工作是把他劈下来的煤块收到一起,装进篮子里,再把篮子拖到隧道口,在那儿把篮子里的煤装到煤车上,煤车间歇开来前往电梯处。这是我平生经历过的唯一的一个煤矿,所以我不知道所有煤矿的做法是不是都如此。煤矿对我来说好像是外行,而且工作极其繁重。半日的时候,我们停下来休息,吃午饭,抽烟。一天下来之后,我并不懊悔,而且天哪,洗个澡感觉不错。我就当作我的脚再也不会干净了，黑得就像墨水。我的双手也免不了磨出了泡，痛得很厉害，但是痊愈了。我习惯了这个工作。"

"你坚持了多久？"

"只干了几个星期。运煤到电梯那儿的煤车是由牵引车拖去的，司机是个技术不好的技工，引擎总出现故障。一次他发动不了车子，好像一筹莫展。还好，我是个相当不错的机械师，所以我看了一下，半小时，就把车子修好了。工头告诉了经理，经理把我找了去，问我是否懂得开车。结果他叫我做了那个技师的工作；当然这项工作是单调的，但轻松，而且他们没有再碰上引擎的毛病，所以对我感到满意。

"科斯提对我离开他非常伤心。我很适合他，他已经习惯我了。我开始非常了解他了，成天在一起干活，吃完晚饭一起去小酒馆，在一个房间里睡觉。他是个有趣的家伙。是你感兴趣的那种人。他不跟波兰人交往，而且波兰人去的咖啡馆我们不去。他忘不了自己是贵族，曾经是一名骑兵军官，所以，他把那些波兰人看作垃圾。波兰人自然对此耿耿于怀，但是，毫无办法；他壮得像头牛，要是打起架来，不管用不用刀，他一个人抵得上六个人一起上。我还是认识了几个波兰人，而且他们还告诉我，他当过骑兵军官不假，是在一个精干骑兵团，但是，他说离开波兰是由于政治原因，这是在说谎。他打牌作弊，被人捉个正着，所以被赶出华沙军官俱乐部并被解职。他们告诫我不要跟他打牌。他们说这就是他为什么那么不愿和他们接触的原因，因为他们太熟悉他的底细了，而且不愿和他玩牌。

"我打牌一直输给他，你知道，输得不多，一晚上只有几个法郎，而且他赢了以后，总坚持付酒水钱，所以实际上一共没有多少钱。我认为我的运气一直不好或者没有他玩得好。但是，在那以后，我留意起来，而且绝对肯定他作弊，可是，你知道，我拼了命也看不出来他是怎样作弊的。哎，他会耍小聪明。我也知道他根本不可能总抓到最好的牌。我就像个山猫看着他的举动。他就像狐狸一样狡猾,而且我猜想,他已经看出我已经对他提防了。有一天晚上,我们玩了一会儿之后,他看着我,脸上带着那种残酷、讽刺的微笑,这是他所知道的唯一微笑的方式,并且说:

"'我教你几招诀窍好不好?'

"他拿过去一副纸牌,叫我说一张牌,然后他洗牌并让我选一张,我选了,结果这张牌恰好是我说的那张。他又变了两三个戏法,然后问我玩不玩扑克。我说玩,他就发给我一手牌。我一看,手里的牌是四个 A 和一个老 K。

"'你有这副牌乐意押上很多的钱,不是吗?'他问我。

"'我会把所有赌注都押上去。'我答。

"'傻瓜。'他放下了发给他自己的那手牌,是同花顺。怎么会是这样,我不知道。他看到我的惊愕哈哈大笑。'假如我不是一个诚实的人,现在我就会让你输掉全部财产。'

"'实际上你已经很不错了。'我咧嘴笑了。

"'那都是小钱。连在拉吕饭店吃顿晚饭都不够。'

"我们几乎每晚都打牌。我得出结论是,他作弊不是为了钱,而是为了取乐。他知道他在愚弄我,这一点使他感到有一种奇怪的满足,而我觉得,他发现我明知道他在作弊却看不出他是怎样做的,从中得到很大的消遣。

"可是,这只是他的一方面,使我感觉兴趣的是他的另一方面。我无法把这两方面一致起来。虽然他自夸除了报纸和侦探小说以外,什么都不看,但他是个有教养的人。他很健谈,说起话来刻薄、严厉、讽刺,听他说话使人爽快。他是个虔诚的天主教徒,床头挂一个十字架,每个礼拜天都去做弥撒。星期六晚上他总是喝醉酒。我们去的那家小酒馆,当时的人挤得满满的,室内烟雾弥漫。有沉静的中年矿工,带着家人一起来的,有成群结队吵吵闹闹的年轻人,有汗流满面围着桌子玩贝洛特纸牌[1]的男人,在大喊大叫,而他们的老婆坐在稍后一点的地方观看。人群和噪音对科斯提有一种奇怪的影响,他变得严肃并谈起神秘主义来——你根本想象不到的主题。我当时对神秘主义一无所知,只是在巴黎读过一篇梅特林克[2]著的论鲁斯布鲁克的文章。可是,科斯提却谈及了柏罗丁[3]、古希腊雅典最高法院法官丹尼[4]、鞋匠雅各·波墨[5]和梅斯特·埃克哈特[6]。这位大块头已经被他自己的贵族世界所抛弃,贫困潦倒,被人嘲讽,可听到他谈论万物之主和与上帝结合的幸福真是匪夷所思。所有这些我从来没有听过,我是又迷惑又兴奋。我就像一个睁着眼睛躺在一间黑屋子里的人,忽然一道光线穿透窗帘,那个人知道他只有拉开窗帘,他的眼前才会呈现朝霞映照下的彩虹之国。可是,在科斯提清醒的时候,我尽力让他谈这个话题,他竟然对我非常生气,眼睛恶狠狠地看着我。

"'我连自己说的什么都不知道,还怎么会知道我要谈什么呢?'他打断我。

"可是,我知道他在撒谎。他十分清楚自己在谈什么。他知道很多。当然他当时是喝醉了,可是,他的眼神,他丑陋脸上全神贯注的表情,绝不是仅仅喝了酒的事。这里面还有其他原因。他第一次这样跟我谈,他说的话我念念不忘,因为令我悚然;他说,世界不是创造物,因为无中不能生有;世界是永恒的自然表现;嗯,是那么回事,可是,他

---

1 贝洛特纸牌,法国流行的一种纸牌。

2 梅特林克(1862—1949),比利时作家。

3 柏罗丁(205—270),古希腊哲学家。新柏拉图主义始创人。

4 丹尼即圣丹尼(?—272?),巴黎第一任主教,于公元250年派向巴黎传教,因宣传犹太教义被斩首。

5 雅各·波墨(1575—1624),德国哲学家,去世时身份为鞋匠。

6 梅斯特·埃克哈特(1260—1327),德国神秘主义者。

接着又说，恶和善一样，都是神的直接表现。这些生僻的话语是我在那个肮脏嘈杂的咖啡馆里，伴着自动钢琴的舞曲听到的。"

二

为了让读者休息片刻，我在这里开始新的一节，但是，我这样做只是为了读者的方便；我和拉里的交谈没有中断。我不妨借此机会交代一下，拉里说得不慌不忙，还经常小心选择他的措辞。虽然我绝没有自称把这些谈话说得准确无误，可是，我不但竭力重述了他的谈话内容，而且也呈现了他的谈话方式。他的声音抑扬顿挫，具有一种音乐的节奏，听起来很入耳；他说话时，没有任何手势，抽着烟斗，时常停下来重新点一下烟斗，他看着你的脸，乌黑的眼中有一种讨人喜欢的、常常是异想天开的表情。

"后来春天来了，在那块平坦、凄凉的矿区，仍然透着寒气并且阴雨绵绵，春天来得很晚；可是，有时候，一个温暖的晴天使人不愿离开地面的世界，坐在摇晃的电梯里和穿着脏兮兮工作服的矿工们挤在一起下到地球的深处。春天到来不假，但是在那个严酷和肮脏环境里似乎来得羞怯，好像不能确定是否受到欢迎似的。它像一朵花，一朵水仙或者百合，生长在贫民窟寓所窗台上的花盆里，你弄不懂它在那儿的寓意。星期天早晨，我们躺在床上，因为我们星期天早上总是很晚起床，我在看书，科斯提突然对我说：

"'我要离开这儿。你想要跟我一起走吗？'

"我知道许多波兰人夏天回波兰去收割，不过，时令尚早，而且科斯提不能回波兰。

"'你去哪儿？'我问。

"'流浪。穿过比利时到德国，然后沿莱茵河走。我们可以在农场

上找份工作,熬过这个夏天。'

"我当即就决定了。

"'听上去很好。'我说。

"第二天,我们告诉工头我们不干了。我找到一个人愿意拿背包和我换手提箱。我把不需要的和拿不了的衣服送给勒克莱尔太太的小儿子,因为他的身材和我差不多。科斯提留下一个包,把想要用的东西打进背包,第二天,我们喝完老太婆给我们煮的咖啡就出发了。

"我们一点不着急,因为我们知道我们至少得等到准备收庄稼时才能在农场找到活计,所以,我们取道那慕尔和列日缓慢地穿过法国和比利时,然后经亚琛进入德国。我们一天顶多走十或十二英里,看到顺眼的村庄,就在那儿停下来。总有一个客栈之类的地方可以过夜,总有一家酒馆可以吃到饭,喝到啤酒。总的来说,天气晴朗。在煤矿里待了那么多月之后,来到野外,真的很棒。我觉得我从未意识到一片绿茵该有多好看,一棵树还没有长出叶子,但它的树枝蒙在一层淡绿色薄雾中该有多美。科斯提教起我德语来了,我认为他的德语和法语讲得一样好。我们走的一路上,他就告诉我看到的各种各样东西的德文名字,一头牛,一匹马,一个人等等,后来又让我复述简单的德文句子。时间就这样过去了,到我们进入德国时,我至少能向人家要我想要的东西了。

"科隆不大顺路,但科斯提坚持去那儿,他说为了看看那一万一千名殉道童女[1]。可我们到了科隆后,他纵酒取乐去了。我三天没见到他,当他出现在我们住的有点像工人住的只提供床铺宿舍的房间时,脸色非常阴沉。他和别人打架了,被打了个乌眼青,嘴唇上也有了一道伤口。我敢说,真没个人样。他睡了二十四小时,然后我们动身沿着莱茵河的

---

[1] 科隆的圣乌尔苏拉教堂相传藏有遭匈奴杀害的11000名童女的遗骸。

山谷前往达姆施塔特；他说那地方的乡下很好，我们很有机会找到工作。

"我从未感到这样舒服。仍旧是晴空万里，我们漫步在小镇和村落之中。看到有什么风光，就停下脚步驻足欣赏。我们寄宿在任何可以过夜的地方，有一两次，就睡在稻草堆上。吃饭在路旁的客栈里，一到了葡萄酒乡时，我们从喝啤酒变成了喝葡萄酒。我们在酒馆喝酒时交了一些朋友。科斯提有种粗犷的乐天派头，使那些人对他充满信任，他会跟他们玩德国纸牌游戏斯卡特，而且把他们赢得一塌糊涂，但是他那种虚张声势的好情绪以及说些他们爱听的粗俗笑话使得那些人根本不大介意输些芬尼[1]。我在他们身上练习讲德语。我在科隆时买了本英德会话语法小册子，所以进步很快。到了晚上，科斯提在喝了几公升的白葡萄酒后，就会以一种病态的方式谈从逃避孤独到孤独、谈灵魂的黑夜、谈造物和主宰合为一体的极乐。但是，第二天清晨，当我们穿行在欢乐的原野、踏在沾着露水的草上时，我想要他再告诉我一点，他就变得非常生气，以致要动手打我。

"'住口，你这傻瓜，'他说，'你要知道这些胡说八道的事儿干什么？算了，我们继续学德语。'

"一个拳头像汽锤而且说打就打的人，你不可能和他争辩。我曾看见过他大发雷霆。我知道他可以一下子把我打昏，把我丢在水沟里，而且我对他要做的事情一点都不会感到惊奇，他会在我昏迷时掏空我的口袋。我对他琢磨不透。当葡萄酒让他畅所欲言并谈到至高无上的神时，他去掉了平常使用的粗野下流话，如同脱掉在煤矿里穿的肮脏工作服，他说话文雅，甚至颇有口才。我相信他是真诚的。我不知道我是怎样想到这点的，但我还是有了这种想法，他从事煤矿的艰

---

[1] 德国辅币单位，1马克等于100芬尼。

辛残酷的劳动是为了苦修他的肉体。我觉得他憎恨自己那个庞大笨拙的身体，想要折磨它；他的欺骗行为、他的怨恨、他的残酷都是他的意志对一种根深蒂固的本能神圣的反抗——唉，我不知道你会称它什么——是对他渴求的、使他既害怕又痴迷的上帝的反抗。

"我们从容度日，春天几乎就要过去，树木长满了绿叶。葡萄园里的葡萄开始灌浆。我们尽量沿土路走，路上的灰尘大了起来。我们已到了达姆施塔特附近，科斯提说我们最好还是找份工作。我们钱越来越少。我口袋里还有半打旅行支票，但我打定主意要是有办法挺过去还是不用它们。当我们瞧见一家看上去很有指望的农舍时，我们停了下来，问他们要不要两个帮工。我敢说我们的外表不太受人欢迎，浑身上下很脏，灰尘加上臭汗。科斯提的样子就像个大流氓，我的模样想来也好不了多少。我们屡次三番被人拒绝。在一个地方，那位农民说，他雇科斯提可以，但不能用我，而科斯提说我们是铁哥们儿，不能分开。我叫他去，可是他不肯。我感到惊奇。我知道科斯提过去很喜欢我，尽管我想不出什么缘故，可现在我已经是那种对他没有什么用处的人了，我怎么也想不到他喜欢我到这种地步，竟会为我而拒绝工作。我们继续前行时，我感到非常内疚，因为我算不上喜欢他，实际上，我觉得他相当令人厌恶，但是，当我想要说点什么，表明我对他如此之举感到高兴时，他把我呵斥了一番。

"不过，我们终于时来运转了。我们刚走过一个山谷中的村子，就来到了一幢大而无当的农舍那里，看上去还不错。我们敲敲门，一个女人开了门。我们照例问要不要帮工，说我们不要工钱，只要提供膳宿就行，我真没想到，她没有让我们吃闭门羹，而是叫我们等一下。她向屋子里面喊人，一会儿出来个男人。他仔细打量了我们，问我们从哪儿来的，他要看我们的证件。当他看到我是美国人时，又瞪了我一眼。他好像不大满意，但还是请我们进去，喝了杯葡萄酒。他把我们带到厨房，一同坐下。那女人拿来一个大肚酒瓶和几个杯子。他告诉我们，他雇的帮工被公牛顶伤，现在住院了，直到收割之后也干不了什么了。由于那么多的人被杀，还有的人进了莱茵河沿岸正在涌现的工厂，要想找到个劳动力可真不容易。我们知道了这种情况，一直在指望着。好啦，简而言之，他说他会留下我们。房子地方很不小，可是，我想他不会愿意我们住在那里的；不管怎样，他告诉我们干草棚里面有两张床，那就是我们睡觉的地方。

"活不重。有牛和猪需要喂养；机器状况不好，我们得好好收拾一下；但是，我还是有闲暇。我喜欢芳香的草坪，晚上我时常到处闲逛，还充满幻想。小日子很不错。

"这户人家的成员有老贝克尔、他的妻子、他的守寡儿媳和孙辈儿女。贝克尔年近五十，身体笨重，头发花白；他经历过战争，腿上受了伤，还有些跛。腿伤使他很痛苦，所以他借酒消痛。到睡觉时他通常都喝高了。科斯提和他处得很好，他们晚饭后，时常一起去酒馆，玩斯卡特，痛饮葡萄酒。贝克尔太太曾是女用人。他们把她从孤儿院里领出来，贝克尔在妻子死后不久就娶了她。她比贝克尔小好多，很有些姿色，丰满成熟，红红的面颊，浅黄色的头发，有一种情欲饥渴的表情。科斯提很快就得出结论这里面有说道。我告诉他别犯傻。我们有份好工作，不想失去它。他只是嘲笑我；他说贝克尔满足不了她，她需要那个。我知道让他懂得情理那是枉费心机，所以我关照他小心行事；或许贝克尔看不出他的企图，但是还有他的儿媳妇。什么事是逃不过她的眼睛的。

"她名叫埃莉，是个高大粗壮的年轻女人，刚二十多岁，黑眼睛、黑头发，一张灰黄色的方脸和一副阴沉的面容。她还在为在凡尔登阵亡的丈夫戴孝。她是个虔诚的教徒，每逢星期天早晨，都要跋涉到村子里去做弥撒，下午又要跑去做晚祷。她有三个孩子，其中一个是遗腹子；吃饭时除了骂孩子外，从不说话。她在农场上几乎不干活，多数的时间照看孩子，晚上一个人坐在客厅里看小说，她把门开着以便能听到哪个孩子在哭。两个女人相互反感。埃莉看不起贝克尔太太，因为她是个弃儿，做过用人，但是现在成了房子的主妇，能够发号施令，这使她愤恨之至。

"埃莉是个富庶农民的女儿，带过来一大笔嫁妆。她没有在乡村小学上学，而是到最近的城镇茨温根贝尔格，在那儿的一所女子体育学校上的学，而且她受到了很好的教育。可怜的贝克尔太太十四岁就到了农场，她要是能够看书写字的话，也就烧高香了。两个女人关系不好还有另一个原因。埃莉一有机会就卖弄她的学问，而贝克尔太太气得满脸通红，问道知识对于一个农民的妻子有什么用。这时，埃莉就会看着自己手腕上戴的那串钢链的丈夫身份证明牌，阴沉的脸上露出痛苦的表情，她说：'不是一个农民的妻子。只是一个农民的寡妇，一个把生命献给国家的英雄的寡妇。'

"可怜的老贝克尔为了使她们俩安静下来，只好把手里的活停下来。"

"可是，他们对你怎样看？"我打断了拉里的话。

"哦，他们以为我是从美国军队里开小差的，不能回美国了，回去就得坐牢。这就是他们所说的我不愿意跟贝克尔和科斯提去酒馆喝酒的缘故。他们认为我不想引起人们的注意，使村里的治安官盘问我。当埃莉发现我正在尽力学德文时，她就把自己的旧课本拿出来，说要教我。因此，晚饭后，她就和我走进客厅，厨房里剩下了贝克尔太太；我读给她听，她纠正我的口音，还设法让我明白我弄不清楚的单词的意思。我猜她这样做与其说是帮助我，倒不如说是在做给贝克尔太太看以达到贬低她的目的。

"一直以来，科斯提都在设法勾引贝克尔太太，但是毫无进展。

她是一个嘻嘻哈哈的快乐女人,随时准备和他开玩笑并放声大笑,科斯提有他的一套对付女人的办法。我猜她看穿了科斯提的用心,而且我敢说她感到很得意,但是,当科斯提开始拧她一把时,她却告诉他手放规矩些,并且给了他一耳光。我敢打赌,那是一记重掴。"

拉里犹豫了一会儿,非常羞涩地笑了笑。

"我从来不是那种自认被女人追的人,可我突然感到——哎呀,贝克尔太太已经看中了我。这使我很别扭。一则,她比我大得多,再则老贝克尔对我们一直很尊重。吃饭时,贝克尔太太分饭菜,我不禁发现她给我的比给别人的要多,而且我觉得,她好像在找机会要和我单独在一起。她以一种我想你会认为是挑逗的方式向我微笑。她问我是否有女朋友,并且说一个像我这样的年轻人在这种地方一定因为缺少女朋友而受情感煎熬。这类事情你懂得。我只有三件衬衫,几乎都穿得很破了。有一次,她说我穿这样破旧的衣服真没面子,要是我把衬衫拿来,她会给缝补上的。埃莉听到了这话,所以,下次她和我单独在一起时,就说如果我有什么东西要补的,她来补。我说没有关系。可是,一两天后,我发觉我袜子上的洞补好了,衬衫也打上了补丁,放回到草棚里我放东西的长凳上;可是,是她们中的哪一位做的,我不知道。当然,我没有把贝克尔太太放在心上;她是个本性敦厚的年长女人,我觉得这可能就是她的慈母心的表露;不过,有一天,科斯提对我说:'你听着,她要的不是我而是你。我一点门都没有。'

"'别胡说八道,'我对他说,'她年长得足以做我的母亲。'

"'这有什么关系?老弟,看你的了,我不会碍你的事。她或许不那么年轻,但是女人的风韵犹存。'

"'哦,闭嘴。'

"'你犹豫什么?我希望,不要因为我的缘故。我是个哲学家,我懂得海里的好鱼是取之不尽的道理。我不怪她。你年轻,我也曾年轻

过。青春是稍纵即逝的。'

"我不大高兴,因为科斯提那么确信我不想相信的事。我不太知道怎样对付这种情况,后来,我追溯了当时未曾打动我的许多事情,还有埃莉讲的那些我没有太注意的话。可是,现在我懂了,我相当肯定埃莉也知道是怎么回事。贝克尔太太和我碰巧单独在厨房里时,埃莉会突然出现。我有这种感觉她在监视我们。我不喜欢这样。我觉得她设法要当场抓住我们。我知道她恨贝克尔太太,只要有一点机会,她就惹是生非。我当然知道她没法子抓到我们,但是,她这个女人心肠坏,我知道她什么瞎话都编得出来,然后源源不断地灌输给老贝克尔。我不知道怎么做,只好来个装聋卖傻,看不懂贝克尔夫人的用心。我在农场上过得很快活,活干得也开心,不想在收割之前离开。"

我不由得笑了笑。我可以想象得出拉里当时是啥模样:穿着打补丁的衬衫和短裤,脸和脖子被莱茵河谷的烈日晒得黝黑,身体轻盈瘦削,一双黑眼睛嵌在深深的眼窝里。我完全可以确信,见到他使贝克尔太太皮肤这样白皙、胸部这样丰满的主妇欲火中烧。

"那么,后来又怎样呢?"我问。

"是啊,夏天慢慢地过去了。我们在那儿拼命地干。割草然后垛起来。后来樱桃熟了,科斯提和我踩着梯子摘樱桃,两个女人把樱桃装进大篮子里,由老贝克尔拿到茨温根贝尔格镇上卖掉。接着我们又割黑麦。当然一直要喂养牲畜。我们天没亮就起来,一直干到天黑。我想贝克尔太太已经对我不抱什么希望了,认为再下去也是瞎子点灯白费蜡;我尽量不得罪她,与她保持一段距离。晚上,我已经非常困倦,读不了多少德语;吃完晚饭不久就回到草棚,往床上一倒。贝克尔和科斯提大多数晚上都去村里的小酒馆,当科斯提回来时,我早已鼾声大作了。草棚里很热,我睡觉时脱得精光。

"一天夜里,我被弄醒了。开始我弄不清是怎么回事;我没有完全醒来。我感到一只热乎乎的手捂着了我的嘴,这才意识到有人和我睡在一起。我把手扯开,接着一张嘴压在我的嘴上,两只胳膊抱着我,我感到了贝克尔太太的两个大乳房紧贴着我的身体。

"'别吱声。'她小声说。

"她死死地压着我,用火辣的厚嘴唇吻我的脸,两只手摸遍我的身体,她的大腿和我的大腿交叉着。"

拉里停了下来,我咯咯地笑了。

"你怎么办?"

他不以为然地笑一下。他的脸还有点发红。

"我有什么办法?我能听见科斯提在我旁边床上的雷鸣鼾声。约瑟[1]的处境对我来说似乎一直有几分可笑。我只有二十三岁。我不能不顾情面,把她赶走。我也不想伤害她的感情;我依了她。

"后来她溜下床,踮脚溜出了草棚。我敢说,我长叹了一口气。你知道,我吓坏了。'天哪,'我说,'冒多大的险呢!'我想贝克尔很可能喝得大醉回来,在麻木中睡着了,可是,他们睡一张床,说不定他会醒来,看见自己的老婆不在床上。还有埃莉,她总说她睡不好觉。如果她没有睡着,她就会听见贝克尔太太下楼走出屋子。接着我忽然想起一件事情来。当贝克尔太太和我睡在一起时,我感觉到我的皮肤碰到一块金属,当时没有理会,你知道,在这种情况下谁还能注意这些事情,我也从未想过问自己那个东西到底是个什么。可就在那时,一个东西在我的脑海里一闪而过。当时我坐在床边,思忖着所有这一切的后果并为此在发愁,忽然一股强烈的冲击使我站了起来。那个金属片是埃莉丈夫的身份证明牌,被她缠在手腕上的,所以和我睡

---

1 《旧约·创世纪》第39章中叙,约瑟是埃及人管家,遭埃及人的妻子勾引,要和他同寝,约瑟不从;她拉着约瑟的衣服,约瑟丢衣逃去。她以衣服为证,说约瑟勾引她,将约瑟下狱。

在一起的不是贝克尔太太,而是埃莉。"

我哈哈大笑,笑个不停。

"你也许看来好笑,"拉里说,"我可不觉得。"

"好啦,现在你回想一下当时的情景,你不认为有那么点诙谐的味道吗?"

拉里勉强地笑了笑。

"或许。可是这事情到了尴尬的境地。我不知道这会导致什么后果。我不喜欢埃莉。我觉得她是个非常讨厌的女人。"

"可是,你怎么会把她当作另外一个呢?"

"屋里漆黑。她除了叫我不要开口外,一句话也没说。她们两个身材都高大。我认为贝克尔太太看中了我。从没有想到埃莉惦记上了我,她一直想念自己的丈夫。我点着一支香烟,仔细考虑了处境,我越想越烦。看来最好的办法是离开。

"我经常因为科斯提很难叫醒而骂他。在煤矿时,我经常得把他从沉睡中摇醒让他起来按时上班。可是,现在我感谢他睡得那样沉。我点灯穿上衣服,把东西包好装进背包里——我没有多少东西,所以一会儿搞定了——把胳膊穿进背包带里。我穿着袜子走下阁楼,直到楼梯下面才穿上鞋。我把手里的灯吹熄。那是个漆黑的夜晚,没有月亮,但是,我知道上大路怎么走,到了大路我转向村子走去。我走得很快,因为我想在有人起来走动之前穿过村子。这儿离茨温根贝尔格只有十二英里,我到那儿时,刚好有人走动。我永远不会忘记这次行路。路上除了我的脚步声,一点动静都没有,偶尔传来一声农场的鸡叫。后来天边出现了鱼肚白,还未亮又不太黑的颜色,接着是朦胧的晨曦,然后太阳出来,鸟儿开始尽情歌唱,还有郁郁葱葱的绿色田野、草地和树林,田里的麦子在新一天的清爽晨光映照下一片金波银浪。我在茨温根贝尔格喝了一杯咖啡,吃了一个面包卷,然后上邮局拍了一个电报给美国运通公司,叫他们把我的衣服和书寄到波恩去。"

"为什么到波恩?"我打断他。

"我们沿莱茵河步行时在那里停留过,那时我就喜欢上了这个城市。我喜欢阳光照在屋顶上和河上面的情景,喜欢古老的狭窄街道,喜欢别墅、花园和栗子树大道,喜欢大学的洛可可式[1]建筑。当时我就想到在那儿待上一阵子也不错。但是,我觉得到那之后,最好还是有个体面的外表,我的样子像个流浪汉,要是去一个提供膳宿的地方,租赁一个房间,我自己都没有足够的信心,所以我乘火车去了法兰克福,买了一个皮箱和几件衣服。我在波恩断断续续住了一年。"

"你从这段经历中得到了什么收获吗?我的意思是说,在煤矿和农场。"

"是的。"拉里说,一边点头一边微笑。

可是,他没有告诉我什么收获,而且到那时候我已经很了解他了,知道如果他想告诉你,他会的,如果他不想告诉你,就会半开玩笑地回避你的问题,你就是坚持也没有用。从我的角度来说,我必须提醒读者,这一切都是在十年之后他才告诉我的。在这以前,也就是我和他再一次接触前,我不知道他在哪儿,也不知道他在干什么。拿我来说,他也许死了。要不是我和艾略特的友谊,他经常告诉我伊莎贝尔的生活情况,从而想起拉里,我肯定早已忘掉他的存在了。

三

伊莎贝尔在和拉里解除婚约后的第二年六月初,嫁给了格雷·马图林。艾略特这个时节不愿意离开巴黎,因为旅游正处于高峰季,他

---

[1] 17、18世纪欧洲流行的房屋装饰法。

得出席很多的盛大宴会，但是他的家族感情太强，使他不得不顾忌他认为自己应该承担的社会责任。伊莎贝尔的两个哥哥无法离开他们遥远的工作岗位，所以艾略特理所当然要做这次不愉快的旅行，去芝加哥嫁他的外甥女。想起法国贵族都是穿着盛装上断头台的，所以他专程到伦敦定做了一套燕尾服，一件鸽灰色双排纽扣的马甲和一顶大礼帽。他回到巴黎后，请我来看他的这套服饰。他正在恼火，因为他平时别在领带上的灰珍珠别针与他选定的适合喜庆时戴的那个淡灰色领带颜色相近。我建议他用他的那个嵌有祖母绿宝石和钻石的别针。

"如果我是客人——那可以，"他说，"但是，我处在特殊的位置上，总觉得珍珠是一种标志。"

他对这门亲事非常满意，完全符合他的想法，他假借一位公爵夫人的话来说这个婚姻，那位富孀说拉罗什富科家的后裔才配和蒙莫朗西家的女儿联姻。作为表示满意的见证，他不惜花重金买了一幅纳蒂埃画的法国王室公主的肖像画，将带去作为婚礼的礼物。

亨利·马图林好像给这对年轻夫妇在阿斯特街买下一幢房子，以便他们靠近布兰得利太太住的地方，也离自己在湖滨道的宫殿式府第不太远。说来也凑巧，我怀疑艾略特在这件事中串通好了，在买下这幢房子时格雷戈里·布拉巴宗恰好在芝加哥，因此，房子的装修就交给了他。艾略特返回欧洲后，没有涉足巴黎旅游季的事，而是直接到了伦敦，带来了一些屋内装饰的照片。格雷戈里·布拉巴宗放手大干了一场。客厅完全是乔治二世风格，富丽堂皇的。书房是格雷的私室，格雷戈里是按照慕尼黑的阿玛琳堡宫的一间屋子来装饰的，除了没有地方放置书外，无懈可击。格雷戈里给这对年轻美国夫妇装修的卧室，就连路易十五在这里拜访蓬帕杜夫人也会感到十二分的舒适，不仅如此，伊莎贝尔的浴室也会令路易十五大开眼界：全是玻璃——墙壁、天花板、浴缸——墙上的图案是银色的鱼在金色的水草中游来游去。

"当然，房子不大，"艾略特说，"但是，亨利告诉我，装修花了他十万块。对一些人说来，就是一笔财产。"

婚礼是在圣公会教会举行的，倾其所有，操办得盛况空前。

"尽管不像巴黎圣母院的婚礼，但是，就新教的婚礼来说，很有气派。"他自鸣得意地告诉我。

报刊的报道很精彩，艾略特随便把剪报扔给我看。他给我看伊莎贝尔和格雷的结婚照片，伊莎贝尔体格健壮，但穿上婚纱很漂亮；格雷高大，但体型不错，穿着礼服有点不太自然。还有一组新婚夫妇和伴娘的照片，另一组和布兰得利太太、艾略特的合影，布兰得利太太穿一件华贵的衣服，艾略特拿着新的大礼帽，摆出只有他才有的那种优雅派头。我问了布兰得利太太身体怎样。

"她的体重减少了许多，脸色也不大好看，但人的精神头很好。当然，整个婚事给她累得够呛，不过，现在一切都过去了，她也能好好休息了。"

一年后，伊莎贝尔生了一个女儿，她随当时的潮流，给女儿取名琼；隔了两年，又生了一个女儿，她又随当时的潮流，给女儿取名普丽西拉。

亨利·马图林的一个合伙人死了，另外两个在压力下随后也退休了，这样一来，他一直独断专行的企业，变成了独霸的财产。他实现了长久怀有的抱负，让格雷和他合伙经营。这个公司从来没有这样兴旺过。

"他们轻松地赚大钱，老兄，"艾略特告诉我，"哎呀，格雷二十五岁一年就赚五万美金，而且这只是开头。美国的财源是取之不尽的。这还不是繁荣，而是一个伟大国家的自然发展。"

他满腔充塞着少见的爱国热情。

"亨利·马图林不会永远活下去，你知道，他患有高血压；等格雷到了四十岁时，身价应该值二千万美元吧。可谓王者气派，老兄，王者气派。"

艾略特和姐姐保持着很有规律的通信联系，随着岁月的流逝，他不时把他姐姐告诉他的一些事情告诉我。格雷和伊莎贝尔很幸福，两个孩子都可爱。他们的生活方式，艾略特欣然承认，非常适宜；他们的宴请阔绰奢华，受邀也是如此；艾略特非常满意地告诉我，说他们三个月没单独在一起吃过一次饭。这种纸醉金迷的生活被马图林太太的死亡打断了，亨利·马图林当初娶这位脸色苍白、出身名门的小姐就是为了她的社会关系，那时他要为自己在这座城市里找到一席之地，因为他父亲当初来到这里时只是个乡巴佬。出于对她缅怀的尊重，这对年轻的夫妇有一年时间请客绝不会超过六个人。

"我一直说八个人再好不过了，"艾略特说，从好的一面来看就能说明问题，"这么多亲密的人聚在一起，谈话全照应得到，还会让人感觉到人数够得上个宴会。"

格雷对妻子极为慷慨。生第一个孩子时，他给伊莎贝尔买了一只方钻石戒指，生第二个孩子时，他给她买了一件黑貂皮大衣。他太忙，很少离开芝加哥，但是，只要他能够休假，他们都要去亨利·马图林在麻汶的显赫豪宅里度过。亨利对儿子非常钟爱，百依百顺，有一次圣诞节，给他在南卡罗来纳州买了一处农场，使他能在狩猎季节时猎杀两个星期的野鸭子。

"当然，我们的商业巨头跟那些伟大的意大利文艺复兴时期的艺术品赞助者相似，他们靠商业发了财。例如，美第奇家族[1]。法国的两届国王竟放下尊王之身娶了这个显赫家族的女儿，我预见到了欧洲的皇室成员将向我们的美元公主求婚的那一天。雪莱[2]是怎样说的呢？

---

1 意大利佛罗伦萨的名门望族。
2 雪莱（1792—1822），英国浪漫主义诗人。

'世界的伟大时代将重新开始，黄金的年代回来了。'"

多年来，亨利·马图林在打理布兰得利太太和艾略特的投资，他敏锐的商业眼光完全值得他们的信任。他从来不赞同做投机，他把他们的钱投到可靠的证券上，但是，由于证券价值的大幅上涨，他们发现自己相对不多的财产却在以他们又惊又喜的方式增加。艾略特告诉我，他没动一根手指，眼下一九二六年的身价已经是他一九一八年的身价的两倍。他六十五岁，头发花白，脸上有皱纹，眼睛有眼袋，但他不服老；他依旧身材瘦削，腰杆笔挺；他一向节制烟酒，注意外表。只要能够有伦敦最好的裁缝给他做衣服，有自己的特殊理发师为他理发修面，有按摩师每天早上来使他的优雅身材保持完好无损，他绝不会屈服时光的摧残。他早已忘记他曾经沦为商贾之流的境遇，有意暗示自己年轻时曾在外交界待过，可他从不明说，因为他还没有蠢到撒一个可能被人发现的谎言。我得承认，如果我有机会画一位大使的肖像，我会毫不犹豫地选择艾略特做我的模特。

但是，沧海桑田。提拔艾略特进入社交界的那些还活着的贵妇人们年事已高。那些英国的贵族夫人，在失去了她们的老爵爷后，被迫把府邸让给了儿媳妇，隐居在切尔滕纳姆的别墅或者摄政公园的普通房屋里。斯达福德府改为博物馆，柯曾府成了一个机构的所在地，德文郡府在出卖。艾略特在考斯常坐的游艇已经易手。占据社交舞台的上流社会的人不再需要艾略特这样大年纪的人。他们嫌他烦人又可笑。他们仍然愿意参加他在克拉里奇饭店精心摆下的午宴，但艾略特心里明镜似的，知道他们来是为了相互见面，而不是来看他。那种请帖散在写字台上供他挑挑拣拣的情形再也没有了，而且经常一个人在套间的包厢里吃饭，这种没有面子的事他很不愿意有人知道。在英国，有地位的女人一旦因丑闻关闭了自己社交界的大门，就开始对艺术感起兴趣来，罗致一些画家、作家和音乐家于身边。艾略特傲气十足，是绝不会屈尊前往的。

"遗产税和战争暴发户已经把英国的社交界毁了,"他告诉我,"人们似乎不在乎与什么人交往。伦敦还有自己的裁缝、鞋匠和帽子商,我相信他们会让我的时光继续,除此之外,伦敦完了。老兄,你可知道圣厄斯家让女人伺候饭局吗?"

这话是他和我吃完午宴一起从卡尔顿府联排[1]走出来时讲的。在那天的午宴上发生了一件不幸的事。我们高贵的主人收藏了很多名画,一个叫保罗·巴顿的年轻美国人在场,他表示想看看这些藏画。

"你是不是有一幅提香[2]的画?"

"我们有过。可现在跑美国去了。那个老犹太人出了一大笔钱买它,而我们当时实在困难,所以老爵爷就卖了。"

我注意到艾略特,他气得头发都竖了起来,恶狠狠地瞟了这位谈笑风生的侯爷一眼,这我就猜到当初是艾略特买下了这幅画。他听到自己这个弗吉尼亚出生而且祖先在《独立宣言》上签过名的后裔招致这样的形容,怒不可遏。他有生以来从没有受过这样的侮辱。更糟的是,保罗·巴顿是他深恶痛绝的那号人。他年轻,战争结束后不久就到了伦敦。他二十三岁,白肤金发碧眼,非常英俊,很有魅力,舞跳得出色,还很有钱。他带了一封信来见艾略特,艾略特心地善良,自然把自己的一些朋友介绍给了他。

不只这些,还给了他一些做人处世的宝贵提示。他总结了自己以往的经验,向他表明一个举目无亲的人也能进入社交界;对老妇人要献小殷勤,对名流的谈话无论多么乏味,都要洗耳恭听。

可是,保罗·巴顿进的社交界和三十年前艾略特·坦普尔顿用顽强的毅力进入的社交界,是不同的一个世界。这个世界一味地自娱自

---

[1] 英国伦敦豪宅区。
[2] 提香(1490—1576),意大利画家。

乐。保罗·巴顿的高昂情绪、漂亮仪表和潇洒风度使他在几个星期之内就融入到了艾略特花了多年勤勉和决心才进入的社交界。很快,他不再需要艾略特的帮助,而且不太竭力遮盖这一事实。他们见面时,巴顿总是笑脸相迎讨人喜欢,可是,那种过于随便的派头,深深地冒犯了这位年长的人。艾略特请人赴宴不是因为喜欢他们,而是因为他们能使宴会成功,由于巴顿有人缘,所以艾略特有时仍然请他参加每星期的午宴;但是,这位成功的年轻人通常都有别的约会,而且有两次是在最后的时刻抛弃了艾略特的宴会。这种事艾略特自己过去做得太多了,明知道这是因为巴顿就是觉得另一场宴会更有吸引力。

"我不叫你相信我的话。"艾略特怒气冲冲地对我说,"可是,这是千真万确的事,我看见他时,他总以高人一等的态度对待我。我,提香,提香,"他语无伦次地说,"他就是看到了提香的画,他也未必认识。"

我从来没有看见过艾略特气成这个样子,我猜他暴怒是因为他认为保罗·巴顿打听这幅画是心怀鬼胎的,他不知从哪个渠道得知是艾略特买了这张画,就想利用这位高贵主人的回答拿艾略特开玩笑。

"他就是一个卑鄙无耻的势利小人,势利眼是我在这个世界上最深恶痛绝和最瞧不起的。要不是有我,他什么都不是。你能信吗,他父亲是制作办公家具的。办公家具。"他在说这两个词时带有极有讽刺的嘲笑口吻,"当我告诉人们,他在美国就是一个无名鼠辈,出身卑微至极时,他们似乎不关心这些。老兄,相信我的话,英国社交界如同渡渡鸟[1]死了。"

艾略特认为,法国也好不了多少。他年轻时候的那些贵妇人,如果还活着,也都沉湎于玩桥牌(他最讨厌的一种牌戏)、做祈祷、照

---

1 一种近乎绝种的鸟,口语表示完蛋了、死了的意思。

看孙辈孩子。制造商、阿根廷人、智利人以及和丈夫分居或者离婚的美国妇女,住着贵族的堂皇府邸,宴请显赫豪华,可是,在他们的宴会上,艾略特见到的是法语发音鄙俗的政客、饭桌礼仪拙劣的新闻记者,甚至还有演员,这使得他感到迷惑不解。王族的子孙娶店铺家的女儿竟毫无羞耻之感。巴黎充满欢歌笑语,这不假,但是,这种热闹该有多么卑劣!一味疯狂地追求享乐的年轻人,最快活的感觉就是从一家乌烟瘴气的小夜总会窜到另一家,喝着一百法郎一瓶的香槟酒,和城里不三不四的人挤在一起跳舞跳到早晨五点。烟气、热气、噪音使艾略特头痛。这不是他三十年前认为的是他精神家园的巴黎。这不是善良的美国人死后要去的巴黎。

四

但是艾略特有鉴别力。一位内部人士向他暗示,里维埃拉马上要再次成为上流社会的度假胜地。他对这块滨海地带非常熟悉,因为他曾在教皇教廷供职,所以需要前往罗马,在回来的途中经常在摩洛哥城市蒙特卡洛的巴黎大酒店或在法国的戛纳他的这个或那个朋友的别墅住上几天。不过,那都在冬天,他近来已经听到传说,这个地方开始被高度推崇为一个避暑胜地。大酒店一年四季开着;避暑游客的名字都列在《巴黎先驱报》的社会新闻栏里,艾略特看到熟悉的名字很欣慰。

"这个世界已经令我力不从心了,"他说,"我现在已经到了一个很想游山玩水的年龄段了。"

这句话可能好像说得模糊不清。实际上并非真的如此。艾略特一直认为,山水是社交生活的障碍;他不能容忍眼前摆着一个摄政时代的衣柜或者一幅华托的画不去欣赏,却要费劲去游山玩水的人。当时他有一大笔钱可以消费。亨利·马图林一方面受儿子的催促,一方面因看见他的朋友在证券交易所一夜暴富而眼红,最终还是屈服了潮流,而且由于他逐渐放弃了自己的陈旧保守主义,所以认为自己没有理由不赶浪头。他写信给艾略特,说他和过去一样反对投机,但是,现在这不是投机,这是他相信国家拥有无穷尽资源的断言。他的乐观主义基于常识。他看不出有什么事情能够阻止美国前进的步伐。他最后说他已经替亲爱的路易莎·布兰得利以保证金的方式买进一些绩优股,还很高兴他能够告诉艾略特,路易莎现在已经获利两万元了。最后,马图林说,如果艾略特想要赚点小钱,允许他根据自己的判断行事,他肯定不会令艾略特失望的。艾略特,这个总喜欢引用陈词滥调的人,说他就是抵抗不住诱惑;结果是,从那时候起,当《先驱报》和他的早饭一起送进来时,他多年来都是先看社交消息,现在却首先关注股票市场的报道了。亨利·马图林代表他做的交易非常成功,所以,艾略特发现他是不劳而获,赚了五万美金。

  他决定用这笔钱在里维埃拉买一所房子。作为避开凡世的场所,他选择了昂蒂布,这个地方位于戛纳和蒙特卡洛之间,具有战略地位,从两地都可以方便抵达这里;昂蒂布很快就会成为时尚中心,他选择这个地方是靠上帝之手还是凭自己的灵验本能指引不得而知。住在一个带园子的乡村别墅里,有一种城郊的庸俗气息,这很不符合凡事挑剔的艾略特的品位,所以,他在旧城靠海的地方买下两幢房子,并成一幢,装上暖气、浴间和卫生设施,这就是美国的范例强加给一个顽固守旧的欧洲大陆的体现。当时酸洗风靡一时,所以他屋子摆设的是做了适当酸洗的古老的普罗旺斯家具,而且为了谨慎地顺从现代潮流,还装饰了现代纺织品。他仍然不愿意接受像毕加索[1]和布拉克[2]这样的

---

1 毕加索(1881—1973),西班牙画家、雕塑家。
2 布拉克(1882—1963),法国画家。

画家——"太讨厌,老兄,太讨厌"——他们都是一些误入歧途的狂热分子炒作起来的,但是,他最终还是觉得把自己的赞助扩大到印象派画家合乎情理,所以在墙上挂了些精美的画。我记得有一幅莫奈[1]画的人们在河里划船,一幅毕沙罗[2]画的塞纳河上的码头和桥,一幅高更画的塔希提岛风景和一幅雷诺瓦[3]画的少女侧像,黄色的长发披落在背上,非常迷人。房子装修完后,焕然一新,赏心悦目,不同寻常,朴素无华;而这种朴素谁都能看得出不花费巨资是根本就办不到的。

艾略特一生最辉煌的时期从此开启了。他把自己在巴黎的名厨带了过去,不久人们公认他家的烹饪在里维埃拉首屈一指。他的管家和用人都穿着白色衣服,肩上佩戴金色肩章。他宴请宾客富丽堂皇,均属脱俗的高雅。地中海海滨居住着欧洲各国来的王公贵族:有些是被气候吸引而来,有些破落逃亡而至,有些是由于过去的丑闻或者门第不当的婚姻,使他们觉得住在国外更为方便。这里面有俄国的罗曼诺夫皇室成员,奥地利的哈普斯堡王室成员,西班牙的波旁家族成员,两个西西里王族成员和帕尔马王族成员;有温莎王室的王子;有布拉干萨王室的王子;有瑞典的殿下和希腊的殿下,艾略特宴请他们。有从奥地利、意大利、西班牙、俄罗斯、比利时来的没有王室血统的王子和公主、公爵和公爵夫人、侯爵和侯爵夫人,艾略特宴请他们。冬季,瑞典国王和丹麦国王来海滨小住;西班牙的阿方索也不时地来匆匆一游,艾略特宴请他们。我对他能做到以下两方面一向很钦佩:他一方面以宫廷那种高雅的方式向这些高贵人物鞠躬,另一方面成功地保持了一个(据称人生来是平等的)国家的独立公民的风范。

那时,在几年的奔波后,我已经在弗拉特角买了一所房子,因此

---

1 莫奈(1840—1926),法国画家,印象派代表人物和创始人之一。
2 毕沙罗(1830—1903),法国印象派大师。
3 雷诺瓦(1841—1919),法国印象画派的著名画家、雕刻家。

和艾略特见面的机会很多。他对我的青睐已经上升到很高的程度,有时候请我参加他最盛大的宴会。

"老朋友,来帮我一个忙吧,"他会说,"当然,我和你一样都知道,皇族参加的宴会都不成功。可是,别的人想见他们,我也觉得应当给这些可怜的人一些关注。但是,上天知道他们不配。他们是世界上最忘恩负义的人;他们要利用你,而当他们不再喜欢你时,就会把你像一件破衬衫一样扔掉;他们会从你那里接受无数次的恩惠,但是,他们中间没有一个人想为你做一丁点事情作为回报。"

艾略特煞费苦心和地方当局搞好关系,因此区长和由副主教陪同的教区主教经常是他的座上宾。主教在做牧师之前是个骑兵军官,战时曾指挥一个骑兵团。他是一个脸色红润、身材略胖的人,故意说军营里粗鲁但实用的语言,他的那位脸色苍白、表情严峻的副主教总是如坐针毡,生怕主教说出什么亵渎之语。他在听他的上级讲自己喜欢的故事,脸上呈现出一种不以为然的微笑。但是,这位主教管理自己的教区非常胜任,他在布道台上的口才令人感动,在午宴上的打趣使人解颐。他赞赏艾略特对教会虔诚慷慨的布施,喜欢艾略特给予他的亲情和盛情款待;两个人成了好朋友。所以艾略特可以自诩他在两个世界里游刃有余,我斗胆说一句,那就是,他摆平了上帝和财神。

艾略特花费了大量的时间装修房子,所以他急于让自己的姐姐看看新房;他总觉得她对肯定自己方面有所保留,他想要她看看自己现在生活的派头,看看和他交往的朋友。这是对她不愿说出来的东西最具体的回答。她将不得不承认他成功了。他写信请她和格雷及伊莎贝尔一起来,不是住在他家里,因为没有地方,而是作为他的客人住在附近的"都费拉角酒店"。布兰得利太太回信说,由于健康每况愈下,她的旅行时代结束了,她觉得还是待在家里更舒服;总之,格雷在芝加哥也脱不开身;现在生意兴旺,他正在赚很多钱,不得不待在芝加哥。艾略特很爱他的姐姐,她的信使他警觉起来。他写信给伊莎贝尔,伊莎贝尔回电报说,虽然她母亲身体很不好,一周得卧床一天,但眼下还无大碍,真的注意些,可能还会活好多年呢;倒是格雷需要休息,有他父亲在芝加哥照应,他完全可以休假;所以,今年夏天不行就明年,她和格雷将来欧洲一游。

一九二九年十月二十三日,纽约的证券市场崩盘了。

五

当时我在伦敦,起初我们在英国的人没有意识到情形会那么严重,后果会那么悲惨。就我而言,虽然对损失了相当大的一笔钱感到懊恼,但是,我损失的多半是账面利润,尘埃落定之后,我发现自己的现款几乎未少。我知道艾略特投机资金一直很大,我担心他会遭到重创,可是,直到我们两个都回到里维埃拉过圣诞节时,我才见到他。那时他告诉我,亨利·马图林死了,格雷破产了。

我不懂生意上的事,我敢说,我对这些事的叙述是艾略特告诉我的,所以似乎令人困惑。我能弄清楚的是,公司的大灾难一半要怪亨利·马图林任性,一半要怪格雷的急躁。亨利·马图林开头不相信崩盘的严重性,反而自以为这是纽约掮客的一个阴谋,企图乘机一口吞掉其他州的掮客,因此他咬紧牙关倾其所有钱财来支撑市场。他对芝加哥的掮客们非常生气,这些人听任自己被纽约那群坏蛋恐吓。他始终引以为自豪的是,他的小客户、固定收入的寡妇、退休的军官等等,由于听从了他的忠告,还从未损失过一个铜板,现在为了不使他们受到损失,他自己掏腰包来资助他们的账户。他说,他准备破产,他可以重新赚一笔财富,但是,如果让信任他的那些平头百姓倾家荡产的话,那他永远也不会再抬起头来。他以为他那是宽宏大量,其实是徒劳。他的巨大财富消失殆尽,而且一天晚上,他患了心脏病。他六十多岁,一直拼命工作,尽情玩乐,超量进食,过度饮酒;经过几个小时的痛苦,他就因冠状动脉血栓死去。

剩下的局面由格雷一个人来处理。他一直在额外做大范围的投机,由于没有父亲的知识,他自己被牢牢套住。他要解套的努力没有成功。银行不肯给他贷款;交易所里老一辈的人告诉他,唯一的办法就是认输。后来的事情我也不清楚。他没法偿还债务,因此宣告了破产,我明白;他自己的房子早已抵押出去,所以毫无怨言地把房子交给了抵押权人;他父亲在湖滨大道的房子和在麻汶的房子也都给钱就卖掉了;伊莎贝尔卖掉了自己的首饰:他们唯一剩下的是在南卡罗来纳州的农场,过户在伊莎贝尔的名下,也没有找到买主。格雷一无所有了。

"你怎么样,艾略特?"我问。

"噢,我毫无怨言,"他轻松地回答,"上帝体谅不幸者。"

我没有再问下去,因为他的经济情况与我无关,但是,不管他遭受了什么损失,我想他和我们一样也饱尝了痛苦。

最初,大萧条对里维埃拉的打击并不严重。我听说两三个人损失惨重,许多别墅冬天一直没有开放,有几幢被挂牌出售。酒店远没有住满,蒙特卡洛的赌场抱怨这个季节生意不好。但是,没有两年工夫,里维埃拉感受到了困难的处境。这时候,一个房地产掮客告诉我,从土伦到意大利边界的那片沿岸区,大大小小有四万八千处房地产要出售。赌场的股票大幅下跌。大酒店降价,想多吸引顾客,可还是劳而无功。唯一看得见的外国人是那些一直都穷得不能再穷的人,他们没有花钱是因为无钱可花。开店的老板们陷于绝望之中。但是,艾略特不像许多人那样,他既不辞退用人,也不减少他们的工资;他仍然用美味佳肴款待王公贵族。他还给自己买了一辆大的新车,从美国进口的，他为这辆汽车付了很大一笔关税。主教组织的给失业家庭施舍饭菜的善举得到了艾略特的慷慨捐助。事实上，他过得好像从来没有发生过危机、世界一半的国家也没有被危机影响的动荡不安似的。

我偶然发现了原因：至此，艾略特除了一年一次去伦敦待两个星期买衣服外，已经不去英国了，但是他仍旧带着用人去巴黎的自己公寓度过秋季的三个月和五、六月份，这些时节艾略特的朋友不到里维埃拉来；他喜欢那里的夏天，一部分原因是可以洗海水澡，但是，我觉得主要原因是热天气使他有机会享受一下随意穿衣的乐趣，这是他为了恪守礼仪而一直不能穿的。这时候，他会穿上颜色鲜艳的裤子：红的、蓝的、绿的或者黄的；同时穿上色调相反的汗衫：淡紫色、紫罗兰色、紫褐色或者杂色；并且会带着女演员听见人家说她扮演一个新角色非常成功时有的那种不以为然的神态，接受人们对他的服装给予的恭维。

那年春天，我在返回弗拉特角途中，正好在巴黎待了一天，并且约了艾略特和我一同吃午饭。我们在里兹酒店的酒吧见了面，那里不再挤满来自美国、寻欢作乐的大学生，而是像一个戏剧家在第一天晚上没有演出成功后所受到的冷落一样。我们喝了一杯鸡尾酒——这个大西洋彼岸的习惯，艾略特终于还是顺从了——然后要了午饭。吃完饭后，他建议我们逛逛古玩店，虽然我告诉他我没钱买，但非常乐意陪他去。我们走过旺多姆广场，他问我是否介意到夏尔凡服装店去一下；他定做了一些服装，想知道做好没有。他好像定做了几件汗衫和衬裤，并且把自己姓名的缩写字母绣在上面。汗衫还没有做好，可是衬裤做好了，店员问他要不要看看做好的衬裤。

"我看看，"他说，就在店员去取衬裤时，他补充说，"我叫他们按我的图案定制的。"

衬裤拿来了，除了质地是绸子的，看上去和我经常在梅西百货买的一个样子；但是，吸引我眼球的是 E. T. 两个缠在一起的首字母上面是一个伯爵的冠。我一句话也没说。

"很好，很好，"艾略特说，"好吧，汗衫做好后，一起送来。"

我们离开了店铺；在艾略特走开时，他面带微笑向我说。

"你注意到那个冠了吗？说实话，我叫你来夏尔凡时，已经忘了这事。我以为我没机会告诉你了呢，教皇陛下已经仁慈地恢复了我偏爱的老家族头衔。"

"你的什么？"我问，礼貌中带有震惊。

艾略特不太赞许地扬了一下眉毛。

"你不知道吗？我是母系德·劳里亚男爵的后代，他跟随菲力普二世来到英国，并且娶了玛丽王后的一个嫔妃。"

"我们的老朋友血腥玛丽吗？"

"我认为这是异教徒对她的称呼，"艾略特生硬地回答，"我想我没有告诉过你，一九二九年九月我是在罗马过的。我原以为不得不去罗马是件头疼的事，因为在那时候罗马的人都走空了，幸亏我的责任感战胜了我追求世俗享乐的欲望。我在梵蒂冈的朋友告诉我，股票行情暴跌正在来临，强烈劝我把所有的美国股票卖掉。天主教会具有两千年的智慧，所以我毫不迟疑。我给亨利·马图林拍电报让他卖掉我所有的股票，买进金子，我还给路易莎拍了电报叫她也那样做。亨利·马图林回电问我是不是疯了，并且说在我确认我的指示之前，他不会采取任何行动。我立刻用绝对的口气回电给他，叫他立即照办，并在办完后打电报告诉我。可怜的路易莎没有理会我的忠告，遭受了损失。"

"原来股票大跌时，你的处境可羡呢。"

"一种美国腔，老兄，我看你没有机会用它，不过，这句话倒很精确地表达了我的情形。我没有一点损失；事实上，我还赚了你可能称为的一大笔钱。一段时期后,我用很少的原始价买回了我卖掉的那些股票,这一切我只能说成是上帝的直接干预,所以我觉得我做点事情来报答上帝这才是合情合理的。"

"噢,你是怎样做的呢?"

"嗯,你知道领袖[1]一直要求收回在蓬蒂内沼泽的大片土地,人们告诉我,教皇陛下对那边的居民缺少一个做礼拜的地方甚感焦虑。因此,简言之,我就造了一座罗马风格的小教堂,完全按照我知道的在普罗旺斯那里的教堂复制的,每个细节都非常完美,就算我自己说,就是一块宝石。它是献给圣马丁的,因为我非常走运,发现一扇古老的彩色玻璃窗,上面呈现有圣马丁把自己的披风剪成两半,送给赤身裸体的乞丐,这种象征似乎非常恰当,所以我买下来,装在了高祭坛上面。"

我没有打断艾略特的话,想问他在圣马丁的著名行动和他要给上帝的佣金之间有什么关系,佣金是按照他及时卖掉股票赚了一大笔钱的比例付出的,如同经纪人的佣金。不过,对我这样的凡人来说,象征手法时常是费解的。艾略特继续说:

"当我有幸把这些照片呈献给教皇看时,他非常亲切地告诉我说他一眼就看出我是个审美顶尖高手,还说,他很荣幸在这个世风日下的时代找到一个既忠于教会又具有如此难得的艺术天赋的人。老兄,这是一次难忘的经历,难忘的经历啊。但在这之后不久,当教会通知我,教皇非常愿意授予我一个称谓时,我比谁都感到惊讶。作为一个美国公民,我觉得不用这个头衔更谦虚些,当然在梵蒂冈例外,所以我一直不让约瑟夫叫我伯爵先生,我相信你也会尊重我对你的信任的。我不想把这件事情散布出去。但是,我不想让教皇觉得我不重视他给

---

[1] 法西斯统治期间对墨索里尼的称呼。

我的这项荣誉,所以我把伯爵冠绣在我个人的衬衣上,这完全是出于对他的尊敬。我不妨告诉你,我把头衔掩饰在一位美国绅士的素净衬衣上面,那是一种适度的骄傲。"

我们分手了。艾略特告诉我,他将于六月底到里维埃拉来。他没有来。他刚刚安排好让用人从巴黎转乘过来,打算自己悠然地驾车前往,以便在到达时一切井井有条,就在这时,他接到伊莎贝尔的电报,说她母亲病情突然加重。艾略特,除了像我说过的爱他姐姐外,还有强烈的家族血统观念。他搭乘从瑟堡港开出的第一艘船出发到纽约,然后再到芝加哥。他写信告诉我,布兰得利太太病得很重,瘦得使他震惊。她可能再活几个星期,甚至几个月,但无论如何,他觉得自己要担负起这个痛苦的责任一直陪伴她到生命的终点。他说,芝加哥的高温比他预期的更难忍耐,但是,缺少情投意合的社交活动也只能容忍了,因为他在这种时刻不论怎样都没心情参加。他说,自己的同胞对大萧条的反应令他感到失望;他期望他们能更镇定地对待自己的不幸。让别人坚强地忍受他们自己的灾难,犹如站着说话不腰疼,所以我觉得艾略特,这个有生以来没有比现在更富的人,也许根本没有资格对别人要求得那么苛刻。最后,他请我给他的几个朋友捎信,叫我切勿忘了向我见到的每个人解释,为什么他的房子今年夏天一直关着的缘故。

差不多一个月后,我又接到他的信,告诉我布兰得利太太死了。他是用真挚的情感写的这封信。要不是我早就知道,尽管他势利和荒唐做作,但他还是个仁慈、亲热和诚实的人,我绝想不到他能表现得这样庄重体面、情真意切和朴素无华。他在这封信中告诉我,布兰得利太太的后事好像有点凌乱。她的大儿子是个外交官,由于驻日大使离任,正在东京担任代办,当然不能离开岗位。二儿子坦普尔顿,在我最初认识布兰得利家时,在菲律宾,后来什么时候被调回华盛顿,并在国务院担任了一个要职。他在母亲被确诊病危时，曾带着妻子来到芝加哥，但是，不得不在出殡以后立刻返回首都。在这种情况下，艾略特觉得他必须留在美国直到事情料理完毕。布兰得利太太把自己的财富平均分给了三个孩子，可是，她在一九二九年的股票暴跌中，好像损失很大。幸运的是，他们已经找到了一个购买他们在麻汶的那个农场的人。艾略特在信中把这个农场说成是"亲爱的路易莎的乡间住宅"。

他写道，"一个家庭不得不卖掉自己祖传的住宅，始终是伤心的，不过，近年来，我已经看见了我的许多英国朋友被逼得这样做，所以，我觉得我的两个外甥和伊莎贝尔必须以同样的勇气和认命接受这种不可避免的后果。位高则任重。"

他们还很幸运地处理掉了布兰得利太太在芝加哥的房子。很早就有人酝酿要把布兰得利太太的住房也在其中的那排房子拆掉，改建一座公寓大楼，但是，布兰得利太太倔强之至，非要死在自己住的房子里，所以，这个计划一直受到阻碍。布兰得利太太一断气，经销商马上提出了报价，布兰得利家立刻接受了。尽管如此，伊莎贝尔还是捉襟见肘，非常拮据。

经济崩溃之后，格雷曾设法找工作，即使在那种渡过难关的经纪人的办公室里当个职员也行，可是，这样的差事也没有。他向他的老朋友们要点事情做，不管地位多么卑贱，薪水多么低微，但是还是徒劳。他为避免最终压垮他的灾难做出的丧失理智的努力、他承受的焦虑的压力以及蒙受的耻辱，最后导致了他神经的崩溃。他开始患一种剧烈的头痛病，二十四小时一点不能动弹。头痛过后，人就像块湿抹布一样瘫了。伊莎贝尔觉得他们最好是带着孩子到南卡罗来纳州的农场上去住，直到格雷健康恢复。当初，这个农场靠种稻子一年就收益十万美元，但是，现在很长时间只是茫茫一片沼泽地和胶树的荒野，只对想打野鸭的人有用，根本找不到买主。从经济崩溃以来，他们就断断续续地住在那边，现在他们还打算回去，直到经济状况好转，格雷能找到工作为止。

"我不许他们这样做，"艾略特在信上写道，"哎呀，老兄，他们就像猪一样生活着，伊莎贝尔没有女佣、孩子没有家庭教师，只有两个黑人女佣照顾她们。所以，我已经把巴黎的公寓让给他们住了，并建议他们待在那里等到这个古怪的国家雨过天晴再说。我要给他们提供个员工，事实上，我的厨房女用人是一位好厨师，所以我要把她留给他们，我可以轻而易举地找个人来代替她。我要安排由我来负担全部开销，以便伊莎贝尔的微薄收入花在她的衣服和家庭饮食上。这当然意味着我的大部分时间要在里维埃拉过，因此，老兄，我希望能够比过去更多地见到你。伦敦和巴黎现在就这样了，我还真的更愿意住在里维埃拉。这里是我能遇到讲我自己语言的人的唯一剩下的地方了。我要说，我大概时而会去巴黎住几天，不过，就是去，我也毫不在乎在里兹酒店像猪一样的挤一下。我很高兴地说，我总算说服格雷和伊莎贝尔答应了我的要求，现在只要做好必要的安排，我就把他们都带过来。家具和油画（质量很差，老兄，而且真实性最令人怀疑）大下个星期就要被卖掉，另一方面，我觉得在一处房子住到最后一刻，会令他们感到痛苦的，所以我已经把他们带到德莱克饭店跟我住在一起。等我们到了巴黎之后，我把他们安顿好，再来里维埃拉。别忘记代我向你的皇家邻居问好。"

谁能够否认艾略特——这个最大的势利鬼，也是最仁慈、最体贴和最慷慨的人呢？

第四章

一

艾略特在把马图林一家安顿在左岸自己那所宽大的公寓里之后，于年底回到了里维埃拉。他这幢房子是为了适应自己的方便而设计的，容不下一个四口之家，所以，即使他想那么做，也没法留他们和自己住在一起。我想他也不会遗憾的。他完全意识到，受人邀请时单独一个人总比必须有个外甥女和外甥女婿陪着更令人满意，而他要摆个高贵的小宴会（这是一件他极其费劲要办的事），也不希望还得算上两位房客。

"对他们来说，在巴黎住下，习惯文明生活要好多了。此外，两个女孩的年龄也该上学了，我已经找到一所离我的公寓不远的学校，我肯定，绝对一流。"

由于他们移居巴黎的缘故，直到次年春天我才见到伊莎贝尔。那时候，我有些要做的工作得需要我在巴黎待上几个星期，所以我去了巴黎，在刚出旺多姆广场的一家旅馆租了两间房间。这是我常住的一家旅馆，不仅因为它的环境方便，还因为它有一种传统的韵味。那是一所古老的大房子，围在一个庭院中，它成为客栈已有近二百年的历史。浴室根本谈不上奢侈，抽水马桶也谈不上满意；卧室里都是铁床，刷的白漆，老式的白床罩和有镜子的大衣橱，看上去非常寒酸；但是，客厅的家具是精美的古家具。长沙发和扶手椅的年代可以追溯到拿破仑三世的浮华统治，尽管谈不上舒适，但有着迷人的绚丽色彩。住在那个房间里仿佛生活在法国小说家的时代。当我看着玻璃罩子里的法兰西第一帝国时代流行的时钟时，想到了一位梳着小发卷、穿荷叶边连衣裙的美丽女子，可能一面注视着时钟分针的移动，一面等候着拉斯蒂涅的来访。拉斯蒂涅是个名门出身的冒险家，他的生涯在巴尔扎克的一部又一部小说中被描述的从微贱的出身开始一直到最后的荣华富贵。还有比安松医生——他对巴尔扎克来说是非常真实的一个人物，以至于巴尔扎克临死时还说"只有比安松医生能够救我"——可能也会走进这个房间，替一位外省来的贵妇把脉、看舌苔；这位贵妇来巴黎是见一位律师商议一件诉讼案子，临时有病而请医生的。在那张写字台前，可能坐着一个穿衬裙的相思女子，头发中间分开，可能在给她的负心情人写一封激情洋溢的信，或者一个性情暴躁的老先生，穿一件绿色礼服大衣，戴一个硬领圈，给他挥霍无度的儿子写了一封愤怒的信。

我到达的第二天，就打电话给伊莎贝尔，问她如果我五点钟来，能不能请我喝杯茶。我已经十年没有见到她了。我被一个严肃庄重的管家领进客厅时，她正在看一本法国小说，她立刻站起来，握住我的双手，热情而妩媚地微笑着向我问好。我和她见面最多不过十几次，单独相见只有两次，可她使我立刻感觉到我们不是泛泛的点头之交而是老朋友。过去的十年岁月，已经缩小了一个年轻姑娘和一个中年男子相隔的鸿沟,我不再觉得我们之间年龄的悬殊。她用见过世面女子的那种微妙的恭维态度对待我,好像我和她是同龄人,五分钟后,我们就谈得坦诚、随意,仿佛我们是从小在一起玩的伙伴,总见面,从来没有间断过。她已经学会了轻松安逸、泰然自若和落落大方。

但是,最令我吃惊的是她外表的变化。我记得,她是一个美丽、活泼的女孩,令人担心会发胖。我不知道她是否意识到这一点而采取了勇敢的措施来减轻自己的体重,还是生育孩子碰巧收到了意想不到的可喜效果。不管怎样说,她现在苗条得无可挑剔。流行的服装款式更是画龙点睛之笔。她穿了一身黑,我一眼便看出她的丝绸连衣裙,既不太朴素也不太奢华,是由巴黎一家最好的服装店制作的,她穿在身上展示出一个生来就是穿高档衣服的女人具有的那种无忧无虑的自信。十年前,尽管有艾略特给她建议,她的连衬裙也是有点艳丽得俗气,她穿起来好像不那么舒适自如。玛丽·路易丝·德·弗洛里蒙现在不可能再说她不时髦了。她十足的时尚,指甲涂上了玫瑰红。她的五官更清秀了,而且我一下子觉得她的鼻子是我在女人脸上看到的最直、最美的。在她的前额和她淡褐色的眼睛下面,没有一道皱纹,虽然皮肤已经失去了少女鲜嫩的绽放,但是皮肤的质地仍然细腻如初;很明显这是多亏了润肤液、面霜和按摩的作用,不过使用了这些东西和方法使她的皮肤柔软滋润,楚楚动人。消瘦的脸颊抹上淡淡的胭脂,唇膏也涂得恰到好处。亮棕色的头发剪成短发恰逢时尚,而且烫成了波浪鬈发。手指上没有戒指,我记得艾略特告诉过我,她把首饰都卖掉了;她的双手,虽然不特别小,但是形状很美。那时,女人白天都穿短连衣裙,我看到她腿上穿着香槟酒色的长筒袜,形状美观,修长苗条。许多标致的女人就毁在了腿长得不好看;伊莎贝尔的腿,做姑娘时,是她最不幸的特征,现在却变得极其好看了。事实上,她是由一个靠生机勃勃、神采飞扬、容光满面来吸引人的漂亮女孩子变成一个美妇人了。至于她的美貌在一定程度上是靠对皮肤的艺术处理、身体的锻炼和欲望的戒禁,似乎都不重要了,结果令人非常满意就行了。或许她的绰约风姿——得体的举止——是花费了一番心思而致,但看上去十分自然。我产生了这样的想法,在巴黎度过的这四个月给予了伊莎贝尔这个多年来形成的一件艺术品画龙点睛之笔。艾略特,即便以他最挑剔的态度,也不得不赞赏她;我,一个不难取悦的人,感觉她非常迷人。

格雷去莫特方丹打高尔夫去了,但伊莎贝尔告诉我,他马上就会回来。

"而且你得看看我的两个女儿。她们去杜伊勒里公园了,不过她们早该回来了。她们很可爱。"

我们一件件地谈了许多事情。她喜欢在巴黎,他们住在艾略特的公寓里感到很舒服。艾略特在离开他们之前,曾让他们结识了一些他的朋友,因为他认为他们会喜欢,所以他们已经有了一个令人愉快的熟人圈。艾略特总是逼着他们像他过去那样尽量多地搞招待。

"你知道,虽然我们真的彻底破了产,但我们活得像很有钱人似的,我一想到这点就极为高兴。"

"那么糟糕吗?"

她咯咯笑了,这使我想起了那种轻松愉快的笑,十年前我就在她的脸上发现了,非常讨人喜欢。

"格雷现在是不名一文,我的收入几乎完全同那个时候要和我结婚的拉里的收入相等,那时我是不会同意的,因为我觉得我们靠这点钱无法生活下去,而现在我还有了两个孩子。相当可笑,是不是?"

"我很高兴你能把这事看作一个笑话。"

"你知道拉里的消息吗?"

"我?没有。自你上一次离开巴黎以来,我就没有看见过他。他以前认识的一些人中,我还算认识几个,我确实问过他们拉里的情况,不过,那是多年以前的事了。似乎没有人知道他的任何事情。他就这样消失了。"

"我们认识芝加哥银行的经理,拉里在那里有存款,他告诉我们,他不时会收到拉里从某个怪地方开来的一张汇票。中国、缅甸、印度。他好像一直在周游。"

我毫不犹豫地把到了嘴边的那个问题说了出去。毕竟,当你想要知道什么事情的话,最好的办法就是问。

"你现在希望你当时嫁给他吗?"

她动人地微笑了一下。

"我跟格雷结婚一直很幸福。他是一个非常出色的丈夫。你知道,一直到经济崩溃到来之前,我们一起过得开心之至。我们喜欢同样的人,喜欢做同样的事。他对我很亲。而且受人爱慕总是好事,他现在爱我就像我们刚结婚似的。他觉得我是世界上最完美的女孩。你无法想象他是多么的和蔼体贴。他为我花钱大方,到了相当荒唐的程度;你是知道的,他认为没有我不配享用的东西。你知道吗,我们结婚这么多年,他从来没有对我说过一句刻薄或者严厉的话。哦,我一直都很幸运。"

我问我自己,她是不是认为这就是她回答了我提出的问题。我换了话题。

"谈谈你的两个小女儿吧。"

我说话时,门铃响了。

"她们来了。你自己看吧。"

一会儿,两个孩子进来了,后面跟着保姆。伊莎贝尔先给我介绍了大的——琼,然后介绍小的——普丽西拉。每个人和我握手时都行屈膝礼,表示礼貌。她们一个八岁,一个六岁,个子按照她们的年龄来看都不矮；当然，伊莎贝尔个头高，我记得格雷也是个大块头；不过两个孩子只是如同所有的儿童那样可爱。她们看上去很孱弱；长了父亲的黑头发，母亲的淡褐色眼睛；在生人面前并不害羞，都兴冲冲地告诉母亲在公园里做的事情。伊莎贝尔的厨师为下午茶准备了些美味糕点，我们两个大人还没动手，而她们已经眼巴巴地在盯着了。当允许她们挑一块时，在选择哪一块上，她们还一下子不知所措起来。看见孩子对自己母亲表露的那种喜爱之情使人感到温馨，三个人聚到一起组成了一幅迷人的图画。她们吃完自己选择的那小块糕点后，伊莎贝尔便打发她们走，两个孩子没吭一声就出去了。我的印象是，伊莎贝尔把孩子教育得很听话。

孩子们走后，我说了些有关她孩子的恭维话，一般是对当妈的人说的，伊莎贝尔听了显然很高兴，不过，没当回事。我问她格雷是否喜欢巴黎。

"相当喜欢。艾略特舅舅给我们留下一辆车，所以他几乎每天都能去打高尔夫球，而且他已经加入了旅行者俱乐部，在那边打桥牌。当然，艾略特舅舅主动让出这所公寓来帮助我们，这已经是雪中送炭了。格雷的精神崩溃了，而且现在还患有可怕的头痛病；他现在即使得到一个工作也干不了；这自然使他焦虑。他想要工作，觉得自己应当工作，要是找不到，他会感到丢脸。你知道，他认为工作是男人的事，如果不能工作，索性死了算了。他不能容忍自己成为一个无用的人；我劝他，说休息和变换环境会使他恢复正常，这才把他弄到这来。可是，我知道，在他重新回去工作之前，是不会快乐的。"

"恐怕你们在过去这两年半时间里过得很艰难。"

"嗯，你知道，经济崩溃刚开始时，我根本就不信。说我们会破败，对我来说似乎是不可想象的事。别人会破败我还能够理解，但是，说我们也会——哼，似乎绝不可能。我仍然认为，在最后时刻，总会发生点什么使我们得救。于是，最终的打击来了，我觉得再活下去没有什么价值了，觉得不能面对未来；世界太黑暗了。有两个星期，我简直是苦不堪言。天哪，太恐怖了，不得不舍弃一切，再没有什么欢乐可言，我喜欢的一切也得和我绝缘——后来两个星期过去了，我说'哦，让这一切见鬼去吧，我不会再去想它了'，我敢说，我再也没有想过。我现在没有什么可后悔的。当时我是活一天就要高高兴兴一天，现在一切都过去了，都过去了。"

"很显然，住在上流社会住宅区的一座豪华公寓里，有一个能干的管家，一个出色的厨师，衣食无忧而不用自己去花一分钱，而且还穿着香奈儿定制的服装，在这种条件下受到打击是更容易毁灭的，不是吗？"

"朗万，"她咯咯地笑着说，"我看得出你十年来没怎么变。我想，你也不会相信我的话，因为你是个玩世不恭的狂人，但是，我敢保证我接受艾略特舅舅的帮助是为了格雷和两个孩子。我每年有两千八百美元的收入，我们在种植园完全可以过得很好，我们会种稻子、黑麦、玉米和养猪。毕竟，我是生在伊利诺斯的一个农场并且在那里长大的。"

"也可以这样讲。"我微笑说，明知道她实际上是出生在纽约的一家昂贵的诊所里的。

这时候格雷走进来了。十二年前，我确实只和他见过两三面，可是，我看见过一张他和新娘子的照片（艾略特把这张照片装上漂亮的镜架，和有瑞典国王、西班牙王后、德·吉斯公爵签名的那些照片一同放在他的钢琴上面），他的模样我记得很清楚。可一见面，我吓了一跳。他的头发已经退落到了太阳穴，头顶上有一小块秃顶，脸又肥又红，还有个双下巴。多年来讲究吃喝的生活以及大量的饮酒已经使他的体重大大增加，只是他的个儿高大，没有使他成为一个十足的胖子。可是，最引起我注意的是他的眼神。我完全记得，在他前途无量、不需要操一点心的时候，从这双蓝色眼睛里透出的无忧无虑的坦率和真诚；如今我好像在这双眼睛里看见一种茫然的沮丧，即使我不知道事实，我想我也会猜到一定是发生了什么事情摧毁了他对自己和对事物发展秩序的信心。我觉得他有一种自卑感，好像做错了事，尽管不是故意的，但是感到羞愧。显然，他的神经受到了惊吓。他真诚地欣然向我问好，而且确实像老朋友见面那样，显得很高兴，但是，我有这样的印象，他的这种热心倒像是惯用的逢场作戏，表象和内心的感受大相径庭。

酒送上来之后，他给我们调了鸡尾酒。他打了两局高尔夫球，对自己的成绩很满意。他开始讲述在一个洞前他是如何克服困难打进的细节，虽然有点啰唆，可伊莎贝尔好像听得津津有味。几分钟后，我约好了一个日子请他们吃晚饭和看戏，就告辞了。

二

我在下午完成一天工作之后，顺便去看看伊莎贝尔，一周有个三四次，这已成为了习惯。通常那时候她都一个人在家，也愿意闲聊。艾略特给她介绍的那些人，比她的年纪大得多，而且我发现她同年代的朋友很少。我的朋友在晚饭之前多半很忙，而且我觉得与其去俱乐部和脾气不好牢骚满腹、不见得欢迎外地人插进来的法国人打桥牌，还不如跟伊莎贝尔聊聊更惬意。她把我当作和她年纪相仿的那种妩媚方式使我们的交谈变得轻松随意；我们相互开玩笑、嘲笑和逗乐子，有时候聊我们自己，有时候聊我们都认识的人，有时候聊书说画，这样很愉快地就把时间消磨掉了。我性格中有一点不好就是：从来就看不惯相貌平平的人，无论这个朋友的性情多么亲切，以及多年的亲密关系也无法使我看得惯他的坏牙齿或者歪鼻子；另一方面，我永远都喜欢朋友的漂亮相貌，就是看了二十年，还是欣赏他那好看的眉毛或者精美的颊骨线条。因此，每当伊莎贝尔映入我的眼帘时，她那张完美的瓜子脸、白嫩的肌肤和鲜明温馨的淡褐色眼睛，使我再次产生一种快感。后来，一件意想不到的事情发生了。

三

在所有大城市里，都有一些自成体系的集团，他们相互不联系，独立存在；它们是一个大世界里的小世界，各自按照自己的方式生活，其内部成员有着伙伴的关系相互依存；这些小世界仿佛居住在由无法通航的海峡相互隔开的岛上。根据我的经验，巴黎就是这样的城市，没有一个城市比得上它。在那里，上流社会很少让外界人进入其中，政客们生活在自己腐败的圈子里，大大小小的资产阶级频繁往来，作家和作家聚在一起（人们在安德烈·纪德[1]的日记里明显地看到，他似乎很少跟与他不是从事一样职业的人交往），画家和画家、音乐家和音乐家交游。伦敦也是如此，不那么明显罢了；在那里，物以类聚的现象少多了，而且有十几家的宴席，在同一桌上你可能遇见公爵夫人、女演员、画家、议员、律师、服装设计师和作家。

我生活的经历使我在不同时期短暂地领略了巴黎的所有这些小世界，就连圣热尔曼大街那个不公开的世界（通过艾略特）也进去过；但是，我最喜欢的是构成蒙帕纳斯大街干线的那个小社会，它比现在称作福煦大道并以此为中心的那个不显眼的小圈子要好，比经常光顾拉吕饭店和巴黎咖啡馆的大都会成员要好，比蒙马特区那个乌烟瘴气

---

[1] 安德烈·纪德（1869—1951），法国小说家。

寻欢作乐的人群要好。我年轻时,曾在贝尔福狮像咖啡馆附近的一个小公寓里住过一年,房间在六层楼,那里视野开阔,我看到了蒙帕纳斯公墓[1]。在我看来,蒙帕纳斯仍然具有外省乡镇的宁静气息,保留了以往的特征。当我走过阴暗狭窄的敖德萨街区时,一种惆怅悠然而至,我想起我们经常聚餐的那家寒酸的饭店,有画家、雕刻家、插图家,还有我,唯一的作家,偶尔还有阿诺德·贝内特[2];我们坐到很晚,兴奋地、荒谬地、愤怒地讨论绘画和文学。对我来说,现在沿着蒙帕纳斯大街走去,看着跟我当年一样的那些青年人,并且亲自杜撰关于他们的故事,仍然是一种乐趣。当我没有什么更好的事情要做时,我就乘出租车去老多姆咖啡店坐坐。它已经不再是从前专门为放荡不羁的文人相聚的地方;现在,附近一带的商人已经开始喜欢到这里来了,而且塞纳河对岸的陌生人来这就是为了见识一下已经不复存在的一个世界。学生也来,当然,还有画家和作家,但是他们中的大多数人是外国人;当你坐在那里,你在周围听到的俄语、西班牙语、德语和英语与你听到的法语一样多。但是,我感觉到他们说的那种事情跟我们四十年前说的非常一样,只是他们提到的是毕加索而不是马奈[3],是安德烈·布勒东[4]而不是纪尧姆·阿波利奈尔[5]而已。我非常同情他们。

我来到巴黎两个星期之后,有一天晚上,坐在多姆咖啡店里;由于露台上人挤,我只得在前排找一张桌子坐下。天气晴暖。法国梧桐正要冒叶子,空气中有巴黎所特有的那种闲散、轻松和欢快的情趣。我觉得很平静,不是由于疲乏,而是由于畅快。忽然间,有个男子在

---

1 法国文艺界、知识界精英的安葬之处。
2 阿诺德·贝内特(1867—1931),英国小说家。
3 马奈(1832—1883),法国印象派绘画的奠基人。
4 安德烈·布勒东(1896—1966),法国超现实主义诗人。
5 纪尧姆·阿波利奈尔(1880—1918),法国现代派诗人。

我面前走过，停下来向我咧开嘴笑，露出一口雪白的牙齿，说声："哈啰！"我瞪眼望着他。这人又高又瘦，没有戴帽子，乱蓬蓬的深棕色头发，早就应当剪了；上嘴唇和面颊都是浓密的棕色胡须；前额和头颈晒得黑黑的；穿一件破衬衫，没打领带，一件穿得很旧的棕色上褂，灰色裤子也破烂得不成样子。他看上去是个流浪汉，我有十足的把握从来没有见过他。我断定他是那种没出息的人流落在巴黎，存心等他编一套落难的故事，骗我几个法郎去吃顿晚饭和找个地方过夜。他站在我的面前，两手插在口袋里，露出白牙齿，深棕色的眼睛显出好笑的神气。

"你不记得我了？"他说。

"我有生以来从没有见过你。"

我准备给他二十法郎，可是，我不准备放过他胡说我们彼此相识。

"拉里。"他说。

"老天爷啊！请坐。"他咯咯地笑了，他向前走一步，在我桌子旁的空椅子上坐下。"喝一杯。"我招呼了服务员，"你脸上这样胡子拉碴的，怎能让我认得出你呢？"

服务员来了，他要了橘子水。因为我看着他，这才想起他眼睛的特性，那是由于虹膜和瞳孔的颜色都是黑的，使得眼睛看上去既强烈又不透明。

"你在巴黎待多久了？"我问。

"一个月。"

"打算待下去吗？"

"还能住一段。"

当我问这些问题时，脑子里一直在想。我注意到他的裤脚已经破了，外衣的肘部也磨漏了。他看上去和我曾在东方那些港口见到的流浪汉一样穷困潦倒。那时，人们很难忘记大萧条的影响，所以我想知

道一九二九年的经济崩溃是否使他变得一贫如洗了。我很不愿意想到这一点,可我不是一个绕弯子的人,所以就开门见山问他:

"你一无所有了吗?"

"不是,我很好,你怎么会那样想?"

"哦,你看上去好像几天没吃饭的样子,而且你穿的衣服只配扔到垃圾箱里。"

"有这么糟糕吗?我从来没想过这个问题。事实上,我一直想给自己买些零碎东西,不过,我好像从来没能落实到行动上。"

我想他是感到害臊了或者是某种自负,但是我怎么也不能看着他在胡说而无动于衷吧。

"别犯傻了,拉里。我不是百万富翁,但也不穷。如果你缺钱的话,让我借你几千法郎。这不会搞垮我的。"

"多谢,不过,我不缺钱。我的钱足够我花的了。"他哈哈大笑。

"经历了这次经济崩溃还是这样吗?"

"哦,崩溃没有影响我。我所有的钱都买了政府的公债。我不知道这些债券是否贬值了,我从来没有打听过,但是我的确知道山姆大叔[1]那时仍然付利息,就像现在一样是个正派的老当事人。其实,在过去的几年里我几乎没怎么花钱,所以我手头上一定有相当多的现金。"

"那么,你是从哪里来的呢?"

"印度。"

"哦,我听说你去过那里。伊莎贝尔告诉我的。她显然认识你存钱的芝加哥银行经理。"

"伊莎贝尔?你最后一次是什么时候见到她的?"

---

[1] 美国政府绰号。

"昨天。"

"难道她在巴黎吗?"

"她的确在巴黎。就住在艾略特·坦普尔顿的公寓里。"

"太棒了。我想见她。"

虽然在我们这样交谈时,我非常留神地观察他的眼睛,可是,我只察觉到一种自然的惊喜和愉悦,感觉不到有什么更复杂的东西。

"格雷也在那里,你知道他们结婚了?"

"是啊,鲍勃大叔——纳尔逊医生,我的监护人——写信告诉我的,可是他几年前去世了。"

我这才想起,纳尔逊医生好像是他与芝加哥和他在那儿的朋友之间的唯一联系人,由于这个联系断了,他很可能对这几年发生的事情毫无知晓。我告诉他,伊莎贝尔生了两个女儿;亨利·马图林和路易莎·布兰得利都死了;格雷的破产和艾略特的慷慨。

"艾略特也在这里吗?"

"不在。"

艾略特没有在巴黎过春天,这是四十年中的第一次。他虽然看上去年轻些,但已经是七十岁的人了。通常,到了这个岁数的人开始感到身体疲倦和有病了。他除了散步外,其他的锻炼逐渐都放弃了。他担心自己的健康,他的医生一周来看他两次,在屁股两边轮流打针,注射一种当时流行的针剂。每顿饭,不论在国内还是国外,他都从口袋里掏出个小金盒子,取出一粒药片吞下去,就像一个人在郑重其事地履行宗教仪式。他的医生劝他去蒙特卡蒂尼疗养,那是意大利北部的一个矿泉疗养地;之后,又建议他去威尼斯寻找一个设计适合放在他的罗马式教堂里的圣水器。他不太愿意前往巴黎了,因为他感觉到巴黎的社交生活逐年地令人不满意。他不喜欢年纪大的人,而且使他更为恼火的是,赴约所见到的都是和他一样年纪的人。但是,见到的年轻人他又觉得索然乏味。装饰他建造的教堂现在是他生活中主要的兴趣；在这方面，他可以满足自己对购买艺术品的根深蒂固的热爱，同时也会感到心安理得，因为他所做的一切是在赞颂上帝。他曾经在罗马找到一座蜜黄色石头砌的早期祭坛，并在佛罗伦萨讨价还价六个月的时间，买下了锡耶纳[1]派的一幅三联画放在祭坛上面。

后来拉里问我格雷喜欢不喜欢巴黎。

"恐怕他在这里有点不知所措。"

我极力向他解释格雷给我的印象。他一边听我说，眼睛紧紧盯着我的脸看，一眨也不眨，若有所思；这使我想到——我也不知道为什么——他不是用耳朵，而是用一种内在的、更灵敏的听觉器官在听。这很古怪，而且令人感到不舒服。

"不过，你会亲眼看见的。"我讲完时说。

"是啊，我很愿意去看他们。我想我会在电话簿上找到住址的。"

"可是，如果你不想把他们吓得神经错乱，使两个孩子发疯似的尖叫，我想你最好还是去剪个头，刮刮胡子。"

他笑了。

"我一直都在想这个事。我不是故意把自己弄得那样打眼的。"

"既然你也这样说，不妨给自己买一套新衣服。"

"我想我是有点寒酸。当我最终离开印度时，我发现除了我身上穿的衣服，我一无所有。"

他看看我穿的那套西装，问我是哪一家裁缝做的。我告诉了他，不过补充说这个裁缝在伦敦，所以对他没有多大用处。我们停止了这个话题，他开始重新谈起格雷和伊莎贝尔来。

"我见到他们的次数非常多，"我说，"他们在一起非常开心。我

---

[1] 位于意大利南托斯卡纳地区，在14世纪时宗教热达到高潮，出现不少宗教画家和艺术家。

从未有过机会单独和格雷谈话,不管怎样,我敢说,他不会跟我谈到伊莎贝尔的。但我知道他非常爱她。他脸色阴郁,眼神疲倦,可是,当他看见伊莎贝尔时,目光里充满了那种温柔慈祥的样子,相当感人。我认为,在他们度过的那些艰难的日子里,伊莎贝尔坚如磐石地站在他一边,所以他永远不会忘记对她有多少亏欠。你会发现伊莎贝尔变了。"我没有告诉他,伊莎贝尔从来没有像她现在这样漂亮。说不定他真看不出那个好看的高个儿女孩,是怎样变成一位非常文雅、娇美、精湛的女人。有的男人对艺术能增添女性的美这一点感到不忿。"她对格雷很好,为了恢复他的自信,可谓是呕心沥血。"

由于时间渐晚,我问拉里是否到大街上一起吃晚饭。

"不,我不想吃,谢谢,"他回答,"我得走了。"

他站起身,友好地点点头,起步走上了人行道。

四

第二天,我看见格雷和伊莎贝尔,就告诉他们我见到了拉里。他们和我昨天一样感到诧异。

"看见他太好了,"伊莎贝尔说,"我们马上给他打电话吧。"

我这才想起自己没有问他住在哪里。伊莎贝尔说了我一顿。

"我肯定我就是问了他也不会告诉我,"我笑着反驳,"可能与我的潜意识有关。你不记得了,他从来不喜欢告诉人他住在哪儿。这是他的怪癖之一。他随时都可以走进来。"

"他就是这样,"格雷说,"甚至在过去,你也绝不能指望他出现在你期望他出现的地方。他今天在这儿,明天就不见了。你明明看见他在房间里,想过一会儿过去和他打声招呼,可是,当你转过身去时,他却消失了。"

"他一直是个最气人的家伙,"伊莎贝尔说,"无法否认。我看我们只好等他觉得适宜的时候大驾光临了。"

那天他没有来,第二天也没有来,第三天也没有来。伊莎贝尔指责我说瞎话恼人。我向她发誓没有,并且设法告诉她他还没有露面的原因。但是,这些理由不令人信服。我自己心里在琢磨,他是不是仔细斟酌之后,决定干脆不想见格雷和伊莎贝尔了,而且已经离开巴黎到别的什么地方游荡去了。我已经感觉到他从来不在什么地方扎根,而且总是时刻准备着,只要有一个似乎对他不错的理由或者一时兴起,抬腿就走。

他终于来了。那是个雨天,格雷没有去莫特方丹打球。我们三个人都在,伊莎贝尔和我在喝茶,格雷呷着一杯威士忌和毕雷矿泉水[1]混合而成的饮料;这时,管家开了门,拉里走了进来。伊莎贝尔叫了一声便立刻站了起来,投入到他的怀抱,吻了他的两颊。格雷的那张红红胖胖的脸比以往更红了,他热情地紧紧地握住了拉里的手。

"嘻,很高兴看见你,拉里。"他说,声音激动得有点哽咽。伊莎贝尔咬着嘴唇,看得出她是在忍着感情没有哭出来。

"喝一杯,老兄。"格雷颤抖地说。我被他们见到这个流浪汉的喜悦之情感动了。拉里感到他们对他这么在意,心里一定很惬意,他露出了幸福的微笑。可是,我心里很明白,他十分冷静。他看到了桌上的茶具。

"我喝杯茶吧。"他说。

"哎呀,完了,你不能喝茶,"格雷喊出声来,"我们来瓶香槟酒。"

"我喜欢茶。"拉里微笑说。

他的镇定对这对夫妇产生了一种他可能预期到的效果。两人平静

---

[1] 法国南部产的一种冒泡的矿泉水。

了下来,但是,仍旧带着慈爱的目光看着他。我并不是说他对他们由衷的热情报以无礼的冷漠;相反,他的态度就像你想要的那样热诚和讨人喜爱;不过从他的言谈举止中我意识到了一种只能称之为超然的东西,我不知道这种东西代表什么。

"你为什么不立刻来看我们,你这个讨厌鬼?"伊莎贝尔大叫着,装出一副生气的样子,"这五天来,我总是把身子伸出窗外想看到你来,而且每次门铃响,我的心都跳到嘴里来,可我能做的就是再把它咽下去。"

拉里咯咯地笑了。"毛姆先生告诉我,我看上去太粗野了,你们的用人绝不会让我进门的。我飞往伦敦买了些服装。"

"你用不着那样,"我笑着说,"你可以在春天百货公司或者百丽园买一套现成的。"

"我想要是真做衣服的话,最好还是跟上潮流。我有十年没有买欧洲服装了。我去了你的裁缝店,说我要在三天之内做一套衣服。他说要两个星期,因此我们折中要四天时间。我是一小时前从伦敦回来的。"

他穿了一套藏青哔叽西装,非常适合他清瘦的身材,一件带软领的白衬衫,系一条蓝色丝绸领带,脚上穿了一双棕色皮鞋。他的头发已经剪短,脸上的胡子已剃光。他看上去不但整洁,而且梳洗打扮得干净利落;简直是变了一个人;他很瘦,所以颧骨显得更凸,庭穴更凹,一双眼睛深陷在眼窝里,比我记得的还要大些;尽管如此,外表还很漂亮;诚然,他那张晒得黑黑的、没有一条皱纹的脸叫人看上去格外年轻。他比格雷小一岁,两人都才三十出头,可是,格雷看上去要老十岁,而拉里则要年轻十年。格雷由于身材高大,活动起来缓慢笨重,而拉里的动作则是轻盈从容。拉里的神态具有男孩子气,活泼又快乐,但同时带有一种宁静,这是我特别意识到的,也是我过去认识的这个青年身上所没有的。谈话在继续，随意流畅，如同老朋友之间的那种自然：那么多的共同记忆；格雷和伊莎贝尔不时插进些有关芝加哥琐闻，八卦逸事，一件事勾起另一件事；伴着轻盈的笑声；我一直认为，尽管他笑得开朗，也满怀喜悦聆听伊莎贝尔兴致勃勃的喋喋不休，但是，在拉里身上有一种非凡的超脱。我觉得他不是在扮演某种角色，而是真真切切地自然表述，他的真诚天地可鉴；我感到他内心里有一种东西，不知道是否叫它意识、一种感觉，还是一种力量，它不可思议地保持着落落寡合。

两个孩子被带了进来并介绍和拉里认识，她们有礼貌地行了一个屈膝礼。拉里伸出手来，看着她们，柔和的目光里带有一种动人的温情；孩子们握着他的手，严肃地凝视着他。伊莎贝尔明快地告诉拉里，她们的功课都很好，她给了她们每人一块饼干，就打发她们走了。

"你们睡觉时，我会来给你们读十分钟书的。"

在这时候，她不想让别人妨碍自己看见拉里的快乐情绪。女孩们去向父亲道晚安。看到这个大块头把孩子搂在怀里亲吻时，那张红脸洋溢的爱意，非常动人。没有人看不出来他对她们钟爱有加，得意扬扬；当她们走后，他转向拉里，慢慢露出一种甜蜜的微笑说：

"两个孩子不错吧？"

伊莎贝尔深情地瞟了他一眼。

"如果我让格雷用他的方式教育孩子的话，他就会把她们宠坏到了极点。这个大笨蛋，他会把我饿死，却用鱼子酱和肝酱去喂两个孩子。"

他微笑望着她说："你说谎，而且知道你在说谎，我对你是五体投地的崇拜。"

伊莎贝尔的眼睛里随后露出了微笑。他懂得并为此很高兴。一对幸福的夫妇。

她坚持要我们留下吃晚饭。想到他们更喜欢单独在一起，我就推说有事，但是，伊莎贝尔并不听这些。

"我将告诉玛丽在汤里多放一根胡萝卜，那样也就够四个人吃的了。还有只鸡，你和格雷可以吃腿，我和拉里吃翅膀；她可以把奶蛋酥做得够我们四个人吃的。"

格雷好像也要我留下，我本想留下来，所以就恭敬不如从命了。在我们等待晚饭时，伊莎贝尔又把我简略告诉拉里的他们的遭遇详细地讲了一遍。虽然她尽可能地用轻快的口吻叙述那段悲惨的遭遇，但是格雷脸上呈现出不悦的忧郁。她设法使他高兴起来。

"不管怎样，现在一切都过去了。我们已经化险为夷，已经看到了我们的未来。一旦情形有所改善，格雷会找到一份非常好的工作并且挣好几百万。"

鸡尾酒送了进来，两杯下肚，使格雷这个可怜的家伙的情绪高昂起来。我看见拉里虽然拿了一杯酒，但几乎是没喝；没有察觉的格雷还要给他倒一杯，他拒绝了。我们洗了手，坐下来吃饭。格雷叫人开了一瓶香槟酒，可是当管家给拉里倒酒时，他告诉管家他不想喝。

"唉，无论如何你得喝点，"伊莎贝尔大声说，"这是艾略特舅舅最好的酒，是他专门用来招待贵宾的。"

"说实话，我更喜欢喝水。在东方待了这么长时间，能够喝到安全的水就是款待了。"

"这是一次盛会。"

"好吧，我喝一杯。"

晚餐非常好，可是，伊莎贝尔和我都发现，拉里吃得很少。我想，她忽然意识到她一直是一个人在夸夸其谈，拉里没有机会接话只有听，所以她立刻问起拉里，自从上次见面以后，这十年来他都做了些什么。他回答得诚恳坦率，但含糊其辞，等于没有告诉我们什么。

"哦，我在闲逛，你知道。我在德国待了一年，在西班牙和意大利待了一些时间。在东方漂泊了一阵子。"

"你刚从哪里来？"

"印度。"

"你在那儿多久？"

"五年。"

"玩得好吗？"格雷问，"打到老虎没有？"

"没有。"拉里笑了。

"你到底在干什么需要在印度待五年时间呢？"伊莎贝尔说。

"到处玩。"他微笑着回答，一副亲切的嘲弄相。

"那个绳子术[1]是怎么回事？"格雷问，"你见过吗？"

"没有，没见过。"

"你都见到什么了？"

"很多的事情。"

我这才向他提出一个问题。

"瑜伽师具有对我们来说似乎是超自然的力量，这是真的吗？"

"我怎么会知道。我只能告诉你，在印度，人们通常都信这种说法。但是，最有智慧的人并不把这种力量看得有多么重要；他们认为这些力量往往阻碍了心灵的进步。我记得他们中的一个人曾告诉过我，有个瑜伽师来到河边，他没有钱付给船夫载他过河，船夫不肯白白地载他，于是他就踩在水上，从水面上走到了对岸。告诉我这件事的瑜伽师，相当藐视地耸耸肩说'这样的奇迹也就值本该花的渡河钱的价值'。"

"可是，你认为那个瑜伽师真的能在水上行走吗？"格雷问。

---

[1] 将一根绳子笔直地伸入云中，再命小孩爬上去，以此勒索观众给钱。

"告诉我这事的那个瑜伽师显然是相信的。"

听拉里说话有一种快感,因为他的声音非常悦耳:清脆、圆润而不低沉,带有一种独特的抑扬顿挫。吃完饭,我们回到客厅喝咖啡。我从来没有去过印度,很想听到更多的情况。

"你跟作家和思想家有接触吗?"我问。

"我注意到你把这两者区别为两种人啦。"伊莎贝尔取笑我说。

"我接触了他们。"拉里回答。

"你怎样和他们交流?用英语吗?"

"他们中最令人关注的人,即使说英语,也说得不大好,理解力也比较差。我学了印度斯坦语。后来去了南方,我又学了足够的泰米尔语,所以生活得相当不错。"

"拉里,你现在懂得几种语言?"

"哦,我也不知道。大概五六种吧。"

"我还想多了解一点瑜伽师的情形,"伊莎贝尔说,"你有机会和他们中的任何人处得很亲密吗?"

"亲密得就像你认识的和你相处了大半辈子的人那样。"他微笑着说,"我在一个瑜伽师的静修处住了两年。"

"两年?静修处是什么?"

"啊,我想你可以称之为隐居地。有些瑜伽圣人单独生活,住在庙里,森林里,或在喜马拉雅山的山坡上。还有一些瑜伽师吸引了一些门徒。有乐善好施的人为了积功德,会因被某个瑜伽师的虔诚所感动,为他盖一间房子——有大有小——供他来住,那些门徒就跟着他住,有睡在走廊的,有睡在厨房的,如果有的话,或者住在树下。我在那里有间小屋,刚好放得下我的行军床、桌椅和书架。"

"这地方在哪儿?"我问。

"在特拉凡哥,一处美丽的乡野:绿丘、峡谷、潺潺流水的小河。

山上有老虎、豹子、大象和野牛,但是,那个静修处濒临一个潟湖,周围长着椰子树和槟榔树。它离最近的城镇也有三四英里远,但是,人们惯常从城镇或更远的地方徒步或者坐着牛车过来听这位瑜伽师讲道,他大多情况是这样做的,要是他不讲道时,人们就坐在他的脚下,伴随空气中晚香玉飘荡的芬芳,共享他的仪态散发出来的宁静和福音。"

格雷坐不住了。我猜交谈主题的变换使他感到不大舒服。

"来杯酒吗?"他问我。

"不要,多谢。"

"那么,我来一杯。你怎么样,伊莎贝尔?"

他把自己沉重的身体从椅子上站了起来,走到放威士忌和毕雷矿泉水及酒杯的桌子那里。

"那里有其他的白人吗?"

"没有,我是唯一的一个。"

"你怎么能待得住两年时间呢?"伊莎贝尔在喊。

"这两年一闪而过。我也曾体验过似乎度日如年的日子。"

"你一直在干什么?"

"我读书,长时间散步,在潟湖上坐船以及冥思。冥思非常辛苦;两三个小时后,你会精疲力竭,好像驱车行驶了五百英里,你想要做的就是休息。"

伊莎贝尔稍稍皱了一下眉头。她感到迷惑不解,我敢说她有点儿害怕。我认为她开始产生一种感觉:在几小时前进屋的拉里,虽然外表上没变,貌似以前那样坦率和亲热,但不再是以前她认识的拉里了,过去拉里是那么坦率、简单、快乐,她认为的执拗但讨人喜欢。她曾失去了他,重逢以后她还把他当成过去的拉里,她认为不管世事如何变化,他仍然是她的;如今,仿佛她已经设法把一道光束抓在了手里,可又让它从握紧的手指间漏掉了；她感到有些失望。那天晚上，我看了她很多次——总是件赏心乐事——我看到当她的目光落在拉里修剪整齐的头上，还有两只小耳朵紧贴着脑壳时，眼里充满爱慕之情；而当她的目光停留在他深陷的庭穴和消瘦的双颊时，眼神又是怎样变化的。她扫了一眼他那双又长又瘦的手，尽管看上去憔悴，但实际上强壮有力。接着她的目光又盯在他那易变的嘴上：匀称、丰满但没有肉感。最后她的目光落在了他安详的额头和轮廓清晰的鼻子。他穿着那套新衣服，虽然没有艾略特那种衣冠楚楚的风雅，但也有一种潇洒自如的神韵，仿佛他天天穿，穿有一年了。我感觉到拉里引起了伊莎贝尔的母性本能，这在伊莎贝尔和她的女儿关系中，我从未感觉到的。她是个有经验的女人；而他看上去还是个男孩子；我好像从她的神态中看到了一个母亲在为其长大的儿子而骄傲，因为他能够娓娓而谈，别人也都侧耳聆听，好像他的话有道理。我认为伊莎贝尔并没有意识到拉里那些话的含义。

可是，我的问话还没有完。

"你的瑜伽师是什么样子？"

"你是说外表吗？嗯，他个子不高，不胖不瘦，略显苍白的棕色皮肤，胡须剃得很干净，短茬的白头发。他从不穿衣服只裹一块腰布，但是他却能叫人看上去和布鲁克斯兄弟服装品牌广告上的年轻男人一样穿得整洁潇洒。"

"他有什么特别的地方吸引你呢？"

拉里足足看了我一分钟才回答。他那深陷眼窝的双眸好像要钻进我的灵魂深处。

"圣徒精神。"

他的回答使我稍感不安。在这间房子里，摆放有精美的家具、墙上挂有优美的图画，这句话就像浴缸溢出的水从天花板上漏渗出来，啪嗒一声掉了下来。

"我们都读过有关圣徒的事情,如圣佛兰西斯、十字架圣约翰,但这都是几百年前的事了。我从来没有想到过能在现在碰见一个活的圣徒。从我第一次看见他,我就毫不怀疑他是个圣徒。这是一次极好的经历。"

"可你从中得到了什么呢?"

"平静,"他随口而出,表情淡然。然后,突然他站了起来说,"我得走了。"

"唉,还没到时候,拉里,"伊莎贝尔喊道,"时间还早呢。"

"晚安,"他仍然笑着说,毫不理会伊莎贝尔的劝告。他吻了一下她的脸颊,"一两天后我再来看你们。"

"你住在哪里?我给你打电话。"

"哦,别麻烦了。你知道在巴黎打通一个电话有多难,而且不管怎样,我们的电话一般情况下不好用。"

我暗暗地发笑,因为拉里巧妙地没有把住址告诉人。这是他的一个怪癖,隐瞒自己的住址。我建议后天晚上他们都到布洛涅森林吃饭,我请客。在芳香弥漫的春天,露天坐在树下面吃饭,也算是惬意之至,而且格雷可以用他的小轿车把我们拉去。我和拉里一起离开的,本来很愿意跟他走一段路,可是,我们一走到街上,他就和我握握手,疾步离去。我钻进了出租汽车。

五

我们事先商定在伊莎贝尔的公寓里见面,喝杯鸡尾酒,然后出发。我在拉里之前到达。我要带他们去的是一家非常时尚的餐馆,因此以为伊莎贝尔会盛装莅临;去那儿的所有女人穿着非常时髦,我肯定她绝不想逊色于别人。没想到,她就穿了件素色的羊毛上衣。

"格雷头痛病又犯了,"她说,"他痛苦不堪,我不能丢下他。我告诉过厨娘,她给孩子们吃了晚饭之后,就可以走了,因此我得亲自给格雷做点什么吃的,并且尽量让他吃下去。你和拉里最好还是单独去吧。"

"格雷躺在床上了吗?"

"没有,他犯头痛时从来不睡觉。天知道,他最好是睡下,可是他不肯,他在书房里。"

这是一间有棕色和金色镶板的小房间,镶板是艾略特从一座古堡里弄来的。书籍放在了镀金的网格里并上了锁,不让任何人翻阅,也许这样做倒好,因为这些书大部分是18世纪的有插图的淫书。不过,把它们用当代摩洛哥皮革装订起来,看上去很有效果,精致漂亮。伊莎贝尔把我带进书房。格雷坐在一张大皮椅子里,身体弯曲呈弧形,在他旁边的地板上散落着画报。他双目紧闭,平时那张红脸变成了灰白色,很明显死一般的痛苦。他想要站起来,但我阻止了他。

"你给他服阿司匹林了吗?"我问伊莎贝尔。

"阿司匹林根本不管用。我有个美国药方,但是,服了也不见效。"

"唉,别麻烦了,亲爱的,"格雷说,"我明天就会好的。"他试图笑一下,"很抱歉,我成了一个这样没用的累赘。"他对我说,"你们都去布洛涅森林吧。"

"说什么我也不会去的,"伊莎贝尔说,"你想我知道你在受这个该死头痛的折磨,我能玩得开心吗?"

"可怜的魔鬼,我想它是爱上我了。"格雷一边说,一边闭上了眼睛。

接着他的脸突然扭曲起来,你几乎可以看出他的头痛就像刀割一样。门轻轻开了,拉里走了进来。伊莎贝尔把情形告诉了他。

"哦，很抱歉，"他说，同情地看了格雷一眼，"有什么办法使他好一点呢？"

"没有，"格雷说，眼睛还闭着，"你们每个人唯一能为我做的就是别管我；离开这儿，你们自己玩得高兴就行。"

我心想这是唯一明智的选择，不过，恐怕伊莎贝尔的良心过不去。

"让我来看看能不能帮你。"拉里说。

"谁也帮助不了我，"格雷厌倦地说，"这个病就是要我的命，有时候我希望上帝成全我。"

"我说也许能帮你，是我说错了。我的意思是也许我能够帮助你去帮助你自己。"

格雷慢慢睁开眼睛，看着拉里。

"你怎样帮助呢？"

拉里从衣袋里掏出一个像银币的东西，把它放在了格雷的手里。

"用手指紧紧握住它，手掌朝下。听我的，不要用劲，只是把银币握在你的拳头里。在我数到二十以前，你的手就会张开，银币就会落在地上。"

格雷照他说的做了。拉里坐在写字台旁，开始数数。伊莎贝尔和我一直站着。一，二，三，四，他数到十五时，格雷的手一点没动，后来好像颤抖了一下，我有了这样的印象——我几乎不能说是看见——紧握的手指正在松开。大拇指从拳头状移开。我清楚地看见手指在颤动。当拉里数到十九时，银币从格雷的手里掉了下来，滚到我的脚边。我捡起来看了看。银币很重，而且形状怪异，银币的一面有一个轮廓清晰的浮雕，那是一个年轻的头像，我认出是亚历山大大帝。格雷困惑地盯着自己的手。

"我没有让银币落下去，"格雷说，"是它自己落下去的。"

他坐着，右臂搁在皮椅的扶手上。

"你坐在这椅子里舒服吗?"拉里问。

"我头痛得死去活来时,只有坐在这里好受些。"

"那么,让你自己完全松弛下来。别紧张。什么也不要做。不要抗拒。在我数到二十以前,你的右臂会从椅子扶手上抬起来,一直到你的手举过了头。一,二,三,四。"

他用自己银铃般的声调、悠扬的语音数着那些数字;当他数到九时,我们恰好明显地看到格雷的手从皮革面上抬了起来,直到大约有一英寸高的地方,这时停顿了片刻。

"十,十一,十二。"

肌肉抽搐了一下,接着,整个胳膊开始向上移动。胳膊不再搁在椅子上了。伊莎贝尔有点害怕,抓着我的手。真是令人琢磨不透的效果,一点不像生理上的随意运动。我从来没有见过梦游的人,但我可以想象到梦游的人走动如同格雷的手臂运动一样古怪。看上去似乎意志并不是动力。可以想象故意把手臂这样慢、这么均匀地抬起来,是非常困难的。这给人的印象是,有一种潜意识的力量——不受心灵支配——在举起这只胳膊,这个动作和活塞在汽缸里非常缓慢地上下运转的动作一样。

"十五,十六,十七。"

数字说得很慢、很慢、很慢,就像脸盆里接的有缺陷的水龙头滴下来的水滴。格雷的胳膊在升高、升高,直到他的手过了头顶。当拉里说完最后那个数字时,胳膊又自动地落回到了椅子的扶手上。

"我没有举我的胳膊,"格雷说,"我禁不住胳膊那样地抬了起来,是它自己抬起来的。"

拉里淡淡一笑。

"这没什么。我想这或许使你相信我。那块希腊银币在哪儿?"

我把银币给他。

"把它握在你手里。"格雷接过银币,拉里看了一下表,"现在是八点十三分。六十秒钟之后,你的眼皮会变得很沉,使你不得不闭上眼睛,然后你会睡着。你会睡六分钟。八点二十分时,你会醒来并且不会再感到头痛了。"

伊莎贝尔和我都没有说话,我们的眼睛看着拉里。拉里也没有再说什么。他的目光盯着格雷,但好像没在看着他;而是更像在看穿他至更远的地方。沉默中有种怪异的东西突然抓住了我们;如同黄昏时公园里的花朵那样寂静。突然,我觉得伊莎贝尔的手握得紧了起来。我扫了一眼格雷,他眼睛闭着,呼吸通畅规律;他睡着了。我们在那里站了一段时间,似乎时间冗长。我非常想抽支烟,但是不想把它点着。拉里一动不动,眼睛注视着你无法想到的远方。除了他的眼睛还睁着,他或许已经进入了一种恍惚状态。忽然,他松弛了下来;眼里呈现出了正常的神情,并且看了看表。在他看表时,格雷的眼睛睁开了。

"天哪,"他说,"我相信我睡觉了。"接着他蓦然站了起来。我发现他可怕的苍白脸色消失了。"我的头不痛了。"

"这很好,"拉里说,"抽支烟,然后我们一起出去吃晚饭。"

"这是个奇迹。我感到完全好了,你怎样做的?"

"我没有做,你自己做的。"

伊莎贝尔去换衣服,我和格雷喝了一杯鸡尾酒。虽然拉里明摆着不希望提这事,但格雷坚持要说说刚才发生的事情。他弄不明白到底是怎么回事。

"你知道,我根本不相信你会有什么办法,"他说,"我按照你说的做只是因为我痛得实在无心跟你争辩。"

他继续描述了自己头痛发作时的情形,他忍受的极度痛苦,以及他头痛过后人完全垮掉的样子。他无法理解就在刚才醒来时,他感觉到了自己又跟平时一样体力强盛了。伊莎贝尔回来了。她穿了一件我以前没有见过的衣服；一种女子紧身服装，质地是马罗坎平纹绉，下摆是呈喇叭形的黑色薄纱，拖到了地上。我不由觉得她会为我们争光。

那天在马德里城堡的宴请热情洋溢，我们兴高采烈。拉里用一种我从未听过的方式讲了些引人发笑的胡话，逗得我们大笑。我觉得他这样做是转移我们的想法，不再关注他显示出的意想不到的能力。但是，伊莎贝尔是个处事果断的女人。只要她觉得方便，都会顺着他，可她不会放弃满足自己好奇心的欲望。我们吃完饭，喝着咖啡和利口酒时，伊莎贝尔完全可以认为这顿好饭和拉里喝的那杯葡萄酒以及亲切的谈话已经削弱了他的防御，所以就把一双明亮的眼睛盯在了拉里身上。

"现在告诉我们你是怎样治好格雷的。"

"你亲眼看见了。"他微笑着说。

"你是在印度学会的这种本事吗？"

"是的。"

"他遭受着极度病痛的折磨。你觉得你能彻底地治愈他吗？"

"我不知道。也许能。"

"这将改变他的整个生活。他犯病时可能要四十八小时丧失劳动能力，你怎么能指望他做一份像样的工作呢。他要是不重返工作岗位，永远不会幸福的。"

"你知道，我不能创造奇迹。"

"可是这就是奇迹。我亲眼所见。"

"不，这不是奇迹。我只是使格雷的脑子里有了一种理念，剩下的都是他自己做的。"他转向格雷，"你明天做什么？"

"打高尔夫。"

"我六点钟过来，我们聊聊。"接着，向伊莎贝尔迷人地微笑着说，

"我有十年没有跟你跳舞了,伊莎贝尔,你要不要看看我还会不会跳了。"

六

这事以后,我们见到拉里很多次。在接下去的那个星期,他每天都到这个公寓来,单独和格雷待在书房里半个小时。他好像要劝说格雷——如他微笑着说的那样——丢掉那些使人振作不起来的沮丧;格雷像一个孩子那样对他极端信任。从格雷说的不多的话中,我知道了拉里在劝说的同时还在设法使格雷恢复破碎的自信心。大约在十天以后,格雷的头痛又一次发作,碰巧拉里要到傍晚才来。这次的头痛并不太厉害,不过,现在格雷对拉里的异常能力是充满信心,认为要是能找到拉里,他几分钟就能把他的头痛治好。但是,他们不知道他的住址,伊莎贝尔打电话问我,我也不知道。拉里终于来了,并且治好格雷的头痛,这时格雷问他住在哪里,以便需要时格雷能马上召唤他。拉里笑笑。

"打电话给美国运通旅行社,留个口信。我每天早上都打电话给他们。"

伊莎贝尔后来问我为什么拉里要隐瞒地址。他以前就不说住哪儿,后来弄清楚了他住在拉丁区一个三等旅馆里,没有什么秘密。

"我弄不明白,"我回答说,"我只能提出些毫无根据的事情,很可能是捕风捉影。或许是这样,某种古怪的本能促使他把自己灵魂中的某些私密转移到他的栖息地。"

"你那么说到底是什么意思?"她急得喊了起来。

"你还没有感到这一点吗:他和我们在一起时,尽管是那样融洽、友善、和气,但是,总觉得他身上有种超然的东西,好像他没有把自己的全部公开出来,而是把某些东西保留在自己灵魂的隐蔽处;我也不知道是什么——张力、秘密、抱负、知识——使他与我们分离。"

"我从小就认识拉里。"伊莎贝尔不耐烦地说。

"有时候,我觉得他像一个伟大的演员,在一部没有什么价值的剧中把一个角色演得非常完美,如《女店主》[1]中的爱莲诺拉·杜丝[2]。"

伊莎贝尔沉思了片刻。

"我想我懂你的意思。大家玩得很开心,而且觉得他和别人一样是我们中的一员,可是,突然,你觉得他就像你设法要抓在手里的烟圈一样从你那里逃脱。你觉得是什么使他变得这样古怪呢?"

"也许是司空见惯的东西,所以人们根本注意不到它。"

"比方说?"

"那好,例如,善良。"

伊莎贝尔眉头皱起来。

"我希望你不要这样说。这叫我心里感到有点不痛快。"

"或者是你心灵深处的一点苦痛吗?"

伊莎贝尔注视着我好长一会儿,好像她在尽力读懂我的想法。她从旁边的桌上拿了一支香烟,点着,倚靠在椅子里。她望着烟袅袅升到空中。

"你想要我走吗?"我问。

"不。"

我沉默了一会儿,看着她,我很喜欢她形状美观的鼻子和线条精美的下巴。

"你深爱着拉里吗?"

---

[1] 意大利著名喜剧作家哥尔多尼(1707—1793)的作品。
[2] 爱莲诺拉·杜丝(1859—1924),意大利著名女演员。

"你这个坏蛋,我有生以来还没有爱过任何人。"

"那你为什么嫁给格雷呢?"

"我总得嫁人。格雷疯狂地追我,妈妈也要我嫁给他。每个人都告诉我说我和拉里解除婚约是对的。我很喜欢格雷,我现在仍然喜欢他。你不知道他是多么可爱。世界上没有人能够这样亲切和体贴了。他看上去好像脾气很糟,不是吗?可是,他对我始终如天使般的呵护。他有钱的时候,叫我要东西,这样他就可以给我买来,从中得到快乐。有一次,我说,如果我们能有只游艇周游世界该多开心,要不是爆发了经济崩溃,他就已经买到手了。"

"他听上去太好了,有点令人难以置信了。"我咕哝了一句。

"我们曾经生活得非常美满。我将永远感激他这一点,他使我非常幸福。"

我看着她,没有说话。

"我想我不见得是爱他,但是,一个人没有爱完全可以过得下去。在我的内心深处,我渴望的是拉里,不过,只要我没看见他,不见得有什么烦扰。你可记得你跟我说过,相隔三千英里的海洋,爱情的痛苦就变得颇为可以忍受了?我当时觉得这是一句玩世不恭的话,现在看来,理当如此。"

"如果你看见拉里是一种痛苦,那么,你不认为不和他见面是更明智之举吗?"

"可这是一种使人极乐的痛苦。再则,你也知道他是怎样的人。说不一定哪一天,他就像遮住太阳的影子一下子消失掉,而且可能多年再也见不到他。"

"你从来没有想过和格雷离婚吗?"

"我没有理由和他离婚。"

"没有理由并不能阻止你们国家的女人要和她们的丈夫离婚。"

她大笑。

"你认为她们为什么要离婚呢？"

"你不知道吗？因为美国女人指望她们的丈夫十全十美，如同英国女人指望她们的男管家十全十美。"

伊莎贝尔非常傲慢地把头向后一甩，我真想知道她是不是患了颈部痛性痉挛。

"因为格雷不那么能说会道，你就以为他一无是处吗？"

"这你可就弄错了，"我赶快打断她，"我觉得他有相当感人的地方。他极其善于表达爱情。当他看你的时候，人们只要瞟他的脸一眼就知道他对你的情感是多么深厚，多么真挚。他爱孩子比你爱孩子深得多。"

"我想你现在要说我不是一个好母亲了。"

"相反，我觉得你是个优秀的母亲。你把她们照顾得健康快乐。你监督她们的饮食，留心她们大便是否正常；你教导她们知书达理，你读书给她们听，让她们做祈祷；她们要是生病，你立刻请医生，小心看护她们。但是，你不像格雷那样，全身心放在她们身上。"

"没有必要这样做。我是人，把她们也当作人来对待。一个母亲如果把孩子当作自己一生中唯一的关心，那只会对他们有害。"

"我认为你很对。"

"实际上，她们仍然崇拜我。"

"我已经注意到了这一点。你是她们理想中的一切：优雅、美丽、精彩。但是，她们和你在一起不像和格雷在一起时那样舒适安闲。她们崇拜你，这是事实；但是，她们爱格雷。"

"他是很可爱。"

我很喜欢她这样说。她最和蔼可亲的性格之一是敢于面对赤裸的真相。

"经济崩溃后,格雷完全崩溃了。有好多个星期,他在办公室里一直工作到深夜。我坐在家里经常处在一种极度恐惧的状态中,我怕他自杀,因为他太羞愧难言了。你是知道的,人们一直为这个公司、为他父亲和格雷而感到非常骄傲,为他们的正直和判断的正确而感到骄傲。我们把自己的钱都损失了并没什么了不起的,他无法原谅自己的是所有那些信任他的人把钱也都蚀光了,他觉得自己应当更早些看出端倪。我无法说服他明白,事情不能怪他。"

伊莎贝尔从手袋里取出一支口红,涂了涂嘴唇。

"但是,我要告诉你的并不是这个。我们剩下的唯一财产就是那个农场,我觉得格雷的唯一机会就是离开芝加哥,所以我们把两个孩子交给了妈妈,去了农场。他一直很喜欢农场,但是,我们从来没有单独去过;过去每次去都带上一伙人,玩得非常痛快。格雷的枪法很好,可是,这时他没有心思打猎。他时常一个人坐一条船,去沼泽地那边,一次待上几个钟头,观察群鸟。他在运河里上下徘徊,两边是灰白色的灯芯草,头上只有蓝天。有些日子,那些运河如地中海一样蓝。他回来后,不大说话,只说句挺好的。可是,我能看出他的感受。我知道他的心被美景、寥廓、静止所感动。就在太阳落山前的那一刻,洒在沼泽地上的光令人爱恋。他总是站在那里眺望,心里充满福佑。他还骑马在那些孤寂、神秘的树林里跑得很远;那些树林就像梅特林克[1]的一个剧中的树林:那么灰暗、那么寂静,几乎到了可怕的境地;而且春天有一段时间——超不过两周——山茱萸盛开,橡树抽叶,它们的鲜嫩葱翠在灰色铁兰的衬托下就像一首欢乐的颂歌;地上开遍白色的大百合和野杜鹃花,如地毯一般。虽然格雷说不出自己的感受,但是这是他最为喜爱的景致。妩媚的春光使他陶醉。哎呀,我知道我

---

1 梅特林克(1862—1949),比利时剧作家、诗人。

说不好，所以没法告诉你，看到这样一个大块头男人在一种心理情感的作用下精神得到升华该有多感动，这种情形非常纯洁、非常美丽，使我想哭。如果天上有上帝的话，那么格雷离他很近了。"

伊莎贝尔告诉我这段话时，有些激动，她掏出一块小手绢，小心地把眼角两边晶莹的泪水拭去。

"你是不是在用浪漫的手法刻画格雷呢？"我微笑着说，"我觉得你是在把你期望格雷具有的思想和情感说成是真的了吧。"

"如果他没有，我怎么会看到呢？你知道我是怎样的人。除非我感觉到了脚底下人行道上的水泥，看到了沿街大橱窗里摆着的帽子、皮大衣、钻石手镯和镶金的化妆品盒，我永远不会真正快乐的。"

我笑了；我们沉默了一会儿。后来，她回到了我们先前谈到的话题上。

"我决不会和格雷离婚。我们一起经历了太多的事情。而且他是绝对依赖我的。这很讨人喜欢，你知道，这使人产生一种责任感。而且……"

"而且什么？"

她侧目瞥了我一眼，目光里闪烁一种调皮的神情。我认为，她不太知道我对她想说的话持什么态度。

"他床笫很棒。我们结婚已经十年，可是他还像初婚时那样是个激情四射的恋人。你不是曾在一个剧本里说过，没有一个男人想要同一个女人超过五年时间吗？哼，你都不懂你那时在说些什么。格雷爱我如初婚。在这方面，他使我很快乐。我是性欲很强的女人，虽然表面看我，你可能不会那么想。"

"你全错了，我会的。"

"那么，它是一种吸引人的特性吗？"

"恰恰相反。"我搜索似的看了她一眼，"你后悔十年前没有和拉里结婚吗?"

"不。那样做无疑是疯了。当然,如果我当时懂得我现在的心境,我会出走和他住上三个月,然后把他从我的生活中赶出去,一劳永逸。"

"我想你没做这样的试验是你的运气;你可能会发现自己无法挣脱把你束缚于他的桎梏。"

"我不这么认为。这只不过是一种肉体的吸引力。你懂的,克服这种欲望的最好办法往往就是满足它。"

"你曾想到过你是一个占有欲很强的女人吗?你告诉过我,格雷生性就有深刻的诗意情怀,你还告诉我,他是个多情的爱人;我完全可以相信这两者对你很重要;但是,你没有告诉我对你来说比这两者加在一起还要重要得多的是什么——是你把他握在你那美丽但不那么小的手掌心里的感觉。你可能永远掌握不了拉里。你可记得济慈[1]的《希腊古瓮颂》吗?'大胆的情人,你永远,永远不能吻到,尽管你接近了目标。'"

"你常常认为你知道的比你做的要多得多,"她有点尖刻地说,"女人吸引住男人只有一个办法,你是知道的。让我再告诉你一遍:她和他第一次睡觉这并不重要,重要的是第二次,如果她这次吸引住了他,那么,他就永远属于她了。"

"你确实得到了最超凡的信息。"

"我到处走,睁大眼睛在看和竖起耳朵在听。"

"你能告诉我怎么得来的这条信息吗?"

她向我非常妩媚地笑了笑。

"从一个女人那里,我在一次礼服展上认识的一个朋友。这位时

---

[1] 济慈(1795—1821),英国诗人。

装店的店员告诉我,她是巴黎最聪明的二奶,所以我决心找机会认识她。她叫艾德丽安·德·特洛耶,听说过她吗?"

"从来没有。"

"你怎么也跟不上形势了呢!她四十五岁,甚至谈不上漂亮,但她看上去比艾略特舅舅的公爵夫人们高贵得多。我坐在她旁边,做出美国小姑娘任性的举止。我告诉她我不得不和她搭腔因为我一生中从来没有见过这么迷人的人。我告诉她,她完美得如同希腊的浮雕。"

"你有勇气。"

"起初,她表情相当生硬而且冷漠,不过我还保持着那种单纯的天真,终于她的态度缓和了。然后,我们进行了非常不错的闲聊。我跟她说我一直羡慕她美妙的时髦。"

"你以前见过她吗?"

"没有。她不会和我一起吃午饭,她说在巴黎她们的嘴巴如此恶毒,这将害了我,但是,她非常高兴我请她吃饭了,而且当她看到我的嘴由于失望而颤抖时,就问我是否介意和她一起在她家吃午饭。她的亲切简直令我受宠若惊,她看到我这样就拍了拍我的手。"

"你去了吗?"

"当然去了。她昂贵的小屋坐落在离福煦大街不远处,服侍我们的是一位长得很像乔治·华盛顿的男管家。我一直待到四点。我们无拘无束坦率直言,姑娘家所能的八卦不尽其言。那天下午我学到的东西可以写本书了。"

"那你为什么不写呢?这类事情正好适合《妇女家庭杂志》。"

"你这个傻子。"她笑了起来。

我沉默了片刻。我在追寻我的思路。

过了一会儿,我说,"我想知道拉里是否真的爱过你。"

她坐了起来。宜人的表情不见了,两眼放怒。

"你说什么？他当然爱我了。你认为女孩在被男人爱上的时候她不知道吗？"

"哦，我敢说他是爱你但做得不够。他认识的女孩中没有一个像他对你那么熟悉的。你们从小在一起玩。他预料到自己会爱上你。他有正常的性欲本能。你们结婚似乎是一件非常自然的事情。你们除了住在一起和睡在一起外，相互之间的关系已经没有什么可挑剔的了。"

伊莎贝尔的情绪平和了一些，她等着我继续说下去；我知道女人总是乐意听别人谈论爱情，所以我就接着说：

"道德家们试图说服我们，性本能和爱情的关系并不是非常密切。他们倾向于把性本能说得似乎是一种附带现象。"

"这到底是什么？"

"是啊，有心理学家认为，意识伴随脑活动并且由脑活动决定，但是意识本身对脑活动不施加任何影响。意识这东西像水里的树影；离开树不能存在，但对树丝毫没有影响。我认为，没有激情也可以有爱的说法，纯属胡说八道；人们说激情没有了以后，爱可以持续，这种说法指的是别的事情，如感情、好心、共同的品位和趣味、习惯，特别是习惯。两个人由于习惯可以继续发生性关系，就像到了吃饭的时间肚子觉得饿一样。当然，没有爱也可以有欲望。欲望不是激情。欲望是性本能的自然结果，它并不比人这个动物的其他功能更重要。所以女人的丈夫在时间和地点适合时偶尔放纵一下，他们的妻子小题大做，真是愚蠢。"

"这只适用于男人吗？"

我笑了笑。

"如果你坚持要我回答，我承认男女都适用。唯一不同的是，男人对这种露水关系毫无情感而言，而女人则有。"

"这得看什么样的女人。"

我的话不想被打断。

"爱没有情欲，就不是爱，而是别的东西；而且情欲的燃烧似火不是由于满足而是由于阻碍。你想知道济慈告诉在《希腊古瓮颂》里的情人不要伤心是什么意思吗？'你将永远爱下去，她将永远美丽！'为什么？因为她是无法企及的；无论这位情人怎样疯狂地追求，她仍然与他无缘。为什么？因为他们俩是禁锢在我认为的一件无情的大理石艺术品上面。你和拉里的爱情，如同保禄与弗兰采斯加[1]或罗密欧与朱丽叶的爱情，单纯自然。所幸，你们没有悲惨的结局。你和一个有钱的人结了婚，而拉里漫游世界，目的是要弄清楚塞壬[2]唱的是什么歌。情欲在这里无关紧要。"

"你怎么知道的？"

"情欲不计代价。帕斯卡[3]说爱情有自己的理由，是理智解释不了的。如果他的意思是我认为的那样，那他说的是一旦情欲捕获了爱情，爱情就会杜撰出理由，好像不仅貌似合理而且毋庸置疑地证明世界为了爱一切都可以失去。爱情使你确信，荣誉完全可以牺牲，羞耻是付出的廉价。情欲是毁灭性的，它毁掉了安东尼与克莉奥佩特拉[4]、特里斯坦和伊索尔德[5]、巴内奈和吉蒂·奥赛[6]。如果它不毁掉人，它就死掉。或许那时，一个人才会面对醒悟的忧伤：自己虚度了一生的年华；自

---

1 但丁《神曲·地狱篇》中一对恋人。
2 希腊史诗《奥德修记》中以歌声引诱航海者的女妖。
3 帕斯卡（1623—1662），法国数学家和思想家。
4 见莎士比亚的同名悲剧。
5 见瓦格纳的同名歌剧。
6 巴奈尔（1846—1891），英国议员，以主张爱尔兰自治，成为英国政界当时最有权势的风云人物，使格拉斯通都同意他的爱尔兰自治主张。1890年，奥赛上尉控告妻子有外遇要求离婚案中，巴奈尔成为共同被告，从而毁掉他的政治前途。次年6月他与吉蒂·奥赛结婚，于同年10月突然死亡。

己给自己蒙了羞、忍受嫉妒的可怕折磨、吞下了每个禁欲的苦果；自己把全部的柔情，把灵魂的全部财富，倾注在一个可怜的荡妇和傻瓜身上以及自己想入非非所找到的一个借口上，可那个女人不值一块口香糖。"

我在滔滔不绝地讲完之前，就清楚地看出来伊莎贝尔没在注意听我讲，而是自己在深思。可是，她接下来的一句话使我大吃一惊。

"你认为拉里是处男吗？"

"亲爱的，他已经三十二岁了。"

"我肯定他是的。"

"你怎么会有这样看法？"

"这种事情女人凭直觉就知道。"

"我知道有一个年轻人，几年来事业非常发达，靠的是使一个又一个漂亮女人确信，他从来没有和女人睡过觉。他说这招就像符咒那样灵。"

"我不在乎你说什么。我相信自己的直觉。"

天逐渐晚了，格雷和伊莎贝尔要去和朋友吃晚饭，她要换衣服。我无事可做，所以在这愉快的春天傍晚，沿着拉斯帕丽大街走去。我从来就不大相信女人的直觉；因为它和她们的主观愿望太适合了，使人不会相信直觉会使你认为是可信的；当我想到和伊莎贝尔长谈的最后那句话时，忍不住笑了出来。这使我想起了苏姗·鲁维埃，还记得我有好几天没见到她了。我不知道她在干些什么。她如果没有什么事，或许想要和我吃晚饭看电影呢。我叫住一辆在街上寻找客人的出租车，告知了鲁维埃的公寓地址。

七

我在本书开头提到过苏姗·鲁维埃。我认识她已有十年或十二年，而且我现在说到她时，她一定快四十岁了。她不漂亮；实际上，相当丑。对法国女人而言，她算是高个，她长着长胳膊，长腿，短身体；她动作笨拙，好像不知道如何摆布自己长长的四肢。头发的颜色凭她的心血来潮而改变，但大多数的时间是红褐色。她小方脸，十分突出的颧骨胭脂搽得鲜艳夺目；一张大嘴，唇膏涂得很重。这些听起来毫无动人之处，但却吸引人；她皮肤确实好，牙齿雪白坚固，一双蓝色的大眼睛炯炯有神。这是她相貌最美的部分，所以她把睫毛和眼皮都涂了色，把它们充分显示出来。她面相精明、友善、暧昧；她非常温厚的性情中带有恰如其分的韧性。在她度过的生活中，她需要硬朗起来。她的母亲，一个政府小官员的遗孀，在其丈夫死后，回到了在昂儒[1]原籍的村子靠抚恤金生活。苏姗十五岁时，到邻镇的一个裁缝店当学徒，离家很近，每个星期天都能回家。当苏姗到了十七岁时，在一个两周时间的假期中，被一个到她村子避暑画风景的画家勾引上了。苏姗已经知道得很清楚，自己身无分文，谈婚论嫁的福分遥不可及，所以，夏天结束时，画家建议带她上巴黎去，她欣然答应了。他带她在蒙马特尔区像兔子窝的画室里居住，她愉快地陪伴他过了一年。

一年后，他告诉她，自己一幅画都没有卖掉，因此再也养活不起一个情妇。她早已料到这一天总会到来，所以泰然处之。他问她是否想回家，当她回答说不想回去时，他就告诉她，在同一条街区，还有

---

[1] 法国西部旧州名。

一个画家愿意要她。他提到的这个人曾经勾引过她两三次；虽然她回绝了他，不过态度一直非常好，没有使他难堪。她并不讨厌他，所以这次平静地接受了这个建议。她换个地方非常方便，用不着花钱打出租车就把她的行李箱拿了过去。她的第二个情人，虽然比第一个情人年纪大很多，但是长得很有样，把她能摆出来的每种姿势都画了出来，有穿衣服的，也有裸体的。她和他快乐地过了两年。她一想到他的画作首次获得真正的成功是以她为模特的，就感到骄傲；她给我看了这幅画的复制品，是从介绍这幅画的一本插图画报上剪下来的。这幅画后来被美国的一家画廊买去。画面是裸体，尺寸与真人一样大小，躺着的姿势和马奈的《奥林匹亚》差不多。这位画家很快就看出她的身体比例有现代感和趣味感，所以把她的瘦削身材画得更加纤弱，腿和胳膊画得更长，更突出了两个高颧骨和更夸张了那双蓝色的大眼睛。当然从复制品上我辨别不出像什么颜色，但我感觉到了设计的高雅。这幅画给他带来了足够的名气，使他能够娶一位令人羡慕的有钱的寡妇。苏姗完全理解男人不得不考虑自己前途，所以没有恶语相向地和那位画家断绝了这种亲切关系。

到了这时，她才认识到自己的价值所在。她喜欢艺术生活，愿意摆姿势当模特儿；在一天工作结束后，到咖啡店跟画家们、他们的妻子和情妇坐在一起，听他们谈论艺术、咒骂经销商、讲下流故事，她感觉很愉快。这时候，她看到机会来了，就打好了主意。她挑中了一位没有相好的、还有才气的年轻画家。当这位画家单独坐在咖啡店时，她就选择这个机会，说明情况，没有什么开场白，直接建议两个人同居。

"我二十岁，是个好管家。我会替你省钱，省掉你雇用模特儿的费用。你看看你的衬衫，多丢面子；你的画室也乱七八糟的。你需要有个女人照应你。"

他知道她人不坏,觉得她的建议很好玩,而她也看出来他有意接受她。

"反正试试没有害处,"她说,"要是不行,我们最糟也就和现在一样。"

他是个抽象派画家,给她画的像都是些正方形和长方形。他画她只有一只眼睛,没有嘴;把她画成一幅黑、棕、灰色相间的几何图案;把她画成纵横交错的线条,从这些线条里面模糊地看出一张人脸。她和他同居了一年半,后来自愿地离开了他。

"为什么?"我问她,"你不喜欢他吗?"

"我喜欢他,他是个好男孩。我认为他没有一点进步。他在重复自己。"

她毫无困难地又找到一个继承者。她依然忠实于画家。

"我始终在绘画行业,"她说,"我和一个雕塑家在一起待了六个月,可是,不知为什么,我对雕塑一点感觉都没有。"

她感到欣慰的是她和情人分开时从来没有发生过不愉快。她不仅是个好模特儿,还是个好主妇。她喜欢工作在暂时栖身的画室里,把画室保持得井井有条,并且引以为荣。她是一个好厨子,能以最少的花费做出可口的饭菜来。男人的袜子破了,她给补好;衬衫的纽扣掉了,她给他钉上。

"我永远不明白为什么一个人因为是画家,就不该穿戴得干净利落呢。"

她只有一次失败。他是一个年轻的英国人,比她以前认识的任何人都有钱,还有一辆汽车。

"可是,在一起没多久。"她说,"他时常喝醉酒,然后令人讨厌。如果他画得好,我也就不介意了,可是,亲爱的,他的画奇形怪状不堪入目。我告诉他我要离开他,他竟然哭了起来,说他爱我。

"'我可怜的朋友,'我跟他说,'你爱不爱我都无关紧要,重要的是你没有才气。回国开个杂货店吧,这才是适合你做的。'"

"他听了你这番话后怎么说的?"我问。

"他勃然大怒,叫我滚出去。可是你知道,我跟他讲的是忠告;我希望他采纳。他不是一个坏人,只是一个糟糕的美术家。"

常识和温厚在使风尘女子的人生旅程不那么艰难这点上起着非常重要的作用,但是苏姗接受的这个职业也和别的职业一样有它的沉浮兴衰。有个斯堪的纳维亚人的例子。苏姗很轻率地爱上了他。

"他是个神,亲爱的,"她告诉我,"他个子非常高,就像埃菲尔铁塔一样,宽大的肩膀,厚重的胸脯,腰部两只手几乎就可以围过来,肚子平平的,平得像我的手掌,肌肉像个职业运动员;金黄色的鬈发,皮肤如同蜂蜜。他画得也不坏。我喜欢他的笔触,粗犷雄劲,色彩浓厚鲜明。"

她决意要和他生个孩子。他反对,但苏姗说由她负责来养。

"孩子生下来后,他相当喜欢。哦,多可爱的宝贝,红红的脸蛋,金黄的头发,蓝色的眼睛,跟她的父亲一样。她是个女孩。"

苏姗和他生活了三年。

"他有点笨,有时候使人厌烦,但是他很可爱而且长得很英俊,所以我没有真正介意。"

后来他接到瑞典来的一封电报,说他父亲病危,他必须立刻回家。他答应返回巴黎,可是苏姗有个预感,他永远不会回来了。他把钱都留给了她。她一个月没有听到他的消息,后来收到他的一封信,说他父亲死了,留下一些理不清的事情,他认为自己有责任留在母亲身边并且经营木材生意。他在信中附了一张一万法郎的支票。苏姗不是那种屈服于绝望的女人,她很快得出结论,孩子带在身边会碍事,所以她把孩子带到乡下,连同一万法郎,交给她母亲抚养。

"我的心都要碎了。我非常爱这孩子,但是在生活中,人必须要讲求实际。"

"后来怎样了?"我问。

"哦,我有了起色。我又找到一个朋友。"

可是,接着她就害了伤寒。她提到伤寒总是说"我的伤寒",就像百万富翁一提到地方可能就说"我的棕榈滩"或者"我的松鸡泽"一样。她险些死去,住了三个月院。出院后,人瘦得皮包骨头,弱不禁风,非常神经质,除了哭她无能为力。当时她差不多成了废人,身体做模特儿根本挺不住,所以她几乎没有收入。

"哎呀呀,"她说,"我经历了一些艰难时世。幸运的是,我还有些好朋友。不过,你知道画家都属于挣扎度日、勉强过活的人。我从来就不是漂亮人,当然也有些姿色,但已不再是二十岁了。后来我碰到了那个和我同居过的立体派画家;自从我们分手以来,他结过婚也离过婚,他已经放弃立体派,变成了超现实派。他觉得我还有用并且说他感到孤独;他说他能供我吃住,说心里话,我欣然答应了。"

苏姗和他同居直到她碰见了那个制造商。制造商是一个朋友带到画室来的,希望或许买下一幅这位前立体派画家的画。苏姗渴望做成这笔交易,竭尽所能取悦这位客人。他一时拿不定主意买下,但说他想要再来看一次。两个星期后,他来了。这一次,苏姗有个印象,与其说他是来看艺术品不如说是来看她的。离开时,他还是没有买,可没必要那么热情地紧握着她的手。第二天,那个带厂商来的朋友在她上市场购买当天吃喝的东西途中拦着她,告诉她那位厂商喜欢上了她,想知道他下次来巴黎时,愿意不愿意和他一起吃晚饭,因为他想向她提出一项建议。"你说,他看中了我什么了?"苏姗问,"他是一个现代艺术的业余爱好者。他见过你的画像。你激起了他的兴趣。他是外省人,而且是个商人。在他看来,你代表巴黎、艺术、浪漫,以及他在里尔[1]得不到的一切。"

"他有钱吗?"苏姗明白地问。

"很多。"

"好的,我和他吃晚饭,不妨听听他要说些什么。"

他带她去了马克西姆饭店,这使她很受感动;她穿得很文静,当她环视周围的那些女人时,觉得自己完全算得上一个值得尊敬的已婚女人。他叫了一瓶香槟,这让她感到他很绅士。到了喝咖啡时,他把建议当她面说了出来。她觉得建议很不错。他告诉她,自己经常每两个星期来一趟巴黎参加董事会,晚上总是一个人吃饭,如果想找女人的话,就去妓院,这种生活令人感到乏味无聊。作为结了婚、有了两个孩子的男人,他觉得以他的地位这样的生活安排不能令人满意。他们都认识的朋友把苏姗的一切告诉了他,他知道她是个谨慎的女人。他不再年轻,不想和轻浮的女孩子有什么纠缠。他还可以说是一个现代派的收藏家,而她与这方面的关系使他有所共鸣。接着他提出了具体安排。他准备给她租下一所公寓并且装修好,每月给她两千法郎。交换条件是,他希望每两个星期能够有一个晚上和她在一起。苏姗有生以来没有过这么多钱供她花销,她很快计算出有了这笔钱,她不但吃的穿的可以跟上世界前进的步伐,还可以供应自己的女儿,并且能够有所积攒以备不虞。可是她犹豫了片刻。如她自己所说,她一直"在绘画圈"里转,现在要做一个商人的情妇,毫无疑问她认为这是一种屈尊。

"接不接受随你便。"他说。

她并不讨厌他,而且别在他扣眼里的玫瑰形荣誉勋章也说明他是个显要人物。她笑了。

"我接受。"她说。

---

1 法国北部最大的城市,法国第五大城市。

八

虽然苏姗一直住在蒙马特尔区,但是,她决定有必要和过去的生活一刀两断,所以在蒙帕纳斯区租了一套公寓,就在大街附近的一幢大房子里。公寓有两个房间、一个小厨房,一间浴室;公寓在第六层楼,但有电梯。对苏姗来说,浴室和电梯不仅代表着享受而且代表时尚,尽管电梯只容下两个人,速度像蜗牛,而且下楼还得步行。

在他们结合的头几个月里,阿希尔·高芬先生——这就是他的名字——每隔两个星期来到巴黎,住在旅馆里,晚上和苏姗厮守一番以满足好色的肉欲,之后还回到旅馆里一个人睡觉直到他该起床,搭乘火车回去做他的生意和享受严肃的家庭生活乐趣。后来苏姗向他指出,他把钱花在住旅馆上毫无道理,要是住在公寓里一直到早晨是既省了钱又舒服多了。高芬先生一定是体会到了这句话的用意。他对苏姗体贴自己的身体感到高兴——说实话,在一个寒冷的冬夜,走到街上找一辆出租汽车,本不是什么愉快的事——而且还赞许她不愿意让他浪费钱财的做法。一个女人不但自己省钱,还要为她的情人省钱,确实是个好女人。

阿希尔先生完全有理由感到心满意足。他们通常到蒙帕纳斯大街一家比较好的饭店吃晚饭,但有时候,苏姗在公寓里为他做晚饭。她做的美味佳肴阿希尔先生非常爱吃。在温暖的傍晚,他总是穿衬衫吃饭,非常兴奋,毫无忌惮,有一种放浪不羁的感觉。他始终爱好买画,但是,苏姗认为不好的决不让他买。他很快觉得有理由相信她的判断力。她不跟掮客打交道,而是带他到画家的画室去买,这样使他能够花一半的价钱买到在别的地方必须付一倍的价钱才能买到的画。阿希尔先生知道她在攒钱，而且当苏姗告诉他说自己逐年在本村买点土地时，阿希尔先生心里感到一阵骄傲的激动。他知道在每个法国血统的人心中，都渴望拥有自己的土地，因为苏姗也有了土地，这使得他对她更加尊重了。

就苏姗而言，她也很满意。她既不忠实于他，也不不忠实于他；也就是说，她有心不与另一个男人形成任何永久的关系，但是如果她碰上一个她喜欢的人，也不拒绝同这个人睡觉。但是，决不会让他过夜，这是她为维护体面必须坚守不渝的。她感到她之所以有今天归功于这位有钱有势的阿希尔先生，是他让她过得自信和有尊严。

我是在苏姗和一位恰好我相识的画家同居时认识她的，而且她在画室里摆姿势时，我经常坐在那里。后来，不一定间隔多长时间，我偶尔还能看见她，但和她关系密切起来是在她搬到蒙帕纳斯之后。当时好像是阿希尔先生，苏姗一直这样提到和称呼他，读了一两本我的译著，于是有天晚上，请我在一家饭馆里和他们一起吃饭。他个头不高，比苏姗矮半个头，铁灰色头发，整洁的灰白胡须。他人偏胖，有点壶形腹，这恰好使他显示出有钱的派头。他走起路来具有矮胖人的那种趾高气扬，显然自鸣得意。他请了我一顿美餐。他很有礼貌。他告诉我，他很高兴苏姗有我这样一个朋友；他一眼就能看出我是个体面人，而且很高兴我把苏姗当朋友看待。唉，他自己的事务使他离不开里尔，所以这个可怜的女人经常是孤独寂寞；他知道她接触一个有教养的人很是安慰。虽然他是个商人，但是，他一直钦佩艺术家。

"啊，亲爱的先生，文学和艺术一直是法国的两项荣耀。当然，还有它高超的军事技能。我作为一个毛织品制造商，毫不犹豫地说，我把画家和作家与军事家和政治家放在同等地位上。"

他这话说得比谁说得都中听。

苏姗拒绝雇女佣料理家务，部分原因是为了省钱，部分原因是（她自己最清楚）她不想要任何人介入她的事情中来。那间小公寓陈设着当时最新款式的家具，被她收拾得干干净净；她自己的内衣都亲手缝制。可是，尽管那样，由于她现在不再当模特儿，手头大部分时间空闲着，可她是个勤劳的女人；不久，她产生了这样的想法，我坐着让那么多的画家画，为什么我就不可以画呢。于是，她买了画布、画笔和油彩，马上动起手来。有时候，我要带她出去吃饭，就去得早一点。我看见她穿着工作服在忙着作画，犹如子宫里的胚胎简单地重演物种进化的过程，苏姗也重演了她所有情人的风格。她画风景就像那个风景画家，画抽象画就像那个立体派画家，她借助一张风景明信片画了一艘停泊的帆船，就像那个斯堪的纳维亚的画家。她不会素描，但色彩感不错，所以即使画得不太好，她画得也很开心。阿希尔先生鼓励她画，他的情妇竟是个画家，这使他有了一种满足感。正是在他的坚持下，苏姗送了一幅画参加秋季沙龙展；当画挂出来时，两人都非常骄傲。阿希尔先生给了她一条忠告。

"不要像男人那样去画，亲爱的，"阿希尔先生说，"像女人那样画。不要着眼于有笔力；讨人喜欢就行。而且要诚实。做生意，不诚实的交易手段有时候会得手，但在艺术上，诚实不但是最上策，也是唯一的策略。"

在我写到这里时，他们这种关系持续了五年，互相都很满意。

"很显然，他并不使我激动，"苏姗告诉我，"但是，他有头脑、有地位。我到了这个年纪，必须要考虑自己的处境。"

她有同情心、明事理，而且阿希尔先生很赞赏她的判断力。他和她谈到自己的生意和家庭事务时，她都洗耳恭听。阿希尔先生的女儿一次考试失败，她向他表示了同情；阿希尔先生的儿子和一个有钱的女孩子订婚，她和他一样高兴。阿希尔先生自己娶的就是一位同行的独生女；两个对手公司的联合已经成为双方的利润增长源。阿希尔先生自然很满意，因为他的儿子完全明白了这个道理：幸福婚姻的最合理的基础是共同的经济利益。阿希尔先生还向苏姗透露：他有雄心想把女儿嫁给一个贵族。

"她有财富，为什么不行？"苏姗说。

阿希尔先生为苏姗打通门路，把她自己的女儿送进一所修道院学校，使她能受到良好的教育，他还许下诺言等她的女儿到达适当年龄时，他出钱让女儿得到适宜的培训学习打字和速记，以此谋生。

"她长大了会是个美人，"苏姗告诉我，"但是让她受教育，并能够敲打字机，明显不会有害处。她现在年纪很小，谈什么都太早，或许她没有气质。"

苏姗很谨慎，她让我凭靠自己的智慧推断她的意思。我推断得完全正确。

九

一周左右时间以后，我非常意外地碰见了拉里。有天晚上，我和苏姗一同吃晚饭并看了电影以后，坐在蒙帕纳斯大街的精美咖啡馆喝啤酒；这时，拉里漫步走了进来。苏姗抽了一口气，并大声喊住了他，这令我感到诧异。拉里走到我们桌前，吻了她，和我握了手。我看得出苏姗几乎是不相信自己的眼睛。

"我可以坐下吗？"他说，"我还没有吃晚饭，想吃点东西。"

"哦，可是见到你很高兴，我的宝贝，"苏姗说，眼睛闪闪发光，"你从哪里跳出来的？这些年为什么杳无音信呢？天哪，你怎么瘦成这样！我真以为你已经死了。"

"是啊，我没死，"拉里眨着眼睛答，"奥黛特好吗？"

奥黛特是苏姗女儿的名字。

"啊，她已经长成一个大姑娘了，很漂亮。她还记得你。"

"你从来没有告诉我你认识拉里。"我对苏姗说。

"为什么要告诉你呢？我从来不知道你认识他。我们是老朋友了。"

拉里给自己要了鸡蛋和熏肉。苏姗先把自己女儿的事情都告诉了他，然后是自己的情况。她喋喋不休地说着，拉里在听着，脸上带着迷人的微笑。她告诉拉里她已经有了家，还在作画。她转向我说：

"我在进步，你说是不是？我不敢说我是个天才，但我的天赋不比我认识的许多画家差。"

"你卖画吗？"拉里问。

"我不用卖画，"她轻松地回答，"我有私人收入。"

"幸运女孩。"

"不，不是幸运，是聪明。你一定要来看看我的画。"

她在一张纸上写下自己住址，还逼他答应一定来。苏珊兴奋不已，继续口若悬河。后来拉里要求结账。

"你要走吗？"她问。

"是的。"拉里微笑说。

他付了钱，挥一下手就离开了我们。我笑了。他的做派一直令我发笑，刚才还和你在一起，一转眼走了，没有一点解释。事情来得非常突然；他几乎就像融化在空气中一样。

"他为什么这么快就走掉？"苏姗不耐烦地说。

"也许有个女孩子在等他。"我开着玩笑地回答。

"这话就像没说一样。"她从手提包里取出个小的粉盒，往脸上搽粉。

"任何爱上他的女人我都深表同情，哎呀。"

"你怎么这样说？"

她表情严肃地看了我有一分钟,我很少看见她有这样过。

"我自己一度几乎爱上了他。这无疑是说爱上了水中的一个影子,或者一缕阳光,或者天上的一朵云彩。我是九死一生。即使现在,我一想起当时的险境,还觉得不寒而栗。"

让谨慎见鬼去吧。是人就想知道事情的来龙去脉。我正好赶上遇到是苏姗,她是个有啥说啥的女人。

"你究竟怎么认识他的?"我问。

"哦,那是好多年前的事了。我忘了是六年还是七年前。奥黛特当时只有五岁。他认识马塞尔,我那时也正和马塞尔同居。他经常到马塞尔的画室来坐坐,而我这期间充当马塞尔的模特儿。他有时请我们出去吃晚饭。你根本就无法知道他什么时候来,有时候几个星期不来,接着又两三天连着来。马塞尔通常喜欢他来画室,说他在时,自己画得更好。后来我就患了那场伤寒病。我出院后,过得非常艰难。"她耸耸肩,"不过,所有这些我已经告诉过你。哎,有一天,我围着那些画室转来转去,试图找份工作,可是没有人要我,一整天我只喝了一杯牛奶吃了一个新月形面包,我不知道我怎么去付房钱,就在这时,我在克利希大街上偶然碰到了拉里。他停下来,问我怎么了;我告诉他患了伤寒病的事,后来,他就跟我说:'你看上去好像需要一顿饱饭才是。'他的声音和眼神里有种东西使我很感动;我哭了起来。

"我们的隔壁是玛丽埃特大娘饭店,他挽着我的胳膊在一张桌子旁坐下。我饿极了,旧靴子都想吃,可是当鸡蛋饼端上来时,我感到一口也吃不下。他逼我吃了一点,又给我叫了一杯勃艮第酒。我这才觉得好些,就吃了些芦笋。我把难处都告诉了他。我身体太弱做不了模特儿。我瘦成了皮包骨,样子很难看;我不可能指望找到个男人。我问他是否能借我点钱要回自己村里去。至少我在那里还有个小女孩。

他问我是否想回去,我说当然不想。妈妈也不想要我,照现在的物价,她靠自己的退休金几乎都生活不下去,而我寄去照看奥黛特的那笔钱已经都花光了,不过如果我到了家门口,她绝不会不让我进屋的,她会看出我病得多么厉害。拉里看了我好半天,我想他大约要告诉我,不能借钱给我。后来他说:

"'你愿意我把你带到我认识的一个乡下小地方吗,你和你的孩子一起?我想要休一段时间的假。'

"我简直不相信自己的耳朵。我认识他这么多年,可是他从来没有勾搭过我。

"'就我现在这样?'我说。我忍不住笑了出来,'我可怜的朋友',我说,'眼下我对任何男人都是没有用的。'

"他向我笑了笑。你见过他笑得该有多甜美吗?甜如蜂蜜。

"'别犯傻了,'他说,'我并不是想那个事。'

"这时,我失声痛哭,一句话也说不出来。他给我钱,把孩子接出来,所以我们一起到了乡下。哦,他带我们去的那个地方风景迷人。"

苏姗向我形容了那个地方。它离一个小镇有三英里远;小镇的名字被我忘了。他们坐车到了一家客栈,那是河边上一幢摇摇欲坠的建筑,有一片草地直通到水边。草地上有梧桐,他们就在树荫下吃饭。夏天,画家们到那儿作画,不过,季节还早,所以,客栈只有他们一家在住。那里的烹饪很出名;星期天的时候,人们通常驱车从四面八方来到这里大吃一顿,但是平日,他们的宁静很少受到干扰。由于得到休息和可口的饮食,苏姗的身体逐渐强壮起来,心情也很愉快因为有孩子在身边。

"他很亲近奥黛特,奥黛特也非常喜欢他。我得不让奥黛特惹人讨厌才是,但是拉里似乎从不介意奥黛特怎么烦他。我常常被逗得哈哈大笑,他们在一起就像两个孩子。"

"你们做些什么?"我问。

"哦,总有事做。我们常常坐船出去钓鱼;有时候,借客栈老板的雪铁龙牌汽车进城。拉里喜欢这座小镇。老式的房屋和广场。小镇上十分安静,你唯一能听到的声音是你走在鹅卵石路上的脚步声。镇上有一所路易十四时期的市政厅和一座老教堂;镇边是一座安德烈·勒诺特尔[1]建造的城堡,带一个院子。当你坐在广场的咖啡馆里时,你会感到你已经回到了三百年前;停在路边的那辆雪铁龙汽车好像根本不属于这个世界。"

我在本书开头叙述的关于那个年轻飞行员的故事,就是拉里在一次出游后告诉苏姗的。

"我想知道他为什么要告诉你。"我说。

"我也不知道。战时,他们陆军航空团在镇上有一所医院,而且公墓里有一排排的十字架。我们去看过,没有待多长时间,因为我有点毛骨悚然——所有那些可怜的男孩长眠在那里。拉里在回家的路上非常沉默。他从来就吃得不多,可是那天到了吃饭时,他几乎是什么也没吃。我记得非常清楚,那天的夜晚很美,满天星斗,我们坐在河岸上,夜色衬托的白杨树的轮廓非常好看,拉里抽着烟斗。忽然,他毫无前兆地告诉我他的那个朋友的事情,以及那个朋友是怎样为了救他而死去的。"苏姗喝了一口啤酒,"他是个怪人。我永远也理解不了他。他总是喜欢念书给我听。有时候在白天,我边听边给孩子做针线活;有时候在晚上,我把孩子哄睡后。"

"他念些什么?"

---

1 安德烈·勒诺特尔(1613—1700),曾为法国国王路易十四的御用园丁。

"啊,什么都有。德赛维涅夫人[1]的书信和圣西蒙[2]写的一些东西。你可想象到,我以前除了报纸什么都不看的;偶尔看本小说,也是在画室里听见他们谈论它,不想让他们把我当成傻瓜才去看的。我不知道读书竟会那么有意思。那些老作家并不像人们认为的那样痴呆。"

"谁会这样想呢?"我咯咯地笑了。

"后来他叫我和他一起念。我们读《费德尔》和《贝蕾妮丝》[3]。他念男人的台词,我念女人的台词。你想不到该多有趣,"她天真地补充了一句,"当我念到悲惨的台词哭了的时候,他往往很陌生地看着我。当然那只是因为我的体力还没有恢复。你知道,我现在手里还有这些书。即使现在,当我读到他向我念到的德赛维涅夫人的几封信时,耳边会响起他可爱的声音,眼里会呈现那静静流淌的河水和对岸的白杨树;有时候,这使我心里非常痛苦,读不下去。现在我认识到那几个星期是我一生中最快乐的。他这个人,如天使般的亲切可爱。"

苏姗觉得她在变得多愁善感起来,怕我笑话她(她错了我不会的)。她耸了耸肩膀,笑了笑。

"你知道,我心里始终这样想的,当我活到标准的生理年纪,再没有男人想和我睡觉的时候,我就同教会和解,忏悔自己的罪行。但是我和拉里犯下的罪,世间的一切都不会使我去忏悔的。决不,决不,决不!"

"可是像你说的那些,我看不出有什么地方可能是你得忏悔的。"

---

[1] 德赛维涅夫人(1626—1696),法国书信作家,她的信反映了路易十四时期的社会风情,文情并茂,既虔诚又风趣。

[2] 圣西蒙(1675—1755),法国政治家、作家,以生动描述当时朝政的《回忆录》传名后世。

[3] 均为法国剧作家拉辛(1639—1699)的作品。

"我才给你讲了一半。你知道我的体格本来就不错,加上我整天在外边活动,吃得好,睡得好,没有一点心思,三四个星期后,就和过去一样健康了。而且面容看上去好多了;两颊有了颜色,头发有了光泽。我感觉回到了二十岁。拉里每天早上在河里游泳,我总是观看。他身材很美,不是像我那个斯堪的纳维亚人的运动员身材,而是强壮,具有无限的魅力。

"我身体那么虚弱时,他一直非常忍耐,但是现在我已经完全好了,我觉得没有理由叫他继续等着。我给了他一两次暗示,表明我什么都行了,但是他好像不懂似的。当然,你们盎格鲁-撒克逊人独特,你们粗暴,同时又多愁善感;不可否认你们不是好情人。我跟自己说,也许这是他谨慎之处,他为我做了那么多,他让我把孩子带来,也许他没有勇气要求我给他应有的报答。所以有一天晚上,我们去睡觉时,我对他说,'你要我今晚来你的房间吗?'"

我笑出了声。

"你是不是有点直截了当了?"

"是啊,我没法要他来我的房间,因为奥黛特睡在那里。"她直率地回答。

"他用那双和善的眼睛看了我片刻,然后微笑说,'你想要来吗?'"

"'你觉得呢——你有这样漂亮的身体?'"

"'那好,你就来吧。'"

"我上楼,脱掉了衣服,然后沿着过道溜进了他的房间。他正躺在床上看书,抽着烟斗。他放下烟斗和书,移动一下身子给我让出地方。"

苏姗沉默了一会儿,我也没想问她问题。但是过了一会儿,她继续说。

"他是一个特别的情人。非常亲热、情深意切,甚至温柔体贴,刚健而不激狂,不知道你懂得我的意思没有,而且一点不下流。他的爱就像个热血学生一样。那情形非常可笑,相当感人。我离开他时,觉得我应当感谢他,而不是他感谢我。当我关门时,看见他又拿起书,继续从他停下的地方看了下去。"

我笑了起来。

"我很高兴这让你开心,"她表情有点严肃地说。可是她自己也有点忍俊不禁,所以咯咯地笑了。"我很快发现,如果我要等他来请,恐怕要等到猴年马月,所以我感到需要时,就走进他的房间上床睡觉。他始终都很好。总之他也有人的天生本能,但是他像一个时过境迁、一忘了之的人,能专一到忘掉吃饭,而当你给他摆好一顿美餐时,他又能敞开肚皮大吃一通。一个人是否爱我,我心里清楚。如果我认为拉里爱我,那我就是个傻瓜,但是我想他会习惯我的生活。一个人在生活中必须得实际一点。所以,我跟自己说,如果我们回到巴黎之后,他带着我和他住在一起,这是我非常愿意的。我知道他会让我把孩子带在身边,我也喜欢这样。我的本能告诉我,如果我爱上他,那就很愚蠢,你知道女人是很不幸的,时常,她们一旦堕入情网,就不再讨人喜欢了,因此我打定主意要提防点。"

苏姗抽了一口香烟,把烟从鼻子里冒了出来。时间渐晚,许多桌子都已经空了,但是还有一群人在酒吧徘徊。

"一天早晨,吃过早饭,我坐在河边做针线活,奥黛特在玩着拉里给她买的积木,这时拉里走到我跟前。

"'我是来向你辞行的。'他说。

"'你要到什么地方去吗?'我惊奇地说。

"'是的。'

"'永久不回来了吗?'我说。

"'你现在身体已经很好了。这里的钱够你过完夏天和回到巴黎重

新开始你的生活了。'

"一时间我心里乱得很,不知道说什么是好。他站在我面前,像往常那样坦然地微笑着。

"'我有什么事做的使你不高兴吗?'我问他。

"'没有。可不要有这种想法。我有事要做。我们在这儿过得非常开心。奥黛特,来跟叔叔说再见。'

"奥黛特太小什么也不懂。拉里把她抱起来,亲了她;然后又吻了我,就走回旅馆去;一会儿,我听见汽车开走了。我看看手里的银行支票。一万二千法郎。事情来得是这样快,我连反应都来不及。'那么,见鬼去吧。'我自言自语。至少我有一件事情值得庆幸,我没有让自己爱上他。可是,我真是丈二和尚摸不着头脑。"

我不禁笑了。

"你知道,我曾经直接说出真相竟给自己赢得了一个不错的幽默家头衔。事实本来如此,可大多数人却感到非常诧异,认为我是在说笑话。"

"我看不出这里的关联。"

"是啊,我觉得拉里是我遇见的唯一完全没有功利的人。这就使他的行动显得独特。有些人他们不相信上帝,可他们做的事情却是为了上帝之爱,我们是不习惯这种人的。"

苏姗凝视着我。

"我可怜的朋友,你酒喝得太多了。"

第五章

一

我在巴黎慢吞吞地写作。春天气候非常宜人，香榭丽舍大道上的栗子树鲜花盛开，街道上阳光明媚。空气中渗透着快乐，一种飘然的瞬间快乐，没有邪念的身心快乐，使人的脚步更加轻盈、头脑更加敏捷。我和自己方方面面的朋友在一起感到很愉快，心里充满了往日的亲切回忆，至少在精神上恢复了青春的活力。我觉得这种一瞬即逝的喜悦要是让写作来干扰的话，那我就是傻子，因为我可能再也不会充分地享受到。

伊莎贝尔、格雷、拉里和我经常一起游览附近的名胜：我们去了尚蒂伊和凡尔赛，去了圣日耳曼和枫丹白露。我们无论去哪儿，午餐都美味丰盛。格雷吃得很多以满足他大块头的需求，而且总是喝酒有点过量。他的健康——不知是拉里的治疗，还是由于时间的推移——确实改善了。折磨人的头痛病没有再犯，我来巴黎初次见到他时那种令人感到悲哀的迷茫困惑的眼神消失了。他话不多，只是偶尔讲个冗长的故事，但是当伊莎贝尔和我胡言乱语时，他却哈哈大笑。他玩得很开心；他人并不风趣，但是心情非常愉悦而且非常容易满足，使你不能不喜欢他。他是那种你可能不愿意和他度过一个寂寞晚上的人，但是你可能高兴地期待和他待上六个月。

他对伊莎贝尔的爱使人看了非常高兴；他崇拜她的美，认为她是世界上最有才华、最迷人的女人；他的忠诚，他对拉里就像狗对主人一样的忠诚，使人感动。拉里似乎玩得也很开心；我认为他把这段时间看作一次休假，使他暂时把脑子里的打算——且不问是什么打算——放一放，而且安心地在尽情享受。他的话也不多，但是这不重要，有他的陪伴，就是足够的交谈；他非常随和，总是乐呵呵的，令人感觉非常亲切，让你觉得只要他在就足够了，无须再有什么要求；我很清楚我们在一起度过的这些日子之所以如此开心，就是由于有他和我们在一起。虽然他从来没有说过一句精彩或者诙谐的话，可少了他，我们肯定会感到乏味无聊的。

一次，就在我们短程游览的归程中，我目睹了一幕令我有点震惊的情形。我们逛完沙特尔[1]后，在返回巴黎的途中。格雷驾车，拉里坐在他的旁边；伊莎贝尔和我坐在后面。一整天下来，我们都很疲倦。拉里坐着，把一只胳膊伸出来搭在了前座的椅背上。他的这个姿势使他的衬衣袖口拉了上去，露出修长、强壮的手腕和棕色皮肤的小臂，上面轻微地覆盖了一层细汗毛。阳光照在汗毛上呈黄金色。伊莎贝尔看得呆若木鸡，使我注意到其中的蹊跷。我瞟了她一眼，她一动不动，你可能以为她受了催眠术。她呼吸急促，眼睛盯在长着金黄茸毛的有力手腕和那只修长、美观但强劲的手上，当时她的脸上显露一种那样

---

[1] 沙特尔位于巴黎西南，以城中的大教堂闻名于世。

如饥似渴的淫欲,是我在任何人的脸上没见到过的。它是一副性欲的面具。我怎么也不会相信她的美丽容貌会呈现如此放纵的欲望。它是兽欲,不是人性。她脸上的美丧失殆尽;样子变得丑陋和骇人。它可怕地暗示那是发情的母狗,我感到十分恶心。她感觉不到我的存在;她的意识中只有随意搭在椅背上、使她欲火中烧的那只手。后来她的脸就像痉挛抽搐了一下,她打了个战栗,闭上眼睛,身子一下子靠在了车角上。

"给我一支烟。"她说,声音那样嘶哑,我几乎听不出来是她。

我从我的烟盒里拿出一支烟给她点上,她一口接一口地抽。在余下的车程中,她望着窗外,一句话也不说。

我们到他们家时,格雷请拉里把我开车送回旅馆,然后把车子开进车库里。拉里坐到司机的座位,我坐在他旁边。穿过人行道时,伊莎贝尔挽着格雷的胳膊,依偎着他,向他使了一个眼色;虽然我看不到表情,但可以猜出那意味着什么。我想,格雷那天晚上将有个激情四射的同床人,但是他将永远不懂得是什么良心责备促使她这样热烈的。

六月接近了尾声,我得回到里维埃拉。艾略特的一些朋友要到美国去,他们把自己在迪纳尔的乡下别墅都借给了马图林夫妇住,他们孩子的学校一放假他们就将动身过去。拉里仍然待在巴黎工作,但是他打算买一辆二手的雪铁龙车,而且还答应了八月时去他们那儿住几天。在我离开巴黎的最后一个晚上,我请他们三个人和我一同吃了顿饭。

就在这天晚上,我们碰见了索菲·麦唐纳。

二

　　伊莎贝尔早就有意想光顾一下巴黎那些声名狼藉的娱乐场所；由于我对这些地方还略知一二，所以她就让我做他们的向导。我不大喜欢这个想法，因为在巴黎的这类地方，那些人对别的地方来的游客很不喜欢，毫不掩饰地表达他们的不友善。但是伊莎贝尔坚持要去。我向她提出了忠告，那种地方非常无聊，求她穿得朴素一点。我们很晚才吃完饭，先去了女神游乐厅看了一小时的表演，然后出发。我先带他们到了巴黎圣母院附近的一处地下室，那是歹徒和他们的情妇常去的地方，我认识那里的老板，他在一张长桌子那里为我们腾出了几个空位，还有几个下三烂的人坐在桌子旁。不过我叫了酒，请他们所有人喝，还为互祝健康而干杯。室内又热又脏，烟雾弥漫。后来我带他们去斯芬克斯舞厅，那里的女人穿着漂亮、廉价艳丽的晚服，里面什么都不穿，乳房、奶头和一切暴露无遗，她们面对面地坐在两排长凳上，乐队奏乐时，她们一起没精打采地跳起来，而她们的那双眼睛在搜索着坐在舞厅周围大理石面桌子旁的男人。我们叫了一瓶温的香槟酒。有些女人经过我们面前时，向伊莎贝尔挤眉弄眼、传送秋波，我不知道她是否懂得其中的含义。

　　后来我们去了拉白路。那是一条昏暗狭窄的街道，你一走进去，就会有一种下流淫秽的印象。我们走进一家咖啡馆。通常有位苍白、浪荡的年轻人在弹钢琴；而另一位是又老又疲倦的老头在拉小提琴，还有第三个人吹着不协调的萨克斯管。这地方挤满了人，看上去好像一张空桌子也没有，但是老板看出我们是有钱想花的主顾，毫不客气地把一对男女从一张桌子赶走，让他们到另外一张已经坐了人的桌子那儿去坐,请我们坐下。那两个硬被挤走的人不情愿,对我们说了些不中听的话。很多人正在跳舞,有水手,他们戴着系红绒球的帽子;有男人,他们大多数戴着便帽和用手帕围着脖子;有成年妇女和年轻女孩,她们把眼睛涂色,披头散发,穿着短裙和彩色衬衫。男人和眼睛化了妆的矮胖男孩子跳;瘦削、面目无情的女子和染了头发的胖女人跳;男人和女人跳。一股烟酒的臭味和身体的汗酸味。音乐没完没了地奏着,这一群令人厌恶的人不停地在屋子里跳,脸上闪耀着汗水,极其冷漠的表情里渗透某种可怕的东西。有几个块头大的男人很野蛮,但多数人都矮小而且营养不良。我观察了那三个奏乐的人。他们可以说是机器人,因为演奏是那么的机械;我问自己,是不是曾有这种可能:在他们正在起步时,曾想到自己或许成为音乐家,人们会从远处跑来欣赏和喝彩呢。即便你小提琴拉得不好,也得上课和练习才能如此啊;难道这个提琴手大费周章就是为了在这个臭气熏人的肮脏环境里拉狐步舞曲子直到凌晨吗?音乐停止了,钢琴家用一块脏手绢擦擦脸。跳舞的人没精打采地、歪着身体地或者东倒西歪地回到自己的桌子旁,突然,我们听到一个美国人的声音。

"看在上帝的分上!"

一个女人从屋子对面的一张桌子旁站了起来。和她在一起的男子极力阻止她,但是她把他推在一边,步履蹒跚地走了过来。她已经非常醉了。她来到我们桌旁,站在我们面前,身体有点摇晃,傻傻乎乎地咧嘴笑。她似乎觉得看见我们特别有趣。我扫视了一下我的同伴。伊莎贝尔呆呆地凝视着她,格雷一脸的蹙眉不悦,拉里盯着她看,好像不相信自己的眼睛。

"喂。"她说。

"索菲。"伊莎贝尔说。

"你怎么也不会想到吧?"她咯咯笑了。她一把拽住身边路过的服务员。

"文森特，给我拿把椅子来。"

"你自己拿。"他说着，挣开了她的手。

"畜生。"她大叫，向他吐了一口唾沫。

"别介意，索菲。"一个大胖家伙说；他满脑袋油乎乎的头发，只穿件衬衫，是我们的邻座。"这儿有把椅子。"

"想不到这样子碰见你们大伙儿，"她说，还是站不稳，"你好，拉里。你好，格雷。"她一屁股坐在那个男人放到她身后的椅子上。"大家一起来杯酒。老板！"她尖声喊。

我已经注意到老板在看着我们，这时走了过来。

"你认识这些人吗，索菲？"他问，是用熟悉的第二人称单数称呼她的。

"这还用说，"她醉醺醺地大笑，"他们是我的发小。我要请他们喝一瓶香槟。你别给我们拿什么马尿来喝，拿点人咽下去不会呕吐出来的东西。"

"你喝醉了，我可怜的索菲。"他说。

"去你的。"

他走了，很高兴能卖掉一瓶香槟酒——为了安全起见，我们一直喝白兰地掺苏打水——这时索菲木呆呆地凝视了片刻。

"你这位朋友是谁，伊莎贝尔？"

伊莎贝尔告诉了她我的姓名。

"哦？我想起来了，你有一次来过芝加哥，有点神气十足的样子，是不是？"

"也许吧。"我笑了笑。

我一点也想不起来她，但是这并不奇怪，因为我已经有十多年没有去过芝加哥，而且当时和以后都见过很多的人。

她个头很高,站起来时看上去更高,因为她人很瘦。她穿了一件鲜绿的丝绸衬衫和一条黑短裙,衬衫弄得皱皱巴巴还有污迹。头发染成艳红褐色,剪得很短,还随意卷了卷,但是很蓬乱。她打扮得怪里怪气的;两颊的胭脂搽到了眼睛,上下眼皮涂成深蓝色,眉毛和睫毛涂上了浓浓的染眉油,嘴唇用口红抹得鲜红。两只染了指甲的手脏兮兮的。她的样子比屋子里别的女人都更下流。我怀疑她不仅喝醉了还吸毒了。但是不可否认的是她有一种堕落的吸引力;她傲慢地仰着头,她的化妆更加突出了那双眼睛惊人的绿色。虽然她喝得迷迷糊糊,可她还有一种厚颜无耻的风流,我完全能够想象得到,这吸引着所有下流的男人。她向我们嘲讽地笑了笑,算是谈话的开始。

"敢说你们好像非常不愿意见到我吧。"她说。

"我听说你在巴黎。"伊莎贝尔软弱无力地说,脸上淡淡地笑了笑。

"你打电话是可以找到我的。电话簿上有我的名字。"

"我们没来多长时间。"

格雷插嘴解围。

"你在这儿过得很好吗,索菲?"

"很好。格雷,你破产了,是不是?"

格雷的脸涨得更红了。

"是的。"

"真倒霉。我看眼下芝加哥的日子很不好过。幸亏我早离开了那里。天哪,那个王八蛋怎么还没给我们拿喝的东西来?"

"他这就来。"我说,因为我看见了那个服务员手里托个盘子正在穿过桌子往这边来,盘子上面有几只杯子和一瓶酒。

我的话使她注意到了我。

"我可爱的婆家人把我踢出了芝加哥,说我败坏了他家——名声。"她咯咯地狞笑,"我是个靠汇款生活的人。"

香槟来了,也斟满了。她用一只颤抖的手把杯子举到嘴边。

"让那些妄自尊大的人见鬼去吧,"她说。她干了这杯酒,扫视着拉里。"你自己好像没有什么可说的,拉里。"

拉里一直毫无表情地看着她。自打她过来以后,他的视线就没有离开过她。他亲切地微笑了一下。

"我是个木讷寡言的人。"他说。

音乐又奏起来。一个男人走到我们跟前。他个头高大,身材强壮,大鹰钩鼻子,一簇发亮的黑头发,性感的大嘴唇。他看上去像个邪恶的萨伏那洛拉[1]。和那里的多数男人一样,他不戴领子,紧身的外套扣得很严,显出了腰部。

"来,索菲。我们跳舞去。"

"走开。我没有空。你没看见我和朋友在一起吗?"

"我才不管你的什么朋友不朋友的,来跳舞。"

他抓住她的胳膊,但是她挣脱了出来。

"滚开,混蛋。"她突然狂怒地大叫起来。

"狗屎。"

"你才是。"

格雷听不懂他们说什么,可是,我看出伊莎贝尔完全明白,因为她具有最有道德的女子似乎拥有的那种猥亵的奇异知识,所以她的脸板了起来,皱着眉头表示厌恶。那人举起胳膊,张开了手——工人长满老茧的手,正要打她耳光,这时格雷从椅子上抬起半个身子。

"住手。"他用自己拙劣的口音大声喊。

那人手停了下来,怒不可遏地向格雷瞪了一眼。

"当心,可可,"索菲说,尖刻地大笑一声,"他会把你打晕的。"

---

1 萨伏那洛拉(1452—1498),意大利宗教改革家,以宣传异端罪被处火刑。

那人看到格雷的高大、体重和力气，悻悻地耸了耸肩，向我们骂了一句脏话，溜走了。索菲醉醺醺地咯咯笑了。我们其余的人没有吭声。我又把她的杯子斟满。

"你住在巴黎吗，拉里？"索菲把酒喝光之后问他。

"目前是。"

和一个喝醉酒的人交谈总是很费劲，而且不可否认，清醒的人处于不利地位。我们枯燥、尴尬地又唠了几分钟话。后来索菲把椅子往后一推。

"如果我不回到我的男朋友那儿去，他会像魔鬼那样发疯。虽然他是个动辄就生气的浑蛋，可是老天啊，是个床上好手。"她摇摇晃晃站起来，"再会，各位。再来。我每天晚上都在这儿。"

她在那些跳舞的人中穿行，我们看见她的视线在人群中消失了。我看见伊莎贝尔的漂亮容貌上那种冷冰冰的轻蔑，几乎要笑出来。我们谁也没说话。

"这是个下流地方，"伊莎贝尔突然说，"我们走。"

我付了我们的酒和索菲的香槟酒账，我们一起离开了。这伙人都在舞池里，没有人注意到我们的离开。时间是两点多，我觉得该睡觉了，但是格雷说他饿，所以我建议去蒙马特尔的格拉夫饭店吃点东西。在车子行驶中我们都没说话。我坐在格雷旁边给他指路。我们到了那个装饰得花哨的餐馆。阳台上还坐着一些人。我们进去，点了熏肉蛋和啤酒。伊莎贝尔至少表面上恢复了平静。她恭维我还知道巴黎这些名声比较差的场所，也许有点讽刺的意味。

"你要求去的。"我说。

"我已经高兴透了。今晚太棒了。"

"见鬼去吧，"格雷说，"叫人恶心。还有索菲。"

伊莎贝尔无动于衷地耸耸肩。

209

"你还记得她吗?"她问我,"你第一次到我们家来吃晚饭时,她就坐在你旁边。那时她的头发还不是那种糟糕的红色。它的本来颜色是浅褐色。"

我回忆了一下;想起了一个很年轻的女孩,眼睛蓝得几乎成了绿色,头微微翘起,很吸引人;虽谈不上漂亮,但是清纯朴实,既腼腆又俏皮,令我感到很有趣。

"当然我记得。我喜欢她的名字。因为我有个姑姑就叫索菲。"

"她嫁了一个叫鲍勃·麦唐纳的男孩子。"

"人挺好。"格雷说。

"他是我见到的最漂亮的男孩子之一。我永远不懂得他看中索菲什么了。她是紧接着我之后结婚的。她的父母离婚了;母亲又嫁给了一个美孚石油公司的人,在中国工作。她跟着父亲住在麻汶,那时我们时常看见她,但是,她结婚之后,莫名其妙地从我们这群人的视线中消失了。鲍勃·麦唐纳是个律师,但是挣的钱不多,他们在城北有一个没有电梯的公寓。但是这不是原因。他们不想见任何人。我从未见过像他们两个人相爱得那样疯狂。即使他们结婚已有两三年而且有了一个孩子之后,两个人在看电影时,他搂着她的腰,她把头靠在他的肩膀上,像情人一样。他们在芝加哥都成了一个笑柄。"

虽然拉里在听伊莎贝尔讲的,可他不赞一词,表情难以理解。

"后来怎样?"我问。

"一天晚上,他们开着自己的敞篷小汽车回芝加哥,他们带着孩子。他们总得把孩子带在身边,因为他们一个帮手都没有。索菲什么事都亲自动手,总之他们对孩子钟爱有加。可是一伙醉鬼开着一部大轿车以八十英里的时速和他们迎头撞上。鲍勃和孩子当场死亡,但是索菲只受到脑震荡和断了一两根肋骨。他们一直瞒着她鲍勃和孩子的死讯,但是最终还得告诉她。他们说那情形可怕极了,她几乎疯了,喊叫得房子都要塌下来。他们日夜看着她，有一次，她差一点就从窗户跳了出去。当然我们是尽其所能，可她好像恨我们。她出院后，他们把她送进疗养院，在那边住了几个月。"

"可怜的人。"

"当他们让她出来后，她开始喝酒，喝醉后，谁找她就和谁上床。她的婆家人觉得很不体面。他们是很好的安分人，非常厌恶这种丑事。起初我们都尽力帮助她，但是没有用；如果你请她吃晚饭，她来的时候就已经喝醉了，没等晚餐结束她很可能就醉得不省人事了。后来她和一群坏蛋混得不错，我们只好放弃了她。她因醉驾被捕一次。她和一个她在地下酒吧结识的拉丁佬住在一起，结果那个人还是警察的通缉犯。"

"可是她有钱吗？"我问。

"有鲍勃的赔偿金；撞他们的那辆车的车主是保了险的，她从他们那里得到了一点钱，不过没维持多久。她花钱就像喝醉酒的水手，两年后她一文不名。她的祖母不会让她回麻汶。后来她的婆家人说，如果她愿意出国并且住在外国，他们将给她生活津贴。我想，她现在就是靠这笔钱活着。"

"事情从开始又回到了原点，"我说，"过去是把败家子从我们国家送到美国去；现在很明显是从你们国家送到欧洲来。"

"我不由得为索菲感到惋惜。"格雷说。

"是吗？"伊莎贝尔冷静地说，"我不。当然这是令人震惊的意外，而且我比任何人都同情索菲。我们一直彼此相识。但是一个正常的人要从这种事情中恢复过来。她之所以彻底崩溃了是因为她本身就有劣根性。她天生就性格失衡；就连她对鲍勃的爱情都显得过分。如果她有骨气，是有办法正常生活下去的。"

"如果锅碗瓢盆都……你是不是太苛刻了，伊莎贝尔？"我讷讷地说。

"我不这样认为。我是有道理的,而且我认为用不着对索菲感情用事。天晓得,没有人比我更爱格雷和两个孩子的;如果他们在车祸中身亡,我会发狂的。但是迟早要振作起来。格雷,你是不是希望我这样做,还是更愿意我每晚喝得酩酊大醉并且和巴黎的每个流氓睡觉呢?"

格雷接下来说的话从来就没有这么幽默,也是我从来没有听到过的。

"当然我更愿意你穿一件新的摩林诺服装跳进我的火葬柴堆里,不过现在不时兴殉葬了,所以我想你能做的最好的事情就是打桥牌。而且我想要你记住,不要最初就叫无王牌,除非你有三张半到四张以上的快速赢张。"

现在还没有到时候是我向伊莎贝尔指明,她对丈夫和孩子的爱虽然是真心真意,但几乎没有什么热情。或许她已经看出我脑子里在想的什么,因为她有点寻衅好斗地问我话。

"你要说什么?"

"我和格雷一样,为这女孩子惋惜。"

"她不是女孩子了,她三十岁了。"

"我想在她的丈夫和孩子死去的时候,她的世界就已经结束了。我想她根本不在乎自己变成什么样,所以可怕地自甘堕落,酗酒、淫乱;以此对生活进行报复,因为生活对她那么残酷。她本来住在天堂,可是现在她失去了,她不能忍受平凡人的平凡世界,而是绝望地一头钻进了地狱。我能想象到,如果她再也饮不到天神的甘露,她觉得她不妨就喝厕所的尿。"

"这是你们在小说里说的那套,都是胡扯,你也知道是胡扯。索菲堕落阴沟是因为她喜欢。别的女人也有失去丈夫和孩子的。那不是她变恶的原因。恶不是由于善所致,是本来就存在的。当那次车祸冲破了她的防线,她就露出了本来面目。别把你的怜悯浪费在她的身上;她现在这样是她的本质所致。"

拉里一直沉默不语。他好像在沉思,我认为他几乎没听到我们在讲些什么。伊莎贝尔说完话后也沉默了片刻。拉里开了口,但是声音奇怪、单调,仿佛不是对着我们说的,而是自言自语;他的眼睛似乎看着遥远的过去。

"我记得她十四岁时的模样,长发从前额梳到后面并打个黑蝴蝶结,脸上有雀斑,表情严肃。她是一个谦虚、高尚、充满理想的孩子。不管什么书只要能得到她都看,我们过去经常在一起谈论书籍。"

"在什么时候?"伊莎贝尔问,皱起了眉头。

"哦,在你和你母亲出去交际的时候。我常去她祖父家里,我们总是坐在他们家那棵大榆树下面,互相读书。她喜欢诗歌,自己也写了很多。"

"很多女孩子在这个年纪写诗,都是些蹩脚的东西。"

"当然那是很久以前的事了,而且我敢说我也说不好。"

"你自己最大也不过十六岁吧。"

"当然诗歌是模仿的,很多是罗伯特·弗罗斯特[1]的诗句。不过我认为,对于那么年轻的女孩来说,已经很了不起啦。她诗感非常强,而且有节奏感。她能感觉到乡野间的声音和气味、空气中春天初至的温柔和雨后焦干土地上的气息。"

"我从来不知道她写诗。"伊莎贝尔说。

"她保守秘密,怕你们大家笑话她。她非常害羞。"

"她现在可不那样了。"

---

[1] 罗伯特·弗罗斯特(1875—1963),美国著名诗人,曾四次获得普利策奖。

"我从战争中回来后,她几乎是成人了。她读了许多关于工人阶级状况的书,还在芝加哥亲眼看到了这些情况。她深受诗人卡尔·桑德堡[1]的影响,疯狂地写自由诗,描写穷人的困难和工人阶级被剥削的情况。我敢说诗句很平凡,但寓意真诚,而且充满同情和抱负。那时,她想成为一名社会工作者。她奉献的欲望令人感动。我觉得她能有所作为。她不愚蠢也不烦人,给人的印象是具有既纯洁可爱又崇高得不可思议的灵魂。那年,我们相见很多次。"

我看得出来,伊莎贝尔听他说话越听越来气。拉里一点不觉得自己正在往伊莎贝尔心里捅刀子,而且每一个单词都在伤口上撒盐。但是当伊莎贝尔说话时,嘴角还带着微笑。

"她是怎么选择你做她知己的呢?"

拉里用信任的眼睛看着她。

"我不知道。你们所有的人很有钱,她是你们当中的穷女孩,而我也不属于有钱的行列。我来麻汶,只是因为纳尔逊叔叔在那里行医。我想她觉得这是我们的共同之处。"

拉里没有亲戚。我们大多数人至少有堂、表兄弟姐妹——可能根本就不认识——但怎么也能使我们感到我们是这个家族的一部分。拉里的父亲是独生子,母亲是独生女;他的祖父是教友派教徒,年轻时在海上遇难,他的外祖父也没有兄弟姐妹。世界上没有人比拉里更孤独的。

"你曾想到过索菲爱你吗?"伊莎贝尔问。

"从来没有。"他微笑说。

"嗯,她是爱你的。"

"拉里作为一个受伤的英雄从战争中回来时,芝加哥一半的女孩

---

1 卡尔·桑德堡(1878—1967),美国诗人,曾两次获得普利策文学奖。

子都迷恋上了他。"格雷虚张声势地说。

"这不只是迷恋。她崇拜你,我可怜的拉里。你是说你不知道吗?"

"我当然不知道,我也不相信。"

"我想你认为她太高尚了吧。"

"那个小女孩仍然历历在目,身材瘦瘦的,头发打了个蝴蝶结,脸色庄重,当读济慈的颂诗时,声音颤抖,眼含泪珠,因为诗太美了。我想知道她如今哪里去了。"

伊莎贝尔感到有点吃惊,想要解开疑团地向他瞟了一眼。

"时间实在太晚了,我人累得都不知所措了,咱们走吧。"

三

第二天傍晚,我乘坐蓝色列车去了里维埃拉,两三天后,去了昂第布看望艾略特并告诉他巴黎的新闻。他看上去气色很不好。蒙特卡蒂尼的疗养没有达到他预期的效果,而接下来他到处闲逛倒把他搞得精疲力竭。他在威尼斯找到一个洗礼盆,然后去佛罗伦萨买下了那张三联画,他一直在为之讨价还价。为了急于把这些东西安装好,他亲自去了彭甸沼泽地,住在一家苦不堪言的小客栈里,热得难以忍受。他买的那些名贵艺术品要运送很长时间才能到,但是他决意不达目的不会离开,他继续住了下去。最后当一切就位后,他对效果非常满意。他还得意扬扬地把自己拍的那些照片给我看了。教堂虽然小,但是尊贵体面;内部装修得富贵素雅,证明了艾略特的高品位。

"我在罗马看见一口早期基督教会石棺,我看中了,考虑了很长时间想买下来,但是最终还是改主意了。"

"你要一口早期基督教会的石棺到底干什么,艾略特?"

"把我自己装进去，老兄。石棺设计得非常精美，我觉得它可以和入口处另一边的洗礼盆对称，不过，那些早期基督徒是矮胖的人，我可能睡不进去。我不打算躺在那里，双膝顶着下巴，像个胎儿，直到世界末日的到来。太叫人受不了。"

我大笑起来，而艾略特却满脸严肃。

"我有了一个更好的办法。我已安排好了一切——虽然有些周折，也在意料之中——把我葬在祭坛前面，圣坛台阶底下，这样，当彭甸沼泽的贫困农民前来领圣餐时，他们穿着沉重的鞋子以沉重的步伐从我的骨头上面走过。相当时尚，是不是？只有一块平的石板，上面刻着我的名字和生卒日期。Si monumentum quaeris, circumspice[1]。如果你要找他的纪念碑，环视一下，就知道了。"

"我懂拉丁文，完全听得明白一句常见的引用语，艾略特。"我辛辣地说。

"对不起，老兄。我太习惯于那些上流社会的愚昧无知了，一时忘了我在和一位作家说话。"

他还是在口头上占了便宜。

他继续说："不过，我要告诉你的是，我已经在遗嘱上写清楚了，但是我想要你监视遗嘱的实施。我决不葬在里维埃拉，和许多的退休上校和中产阶级的法国人在一起。"

"我当然会照办，艾略特，不过，我觉得不需要把许多年后的事情计划得这样头头是道。"

"我老了，你知道，说实在话，离开人世我不感到遗憾。兰德[2]那几句诗是怎么说的？'我温暖了的双手……'"

1　艾略特在这里套用了英国著名建筑师克里斯托弗·雷恩爵士（1632—1723）的墓志铭（雷恩死后葬在圣保罗大教堂），又自己在下文译了出来。

2　兰德（1775—1864），英国作家，诗人。

虽然我的言语记忆不好，但是这首诗很短，我还能背诵出来。

> 我不与人争，也没有人值得我争；
> 我爱自然，其次是艺术；
> 在生命之火前，我温暖着双手；
> 火熄了，我亦将离去。

"对了。"他说。

我不由得想到，艾略特用这段隽语来形容自己，凭借的只是一种夸张的想象力。

可是，他说："这首诗确切地表达了我的情操。我唯一能在诗中增加的事情是，我一直在欧洲最上流的社交界里活动。"

"在一首四行诗里，挤进这一点恐怕不容易。"

"社交界完蛋了。我曾经还希望美国会取代欧洲建立一个普通老百姓能尊重的贵族阶层，但是大萧条摧毁了这个机会。我可怜的国家变得越来越属于不可救药的中产阶级的那一套。你不会相信，我亲爱的朋友，上次我在美国时，一个出租汽车司机称呼我为兄弟。"

虽然里维埃拉不如从前，还受着一九二九年经济崩溃的影响，但是艾略特依旧设宴和赴宴。他从不和犹太人来往——罗斯柴尔德家族除外——但是，当时最盛大的宴会都是这些犹太人举办的，而且凡是宴会，艾略特必去无疑。他漫步在聚会人群中，优雅地握一个人手或者吻另一个人的手，可心里有一种被遗弃的孤独，就像被放逐的皇族看到自己和这样的人在一起感到有点难堪。但是，真正被放逐的皇族却玩得很开心，见到一个电影明星好像是他们最大的抱负。艾略特一直就看不惯把戏剧界人士作为交际对象的时尚；但是，有一个退休的女演员就在他的邻近街区建了一所豪华的住宅，还盛情款待宾客。阁僚、公爵、名门闺秀在她家里一连住几个星期。艾略特也成了常客。

"当然,来的人什么背景都有,"他告诉我说,"不过,你不必和你不想搭腔的人说话。她是我的美国同胞,我觉得我应当帮帮她。她留宿的宾客发现有人和他们有共同语言,一定会感到欣慰的。"

有时候,艾略特的身体明显很差,我问他为什么不把这些事情看淡一点呢。

"老兄,到了我这把岁数,谁也经不起落伍的。我在上流社会里生活了近五十年,完全清楚这一点:如果哪儿也见不到你,你就要被忘掉。"

我不知道他是否意识到当时他是在做一次可悲的自白。我不忍心再嘲笑艾略特了;他在我眼中似乎成了一个极其可怜的人物。他活着就是为了社会交际,聚会就像他呼吸一样的重要,没有被邀请就是对他的轻蔑,独处是一种屈辱;现在他人已经老了,更是怕得要死。

就这样夏天过去了。艾略特匆匆地从里维埃拉的这头奔到那头,在戛纳吃午饭,在蒙特卡洛吃晚饭,运用他所有的足智多谋来适应这一家的茶会或者那一家的鸡尾酒会;无论他觉得多么疲倦,还是煞费苦心去表现得和蔼可亲和谈笑风生。他充满了八卦新闻,你可以相信,最近丑事的细节,除了当事人之外,他比谁都知道得早。如果你暗示他,说他的人生没有多大意义,他会瞪眼看你,毫不掩饰惊愕。他会认为你平庸到了可悲的地步。

四

秋天到了,艾略特决定去巴黎住些时候,部分原因是看看伊莎贝尔、格雷和孩子们过得怎样,部分原因是如他说在首都露一下脸。接着,他打算去伦敦定制一些新衣服,顺便拜访几位老友。我自己的计划是直接去伦敦,但是他邀我和他一起坐汽车去巴黎,因为这样走适宜,我应允下来,而且既然如此,我何不也在巴黎待上几天呢。我们一路走得不紧不慢,有好吃的地方就停下来;艾略特的肾脏有毛病,只能喝维希矿泉水,可我喝的半瓶葡萄酒,他总坚持为我挑选;他心地温厚,一点都不妒忌他不能共享的品酒乐趣,从我对好酒的享受中,他得到了真正的满足。他非常慷慨,使得我很费口舌说服他让我支付我的那部分花销。虽然我对他讲的他过去认识的那些大人物的事变得有点厌烦,但是我还是喜欢这趟旅行的。我们驱车穿越的许多乡间旷野,恰在初秋美景的点缀下,非常令人心旷神怡。我们在枫丹白露吃了午饭之后,直到下午才到达巴黎。艾略特把我送到我住的那家价格适中的老式旅馆,而后拐个弯去了里兹饭店。

我们预先通知了伊莎贝尔我们的到来,所以看见她在旅馆里留给我的便条,并不感到突然,可是便条的内容却使我大吃一惊:

"你一到立刻过来。坏事了。别把艾略特舅舅带来。看在上帝的分上,尽快来。"

我急切的心情不比任何人差,可我得洗个脸,穿件干净衬衫;然后,我叫了辆出租车,开到圣纪尧姆街的公寓。用人把我领进客厅。伊莎贝尔一下子站了起来。

"这么老半天你上哪儿去了?我已经等了好几个钟点。"

时间是五点钟,还没等我说话,管家已经把茶具之类的东西送了进来。伊莎贝尔双手握拳,不耐烦地看着管家在摆茶具。我想象不出是怎么回事。

"我刚到。我们把时间耽误在枫丹白露吃午饭上了。"

"老天啊,他摆得该多慢,人都要急疯了!"伊莎贝尔说。

管家把装有茶壶、糖罐和茶杯的托盘放在桌上,然后以一种确实叫人非常生气的慢动作在桌子四周摆上一盘盘的面包、牛油、蛋糕、甜饼。他走出去,随手关上了门。

"拉里要跟索菲·麦唐纳结婚。"

"她是谁?"

"别那么笨,"伊莎贝尔叫了出来,眼睛冒出怒火。"就是在你带我们去的那家污秽咖啡馆里我们见到的那个喝醉酒的婊子。天知道你为什么把我们带到那种地方去。格雷感到厌恶。"

"哦,你是说你们的芝加哥朋友吗?"我说,没有理会她的不公正责备。"你怎么知道的?"

"我怎么知道的?昨天下午他亲自来告诉我的。从那时候起,我就要发疯了。"

"你还是坐下来,给我倒杯茶,然后把所有的事情告诉我。"

"你自己倒。"

她坐在茶桌旁,急躁地看着我自己倒茶。我在壁炉旁边的一个小长沙发上舒服地坐下。

"近来,我们不大和他见面,我是说,自从我们从迪纳尔回来之后的这段时间;他去迪纳尔待了几天,但是不肯和我们住在一起,他住在一家旅馆里。他常到海边来,跟两个孩子玩。孩子们痴迷于他。我们去圣布里亚克打高尔夫。格雷有一天问他后来见过索菲没有。

"'见过,有好几次。'他说。

"'为什么?'我问。

"'她是老朋友。'他说。

"'我要是你的话,是不会在她身上浪费时间的。'我说。

"然后他微笑一下。你知道他微笑的那样,好像他觉得你的话好笑,但事实上,一点也不好笑。

"'可是,你不是我。'他说。

"我耸了耸肩,换了话题。我对这件事再没有考虑的余地。他来到这里，告诉我他们要结婚时，你可以想象得出我的惊骇。

"'你不可以，拉里，'我说，'你不可以。'

"'我要和她结婚。'他平静地说，好像他要再来份马铃薯似的。'而且我想要你好好对待她，伊莎贝尔。'

"'这个要求太过分了，'我说，'你疯了。她是坏人，坏人，坏人。'"

"是什么使你这样想的？"我打断她。

伊莎贝尔怒视着我。

"她从早到晚喝得烂醉。哪个流氓叫她，她都跟人家睡觉。"

"这并不意味着她就是坏人。有不少受人尊敬的人酗酒并喜欢性交易。这些是坏习惯，和咬指甲一样，也只能坏到这个地步。我说的坏人是说谎、欺骗、不仁义。"

"如果你站在她一边，我就要你的命。"

"拉里怎样又碰见她的？"

"他在电话簿上找到了她的住址。他去看她，她正在生病，这也不奇怪，因为她过的是那种生活。他请了医生并找了个人照顾她。事情就是这样开始的。拉里说她已经戒了酒，这个蠢货认为她的病已经治愈。"

"你忘了拉里为格雷做的事情吗？他不是把他的病治好了吗？"

"那不同。格雷想把自己的病治好。她不想。"

"你怎么知道？"

"因为我懂女人。一个女人一旦堕落到像她那样，就再也回不了头了。索菲之所以是现在这样，是因为她原来一直就是这样的人。你认为她会忠于拉里吗？当然不会。她迟早会原形毕露的。她那是天生的。她想要的是流氓，这种人能给她刺激，她追求的是这种人。她会使拉里过上地狱般的生活。"

"我认为很有可能，不过我不知道你能怎么办。他这样做心里很清楚。"

"我是一筹莫展,但是你能。"

"我?"

"拉里喜欢你,他会听你的话。你是唯一能影响他的人。你见多识广。你去他那儿,告诉他不能做这种傻事。告诉他这会毁了他的。"

"他只会告诉我这不关我的事,而且他这样讲完全是对的。"

"可是你喜欢他,至少你对他感兴趣,你不能袖手旁观,让他把生活搞得一团糟。"

"格雷是他最早、最亲密的朋友。我认为这不一定有用,不过我还是觉得格雷是和拉里说这事的最佳人选。"

"啊,格雷。"她不耐烦地说。

"你要知道,事情的结果或许不会像你想象得那样糟。我认识两三个朋友,一个在西班牙,两个在东方,他们都娶了妓女,他们使她们成了很好的妻子。她们非常感谢自己丈夫,我是说,给了她们稳定的生活,当然,她们知道拿什么取悦一个男人。"

"你使我疲倦。你认为我牺牲自己,是为了让一个疯狂的淫荡女人把拉里抓在手里吗?"

"你怎样牺牲自己的?"

"我放弃拉里的唯一理由,是我不想影响他的前途。"

"算了吧,伊莎贝尔。你放弃拉里是为了方形钻石和貂皮大衣。"

话刚出口,一盘黄油面包就向着我的头飞来。万幸,我接住了盘子,可是黄油面包散落了一地。我站起身,把盘子放回到桌子上。

"如果你把艾略特舅舅的德比[1]王冠瓷器盘子打碎一个,他是不会感谢你的。这些盘子是为第三代多塞特公爵烧制的,几乎是无价之

---

[1] 英国德比以烧瓷出名。

宝。"

"把黄油面包拾起来。"她厉声说。

"你自己捡。"我说，又坐回了沙发上。

她站起来，怒气冲冲地把散落的东西捡了起来。

"你还自称是一位英国绅士呢。"她恶狠狠地说。

"不行，这种事我一生从未做过。"

"滚出去。我再也不想见到你。你的样子叫我厌恶。"

"这件事我很抱歉，见到你总使我快乐。没有人告诉过你，说你的鼻子与那不勒斯博物馆里的普赛克[1]石像的鼻子一模一样吗？这座石像是存世的对处女之美最完美的展示。你的腿很美，那么修长匀称，我一看见就感到诧异，因为你做姑娘时，你的腿粗而且没有形。我没法想象你是怎样做到的。"

"靠坚强的意志和上帝的恩泽。"她气愤地说。

"但是你的手是你最迷人的特征，它们那样纤细优雅。"

"在我的印象中，你觉得我的手太大了。"

"就你的身材体型而论，不算大。你使用两只手所表现出来的无限优雅总是令我惊叹。无论是由于天工还是艺术，你双手的每一动作都给人以美感。它们有时像花，有时像飞鸟。它们比你能说的任何语言更有表达力。它们就像艾尔·格列柯[2]的肖像中的那双手；实际上，当我看着你的手时，就会相信艾略特讲的那个你有个祖先是西班牙贵族的故事很可能是真的。"

她悻悻然地抬起了头。

"你在讲什么？我还是第一次听到。"

我把德·劳里亚伯爵娶玛丽王后的事告诉了她，艾略特就是从母

1　在希腊神话中，普赛克是人类灵魂的化身。
2　艾尔·格列柯（1541—1614），西班牙画家。

系的这个方面追溯他的血统的。伊莎贝尔边听边自鸣得意地端详着自己的长手指和修剪、涂染过的指甲。

"人必须是什么人的后裔,"她说,接着微微地轻笑了一声,给我一个调皮的眼神,里面没有一点怨气,她接着说,"你这个大坏蛋。"

你只要告诉女人实情,就非常容易地使她明白其中的道理。

"有时候,我讨厌你并不是发自心里的。"伊莎贝尔说。

她走过来,坐在沙发上我的旁边,她把胳膊套进我的胳膊,倾身来吻我。我把面颊收了回来。

"我不愿意在脸上留下口红的印记,"我说,"如果你想要吻我,就吻我的嘴,这是仁慈上帝选定的地方。"

她咯咯地笑了,用手把我的头转向她,她的嘴唇给我的嘴唇印上了薄薄的一层颜料。那感觉太惬意了。

"事已至此,也许你要告诉我你想要怎么办了吧。"

"你的忠告。"

"我很愿意给你忠告,但我认为你一时不会接受的。你能做的只有一件事,那就是不顺心时随遇而安吧。"

她又火了起来,抽开胳膊,站起身,一屁股坐在壁炉那一边的一张沙发上。

"我不会袖手旁观,让拉里把自己毁了。我要不择手段地阻止拉里娶那个贱货。"

"你不会成功。你知道,他是被一种最强烈的情感迷住了,而情感能困扰人的心情。"

"你不是想说你认为他真正爱上了她吧?"

"不是。爱和这种情感比起来微不足道。"

"是吗?"

"你读过《新约全书》吗?"

"我想读过。"

"你记得基督是怎样被引到荒野，禁食四十天的吗？当时，他感到饥饿，魔鬼来到他跟前，对他说：你要是上帝的儿子，可以命令这些石头变成面包。但是，基督拒绝了这种引诱。后来魔鬼把基督放到庙宇塔尖上，对他说：你要是上帝的儿子，就跳下去。因为天使负责照应你，会把你托住。但是基督又拒绝了。后来魔鬼又把他带进一座高山里，向他显示了世界的王国并说你如果俯身拜我，我就把这些王国都赐给你。但是基督说：滚开吧，撒旦。根据善良单纯的马太所说，这就是故事的结尾。但是故事没完。魔鬼很狡猾，他再次来到基督跟前，对他说：如果你愿意接受耻辱，鞭挞，戴上荆棘王冠并钉死在十字架上，你将拯救人类，因为一个人为了朋友牺牲自己的生命，是人类最伟大的爱。基督中计了。魔鬼笑到肚子痛了，因为他知道邪恶的人会以救世主的名义来干坏事的。"

伊莎贝尔气愤地看着我。

"你到底从哪儿得到的这个故事。"

"哪儿也没有。我一时冲动杜撰出来的。"

"我觉得它很愚蠢，而且是对上帝的亵渎。"

"我只想向你表明，自信是一种激情，它压倒一切，就连淫欲和饥饿跟它比起来都是微不足道的。它把它的牺牲品迅速卷入毁灭的漩涡，给它的人格以最高的肯定。毁灭的对象并不重要；或许有价值，或许毫无价值。没有这样令人陶醉的酒，没有这样令人心碎的爱，没有这样无法抗拒的罪恶。当他牺牲自己时，人类一瞬间比上帝更伟大了，因为无限和万能的上帝怎能牺牲自己呢？他充其量只能牺牲自己的独生子。"

"哦，天啊，你真烦人。"伊莎贝尔说。

我没有理她。

"你想,拉里被那种激情所控制,常识或者谨慎怎么能对他起作用呢?你不知道他这么多年在追求什么。我也不知道,我只是猜想。他所有这些年的劳作,所有这些年的经验积累,现在面对他的欲望天平没有一点重量——哦,何止是欲望,那是他的一种急迫、如饥似渴地拯救一个女人灵魂的需求,他过去认识的一个天真女孩而现在是一个荡妇。我认为你是对的,他是在做一件无望的事;以他的敏感,他将遭受该下地狱的人所受的折磨;他的毕生事业,无论是什么,将永远完成不了。卑鄙的帕里斯一箭射中阿喀琉斯的脚后跟,杀死了他。拉里缺少的正是这点冷酷,而这是圣徒想修得正果就必须具备的。"

"我爱他,"伊莎贝尔说,"上帝知道,我对他无所求,也不指望他什么。没有人爱一个人比我爱拉里更没有私心的。他将是多么不快乐。"

她哭了起来,我觉得这对她有好处,也就由了她。这时我的脑海里非常意外地涌现出了这样的想法,使我能够借此消磨时间。我在想着玩。我不由猜测到,魔鬼在目睹了基督教挑起的残酷战争、迫害、基督徒间的酷刑、残忍、虚伪和褊狭后,一定对这种结果感到心满意足。而且当他想起基督教已经给人类背上了一个罪恶感的痛苦包袱,使繁星之夜的美变暗,给世界享受的短暂乐趣投下一道邪恶的阴影,他一定一边咯咯笑一边咕哝,即使对坏人也得公平。

不一会儿,伊莎贝尔从包里取出一个手帕和一面镜子,看着自己,小心地拭去眼角的泪水。

"你很同情这事,是不是?"她气愤地说。

我心事重重地看着她,但没有答话。她在脸上涂脂抹粉并涂上口红。

"你刚才说你猜想他这些年在追求什么。你这是什么意思?"

"我只能猜测,你知道,而且有可能完全错了。我觉得他是在寻求一种哲学,也可能是一种宗教,一种可以满足他的思想和心灵的人生准则。"

伊莎贝尔把这席话考虑了一会儿,叹了口气。

"一个伊利诺斯州麻汶镇的乡下孩子竟有这样的想法,你不认为非常奇怪吗?"

"拉里不比他们更奇怪——路得·伯班克出生在马萨诸塞州的农场,竟种出一种无核的橘子;亨利·福特出生在密歇根州的一个农场,竟发明了一种轻型小汽车。"

"可是那些都是实用的东西,没有超出美国的传统。"

我笑了。

"世界上还有什么比学会如何生活得最好更实用的吗?"

伊莎贝尔作了一个不耐烦的手势。

"你不想完全失去拉里,是吗?"

她摇摇头表示不想。

"你知道拉里该有多忠实的:如果你和他妻子没有联系,他也不和你有联系。如果你懂道理的话,就和索菲交朋友。你要忘掉过去,如果你愿意,尽量对她好。她要结婚了,我想她会去买些衣服。你为什么不提出陪她去买呢。我想她会欣然接受的。"

伊莎贝尔眯着眼睛听我在说。她似乎很注意听我的话。她沉思了片刻,但是我猜不出她脑子里在想些什么。后来她使我吃了一惊。

"你请她吃午饭好吗?昨天我对拉里说了那番话,我再请会相当尴尬的。"

"如果我请,你会守规矩吗?"

"像个光明天使。"她回答,脸上带着最魅人的微笑。

"我立刻就去搞定。"

屋内有电话。我很快查到了索菲的号码;使用法国电话的人都得

227

学会耐心地等待,在通常的耽搁以后,我接通了她。我说了名字。

我说:"我刚到巴黎就听说你跟拉里要结婚了。我向你道喜。希望你们过得非常幸福。"伊莎贝尔站在我身边,把我胳膊上的肉狠狠拧了一下,我差点叫了出来,"我在这里只待很短一段时间,不知道你和拉里后天能不能到里兹饭店和我一起吃午饭。我还要请格雷、伊莎贝尔和艾略特·坦普尔顿。"

"我问问拉里。他就在这儿。"停了一下,"好的,我们很高兴去。"

我敲定了时间,说了一句客气话,把听筒放在了电话机上。这时,我看到伊莎贝尔眼睛里有种表情,这使我很不安。

"你在想什么?"我问她,"我不大喜欢你的眼神。"

"对不起,我还以为这是你真正喜欢我的一个地方呢。"

"你没有想出什么邪恶的诡计吧,伊莎贝尔?"

她把眼睛睁得非常大。

"我向你保证没有。事实上,我急切想看见拉里使索菲改邪归正之后是什么样子。我只希望她不要把脸涂得像戴个面具似的到里兹饭店来。"

五

我的小宴会办得不错。格雷和伊莎贝尔先到;拉里和索菲·麦唐纳五分钟之后到。伊莎贝尔和索菲亲热地互相亲吻,伊莎贝尔和格雷向她祝贺订婚。我看见伊莎贝尔用眼睛对索菲的外表全面地打量了一番。我对索菲的样子感到震惊。我在拉普街那家下等咖啡馆看到她时,她涂抹得骇人,红褐色的头发,穿一件翠绿外衣,尽管她看上去骇然而且酩酊大醉,但是她身上有种挑衅的情味,甚至是卑鄙的诱惑;可是,现在看上去则很邋遢,她比伊莎贝尔肯定是小一二岁,但是样子却老得多。虽然头还是那样勇敢地翘着,但不知道为什么,一副可怜相。她在恢复头发的本来颜色,染过的和新长出来的头发混杂的样子实在是邋遢。除了嘴唇涂了一条口红外,脸上没有化妆。她的皮肤粗糙,还带有一种不健康的苍白。我记得她的眼睛呈现出的是多么生动的绿色,可是现在变得灰白暗淡。她身着一件红连衣裙,显然是新买的,搭配了帽子、鞋子和手包;我不敢说懂得女人的穿戴,但感到在这种场合,有些过分讲究和复杂了。她胸前戴了一件醒目的人造珠宝,就像人们在瑞弗里大道买的那样。伊莎贝尔穿了一件黑绸子衣服,脖子上挂了一串人工养殖珍珠,戴了一顶很漂亮的帽子;和她一比,索菲显得很俗气和寒酸。

我要了鸡尾酒,但是拉里和索菲都谢绝了。后来艾略特来了。可是在他走过宽敞的大厅期间,他看到了一个又一个的熟人,所以不得不停下来握手吻手。他的举止好像里兹饭店是他的私宅,他正在向自己的客人表达他们的光临使他感到十分荣幸。关于索菲我们之前只告诉了他索菲在一次车祸中失去了丈夫和孩子,现在要和拉里结婚。当他终于走到我们面前时,他拿出了他最擅长的交际手段,用极致的雅范向这对未婚夫妇表示了祝贺。大家一起走进餐厅;由于我们是四男二女,所以我安排伊莎贝尔和索菲在圆桌的面对面坐下,索菲的两旁边坐着格雷和我;桌子很小,所以大家都可以交谈。午餐我已经预订,斟酒服务员把酒单拿来。

艾略特说,"老兄,你对酒一点不在行。艾伯特,把酒单给我。"他翻着酒单说,"我自己只喝维希矿泉水,但是我不能让别人喝次等酒。"

他和斟酒服务员艾伯特是老朋友。经过热烈的讨论后,两人选定了我应当请客人喝的酒。然后他转向索菲。

"你们打算上哪儿去度蜜月,亲爱的?"

229

他看了她衣服一眼,眉毛几乎令人觉察不到地扬了起来,使我看出他没有看上这套衣服。

"我们打算去希腊。"

"我想去那里有十年了,"拉里说,"可是不知怎么地一直没有如愿。"

"一年的这个季节景致应当是优美的。"伊莎贝尔说,显示出了热情。

她记得,我也记得,当初拉里要跟她结婚时,提议带她去的就是希腊。拉里去希腊度蜜月好像是固定的观念了。

交谈进行得一点也不轻松,要不是多亏伊莎贝尔,我会发现交谈很难进行下去。她言谈举止非常到位。只要沉默似乎要来临,我绞尽脑汁找一个新鲜的话题时,她就随意地插进些非正式的话题。我非常感谢她。索菲几乎不大开口,除非有人跟她说话,这才勉强讲几句。她的精神已经不在了。你可能会说在她身上有的东西已经死了,我在问我自己是不是拉里使她感到压力太大,使她受不住了。如果像我猜想的那样,她既酗酒又吸毒,突然把这些戒掉一定会使她的神经疲惫不堪。有时候,我看见他们相互对视的眼神。拉里的眼神中含有温情和鼓励,而索菲的眼神中充满了可怜的恳求。或许是格雷由于天性和蔼可亲,他觉察到了我猜测的情况,因为他开始告诉索菲拉里是怎样治好叫他成为废人的那个头痛病的,接着又告诉她他是多么离不开拉里,多么感激拉里。

"现在我身体非常健康,"他继续说,"只要哪天我能找到工作,我就会重新去上班。现在我有几件事要做,希望不久有个着落。哎,返回家园该有多好啊。"

格雷本意是好的,可是他说的那些话也许不大策略;因为我想,拉里治愈索菲酗酒的痼疾,用的是同一暗示术——我想是这个法子——治愈格雷疾病的。

"你现在不犯头痛病了吗，格雷？"艾略特问。

"我已经三个月没犯了；如果我认为头痛病要发作，我就立刻握住我的护身符，我就没事了。"他从口袋里掏出了拉里给他的那块古钱，"一百万美元我都不会卖的。"

我们吃完午饭，咖啡端了上来。斟酒的服务员走过来问我们要不要利口酒。我们都说不要，只有格雷说他要一杯白兰地。瓶子拿来时，艾略特坚持要看看这瓶酒。

"行，我看可以喝，对你没有害处。"

"先生，来一小杯吗？"服务员问。

"唉，我已经被禁酒了。"

艾略特详尽地告诉服务员，他的肾有毛病，医生不允许他喝酒。

"喝一点苏布罗伏加对先生不碍事。这酒出了名的对肾有好处。我们刚从波兰运来一批。"

"真的吗？当今这种酒很难得。让我看看这瓶酒。"

斟酒服务员是个身材魁梧、表情庄重的人，脖子挂了一根长的银项链，他走开拿酒去了，艾略特解释说这是波兰酿制的一种伏特加酒，但在每个方面都属于上乘。

"我参加打猎住在拉齐维乌家时，常喝这种酒。你们要是看到那些波兰王子们狂饮的样子就好了；他们用那种大酒杯喝，不动声色，我这么说并没有夸张。当然，他们是上流血统的人；完全的贵族派。索菲，你一定得尝尝，伊莎贝尔，你也得尝。这是个谁也不会放过的机会。"

斟酒服务员把酒拿来。拉里、索菲和我都拒绝了，但是伊莎贝尔说她愿意尝尝。我感到诧异，因为平时她几乎不喝酒，而今天她已经喝了两杯鸡尾酒和两三杯葡萄酒了。服务员倒了一小杯淡绿色的酒，伊莎贝尔闻了闻。

"哦，多香啊！"

"是不是？"艾略特说，"那是他们在酒里放了香草，是这些香草使酒有了甘醇美味。就为了陪你，我也喝点，偶尔喝一次不会有什么伤害的。"

"这酒喝起来太美了，"伊莎贝尔说，"像母亲的乳汁一样。我从来没有喝过这么好的酒。"

艾略特把杯子举到唇边。

"唉，这酒竟唤起了从前的记忆！你们从没有在拉齐维乌家住过的人是不会知道什么叫生活。那个宏大的场面。封建王朝的场面，懂吗？你会感到自己回到了中世纪。在车站接你的是六匹马的四轮车和左马驭者。吃饭时，每个人后面都站着一个穿制服的男仆。"

他继续形容拉齐维乌府邸的富丽堂皇和奢侈豪华，以及筵席的辉煌；我忽然产生了怀疑——毫无疑问没有什么价值——整个这件事是艾略特和斟酒服务员设下的骗局，目的是让艾略特有机会吹嘘这个王族的宏伟气派，以及他在这些人城堡里畅谈共饮的那些波兰贵族。不让他显示那是不可能的。

"再来一杯，伊莎贝尔？"

"哦，我不敢来了。不过这酒可谓琼浆玉液。我很高兴知道有这种酒；格雷，我们一定得买几瓶。"

"我叫他们送几瓶到公寓去。"

"哦，艾略特舅舅，你能吗？"伊莎贝尔满腔热情地说，"你待我们太好了。格雷，你非尝一下不可；它有新割稻草和春天花朵的味道、有百里香和薰香草的味道；它口感柔和，滋润心田，喝起来就像在月光下面听音乐。"

感情如潮水一样地迸发，这不像伊莎贝尔，我想知道她是不是有点醉了。聚会散了,我和索菲握手道别。

"你们何时结婚?"我问她。

"大下个星期。我希望你能来参加婚礼。"

"恐怕我将不在巴黎,我明天要去伦敦。"

当我和其他客人道别时,伊莎贝尔把索菲拉到一旁,跟她嘀咕了一会儿,然后转向格雷说:

"哦,格雷,我先不回去。莫利纽时装店有礼服展,我要带索菲去看。她应当看看最新的式样。"

"我很愿意。"索菲说。

我们分手了。那天晚上,我带苏姗·鲁维埃吃了晚饭,第二天早上去了英国。

六

两个星期后,艾略特到了克拉里奇饭店。之后不久,我顺道去看他。他已经给自己定制了几套衣服,并且详细地告诉我他挑选的什么样式和为什么,真是没完没了。在我可算能插句话时,我就问他拉里的婚礼办得怎样。

"没有举行。"他冷酷地说。

"你这话是什么意思?"

"婚礼要举行的前三天,索菲失踪了。拉里到处找她。"

"真是怪事!他们吵嘴了吗?"

"没有。根本谈不上。一切都准备就绪了。我还要扮演把新娘交给新郎的角色呢。他们打算婚礼后马上去搭乘东方快车。如果你问我,我就觉得拉里点子太背了。"

我猜伊莎贝尔已经告诉他了一切。

"究竟是怎样回事?"我问。

"好吧,你记得那天我们和你在里兹吃午饭的事。伊莎贝尔带索菲去了莫利纽服装店。你记得索菲穿的那件衣服吗?很寒酸。你注意到双肩了吗?一件衣服剪裁得好坏,你只要看肩膀合适与否,就一目了然了。当然,可怜的孩子,她是付不起莫利纽的价钱的。但是你知道,伊莎贝尔该有多慷慨,她想主动送她一件衣服,使她至少在结婚那天有件像样的衣服穿,毕竟,她们从孩提时代就相互熟悉。当然她欣然接受了。唔,长话短说,有一天,伊莎贝尔叫索菲三点钟上她公寓来,她们一起去服装店最后试穿。索菲按点来了,但是不幸的是,伊莎贝尔不得不带一个孩子去了牙医诊所,四点钟后才回到家,那时候,索菲已经走了。伊莎贝尔以为她等得不耐烦,去了莫利纽服装店了。她立刻赶到那里,但是索菲没有来过。最后,她只好作罢,又赶回家。他们晚上要在一起吃饭;拉里晚饭时来了,伊莎贝尔问他的第一件事就是索菲哪里去了。

"他不知道怎么回事,就打电话到她公寓,但是没有人接,因此拉里说他要去找她。他们尽量把晚饭延迟,但是两个人都没有来,他们只好自己吃了。当然你知道你们在拉普街碰见索菲之前,她过的是什么样的生活;你把他们带到那种地方去是一件非常令人遗憾的事件。总之,拉里一整夜把她过去常去的地方找个遍,但是哪儿也找不到她。他一次又一次回到她的公寓去,但是门房说她没有回来过。他花了三天工夫找她。她就这样人间蒸发了。第四天,他又去了她的公寓。门房告诉他索菲回来过并拿了个包打车走了。"

"拉里心情很差吗?"

"我没有见到他。伊莎贝尔告诉我他心烦意乱。"

"她没有写信或捎什么信儿吗?"

"什么都没有。"

我考虑了一下。

"你对这事怎么看?"我说。

"老兄,跟你的看法完全一样。她忍不下去了,她又要狂饮了。"

明摆的事,尽管如此,还是很怪。我不明白她为什么偏偏选这个时候溜走。

"伊莎贝尔怎样想的?"

"当然她感到遗憾,但是她是懂事的孩子,她告诉我她始终认为拉里娶这种女人是一个灾难。"

"拉里呢?"

"伊莎贝尔待他一直很友善。她说难办的是他根本就不谈这事。他会好的,你知道;伊莎贝尔说他从来就没有爱上索菲,他要娶她只是出于一种错误的骑士精神。"

我能看到伊莎贝尔勇敢地面对事情的转变,当然非常非常合乎她的心愿。我很清楚下次我见到她时,她免不了向我指出她早料到了会发生的这一切。

但是我再见到伊莎贝尔时,差不多有一年时间了;那时候,我是可以告诉她索菲的事,她也会有所考虑,但是时过境迁,我没想说。我在伦敦待到圣诞节,然后由于想回家,就直接回到里维埃拉,没有在巴黎停留。我开始动笔写一部小说,所以之后的几个月我过上了隐居的生活。我偶尔见到艾略特,他的健康状况明显越来越差,可他还是坚持参加社交活动,令人感到悲哀。他对我不满,因为我不愿意驱车三十英里来参加他一直举办的定期宴会。他认为我很自负更喜欢坐在家里写作。

"老兄,这是个精彩纷呈的季节,"他告诉我,"把自己关在屋子里与外界失去联系,那是在犯罪。而且你为什么选择里维埃拉那个彻底过时的地段居住,我就是活一百岁也弄不明白。"

这个艾略特，可怜可爱又可笑啊；他哪儿能活到那么大岁数呢。

到了六月，我完成了小说的初稿，觉得自己理应休息一下，所以把东西装个包，搭上夏天常带我们去福斯湾洗海水浴的那艘小艇，沿着海岸驶向马赛。由于只是断断续续的微风，所以大部分时间我们是伴随着电机辅助的突突声音前行。我们在戛纳港过了一夜，在圣马克西姆又过了一夜，在萨纳里过了第三夜。后来我们到了土伦港。这是我一直深爱的一个港口。法国舰队的舰只使它马上呈现出一种友好和浪漫的气息，在它的老街上漫步，我是百逛不厌。我能够在码头上逗留几个小时，看着请假上岸的水兵成双结对地或和他们的女友在散步，看着老百姓来回溜达，好像他们在这个世界上没有什么事可做只有享受宜人的阳光。由于所有这些舰船和那些载满人群驶往这个庞大港口的各个地点的渡轮，土伦给你造成的印象是一个大千世界所有通道汇集的终点站；而且当你坐在咖啡馆里，眼睛被天空和海水的亮光映得有点眼花缭乱时，你的遐想带着你向着天涯海角开始了金色的旅程。你乘坐一条大划艇在太平洋一个长满椰树的珊瑚滩登陆；你走下舷梯来到了仰光的码头，钻进了一部黄包车里；你的船向太子港疾驶，你从上甲板上看着那群嘈杂、做着手势的黑人。

我们在上午较晚的时候到达，下午三点左右，我才上岸并沿着码头走去，看着商铺，看着身边走过的人，看着坐在咖啡馆里遮阳棚下面的客人。忽然，我看见了索菲，同时她也看见了我。她微笑着向我招呼。我停下来和她握手。她一个人坐在一张小桌旁，一个空玻璃杯在她的面前。

"坐下来喝杯酒吧。"她说。

"你和我一起喝一杯。"我回答说，同时在一把椅子上坐下。

她穿了一件法国水手穿的蓝白条相间的衬衣，一条大红色的休闲裤，脚上穿着凉鞋，涂了指甲油的大脚趾非常显眼。她没有戴帽子，头发剪得很短,鬈发形状,金色浅得近乎银色。她和我们在拉佩街碰见时一样浓妆艳抹。我从桌上的茶盘判断她已经喝了一两杯酒了,但是她还清醒。她看见我似乎还算高兴。

"巴黎的那些人好吗?"她问。

"我觉得都还好。自从那天我们一起在里兹饭店吃午饭之后,我还没有见到过谁。"

她从鼻孔里吐出一大团烟云,大笑起来。

"我到底没跟拉里结婚。"

"我知道。为什么?"

"亲爱的,到了紧急关头,我不能看着自己做抹大拉的玛丽亚,让拉里做耶稣基督。不行,先生。"

"你为什么到最后关头改变了主意?"

她嘲弄地看着我。她愚勇地仰着头,挺着细腰和一对小乳房,一身奇特的打扮,看上去就像个堕落的孩子;但我必须承认她比我上次看见要吸引人多了,那次她穿着那件红连衣裙,有种乡下风格的寒酸样。脸和脖子有被太阳严重的灼伤,虽然皮肤的褐色把两颊搽的胭脂、眉毛涂的黑色衬托得更有挑衅性,但是这种俗气所产生的效果更有诱惑力。

"要不要我告诉你?"

我点点头。服务员把我叫的啤酒和她叫的白兰地苏打水送了过来。她用刚吸完的粗丝卷烟又点燃了一支。

"我那时有三个月没沾酒了,也没吸过一次烟。"她看见我略带惊奇的样子,大笑,"我不是说香烟,是鸦片。我感到难受至极。你知道,有时候,我一个人时,都要把房子给喊叫塌了;我常说'我坚持不下来了,我坚持不下来了'。我和拉里在一起时,还不那么难受,可是他一不在,那简直是地狱。"

我正在看着她;当她提到鸦片时,我就更加锐利地审视着她;我注意到她的瞳孔如针尖般大,这表明她现在还在吸。她的眼珠绿得骇人。

"伊莎贝尔要送我结婚礼服。我不知道这衣服现在怎样了,真令人喜欢。我们讲好我来找她,然后一起去莫利纽服装店。不是我夸伊莎贝尔,她不知道的服装也就是不值得知道的。我到她的公寓时,那个用人告诉我,伊莎贝尔不得不带琼看牙医去了,她留下话,说她马上回来。我走进客厅,喝咖啡的那套东西还放在桌子上,我问那人能不能给我来一杯咖啡。那时咖啡是我挺下去的唯一东西了。他说给我烧点咖啡,同时把空杯子和咖啡壶拿走,可盘子里的一瓶酒没拿走。我看了一下,原来就是你们大家在里兹饭店谈论的那个波兰进口的酒。"

"苏布罗伏加,我记得艾略特说他要送几瓶给伊莎贝尔的。"

"你们全都热烈赞美这酒闻起来有多香,我非常好奇。我打开瓶塞一闻,你们说的一点不错;酒闻上去的确非常香。我点起一支香烟。几分钟后,那人把咖啡送了进来。咖啡也很好。他们非常赞许法国咖啡,他们随便说去吧;我还是喜欢美国咖啡。这是我在这里唯一想念的东西。但是伊莎贝尔的咖啡不错,可我正感到很难受,喝了一杯咖啡后,觉得好些了。我看着桌上放的那瓶酒,太馋人了,可是我说,让它见鬼去吧,我不能惦记它,于是又点起一支烟。我想伊莎贝尔马上就会来,可是她没有来;我的神经急剧不安起来;我讨厌等人,而且屋子里没有什么可以翻阅的东西。我开始在屋子里走动起来,看看墙上的画,但是眼睛始终离不开那个可恶的酒瓶。后来我想,我只倒一杯看看它。它的颜色确实很好。"

"浅绿色。"

"你说得对。它的颜色就跟它的气味一样很怪,那种绿色像你有时候在一朵白玫瑰花心里看到的那样。我非得看看它的味道喝起来是不是也是这样,我想就尝一口对我无妨;我是说只呷一口,接着我听见一声响,我以为是伊莎贝尔来了,就一口把这杯酒吞下,因为我不愿意被她撞见。但是终究不是伊莎贝尔。天啊,这让我感觉舒服,戒酒以来就没有过这种感觉。我确实开始觉得又有了生气。那时候,如果伊莎贝尔进来,我想我现在已经嫁给拉里了。我真想知道那将会是怎样的结果。"

"她没有进来吗?"

"没有,她没来。我很生她的气。她以为她是谁呢,叫我这样等她。接着,我看见杯子里酒又满了;我想我一定是无意中把酒给斟上的,不过,信不信由你,我不知道是我又倒满的。把酒再倒回去似乎显得愚蠢,所以我把酒干了。不可否认,酒味太美了。我觉得自己变了个人;我想要开怀大笑,我有三个月没有这种感觉了。觉得自己在大笑,三个月来,我从来没有这样感觉过。你可记得那个老棺材说,他曾在波兰看见小伙子们拿着大杯毫无惧色地喝这种酒吗?哼,我想,一个波兰狗崽子都能喝,我差啥,一不做二不休,喝个痛快,所以,我把咖啡渣滓倒进壁炉里,把杯子斟满了酒。什么母乳是天下最美的——我才不信呢。接下来发生的事我就记不清了,但是我相信,等喝到我尽兴时,瓶子里已经没剩多少了。后来,我觉得我是在伊莎贝尔进来之前离开的。她差一点就撞上我。我刚要出前门,就听见了琼的声音。我跑上了楼梯,等她们平安地进了房间后,这才飞驰下来,钻进了一辆出租车。我让司机拼命开,他问我上哪儿去,我不禁冲着他大笑起来。我感到爽极了。"

"你回自己的公寓了吗?"我问,虽然知道她没有回去。

"你拿我当什么样的大傻瓜了?我知道拉里会来找我的。我不敢到那些我常去的地方,所以我去了哈基姆家里。我知道拉里决不会到那里找我。此外，我还想吸毒。"

"哈基姆是干什么的？"

"哈基姆。哈基姆是阿尔及利亚人，而且只要你付钱，他总能给你弄到鸦片。他正经是我的一个朋友。你要什么他都能给你弄到，男孩、男人、女人或者黑人。他手头总有半打阿尔及利亚人随叫随到。我在那里住了三天。我不知道搞了多少男人。"她开始咯咯地笑起来，"各式各样和各种肤色。我把损失掉的时间一下子都补了回来。可是你知道，我害怕。我觉得在巴黎不安全，我怕拉里会找到我，而且我的钱已经花光，那些杂种你得付钱才跟你睡觉，所以，我就出来了。我回到公寓里，给看门人一百法郎，告诉她如果有人来找我，就说我已经离开了。我把东西打包，当晚就坐火车来到土伦。到达这里之后，我才真的觉得安全。"

"你从此就没有离开吗？"

"当然，我就打算待在这儿了。你想要多少鸦片有多少。那些水手从东方带来的，上等货色，不是他们在巴黎卖给你的那种垃圾。我在旅馆里有一个房间，你知道，那个航海贸易旅馆。晚上你走进旅馆，过道里全是鸦片烟味。"她吸了吸鼻子感到心旷神怡，"又香又辣，你知道他们就在自己房间里抽，给你一种家的亲切感。你带什么人来睡觉他们都不介意。他们在早上五点钟时来敲敲你的门，喊那些水手起来上船去，所以，你不必担心睡过头。"接着，她也没有个过渡就说，"我在沿码头的商店里看见了一本你的书；要是知道会见到你，我会买下来，叫你签个名的。"

刚才经过书店时，我曾经停下来看看橱窗，注意到在别的新书里面有一本我的小说的法译本，是新近出版的。

"我想，这本书不会令你非常愉悦的。"我说。

"为什么不？你知道，我会读书。"

"而且你还会写，我相信。"

她瞥了我一眼，笑了起来。

"是的，我小时候常常写诗。我现在想诗写得很蹩脚，但是那时我还觉得很好。我想是拉里告诉你我写诗的吧。"

她犹豫了片刻。

"不管怎样，生活就是地狱，如果你能从中找到乐趣而不去享受，那就是天大的傻瓜。"她把头向后一甩，一副轻蔑的样子，"如果我买下那本书，你愿意在上面签个名吗？"

"我明天要走。如果你真想要，我买一本送你，留在你旅馆里。"

"那太好了。"

就在这时候，一艘海军汽艇靠上码头，一群水手蜂拥而出。索菲瞥了他们一眼。

"那个是我的男朋友。"她向某人挥了一下手臂，"你可以请他喝一杯酒，然后最好赶快溜掉。他是个科西嘉人，像我们的老朋友耶和华一样妒忌。"一个年轻人向我们走来，看见我时迟疑了一下，但是索菲打了个招呼后，他就走到了我们的桌子跟前。他个头很高，皮肤黝黑，胡子刮得很干净，黑色的眼睛非常漂亮，鹰钩鼻子，满头乌黑的鬈发。他看上去不到二十岁。索菲介绍我是她童年时代的一个美国朋友。

"不会法语太好了。"她向我说。

"你喜欢他们粗暴，是不是？"

"越粗暴越好。"

"总有一天你会遭到割喉的。"

"我不感到惊奇，"她咧开嘴笑，"那我倒要谢天谢地了。"

"大家要讲法语，是不是？"水手尖锐地说。

索菲转身向他微笑，里面带有嘲弄的味道。她说得一口流利的、俚语很多的法语，美国口音很重，但这种情形却赋予她通常使用的粗俗猥亵的语言，一种强烈的滑稽味，使你忍俊不禁。

"我告诉他你很漂亮，但是为了不使你羞怯，我用英语说的。"她对我说，"他很棒。肌肉就像个拳击手。你摸摸看。"这位水手的愠怒被这番恭维话消除了，他带着自鸣得意的微笑把手臂弯起来使二头肌突出来。

"你摸摸，"他说，"来，摸一摸。"

我摸了一下，表示了适当的赞赏。我们闲聊了几分钟。我付了酒钱，站起身来。

"我得走了。"

"见到你很高兴。别忘了那本书。"

"不会的。"

我和他们两人握了手，漫步走开。途中我在书店停了下来，买下那本小说，写上索菲和我的名字。然后，我脑子里一下子什么其他的也想不起来了，就把龙萨那首精美小诗的第一句写在书上，这首诗是所有选集里都有的：

美人儿，走，去看那玫瑰……

我把书留在了旅馆里。旅馆靠近码头，我经常在那里住宿，因为天一亮，你就被呼唤晚上在岸上休假的所有人回船上班的喇叭声吵醒，太阳朦胧地照在港湾平静的水面上，给那些幽灵似的舰只蒙上一层娇艳。第二天，我们驶往卡锡，我想在这儿买点葡萄酒，然后到马赛换一艘我们预订的新船。一星期后，我回到了家。

七

我从艾略特的男佣约瑟夫那儿得到一个信息,他告诉我艾略特卧病在床,很想见我,所以,第二天我开车去了昂第布。约瑟夫在领我上楼见他主人之前,告诉我说艾略特突发了尿毒症,他的医生认为状况很严重。他已经熬过去了,在渐渐好起来,但是他的肾有病,想要完全康复是不可能的。约瑟夫跟随艾略特四十年,对他非常忠心,但是尽管态度很惋惜,人们也不难看出他内心里幸灾乐祸的样子,和他这个阶层的许多成员一样。

"可怜的先生,"他叹口气,"很明显他表面很狂热,但是实际上人很好。人迟早得死。"

他都这样说好像艾略特奄奄一息了。

"我确信他已经为你安排好了今后的生活,约瑟夫。"我严肃地说。

"人不得不希望得到这个。"他悲哀地说。

可当他把我领进艾略特的卧室时,却发现他神采奕奕。他脸色苍白,样子看上去很老,但是精神抖擞。胡子刮得干净,头发梳得整洁,穿着淡蓝色丝绸睡衣,睡衣口袋上绣着他姓名的缩写字母,字母上方是他的伯爵冠饰。在被单上也绣有这些字母和冠饰,而且大得多。

我问他感觉怎么样。

"极好,"他愉快地说,"只是暂时的微恙。过几天,我就会起来到处走了。我已经约了迪米特里大公星期六和我共进午餐,我还告诉我的医生,他必须不惜一切代价让我痊愈。"

我在他那儿待了半小时,出来时告诉约瑟夫,如果艾略特的病复发,就告诉我。一个星期后,我去赴一个邻居家的午宴,结果在那见到了他,我很吃惊。为了宴会,他穿得西装革履,可他的脸色像个死人。

"你不应该出来,艾略特。"我跟他说。

"哦,哪儿的话,老弟。弗里达期待马法尔达公主的到来。我认识意大利王室已有多年,甚至从可怜的路易莎在罗马任外交官时候起,我怎能拆弗里达的台呢。"

我不知道究竟应当佩服他的不屈不挠精神,还是为他在这个岁数、遭受着致命疾病的折磨,还对社交保持强烈的爱好而感到悲哀。你根本想不到他是一个病人。艾略特就像一个垂死的演员,脸部涂上油彩,踏上舞台,暂时忘掉了病痛,扮演着他早已习惯成自然的圆滑朝臣的角色。他极其和蔼可亲,最擅长阿谀奉承,看人下菜碟和蓄意讽刺,取悦于人。我觉得我从未见过他把其社交天赋展示到了极致。当那位殿下离开(而且艾略特鞠躬所表现出的优雅是一道亮丽的风景,成功地展示了对公主崇高身份的尊敬和一个老人对一位标致女人的景慕)后,听到我们的女主人告诉他说,他是这次宴会的生命和灵魂,我一点也不诧异。

几天后,他又卧床了。他的医生禁止他离开房间。艾略特气坏了。

"我眼下这个样子真是糟糕透了,这是个特别辉煌的季节。"

他一口气说出了一大串重要人士要来里维埃拉度夏。

我每隔三四天去探望他一次。他有时候躺在床上,有时候穿一件华丽的晨衣靠在一把躺椅上。他好像有穿不完的晨衣,因为我从未见他同样的一件晨衣穿过两次。有一次去探望艾略特,已是八月初了,我发现他异乎寻常地沉默。约瑟夫事先告诉我他领我进屋子时,他似乎好了一点,所以当我看见他那样疲倦的样子,感到惊讶。我尽力把收集到的海报上面的那些八卦消息说给他听,让他高兴,但是他显然不感兴趣。他双眉微皱,表情愠怒,很不寻常。

"你去参加爱德娜·诺维马里的宴会吗?"他突然问我。

"没,当然没去。"

"她请你了吗?"

"她请了里维埃拉的每个人。"

诺维马里公主是一个美国巨富,嫁了一个罗马亲王,不过,不是那种被认为一钱不值的普通亲王,而是一个大家族的族长,一个在十六世纪就给自己分割出一个公国的雇佣兵队长的后代。诺维马里公主已经六十岁,是个寡妇。由于法西斯政权索要她美国收入那块太多,使她受不了,所以离开意大利,在戛纳山后一块尚好的地产上为自己盖了一幢佛罗伦萨式的别墅。她从意大利运来大理石来装饰她大客厅的墙壁,从外国请来画家给她画天花板。她的藏画、她的青铜器极其精美;就连艾略特不喜欢意大利家具的人,也不得不承认她的家具豪华。庭院宜人秀丽,游泳池一定花了一大笔钱。她非常好客,每顿饭都不少于二十个人。她已经安排要在八月的月圆之夜举办一次化装舞会,虽然还有三个星期的时间,可在里维埃拉,除了舞会就没有什么可谈的话题了。那天晚上要放焰火,她还要从巴黎带一支黑人乐队过来。那些流亡的王公贵族相互议论,既羡慕又妒忌,因为她这一晚的花费比他们一年的生活费用还多。

"真是奢侈豪华。"有人说。

"简直是疯了。"有人说。

"品位粗俗。"有人说。

"你打算穿什么衣服?"艾略特问我。

"可是我告诉过你了,艾略特,我不打算去。你不会以为我这把岁数还要穿奇装异服吧。"

"她没有请我。"他嘶哑地说。

他用一双干瘪的眼睛看着我。

"哦,她会请的,"我淡然地说,"我敢说请帖还没有发完呢。"

"她不想请我啦。"他的声音沙哑,"这是一种故意的侮辱。"

"哦,艾略特,这话我不能信。我肯定这是一次疏忽。"

"我不是一个叫人忽略的人。"

"不管怎么样,你的健康状况是不允许你去的。"

"我当然应当去。这是这个季节最好的宴会!我就是躺在床上要死了,也会爬起来去的。我有我的祖先德·劳里亚伯爵的衣服可以穿。"

我不大知道说什么好,所以保持了沉默。

"就在你来之前,保罗·巴顿刚来看过我。"艾略特忽然说。

我不能指望读者记住这个人是谁,因为我自己都得回过头来看看我给这个人起了个什么名字。保罗·巴顿就是艾略特引进伦敦社交界里的那个美国青年,后来当他觉得艾略特对他来说不再有用,就不理他了,这引起了艾略特的仇恨。最近他一直引人注目,先是因为他入了英国国籍,后来又因为他娶了一个报界巨头的女儿,这位巨头已经升为贵族了。他身后有这样的势力,再加上他自己的机敏,显然他会走得更远。艾略特疾恶如仇。

"只要我夜里醒来,听见有只老鼠在墙裙里抓挠,我就说'这是保罗·巴顿在朝上爬'。信我,老弟,他最终会进上议院的。感谢上帝,我是看不到那一天了。"

"他的来意是什么呢?"我问,因为我和艾略特一样清楚,这个年轻人无事不登三宝殿。

"我告诉你他想要什么,"艾略特怒吼道,"他想要借我的德·劳里亚伯爵的服装。"

"真是不要脸!"

"你看明白怎么回事了吗?这表明他知道爱德娜没有请我,也不打算请我。她怂恿他这么做,这只老母狗。没有我,她根本就混不到这一步。我为她开宴会,她现在认识的每个人都是我介绍的。她跟自己的汽车司机睡觉,这个你当然知道的。叫人恶心!巴顿坐在那儿告诉我,她要把整个庭院用灯饰装点起来,还要放焰火。我就爱焰火。他告诉我,人们缠着爱德娜要请帖,可是她全拒绝了,因为她要把宴会办得真正地精彩万分。他说的好像我被邀请是毫无疑问的。"

"你把服装借给他吗?"

"借给他?我要先看着他死了下地狱。我打算穿着它下葬。"艾略特从床上坐起来,身子来回摇晃,像一个发了狂的女人,"哦,太不厚道了,"他说,"我恨他们,我恨他们所有的人。我能招待他们时,他们高兴到了宠我的地步,但是现在我又老又病,对他们一点用处都没有了。从我病倒后,来探望的人不到十个,整整这个星期只有一束花送来,令人感到世态炎凉。我什么事情都为他们做。他们吃我的食品,喝我的酒。我为他们跑腿办事。为他们安排宴会。我竭尽全力帮他们的忙。可到头来我得到了什么呢?什么也没有,没有,没有。他们中没有一个关心我的死活。唉,太狠心了。"他哭了起来,滴滴沉重的泪珠从他憔悴的面颊上滚落下来,"我衷心希望我压根就没有离开美国。"

看见这个就要跨进坟墓的老头儿,因为没有被邀请参加一次宴会,就哭得像个小孩一样,实在可悲;令人感到震惊同时又叫人有一种几乎难以忍受的怜悯之心。

"别往心里去,艾略特,"我说,"宴会那天晚上可能下雨,老天爷会搞砸它。"

我的话一下子感染了他,就像传闻的快要淹死的人捞到一根稻草一样。泪水未干就咯咯地笑了起来。

"我从来没有想到下雨。我要向上帝祈祷下雨,因为我以前从未祈祷过。你讲得很对,老天爷会搞砸它。"

我努力把他无聊的精神头转到了别的方面后离开他,即使他不高兴，至少也安静了下来。可是，我不愿意听任事情自然发展下去，所以回家后，我就给爱德娜·诺维马里打电话，说我明天得去戛纳，问她我能不能和她一起吃午饭。她叫用人回话，说她很欢迎，不过，没有什么宴会。虽说如此，我到了一看，除她以外，还有十位客人。她人不坏，慷慨、好客，但她唯一严重的毛病是她的那张臭嘴，什么恶心事都说，就连她最亲密的朋友也逃脱不过她的臭嘴，不过她这样做是因为她是个蠢女人，不知道别的引起人们对她注意的办法。由于她的诽谤又被人传了出去，所以她和那些被她中伤的人常常是不相往来，但是她举办的宴会很好，大多数人一段时间之后，还是觉得原谅她为好。我不想求她邀请艾略特参加她的盛会，使艾略特蒙羞，所以等先看看情况的发展再说。她对这次宴会很兴奋，午宴时全是谈的这个。

"艾略特有机会穿他的菲力普二世服装，一定会很高兴的。"我尽量说得很随便。

"我没有请他。"她说。

"为什么没呢？"我装作吃惊的样子问。

"我为什么要请他？他在社交界已经不上数了。他是个讨厌鬼，是个势利眼，是个传播流言蜚语的人。"

因为这些谴责对她同样适用，所以我觉她有点愚蠢，是个傻瓜。

"另外，"她又说，"我想要保罗穿艾略特的服装。他穿上那套服装看上去肯定帅极了。"

我没再言语，但是，决心不择手段为可怜的艾略特弄到他渴望的请帖。午饭后，爱德娜把她的朋友带到花园里。这给了我可乘之机。有一次，我曾经在这里待了几天，知道家里的布局。我猜想还会有些请帖剩下来，并留在秘书的房间里。我急匆匆地走去，想拿一张请帖到口袋里，写上艾略特的名字并寄走。我知道他病得很重不能赴宴，但是，他收到请帖一定非常高兴。我打开门，一下子愣住了，发现爱德娜的秘书坐在桌子旁。我原来预想她还在吃午饭。她是个中年的苏格兰女子，名叫吉斯小姐，浅黄棕色头发，脸上有许多雀斑，戴夹鼻眼镜，一副做一辈子处女的派头。我镇静下来。

"公主带着大伙儿在逛花园，所以我想进来和你抽支烟。"

"欢迎。"

吉斯小姐说话带有一种苏格兰的粗喉音，而且当她沉湎于冷面幽默时，声音就越发粗嘎以使自己的话极其逗人，而这种幽默只用于自己喜欢的人，但是，当你不由自主大笑时，她却看着你，带着痛苦的诧异，仿佛认为你要觉得她讲的话好笑，那是你在犯傻。

"我想这个宴会给你添了一大堆的事儿，吉斯小姐。"我说。

"我简直是不知如何是好。"

我知道我可以信赖她，所以就开门见山。

"为什么这个老女人不请坦普尔顿先生？"

吉斯小姐冷酷的脸上露出一丝微笑。

"你知道她是什么样的人。她讨厌他。她亲自把他的名字从名单上划去的。"

"你知道，他快死了。他再也起不了床了。他对没有邀请他感到十分伤心。"

"如果他要和这位公主保持友好关系，当初就该更明智一点，不要跟谁都说，她跟自己的汽车司机睡觉，而且这个人有老婆和三个孩子。"

"那么她睡了吗？"

吉斯小姐从夹鼻眼镜上面看看我。

"我亲爱的先生，我当了二十一年的秘书，我已经形成一种习惯——相信我所有的雇主都如积雪一样纯洁。我也承认，当我的女主人之一发现自己有了三个月的身孕，而爵爷却一直在非洲猎狮已有六个月时,我的信念受到了痛苦的审判,不过她去巴黎做一趟短期旅行,也是一趟非常昂贵的短期旅行,一切就迎刃而解了。作为小姐身份的她和我都深深地松了一口气。"

"吉斯小姐,我来并不是为了和你一起抽支烟的,我来是想顺手牵羊拿一张请帖亲自寄给坦普尔顿先生。"

"这样做可能是很不道德的。"

"不错,我承认。吉斯小姐,讲点情面吧。给我一张请帖。他不会来的,但这会使这个可怜的老头儿高兴。你对他没有什么不痛快吧?"

"没有,他一直对我很礼貌。他是个有教养的人,我会肯定他这一点的,这比大多数跑到这里花费这位公主的钱来填满自己肥肚皮的人强得多。"

所有要员的身边都有些得宠的下属。这些附庸对怠慢非常敏感,而且当他们没有得到自己认为应该受到的尊重时,他们就怀恨在心,把矛头指向你,一遍遍重复地在他们的主子面前说你的坏话,实施报复。和他们处好才是上策。这个艾略特比任何人更清楚这一点,所以他一直对那些穷亲戚、老女仆或者亲信秘书以友好的语言结交、和蔼可亲的笑脸相待。我肯定他经常和吉斯小姐相互打趣,而且逢圣诞节时,总不忘送她一盒巧克力、小化妆箱或女手提包。

"求你啦,吉斯小姐,发发慈悲吧。"

吉斯小姐把夹鼻眼镜在自己的大鼻子上固定了一下。

"毛姆先生,我肯定你不想要我做任何不忠于我雇主的事;再者,如果那头老母牛发现我违背了她,一定会解雇我。请帖在桌子上的信封里。我打算看看窗外,一半原因是活动一下腿脚,一个姿势坐时间太长都僵硬了;一半原因是观察一下景致之美。我身后发生的事,不论上帝或者凡人都不会让我负责。"

当吉斯小姐重新回到座位上时,请帖已经到了我的口袋里。

"见到你总是很高兴,吉斯小姐,"我说,把手伸了出来,"化装舞会上你要穿什么服装?"

"我亲爱的先生,我是个牧师的女儿。"她回答说。

"我还是把这种愚蠢的事留给上层阶级去做吧。当我看见《先驱报》和《邮报》的那些代表吃了一顿好消夜、喝了一瓶我们二等最好的香槟酒之后,我的责任就结束了,我将回到我卧室的私人空间看一本侦探小说。"

八

两天之后,当我去看艾略特时,发现他笑逐颜开。

"看,"他说,"我收到请帖了,今早来的。"

他从枕头下面把请帖拿出来给我看。

"我就是这么跟你说的嘛,"我说,"你的名字是 T 开头的,显然那位秘书才写到你。"

"我还没有回信,等明天吧。"听见这话,我一时害怕起来。

"你要我为你回信吗?我离开时就可以把它邮了。"

"不,为什么要你呢?我完全能够亲自回复请帖。"

我想,幸亏信封要由吉斯小姐拆,她一定懂得把回信扣下来。艾略特摇了一下铃。

"我要你看看我的服装。"

"你不会想去吧,艾略特?"

"当然要去。自从博蒙特家那次舞会之后,我还没有穿过它呢。"

约瑟夫应铃声进来,艾略特告诉他把服装拿来。服装放在一个大扁盒子里,用薄纸包着。这里有白色的长丝袜,有衬垫的织金布短裤,白绸缎开衩镶边,相配的紧身上衣,一件大氅,一条围在脖子上的绉领,一顶扁平的丝绒布帽,一条长金链子,上面挂着金羊毛爵位勋章。我认出这是模仿提香的画作上菲力普二世穿的那件豪华服装,这幅画存放在普拉多。当艾略特告诉我在西班牙国王和英国女王的婚礼上,德·劳里亚伯爵穿的恰恰就是这套服装时,我禁不住想到他是在充分发挥自己的想象力。

第二天早晨,我还在吃早饭,就被人叫去接电话。是约瑟夫,他告诉我,艾略特在夜里又一次严重发病,医生匆匆赶来,怀疑他是否能熬过这一天。我派人叫来车,赶往昂第布。我发现艾略特已失去意识。之前他坚决不肯有护士照顾,可是这次我看见有个护士在场,是医生从位于尼斯和博卢之间的英国医院里派来的,我和那位护士打了招呼。我出去给伊莎贝尔拍了电报。她和格雷带着孩子在便宜的海滨胜地拉波勒避暑。旅途很远,恐怕他们来不及赶到昂第布送终。伊莎贝尔是艾略特唯一在世的亲戚,虽然伊莎贝尔还有两个哥哥,可他们已经多年没有和艾略特联系了。

但是他求生的意志很强,要不然就是医生用的药物起了作用,在这一天的时间里,他慢慢恢复了过来。尽管他病入膏肓,可还装出大胆的样子,问那位护士有关她性生活的不检点的问题。我和他在一起待了下午大部分时间,而且第二天又去看他时,发现他虽然很虚弱,但十分高兴。护士只允许我和他待很短一段时间。我担心伊莎贝尔没有接到我的电报,由于我不知道伊莎贝尔在拉波勒的地址,而把电报打到巴黎去的,生怕管家耽搁把电报转发出去。两天之后,我才收到回电,说他们立刻动身。倒霉的是,格雷和伊莎贝尔乘坐汽车在布列达尼半岛旅行,所以刚刚收到我的电报。我查看了列车表,知道他们至少在三十六小时以后才能到达。

第二天清早,约瑟夫又打电话给我,说艾略特夜里睡得很不好,而且要找我。我急忙赶过去。当我到达时，约瑟夫把我拉到一旁。

"劳驾先生是否和艾略特说说一个敏感的话题，"他跟我说，"当然我是不信教的，认为所有的宗教都只是神父要控制人民的阴谋，但是，先生知道女人是什么情况。我老婆和女佣都坚持可怜的老先生应当受到最后的祝福，而且明显时间越来越短了。"他非常惭愧地看着我，"事实摆在这，谁也说不好，如果逃不脱死神，或许走教会的正规程序处理自己的事情会更好。"

我完全懂得他的意思。多数的法国人，不管他们平时怎样随便嘲弄宗教，到了临终时，更愿意与信仰道歉和解，因为那是他们血与骨的一部分。

"你想要我向他提出这件事吗？"

"如果先生肯费心的话。"

这是个我不怎样喜欢的差使，但是，毕竟艾略特许多年来一直是个虔诚的天主教徒，所以，遵守一个天主教徒的义务是适宜的。我上楼进了他的房间。他仰卧着，苍白的脸色、干瘪的身躯，但是神志完全清醒。我请护士出去以便我们单独待一会儿。

"艾略特，恐怕你的病很重，"我说，"我想知道，想知道你愿意不愿意找个神父来？"

他看我一会儿，没有回话。

"你的意思是说我要死了？"

"哦，但愿不会。不过还是万无一失的好。"

"我懂了。"

他没有吭声。这是个可怕的时刻，因为你不得不告诉一个人我刚才向艾略特说的话。我没法看着他；我咬紧牙关，生怕哭出来。我坐在床边，面向着他，伸出一只胳膊撑着身体。

他拍拍我的手。

"不要难过，我亲爱的朋友。贵人行为理应高尚，你懂的。"

我笑了，觉得太可笑了。

"你这个荒唐的家伙，艾略特。"

"这样好多了。现在打电话给主教，说我要忏悔并且接受临终涂油礼。如果主教派查尔斯神父来，我将感激不尽。他是我的朋友。"

查尔斯神父是副主教，我以前也提到过。我下楼打了电话，和主教本人说了。

"急吗？"他问。

"很急。"

"我马上办。"

医生到来时，我告诉了他我适才做的事情。他和护士一起上楼看艾略特去了，我在一楼餐厅里等着。从尼斯到昂第布只需二十分钟的车程，所以半小时过一点，一辆黑轿车开到门口。约瑟夫跑来告诉我。

"是主教亲自来了。"他紧张地说。我出去迎接他，主教不像往常那样带着他的副手，我也不知什么原因，而是一位年轻的神父，年轻的神父拎着一个篮子，我想里面装的是主持圣礼的用具。汽车司机跟在后面，携个破旧的黑色手提箱。主教和我握手并介绍了他的同伴。

"我们可怜的朋友怎么样了？"

"恐怕病得很厉害，主教大人。"

"请您把我们带到一间屋子里，我们换上法衣。"

"餐厅在这儿，主教大人，客厅在楼上。"

"餐厅就很好。"

我领他进了餐厅，我和约瑟夫在外面等着。不一会儿，门开了，主教走出来，后面跟着神父，双手捧着一个圣餐杯，杯子上面是一个小圆盘，里面放了一块祭祀用的圣饼。这些东西是被一块麻纱餐巾盖着，麻纱非常细，很透明。我只在晚宴或者午宴席上见过这位主教，他是个很在行的食客,会享受美食佳酿,活灵活现地讲些滑稽的、有时下流的故事。那时他给我的印象是一个身体矮胖彪悍的人,中等身材。那天,穿上白法衣,披上圣带,看上去不但个头高了而且威武庄严了。他的那张红脸,通常带着恶意但又和蔼的笑容,这时却很严肃。从外表上看,他曾经当过骑兵军官的痕迹荡然无存;他看上去像教会里的一位高僧,实际也确是如此。我看见约瑟夫在胸口比画个十字,几乎没有什么诧异。主教头向前微微屈了一下身子。

"带我到病人那里去。"他说。

我让他在我前面上楼,但他叫我在前领路。我们在庄严的沉默中上了楼。我走进艾略特的房间。

"主教亲自来了,艾略特。"

艾略特挣扎着坐了起来。

"主教大人,您能来我感到荣幸之至。"他说。

"不要动,我的朋友。"主教转身向着护士和我,"请你们离开。"然后又对神父说:"我到时候会叫你。"

神父向四下看看,我猜他是想找个地方放圣餐杯。我把梳妆台上的乌龟壳镶背的发刷推开。护士下楼去了,我把神父领进相邻房间,艾略特的书房。窗子开着,看到的是蓝天,神父走过去,站在一扇窗口旁。我坐了下来。海港内帆船比赛正在进行,船帆在碧空的映照下发出炫目的白光。一艘大的黑体双桅纵帆船张开了自己的红帆,迎着微风向港口驶来。我认出这是一条捕捞龙虾的船,带来了从撒丁岛捕获的一批鱼虾作为一道海鲜菜供给赌场里的晚宴者享用的。透过关闭的门,我能听见含混不清的说话声。艾略特正在作忏悔。我很想抽支烟,可又怕点着了惊着神父。他站着一动不动,向外望去,一个身材修长的年轻人,满头浓密的波浪状黑发,一双明亮的黑眼睛,橄榄色的皮肤,表明他是意大利血统。他的外貌带有南方人的那种快言且睿智的风雅，我问我自己是什么强烈的信仰、什么燃烧的愿望使他放弃了人生的喜悦、年轻人的快乐和感官的满足，献身为上帝服务。

忽然，隔壁房间的声音静止了，我看了看门。门开了，主教走了出来。

"过来。"他向神父说。

这屋剩我一个人。我再次听见主教的声音，知道他正在祈祷，这些话是教会规定要为将死的人说的。接着又是一阵沉寂，知道艾略特正在吃圣餐。我不知这是什么感觉，我想是从远祖那里继承的，虽然我不是一个天主教徒，但是每次做弥撒，那个侍从摇铃告诉圣饼举起来时，尽管声音不大但清脆，我都感到一阵敬畏的战栗；现在我有同感，我战栗，就好像一股冷风穿透了我，我战栗，是由于惊愕和恐惧。门再一次打开。

"你可以进来了。"主教说。

我走进去。神父正在把杯子和盛圣饼的镀金小盘子用麻纱餐巾盖上。艾略特的眼睛露出喜悦之情。

"送主教大人上车。"他说。

我们走下楼。约瑟夫和女佣们正在厅堂里等着。女佣们在哭。她们一共三个人，依次走上前来，跪下吻了主教的戒指。主教伸出两个手指放在她们头上，为她们祝福。约瑟夫的妻子用肘部轻推他一下，他走上前，也跪下来，吻了戒指。主教略显微笑。

"你不信教的吧，孩子？"

我看出约瑟夫努力控制了一下自己。

"是的，主教大人。"

"别让这事烦你。你是主人很好、很忠实的仆人。主会饶恕你理解上的误差。"

我陪主教到了街上，打开了他的车门。上车子时，他向我鞠躬，宽容地微微一笑。

"我们可怜的朋友很虚弱了。他的缺点是面上的；他心地宽宏大量，对同胞仁慈亲切。"

九

我觉得艾略特刚才经历了临终忏悔仪式之后，现在可能想独处一会儿，所以我上楼进了客厅，看起书来，可是我刚坐下来，护士就进来告诉我，艾略特想见我。我爬上那串楼梯到了他的房间。是不是由于医生给他打了一针，帮助他撑过临终忏悔的仪式，还是由于举行仪式使他兴奋，他情绪平静、心情愉悦，两眼发亮。

"莫大的荣幸，我亲爱的朋友，"他说，"我将带着红衣主教的介绍信进入天国。我想所有的大门都会为我敞开。"

"恐怕你会发现同伴非常混杂。"我微笑说。

"你别相信它，我亲爱的朋友。我们从《圣经》上知道，天堂和地上一样是有阶级区别的。有六翼天使和二级天使，有天使长和天使。我一直游走于欧洲的上流社会中，毫无疑问，我也将游走于天上的上流社会。我主耶稣曾经说过：在我父的家里有许多住处。把大众安置在他们完全不习惯的地方是极端不适合的。"

我猜艾略特把天国看作罗斯柴尔德男爵的宫堡，墙上镶有18世纪的护壁板，布尔的桌子，镶嵌细工的贮藏柜和路易十五式的餐厅套件，上面蒙着原始的斜针绣品。

"相信我，亲爱的朋友，"他停顿一会儿后，接着说，"天上根本就没有这种该死的平等。"

他忽然睡着了。我坐下来，拿本书看。他时醒时睡。一点钟时，护士进来告诉我，约瑟夫为我准备好了午饭。约瑟夫很抑郁。

"真想不到主教大人竟然亲自来。他给我们可怜的先生做临终忏悔,真是很大的荣幸。您看见我吻他的戒指吗?"

"我看见了。"

"这种事我不会自愿做的!我做是为了满足我可怜的老婆的要求。"

我在艾略特的房间待了一下午。其间伊莎贝尔来个电报,说她同格雷坐蓝色列车第二天早晨到达。指望他们及时赶到几乎是不可能了。医生来了,摇摇头。太阳落山时分,艾略特醒来,能够进一点食物。这好像使他瞬间有了点力气。他向我招招手,我走到他的床前。他的声音很弱。

"我还没有回复爱德娜的请帖。"

"哦,现在别费心这事了,艾略特。"

"为什么不呢?我一直是个深谙世故的人;不能因为我就要离去,而忘掉礼貌。请帖在哪里?"

请帖在壁炉架上,我把它交到他手里,但是我怀疑他是否能看清楚。

"你在我的书房里可以找到一本信纸。如果你把它找来,我可以口述回复。"

我走进隔壁的房间,把信纸拿来,在他的床边坐下。

"你预备好了吗?"

"是的。"

他的眼睛闭着,可脸上却露出调皮的微笑。我想知道他会说些什么。

"艾略特·坦普尔顿先生由于和圣主有约在先,故不能接受诺维马里公主的盛意邀请,深表遗憾。"

他发出一声微弱、幽灵般的窃笑。他脸色呈现出一种奇怪的蓝白色,看上去很恐怖,而且他呼出的是那种令人作呕的恶臭,是这种病特有的气息。这位过去喜欢喷洒夏内尔和摩林诺香水的艾略特,现在真是可怜呢。他手里仍然拿着那张我偷来的请帖。我觉得他拿着不方便,想从他手里取出来,可是他抓得更紧了。他开口说了一句话,声音相当大,使我一下子惊呆了。

"这个老婊子。"他说。

这是他说的最后一句话。他陷入了昏迷状态。那个护士前一天看护了他一夜,看上去非常疲惫,所以我叫她睡觉去了,并说我来守这夜,答应必要时叫她。其实,没什么事可做,我打开了一盏有罩的灯,看书一直看到眼睛疼,于是把灯关掉,我在黑暗中坐着。夜晚变热,窗户大开着。灯塔的闪光每隔一定时间扫射一下屋子,给黑暗带来瞬间的闪光。月亮沉了下去,当月圆时,它就会俯瞰爱德娜·诺维马里的化装舞会所呈现的空虚、嘈杂的欢乐景象。天空深蓝,无数的星星闪耀着令人恐怖的光。我想我可能睡着到一种浅睡眠状态,因为我的意识还醒着;忽然我被一声急促、愤怒的声音惊醒,神志变得非常清晰,那时一声人们所能听到的最敬畏的声音,死前的喉鸣。我走到床边,凭着灯塔的闪光摸了摸艾略特的脉搏。他已经死了。我打开他床头的灯,看了看他。他下巴张开,眼睛睁着。我将他眼睛闭上之前,凝视了这双眼睛一会儿。我感动了,觉得几滴泪水沿双颊流了下来。一个忠厚的老朋友走啦。想到他的一生过得多么愚蠢、无益和无聊,我不由得感到悲哀。他参加过那么多的宴会,曾和所有那些亲王、公爵、伯爵过从甚密,现在都毫无意义了。他们已经忘记了他。

我觉得用不着叫醒那个筋疲力尽的护士了,所以我回到了靠窗子的椅子上。护士早晨七点钟进来时,我睡着了。我留下她做她认为应该做的事,自己吃了早饭,然后去车站接格雷和伊莎贝尔。我告诉他们艾略特已经去世，并且请他们到我家去住，因为艾略特的房子里没有地方供他们住，可是他们愿意住旅馆。我回到自己家里洗了个澡，刮了胡子，换了衣服。

上午格雷打电话给我，说约瑟夫给他们一封信，是艾略特托付他给我的。由于这封信的内容可能只是给我一人看的，所以我说立刻过去，因此，在不到一小时以后，我再一次走进了那所房子。信封上写着：我死后，立刻兑现，那封信内容是关于他葬礼的指示。我知道，他决意要葬在他建造的那座教堂里，我也告诉过伊莎贝尔。他希望涂上防腐香膏，并且提到了应该委托做这件事的商行的名字。"我已经咨询过了，"他继续说，"人家告诉我说，他们的活做得很好。我信任你会做到不让他们敷衍了事的。我希望穿上我的祖先德·劳里亚伯爵的服装，佩上他的剑，胸前佩戴金羊毛伯爵勋章。选棺材的事由你来办。棺材应该不炫耀，但要符合我的身份。为了不给人增添不必要的麻烦，我希望由托马斯·库克父子公司承办一切运送遗体事宜，由他们派一个人护送灵柩到最后的安葬地。"

我记得艾略特曾经说过，他要穿他那件化装舞会所穿着的服装安葬，但是我一直认为那是一时的心血来潮，也从没有认为他当真要这样做。约瑟夫坚持要按照他的遗嘱办，其他人好像也没有理由不照办。他的遗体适时涂了香膏，然后，我和约瑟夫给遗体穿上了那荒唐的装束。这是件令人毛骨悚然的事。我们先给他的两条长腿穿上了白色长筒丝袜，然后再穿上织金布短裤。把两只胳膊塞进紧身上衣的袖子里，费了好大劲。我们给他戴上浆洗好的大绉领，再把缎斗篷披在他的肩上。最后把那顶扁平的丝绒帽戴在他头上，把金羊毛的领圈围在他的脖子上。涂香膏的人已经给他的两颊搽上胭脂，染红了嘴唇。艾略特瘦骨嶙峋，这套衣服穿在他身上太大，看上去就像威尔第早期歌剧里的一个歌手。那个可悲的、毫无价值目的的堂吉诃德。当装殓的人把他放进棺材后，我将那把作为道具的剑沿着他的身体放在两腿之间，两手按在剑柄的圆头上，犹如我看到的在一个十字军骑士雕塑的墓上放的那把剑。格雷和伊莎贝尔去意大利参加了葬礼。

第六章

一

我觉得应该提醒读者，你完全可以跳过这一章，也不失去我必须讲的故事的线索，因为这一章的大部分只是讲述我和拉里的一次谈话。但是话又说回来，要不是这次谈话，我也许认为不值得写这部书。

二

那年秋天，在艾略特逝世后的两个月，我去英国的途中在巴黎待了一个星期。伊莎贝尔和格雷经历那次去意大利的残酷旅行之后，回到了布列塔尼半岛，现在又在圣纪尧姆街的公寓里住了下来。伊莎贝尔把艾略特遗嘱的详细内容告诉了我。他留下一笔钱给他建造的那座教堂为他的灵魂做弥撒，还留给教堂另一笔作为维持费。他遗赠尼斯的主教一笔可观的数目用于慈善目的。他留给我的遗赠是他收藏的那批真伪难辨的18世纪淫书和一幅弗拉戈纳尔[1]的精美绘画,画的是一个山羊神和一个女仙子私下里干那事。这张画太下流了,没法挂在我的墙上,而我又不是那种私下里贪看猥亵图画的人。他留给用人的生活费也很大方。他的两个外甥每人各得一万元,其余的财产全归伊莎贝尔。这笔财产究竟值多少,她没有告诉我,我也没问;我从她自鸣得意的外表推测,那是很大的一笔钱。

很长时间,自格雷恢复健康以来,他就急于回美国重新工作。尽管伊莎贝尔在巴黎住得十分舒服,但格雷的躁动也影响到了她。格雷曾经和自己的那些朋友联系过一段时间,但是能够得到的最好机会是得由他拿出相当大的一笔资本。那时他拿不出这笔钱。但是艾略特的死,使伊莎贝尔拥有的财产比格雷需要的钱多得多;得到伊莎贝尔的同意后,格雷又开始和人家磋商起来,如果一切事情真如对方所说,他打算离开巴黎亲自去调查这事。但是可能这样做之前,还有不少事情要做。他们必须和法国财政部在遗产税问题上达成一项合理的协议。他们要把昂蒂布的房子和圣纪尧姆街的公寓处理掉。他们得在德路欧饭店安排一次拍卖,卖掉艾略特的家具、绘画和素描。这些东西价值连城,似乎最好等到春季那些大收藏家来巴黎时拍卖最合算。伊莎贝尔不介意在巴黎再过一个冬天;两个孩子现在讲法文和讲英文一样轻松,所以,伊莎贝尔很乐意让她们在法国学校里再待几个月。三年中,她们长大了,现在是长腿、瘦削、活泼的小姑娘,目前还没有长得像她们母亲那样美,但是很懂礼貌,还有永不满足的好奇心。情况就是这样。

---

[1] 弗拉戈纳尔(1732—1806),法国画家。

三

我是偶然碰到拉里的。我曾经向伊莎贝尔问到他;她告诉我,他们自拉波勒回来,就很少见过他。到这时,她和格雷也认识了一些他们同代的朋友,所以常有约会,比我们四个人在一起度过的那几周快乐的时光忙得多。有一天晚上,我去法兰西剧院看话剧《贝蕾妮斯》。这个剧本我当然读过,但从没看过它上演;由于难得演一次,所以我不愿意错过这个机会。这不是拉辛最好的戏,因为剧的题材局限,五幕的内容略显贫乏,但是剧情很感动人,有几段算得上是脍炙人口。故事是根据塔西佗[1]一书中的短短一段文字而编写的:提图斯热恋上了巴勒斯坦的女王贝蕾妮斯,甚至如人们所想的,答应和她结婚,但是为了国家,在他登基的第一天,不顾自己的愿望,也不顾贝蕾妮斯的愿望,把她从罗马送走。原因是元老院和罗马的人民极端反对他们的皇帝和一个外国女王联姻。剧本写的是提图斯在爱情与职责之间的心理斗争;在他摇摆不定时,是贝蕾妮斯最后确信了他对她的爱情、确认了他的目的并永远地离开了他。

我想只有法国人才能够充分欣赏拉辛诗句的恢宏和优美,不过即便是外国人,一旦习惯了诗句风格的俗定格式——如同习惯了戴假发,几乎没有人不被他的柔情蜜意和他的高尚情操所感动。没有几个人像拉辛知道人的语音里含有多少戏剧艺术。不管怎样,对我来说,那些柔美流畅的亚历山大格式诗句足以代替情节,而且我发现,那些长的台词在无限的技巧作用下所达到的预期高潮,完全和电影的任何惊险

---

[1] 塔西佗(约公元55—120),古代罗马最伟大的历史学家。

镜头所营造的惊心动魄的效果一样。

第三幕演完时有一场休息。我出去在门厅里抽支烟；门上方竖着一尊乌东[1]的伏尔泰雕像，咧着一张没有牙齿的嘴在冷笑。有人拍我的肩膀。我转过身去，或许有点恼火的举动，因为我想要独自享受一下那些铿锵诗句使我心中充满的异常兴奋，可我看到的是拉里。像往常一样，我见到他很高兴。我和他已经有一年没有见面，因此，我建议，看完戏一起去喝杯酒。拉里说他肚子饿了，因为没有吃晚饭，他提议去蒙马特区。话剧结束了，我们找到对方一起走出剧院。法兰西剧院里有一种特殊的闷浊霉味，是那些数不清的一代代女引座员身上的汗渍味，她们不洗澡，绷着脸，把你带领到座位上后，霸道地等你付她们小费。走进新鲜的空气里大大地松了一口气；夜色很好，所以我们一路步行。歌剧院大街的弧光灯如此挑衅地发出耀眼的亮光，使天上的星星好像骄傲得不屑与它们较量，而把自己的明亮隐秘在无穷远的黑暗之中。我们一边走，一边谈及刚才看的戏。拉里感到失望。他可能希望演得更自然点，把台词讲得如人们正常说话一样，举止也不要太戏剧化。我觉得他的观点不对。这出戏是用语言煽情，充满华丽的辞藻，所以我认为台词说起来应该带有煽动性的气质。我喜欢有规律的韵律重音；那些风格化的姿态是历史悠久的传承，我认为适合这种正式剧目的特性。我不由想到拉辛在当年多么希望他的这部剧得以上映。我佩服演员的工作精神，他们就是凭着这样的精神克服了限制他们的种种因素，设法表演得真实、热烈和有人情味。当艺术能够把戏剧的传统风格作为达到其目的的工具时，它才是成功。

我们到了克里希大街，走进了格拉夫啤酒店。午夜过去不久，屋里挤满了人，不过我们找到了一张桌子，叫了鸡蛋和熏肉。我告诉拉

---

1 乌东（1741—1828），法国雕塑家。

里,我见到伊莎贝尔了。

"格雷回美国去会很高兴的,"他说,"他在这里就像离水之鱼。他在重新工作之前,是不会快乐的。我敢说他会赚到很多钱。"

"如果他如愿以偿,那都是亏得你。你不但治好了他身上的病,而且还治好他的心病。你恢复了他的自信心。"

"我做得微乎其微。我只是向他展示了如何医好自己。"

"这种微乎其微你是怎样学会的?"

"偶然学会的。那时我在印度。我当时患失眠症,碰巧向一个我认识的老瑜伽信徒提起了它,他说他很快就能给我治好。他对我做的就是你看见我给格雷做的那一套;那天晚上,我睡得很好,几个月来都没有睡得这么好。后来,肯定是在一年以后,我和我的一个印度朋友在喜马拉雅山区,他扭伤了脚踝。当时找不到医生,而他疼得不可开交。我想我要照老瑜伽信徒那样试一下,结果奏效了。不管你信不信,反正他一点也不疼了。"拉里笑了,"我可以向你保证,我比任何人都更加惊奇。真的,这里面什么奥秘也没有;意义就是把这种理念灌输到病人的头脑里。"

"说来容易做来难。"

"如果你的胳膊不由自主地从桌子上举起来,你会诧异吗?"

"非常诧异。"

"是的。当我们回到内地,我的印度朋友告诉人们我的所为,并且领了别的人来看我。我不喜欢做这事,因为我还不完全理解这是怎么回事,但是他们坚持要我做。不管怎样,我给他们治好了。我发现我能够解除人们的疼痛,还能消除他们的恐惧。奇怪的是,有多少人遭受恐惧的痛苦。我不是说幽闭症和恐高症,而是怕死,更糟糕的是,对生活的恐惧。他们这些人经常好像是身体健康、生活富裕、无忧无虑,然而却受着恐惧的折磨。我有时觉得,这是最困扰人类的一种心态;我曾问我自己,这种心态是否缘于某种根深蒂固的动物本能,而人类正是继承了那种原始的东西,最先感受到了生活的震颤。"

我聆听拉里在讲述,心里充满期望,因为他很少说这样长时间的话,而且我隐约感到他首次无隐讳交谈了。也许我们刚才看的那部戏剧释放了某种内心的压抑,那种抑扬顿挫的铿锵节奏,如同音乐会引起的反应,已经克服了他的天生拘谨。忽然,我意识到自己的手有感觉。我没有再去想拉里刚才说的那个半开玩笑的问题。我感觉到自己的手不再搁在桌子上,而是不由自主地离开桌面有一英寸那么高。我吃了一惊,看了看手,看见它微微颤抖。我感到自己胳膊的神经有一种奇怪的酸麻,肌肉抽搐一下,手和小臂就自动地抬了起来,我尽所能保持自然既没有助力也不阻止,直到它们离开桌子有好几英寸;后来我感到整个胳膊举过肩。

"这很古怪。"我说。

拉里笑了。我用了一丁点的意志力,手就落回到了桌子上。

"不足挂齿,"他说,"没有什么了不起的。"

"是你刚从印度回来跟我们谈到的那个瑜伽教徒教你的吗?"

"哦,不是的,他对这类事情很不耐烦。我不知道他是否相信他具有某些瑜伽教徒自命具有的能力,但是他认为运用这些能力是幼稚的。"

熏肉和鸡蛋送来了,我们俩吃得津津有味,而且喝了啤酒,谁都没有说话。我不知道他在想些什么,而我在想着他。吃完饭,我点了一支香烟,拉里点燃了他的烟斗。

"什么使你首先去印度的呢?"我突然问他。

"碰巧。至少当时是这样想的。现在我倾向于认为这是我在欧洲待了多年的必然结果。我和几乎所有对我影响最大的人好像是不期而遇,然而,回想起来似乎像是肯定能碰到他们。犹如他们就在那里等着,一旦我需要,马上能找到他们。我去印度是想休息一下。我一直忙忙活活很累,希望整理一下思路。我在一艘船上找到一个甲板水手的工作,就是那种周游世界的旅游船。这艘船正开往东方,并且要经过巴拿马运河到纽约。我已经有五年没回美国,想家了。我很郁闷。你知道,我们那些年前在芝加哥初次见面时,我多么无知。我在欧洲读了非常多的书,经历了许多事情,但是离我开始寻找的东西相差甚远。"

我想问他那个东西是什么,但是,觉得他只会笑笑,耸耸肩,说这事不值得一谈。

"可是,你为什么要去当一名甲板水手呢?"我换了个题目问他,"你又不是没有钱。"

"我想要体验一下。只要我精神上得到充实,只要我把当时能吸收的都吸收了,就已经觉得做这类事是有用的。那年冬天,伊莎贝尔和我解除婚约之后,我就在朗斯附近的煤矿做了六个月的工。"

他就是这时告诉我的那些我在前面叙述的事情。

"伊莎贝尔和你断绝恋爱关系后,你难过吗?"

回答之前,他看了我一会儿,他那双不可思议的黑眼睛当时好像是看我的内心而不是外表。

"是的,我那时很年轻,已经打定主意我们要结婚。我已经做了我们在一起生活的打算。我期望生活是美好的。"他微微一笑,"但是,结婚需要两个人,正如吵架要有两个人才吵得起来一样。我从来没有想到,我给伊莎贝尔安排的那种生活使她大失所望。我要是有点判断力的话,决不会向她提出那样生活的建议。她太年轻,太热爱生活了。我不怪她。我也不能屈服。"

读者完全能够记起,在他和农场主的寡妇儿媳发生了那次荒唐的关系后,他逃离了农场,他去了德国波恩。我急于想听他讲下去,但是，我知道我得小心，不要啥都问。

"我从来没有去过波恩，"我说，"小时候在海德尔堡上过一段时间的学。我觉得，那是我一生最快乐的时光。"

"我喜欢波恩，在那儿待了一年。我在波恩大学一位教授的遗孀家里租了一个房间，她接纳了几个寄宿者。她和两个都已中年的女儿做饭和管家。她的另一个房客是法国人，起初我有些失望，因为我只想说德语；可是他是阿尔萨斯人，德语即使不太流利，口音总比他讲法语要好。他的穿着像个德国牧师；几天之后，我惊奇地发现他是一个本笃会修士。他得到修道院的准假而到大学图书馆做调查的。他是一个饱学之士，但是看上去和我心目中的僧侣没什么两样。他又高又壮，浅茶色头发，出众的蓝眼睛，红色的圆脸。他羞怯拘谨，似乎不想跟我有什么瓜葛，但是他刻意非常礼貌，在餐桌上交谈总是彬彬有礼；我只是吃饭时才见到他；吃完午饭，他就回图书馆工作；吃完晚饭，我坐在客厅里和那个不洗餐具的女儿提高德语时，他回自己的屋子。

"我在那儿至少住了一个月，一天下午，他问我愿不愿意和他一起散步，这使我感到惊讶。他说他能够指给我看邻近的一些地方，他认为我自己不可能发现这些地方的。我相当能走路，可是，不管怎样，他比我走得快。第一次散步，我们肯定走了足足有十五英里远。他问我来波恩干什么，我说，来学德语，还想熟悉一下德国文学。他谈吐很有悟性。他说他乐意尽力帮助我。打那以后，我们每星期散步两三次。我发现他教哲学已有好些年。我在巴黎时，读过一些哲学家的书，什么斯宾诺莎、柏拉图、笛卡儿啊，但是从来没读过德国的那些大哲学家的书，听他谈论这些哲学家我真是求之不得。有一天，我们作了一次短途旅行，穿过了莱茵河，坐在一家啤酒园里喝啤酒，他问我是不是新教徒。

"'我想是的。'我说。

"他迅速看了我一眼,我在他的眼睛里看到了一丝笑意。他开始谈论起了埃斯库罗斯[1];你知道,我一直在学希腊语;他熟悉这些伟大的悲剧作家,而我从未奢望了解他们。听他的讲述启发了我的灵感。我想知道他为什么忽然问我那个问题。我的监护人纳尔逊叔叔是一个不可知论者,但是他定期去做礼拜,因为他的病人期望他这样;他送我上主日学校也是为了同样的理由。玛莎,我们的女仆,是一个严格的浸礼会教徒,在我的孩提时代,她经常给我讲地狱火的事,说有罪的人将要永远受折磨,以此来吓唬我。她非常喜欢给我详细地讲述村子里的各种人要遭受的苦难惩罚,这些人不知为何是她厌恶的。

"到了冬天,我和恩斯海姆神父已经很熟了。我觉得他是个相当卓越的人。我从未见他发过火。他仁慈厚道,比我可能期望的还要宽宏大量,而且极其宽容。他学识极其渊博,而且肯定知道我该有多么无知,但他总是把我当作和他一样有学问似的与我交谈。他对我非常耐心,好像除了为我服务,别无所求。有一天,我不知道什么原因,突然腰痛,我的房东太太葛拉保夫人坚持让我躺在床上给我敷上热水袋。恩斯海姆神父听说我病倒了,在晚饭后,到我的房间来看我。我除了腰痛得很厉害以外,身体还是十分好的。你也知道书呆子似的人是什么样,他们对有关书的事是要探个究竟的;他进来后,我就把手里看的书放下了,他随即拿了起来,看了看书名。那是一本讲迈斯特·埃克哈特[2]的书,我在城里一家书店里买的。他问我为什么看这种书,我告诉他,我一直在阅读一些神秘主义的文学,还告诉了他有关科斯提的事情以及科斯提是怎样引起我对神秘主义的兴趣。他用那双出众的蓝眼睛打量着我,眼睛里有一种神情,我只能形容为令人感

---

1 埃斯库罗斯(前525—前456),古希腊三大悲剧家之一。
2 迈斯特·埃克哈特(1260—1327),德意志哲学家、神秘主义神学家大师。

到愉悦的柔情。我有这样的感觉他发现我相当可笑，但同时感到对我的那种慈爱，没有因此有任何减弱。反正我从来就不介意人们认为我有点傻。

"你想在这些书里寻找什么？"他问我。

"'如果我知道的话，'我答，'至少会在寻找的过程中。'

"'你还记得我曾经问过你是不是新教徒吗？你说你想是的。这话是什么意思？'

"'我是在受到新教徒教育的环境中长大的。'我说。

"'你相信上帝吗？'他问。

"我不喜欢涉及个人的问题，所以我最先想告诉他的是说，这不关他的事。可是，他的面容非常和善，使我感到不能顶撞他。我不知道说什么；我不想回答是，也不想回答不是。也许是我的腰痛使我说话，也许是他身上的某种东西感染了我。总之，我告诉了他我自己的经历。"

拉里犹豫了一会儿。当他继续说时，我知道他不是在对我讲，而是对那个本笃会修士讲。他已经忘了我的存在。我不知道是时间的缘故还是地点的缘故使他开口，不用我催促，就把他那么长时间讳莫如深的事情讲了出来。

"鲍勃·纳尔逊叔叔很民主，把我送进麻汶的中学。正是由于路易莎·布兰得利跟他唠叨个没完，所以我十四岁时，他才让我进圣保罗中学。我不论功课或者体育都不太好，但是都能对付过去。我认为我是个完全正常的男孩子。我对航空特别着迷。那时候，飞行还处于早期，可鲍勃叔叔和我一样对飞行非常兴奋。他认识几个飞行员；当我说想要学飞行时，他说他帮我搞定。我个子长得高，十六岁完全可以冒充十八岁。鲍勃叔叔让我答应保守秘密，因为他知道如果让我去飞行，所有的人都会猛烈地斥责他。但是，事实上，是他帮助我成功进入加拿大,并且给我一封介绍信去见他认识的一个人。结果是,我到了十七岁时,已经在法国当飞行员了。

"当时我们飞的飞机都是非常廉价劣质的,每次上天,你的生命实际是掌握在你的一双手上。我们的飞行高度,按照今天的标准,是荒唐的,但是我们根本不懂,反而认为精彩。我爱飞行。飞行给我的那种感觉我无法形容,只知道我感到幸福和骄傲。在空中,遨游飞翔,我觉得自己是某种非常伟大、非常美丽的东西的一部分。我不知道这个东西是什么,只知道到了两千英尺以上,我就不再像现实中的自己那样孤独了,而是有所属了。这话听起来很愚蠢,可我情不自禁。当我飞到云层以上时,那些云彩就像一大群绵羊在我的脚下,我感到我完全融入到了无垠的苍穹中。"

拉里暂停下来,他眼窝里那双令人费解的眼睛凝视着我,可我不知道他是否看见了我。

"我知道有成千上万的人死去,但是我没有亲眼看见他们死去,所以对我的影响不是很大。后来我亲眼看见了一个死人。此景使我充满了遗憾。"

"遗憾?"我不由自主地惊叹起来。

"遗憾,因为那个男孩只比我大三四岁,那样精力充沛和勇敢,瞬间前,还那样生机勃勃、那样完好无损,而现在成了被严重损坏的肉体,看上去好像这个肉体从来就没有活过。"

我没有说什么。我是医科学生时曾经见过死人,战争期间看见的更多了。使我感到失望的是他们看上去多么渺小,身上没有一点尊严。就像是玩杂耍的人废弃不用的木偶人。

"那天晚上,我没有睡觉。我哭了。我不是害怕自己出什么事;而是感到愤恨不平;是死亡的邪恶击垮了我。战争终于结束,我回了家。过去我一直喜欢机械,如果航空业没有事做,我就打算进一家汽车工厂。我曾经受过伤,只能暂时休息。后来他们要我就业。我无法做他们要我做的那种工作。工作似乎很无聊。我曾经有过很多时间在思索。我不断问自己,人生是为了什么。毕竟,我只是靠运气才活下来的;我想要一生有所作为,但不知道做什么。我从未对上帝指望过什么。现在却想起他来了。我不懂得为什么世界上有恶。我知道自己很无知;我不认识什么可以请教的人,而且我要学到这些东西,所以我就毫无计划地读起书来。

"当我告诉恩斯海姆神父所有这些时,他问我:'那么,你已经读了四年书了?你找到答案没有呢?'

"'一点没有。'我说。

"他看着我,满面的慈祥,把我都弄糊涂了。我不知道自己做了什么使他感慨万千。他在桌上轻轻地敲着指头,好像在反复思考一个想法。

"'我们明智的老教会,'他当时说,'已经发现,如果你行事好像你信教那样,你就会真的得到信仰;如果你带着疑虑祈祷,但是用真心去祈祷,你的疑虑将会消除。如果你愿意让自己沉醉于礼拜仪式的美,那么上天会赐给你宁静,因为礼拜对人类精神的作用力已经被多少年代的经验所证明了的。不久,我将回修道院。你为何不跟我来一起住几个星期呢?你可以和我们的俗人修士一起在地里干活;你可以在图书馆里看书。这个经历的兴趣绝不亚于在煤矿或者在德国农场上做工。'

"'你为什么建议我去呢?'我问。

"'我观察你已有三个月了',他说。'也许我了解你比你了解你自己更多些。把你和信仰隔开的距离没有一张卷烟纸厚。'

"我对他的话没有说什么。他的话给了我一种古怪的感觉,好像有人抓住了我的心弦,猛拉了一下。最后我说我考虑考虑。他转了话题。在恩斯海姆神父在波恩逗留的剩余时间，我们再也没有提起有关宗教的事，但是在他离开时，他把修道院的地址给了我，告诉我说如果我决定去，只要给他写个便条，他就会安排的。我比我预期的还要想念他。一年过去了，又到了仲夏。我非常喜欢波恩的天气。我读了歌德[1]、席勒[2]、海涅[3]。我读了荷尔德林[4]和里尔克[5]。我仍然没有找到答案。我经常想到恩斯海姆神父说的话，我终于决定接受他的邀请。

"他到车站接了我。修道院在阿尔萨斯，乡间很美。恩斯海姆神父介绍我见了院长，然后，领我去了分配给我的单人小屋。屋内有一张狭窄的铁床，墙上挂了一个耶稣殉难的十字架，要说家具，只是那些最低限度的生活必需品。午饭铃响了，我向餐厅走去。那是一间大的穹顶房间。院长带两个僧侣站在门口，一个僧侣端一盆水，另一个拿条毛巾，院长在客人的两只手上滴几滴水象征洗手，然后用僧侣递给他的毛巾将手擦干。除了我之外，还有三个客人，其中两个是牧师，他们路过这里，停下来吃午饭的，另一个是年长的法国人，他满腹牢骚，到这里来归隐的。

"院长和两个副手，按资深和资浅，坐在房间的上首，一人一张桌子；神父们沿墙的两边坐，见习修道士和俗人修士以及客人们坐在房间中央。感恩祷告做完，我们吃饭。一个见习修士站在餐厅门口附近的地方，以一种单调的声音读一本道书。吃完饭，又做了一遍感恩

1　歌德（1749—1832），德国著名思想家、作家、科学家，代表作有《少年维特之烦恼》。
2　席勒（1759—1805），德国著名诗人、作家、哲学家，德国启蒙文学的代表人物之一。
3　海涅（1797—1856），诗人和散文家。
4　荷尔德林（1770—1843），德国著名诗人。代表作品有《自由颂歌》《人类颂歌》《致德国人》《为祖国而死》等。
5　里尔克（1875—1926），奥地利象征主义诗人。

祷告。院长、恩斯海姆神父、客人和招待客人的修士走进一个小房间,我们在那儿喝咖啡,唠家常。然后我回到了自己的小屋。

"我在那儿待了三个月,很快乐。那种生活完全适合我。图书馆很好,我看很多书。所有的神父没有一个企图用任何方法影响我,但是都愿意和我交谈。他们的学问、虔诚和超脱深深打动了我。你一定不要以为他们过的是一种无所事事的生活。他们一刻都闲不着,自己种地,自己打粮,也乐意有我的帮助。我喜欢做礼拜的隆重场面,但是,最喜欢的是晨祷。清晨四点,你怀着极其兴奋的心情来到教堂坐定,四周还笼罩着夜幕;与此同时,修士们神秘地穿上他们带有头巾的服装,头巾拉上来遮住头,用有力的男声唱着礼拜仪式的单旋律圣歌。这样每天例行的活动给人一种安全感,而且尽管要付出所有的精力,尽管思想在活动,你仍然有一种持久的平静感。"

拉里有点伤感地微笑了一下。

"我就像罗拉[1],太晚来到一个太老的世界了。我要是生在中世纪就好了,那时候,信仰是天经地义的事;那样,我就会清楚自己要走的路,就会设法加入修道会。现在我没法相信。我想要相信,但是,我没法相信比普通的正派人好不了多少的上帝。修道士们告诉我上帝创造世界是为了颂扬自己。对我来说,这似乎不是一件值得尊敬的事儿。贝多芬创作他的那些交响乐是为了颂扬自己吗?我不相信是如此。我相信他创作音乐是因为他的灵魂里有这种音乐需要表现出来,于是,他尽力去做的就是倾力把这些音乐表达得尽善尽美。

"我常听修士们反复念主祷文,我想知道他们怎么会一直祈祷而不怀疑他们的天父给他们每天的食粮呢。孩子们祈求他们尘世的父亲给他们食物吗?他们认为他会这样做,对他这样做既不感谢,也不需

---

[1] 罗拉(1290—1349),亦称汉波尔隐士,英国苦行主义者。

要感谢。对于一个把孩子带到这个世界上而不养活或不愿养活的父亲，我们对他只有责备。在我看来，如果一个万能的造物主不准备给他创造的众生提供生存的必需品——物质的和精神的，那他还是不创造他们更好。"

"亲爱的拉里，"我说，"我觉得你多亏没有生在中世纪，不然，你准被绑在火刑柱上死掉。"

他笑了笑。

"你已经有了很大的成功，"他继续说，"你想要别人当面表扬你吗？"

"这只会使我很尴尬。"

"我原来也是那样认为的。我相信上帝也不想要被人恭维。在陆军航空兵团，一个家伙靠巴结指挥官弄到一份美差，我们都看不起他。我相信一个设法靠阿谀奉承从上帝那里得到拯救的人，上帝会瞧不起他的。我想最讨上帝喜欢的崇拜就是根据你的能力尽你的所能。

"但是，困扰我的主要问题还不是这个：我无法说服我自己认同原始罪恶的成见，我也看得出来，这种成见在那些修士的头脑里是根深蒂固的。我在陆军航空团里认识许多人。当然他们是一有机会就喝醉，只要能找到女孩子，就和她们睡觉，而且爆粗口；我们里面有一两个坏蛋：一个家伙使用空头支票被逮捕，被判了六个月徒刑；这不全是他的过错；他从未有过钱，当他拿到比自己梦想都多的钱时，他昏了头脑。我在巴黎碰到过坏人；回到芝加哥后，我碰到了更多的坏人，但是，他们的坏多半是由于遗传，他们无能为力，或者由于环境，他们无法选择；我敢说社会应该对他们的犯罪比他们自己负有更大的责任。如果我是上帝的话，我实在不忍心惩罚他们中的一个，即使不是最坏的那个，让他受永恒的诅咒。恩斯海姆神父心胸开阔：他认为地狱就是没有上帝的存在,只有使人忍受不了的那种惩罚,才称得上是地狱,你能想到仁慈的上帝会实施这种惩罚吗?毕竟,他创造了人类;如果他创造的人类也能够犯罪,那是因为他希望他们犯罪。如果我训练了一条狗能冲上去撕咬进入我后院来的生人的咽喉,一旦它咬了,再去打它,那是不公平的。

"如果一个至善和万能的上帝创造了世界,为什么他又创造恶呢?修士们说,目的是通过克服人类自身存在的恶,抵制诱惑,把痛苦、悲伤和不幸当作上帝为了净化人类而给予的考验来接受,这样,人类最终才配得上接受上帝的恩典。这就像派人把一则信息送到某地去,就是为了使他不容易通过,在他必经之路上建一个迷宫,又挖一条他必须游过去的护城河,最后又造一道他得攀登的围墙。我不愿意信仰没有常识的上帝。我不明白,我们为什么不信仰这样一个上帝:世界虽不是他创造的,但他见到坏事情就尽量缩小它的影响,他比人类好得多,聪明得多,伟大得多,他没有创造罪恶,并且还要和罪恶做斗争。但是话又说回来了,我也说不出为什么你们应当信仰这样一个上帝。

"那些仁慈的神父回答不了困惑我的这些问题,不能使我在理智上或者情感上得到满足。我的归宿不在他们那里。当我去向恩斯海姆神父辞行时,他没有拿出那种他蛮有把握的方式问我有没有从这段经历中得到益处,而是用难以形容的仁慈看着我。

"'恐怕我令你失望了,神父。'我说。

"'不,'他回答,'你是一个不信仰上帝的虔诚的宗教徒。上帝会把你找出来。你会回来的,是这里还是别处,只有上帝能告诉你。'"

四

"那年冬天的剩余时间,我在巴黎住了下来。我对科学一无所知,我觉得该是我对科学至少得掌握点入门知识的时候了。我读了很多书。我不知道自己学到多少,只知道自己极度无知。不过我以前就知道这一点。春天到来,我去乡下,住在滨河的一个小客栈里,这里靠近一个法国旧城镇;这些小镇很美,这里的生活好像二百年没有变过。"

我猜想这就是拉里和苏姗·鲁维埃一起度夏的地方,但是我没有打断他。

"后来,我去了西班牙。我要看看贝拉斯克斯[1]和埃尔·格列柯[2]。我想知道艺术能不能给我指出宗教不能指出的前行的路。我四处走了走,然后来到塞维利亚。我喜欢这个地方,心想我要在这儿过冬。"

我二十三岁时,也到过塞维利亚,也喜欢那个地方。我喜欢那些白色蜿蜒的街道、教堂和瓜达尔基维尔河的宽阔平原;但是我还爱那些安达卢西亚女郎的优雅和欢快,发亮的黑眼睛,头发佩戴的康乃馨把头发衬托得更黑,反过来衬得花朵更加鲜艳;我喜欢她们浓郁的肤色和诱人的嘴唇。的确,那时候,年轻就非常令人愉快。拉里去塞维利亚时,比我那时候的年龄大一点,所以,我不由得问我自己在那些迷人女人的诱惑下他是否还能无动于衷。他回答了我没有说出的问题。

"我碰到一个在巴黎认识的画家,一个名叫奥古斯特·科泰的家伙;他一度和苏姗·鲁维埃住在一起过。他来到塞维利亚绘画,在那边找到一个女孩就同居起来。有天晚上他请我和他们去埃里丹尼亚剧

---

[1] 贝拉斯克斯(1599—1660),西班牙画家。
[2] 埃尔·格列柯(1541—1614),西班牙画家。

院听一个弗拉门科的歌唱家唱歌,还带去了那女孩的一个朋友。你从来没有见过她那样极美的小女人。她只有十八岁。她跟一个男孩子有了麻烦,因为要生孩子,只好离开自己的村子。那个男孩正在服兵役。她生下孩子之后,把孩子交给了乳娘,自己在烟草工厂里找了一份工作。我把她带回家。她非常快活可爱;几天之后,我就问她愿不愿意来和我同居。她说愿意,所以我们就在有余屋分租的人家租了两间房,一间卧室,一间客厅。我告诉她不用去做工了,可她不想离职,这对我也合适,因为这样我就可以自己支配白天的时间。厨房是公用的,所以,她总是在上班之前把早饭给我做好,然后中午回来烧午饭,晚上我们下馆子,看电影或者找个地方跳舞。她把我看作疯子,因为我洗橡胶浴,而且坚持每天早上用海绵蘸冷水擦身。她把孩子寄养在一个离塞维利亚几英里的村子里,我们常在星期天去看他。她并不瞒我,她跟我同居是为了赚足了钱,等她男朋友服完兵役后,在他们将要租的房子里安个家。她是个娇小可爱的人,我相信她会成为她的帕科的好妻子。她开朗,脾气好,一往情深。她把人们通常微妙地提到的性交看作是身体的一个自然功能,如同身体的任何其他功能。她从中找到快乐,也高兴给人快乐。当然,她就是一个小动物,但是个非常漂亮、吸引人、喜欢家庭生活的动物。

"后来有一天晚上,她告诉我,她收到帕科从西属摩洛哥(他服兵役的地方)寄来的一封信,说他就要复员,两天以后将抵达加的斯。第二天早上,她把自己的东西装进包里,把钱塞进长筒袜子里,我送她到了车站。我把她送进车厢时,她衷心地吻了我,但她一想起要和情人重逢就特别兴奋,根本顾不上我了。我确信没等火车开出站,她已经忘了我的存在。

"我在塞维利亚继续住了下去,到了秋天,我踏上了旅途,这次我到了印度。"

五

天渐渐晚了。客人已经少了下来，只有几张桌子还坐着人。那些无所事事而坐在那里的人都回家了。那些看完了戏或者电影来这里喝杯酒或者吃点东西的人也走了。时不时的有后来者进来。我看见一个高个子，显然是个英国人，带了一个年轻流氓进来。他有一张英国知识分子的疲惫的长脸，稀疏的鬈发；他和许多人一样，明显受到这种错觉的影响——一旦你到了国外，你在国内认识的人就可能不会认出你来。那个年轻的流氓狼吞虎咽地吃了一个大盘的三明治，他的同伴则带着令人感到愉快的仁爱目光看着他。胃口真好！我看见一个脸熟的人，因为他也去尼斯的一家理发店理发。他矮胖，过了中年，白发苍苍，一张胖乎乎的红脸，眼袋很大。他是美国中西部的一个银行家，经济崩溃后，他宁愿离开故乡而不愿对簿公堂。我不知道他是否犯了罪；即使他犯了罪，他恐怕也是个极不重要的小混混，犯不上法国有关当局染指引渡他。他虚张声势，一副廉价政客的假惺惺样子，但是他的目光充满恐惧和忧伤。他从来就是半醉半醒，总带个娼妓，这个女人明显是要把他榨干。而这时他正和两个满脸胭脂的中年妇女坐在一起，她们在嘲弄他，并不加掩饰；而他，对她们的话是半明半白，还在咯咯地傻笑。放荡的生活！我真觉得他待在家里服下自己的药是最好的。总有一天，他的那些女人会把他榨干，那时他就只有投河或者服安眠药了。

在夜里两三点之间，顾客多了一些，我想大概是夜总会正在打烊。一伙美国青年溜达进来，醉醺醺和闹哄哄的，不过，时间不长就走了。离我们不远，两个脸色阴沉的胖女人穿着男人似的紧身装束，并排坐着,郁闷地喝着威士忌和苏打水,一声不吭。一群穿晚礼服的人进来,法语称上流社会的人,他们显然是到处闲逛,这时想吃点消夜结束聚会。他们来了又走了。一个小个子男人引起了我的好奇心,他穿着素净,坐在那里有一个多小时,面前放了一杯啤酒,他在看报。他留着整洁的黑胡须,戴着夹鼻眼镜。终于一个女人进来和他坐在了一起。他向她点一下头,毫不亲热。我猜想,他因为女人让他久等而生气了。女人年轻,穿得很寒酸,但是浓妆艳抹,而且看上去很疲倦。过了一会儿,我看见女人从她的手包里拿出个东西交给他。钱。他看一眼钱,脸色沉了下来。他对她讲的话我听不见,但是,从女人的态度上看,我猜这些话是骂她的,而且她好像在找借口。突然,他探过身去,给了女人一记响亮的耳光。她叫了一声,哭了起来。经理闻讯过来,看是怎么回事。他好像在告诉他们,如果不守规矩,就出去。那个女子转身向着经理,为了使别人听见,尖着嗓子用下流话告诉他不要多管闲事。

"他打我耳光是我自找的。"她喊道。

女人!过去我一直认为要靠女人卖淫吃饭,你一定是那种高大健壮、光鲜稚嫩且有性感的家伙,随时会舞刀弄枪;没想到这样一个孱弱的人,从外表上看,可能是个律师事务所的小职员,竟能在这样人满为患的职业里有立足之地。

六

那个伺候我们这张桌子的服务员要下班了;为了得到小费,他把账单送了过来。我们付了钱,要了咖啡。

"怎么样?"我说。

我觉得拉里有心情说,我也知道我有心情听。

"我不使你厌烦吗?"

"不。"

"唔,我到了孟买。船要在孟买停三天,给游客一个机会游览名胜和短途旅行。第三天,我下午放假,就上了岸。我走了一会儿,看到的都是人群:真是天南海北的人啊!中国人、穆斯林、印度人、黝黑的泰米尔人;还有那些拉车的长角大驼背的公牛!后来我去象岛[1]看见了那些石窟。一个印度人在亚历山大上了我们的船去孟买,那些旅客都很讨厌他。他又矮又胖,一张棕色的圆脸,穿一身黑绿两色格子的厚花呢套装,围个教士用的硬白领。有天晚上,我正在甲板透气,他来到我跟前和我说话。正好那时候我不想跟任何人说话,想单独待一会儿;他问了我很多问题,恐怕我对他不大客气。反正我告诉他我是个学生,为了回美国而在船上打工的。

"'你应该在印度逗留一下,'他说。'东方教西方的东西比西方想象的要多。'

"'是吗?'我说。

"'不管怎样,'他继续说,'你一定得去看看象岛的石窟。你绝不会后悔。'"

拉里打断自己问了我一个问题。"你去过印度吗?"

"从来没有。"

"嗯,那个庞大的三头神像是象岛的宏伟景观,我正在看并想知道来龙去脉时,听见身后有人说:'我明白了,你已经接受我的建议了。'我转过身去,马上认出了和我说话的人是谁。就是那个穿厚花呢格套装和戴牧师领子的矮子,可这时,他穿的是一件藏红色的长袍;事后我才知道,这种长袍是罗摩克里希纳教会长老穿的。他不再是先

---

[1] 印度孟买一个著名的旅游景点。

前的那个唾沫星子四溅、一脸滑稽相的小矮子了,而是很有尊严、派头十足。我们都在盯着那个庞大的胸像看。

"'大梵天,造物主,'他说。'毗湿奴,保护神;湿婆,破坏神[1]。上帝的三个显灵之神。'

"'恐怕我不大懂。'我说。

"'这不奇怪,'他回答,嘴上略显微笑,眼里有一丝闪耀,仿佛他在温柔地嘲笑我,'上帝是人理解不了的。谁能用语言解释无限呢?'

"他合掌微微躬身,踱步走去。我没有走,看着那三个神秘的头像。也许我正处在一种善于接受的心态,自己感到异常激动。你知道,有时你在尽力回忆一个名字;它就在你嘴边,可就是叫不出来:我当时就是这种感受。我从山洞里出来后,坐在石阶上,望着大海,很长时间没有离去。我所知道关于婆罗门教的全部知识是爱默生的那些诗句,而且我也努力想把那些诗句背出来。但是背不出,这使我很恼火。回孟买时,我走进一家书店,看能不能找到一些收进这些诗句的书。《牛津英诗选》里有这些诗句。你记得吗?

  他们刷掉我是他们失算,
  他们逃避我,我就是羽翼;
  我是怀疑者,我也是怀疑,
  我是婆罗门歌唱的圣诗。

"我在一个本地饭馆吃了晚饭,然后到马坦公园走走,看了大海,因为我十点钟上船就可以。我觉得我从来没有见过天上有那么多的星星。一天的酷热之后,凉爽显得非常宜人。我找到一处公园,坐在一

---

[1] 大梵天、毗湿奴、湿婆是古婆罗门教以及印度教的三大主神,梵天是创造神,毗湿奴是保护神,湿婆是毁灭和再生神。

条长凳上。那里很黑，沉默的白色人影来来回回。灿烂的阳光，各种肤色、吵闹的人群，辛辣、芳香的东方气味，那精彩的一天令我陶醉了；那三尊大梵天、毗湿奴和湿婆的庞大头像，就像一个物体或一抹颜色，是画家使他的作品完整所必需的要素，本身蕴藏了一种神秘的意义。我的心开始疯狂地跳动，因为我突然意识到一种强烈的信念：印度能给我那种我非有不可的东西。我感到机会摆在了我面前，我必须立刻拿到手里，否则将会永远失之交臂。我很快打定主意，决定不返回船上。我在那里没有留下什么，只有一个旅行袋，装了几样东西。我慢慢走回本地居民区，四处寻找旅馆。一会儿，我就找到一家，要了一个房间。我还有身上穿的衣服、一点零钱、护照和信用证。我觉得很自在，我放声大笑。

"船要在十一点钟起航；为了保险起见，我在自己的房间里一直等到十一点。我走到码头上，看船离去。然后去罗摩克里希纳教会，找出了那位在象岛和我说话的长老。我不知道他的名字，但我说明了要见的那位长老是从亚历山大刚到的。我告诉他，我决定在印度待下来，并且问他应该看些什么。我们谈了很长时间，最后，他说他当晚要去贝拿勒斯[1]，问我是否愿意和他一同去。我欣然接受了。我们坐的是三等车厢，里面挤满了人，吃东西、喝酒、聊天，而且热得受不了。我一宿没睡；第二天早上，我相当疲倦，可是，那位长老却像一朵雏菊那样新鲜。我问他怎么能这样，他说：'对虚缈默念；我在绝对中找到休息。'我不知道想些什么，但是我能够亲眼看到他神清气爽精神饱满好像他在一张舒适的床上睡了一夜好觉似的。

"最终，当我们到达贝拿勒斯时，一个和我年纪相仿的年轻人来迎接我的伙伴，长老让他给我个房间。他名叫马亨德拉，是个大学老

---

1 著名的印度教圣地。

师。人和蔼、忠厚和睿智，他似乎非常喜欢我，我也很喜欢他。那天傍晚，他带我乘船去游恒河；此情此景使我一下子激动起来，城里的人都拥到水边，令人惊叹；但是，第二天早上，他还有更好的指给我看。天没亮，他就来到旅馆接我，又把我带到河边。我看见的是我怎么也不会相信能发生的事情，成千上万的人来到水边洗除邪浴和祷告。我看见一个憔悴的高个子又长又瘦的高个子家伙，蓬乱的头发，不整洁的胡须，只穿一条三角兜带，站在那里伸出两只长胳膊，仰起头，向着升起的太阳大声祈祷。我说不清自己的感受。我在贝拿勒斯待了六个月，我在拂晓时分一次次前往恒河去看那不可思议的景象。我永远对这种奇观感到惊讶。那些人对洗浴的相信程度没有一丝敷衍、半点保留或疑虑，而是遍布身体的每个纤维。

"每个人都对我很好。当他们发现我来不是为了射杀老虎，也不是做买卖，而是求学时，就力所能及地帮我。他们很高兴我希望学会印度斯坦语，为我找老师。他们借给我书籍，从不厌倦地回答我的问题。你了解印度教吗？"

"微乎其微。"我回答。

"我原以为印度教会使你感兴趣。印度教认为宇宙没有开始，没有结尾，而是永恒的循环：从成长到平衡，从平衡到衰落，从衰落到解体，从解体到成长，以此类推以至无穷；还有比这个概念更了不起的东西吗？"

"印度教徒认为这种无穷尽循环的目的是什么呢？"

"我认为他们会说这就是绝对的本质。你懂的，他们相信造物的目的是作为对灵魂前世的行为进行惩罚或奖励的一个阶段。"

"这说的是灵魂转世信仰吧。"

"三分之二的人类持有这个信仰。"

"许多人相信的东西并不能保证它就是真理。"

"是的,但至少值得考虑。基督教吸收了那么多新柏拉图主义,说不定很早的时候它也吸收了灵魂转世呢;事实上,有一个早期的基督教宗派就信仰灵魂转世,但是被宣布为了异教。要不是这样,基督教徒就会像深信耶稣复活那样相信灵魂转世。"

"灵魂转世是不是指灵魂从一个身体转到另一个身体的无穷循环的经历过程,这个过程是由前世功过决定的?"

"我想是这样。"

"但是,你知道,我有灵魂,有身躯。谁能决定我这个人在多大程度上取决于我身躯的意外呢?拜伦要不是因为一只脚的畸形会是拜伦[1]吗?陀思妥耶夫斯基[2]如果没有癫痫病会是陀思妥耶夫斯基吗?"

"印度人不愿意提到意外。他们会说你前世的所作所为已经确定了你的灵魂会进入一个残缺的身躯里。"拉里随意地敲着桌子,眼睛凝视着空间,陷入了沉思。后来,他继续说了下去,嘴上淡淡一笑,眼睛里有一种深思的样子。"你想到过轮回曾经是世间恶存在的一种解释和理由吗?如果我们遭受的恶行是我们前世造的孽,我们就会顺从地忍受这些恶行,并希望如果今生努力行善,来生就会少受些苦。但是,忍受自己的恶行相当容易,男子汉一点就行;使人不能忍受的是这种恶行落到了别人头上,表面上看往往是不应该受的。如果你能够说服自己,认为这是前世作的孽,你或许感到同情,或许尽力减轻其痛苦,而且只应如此,没有任何理由打抱不平。"

"可是,为什么上帝不在一开始,当人身上还没有功过是非以确定自己的行为时,就创造一个没有痛苦和不幸的世界呢?"

"印度教徒会说开始是不存在的。个人灵魂是与天地同存的,亘

---

1 拜伦(1788—1824),英国浪漫主义诗人。
2 陀思妥耶夫斯基(1821—1881),俄国作家,代表作有《罪与罚》《卡拉马佐夫兄弟》。

古如斯，它的善恶本质是由某种前世决定的。'

"那么相信轮回对相信它的那些人的生活有实际影响吗？毕竟，那是考验。"

"我认为有影响。我可以给你讲一个我私交的故事，轮回对他整个生活产生了非常实际的影响。我到印度的头两三年中，大都住在当地旅馆里，但是，时而有人请我到他家里去住，而且有一两次我住在一位土邦主豪华的家里。通过我在贝拿勒斯一个朋友，我被邀请到北方的一个小土邦去住。首都很可爱：'一座玫瑰红的城市，像时间一半那样古老'。我被引荐给了财政部长。他受过欧洲教育，在牛津读过书。和他谈话，你会感到他是个进步、智慧和开明的人士；他享有一个极其有效率的部长和一个聪明、机敏的政治家的声誉。他穿西装，外表看很整洁；他相貌相当英俊，和印度人一样，往往到了中年，身体稍微有点发胖，留着修剪得很整齐干净的胡须。他经常请我到他家里去，他家里有座大花园，我们坐在大树的阴影下聊天。他有一个妻子，两个成年的孩子。你会把他看作只是一般的、相当平常的、英国化的印度人，所以，当我发现有一年，他五十岁，他要辞去赚钱的职位，把财产交给妻子和孩子，做一个流浪的托钵僧漂流世界时，不由得大吃一惊。但是，最令人诧异的是，他的朋友们以及土邦主，都认为这事已尘埃落定，视这种行为没有什么特别的，很正常。

"有一天，我跟他说：'你，心胸那么开阔，见过世面，读过那么多书，科学、哲学、文学无一不晓——难道你心灵深处相信灵魂转世吗？'

"他的整个表情变了，完全是一副空想家的面容。

"'我亲爱的朋友，'他说，'如果我不相信灵魂转世，生活对我将会毫无意义。'"

"那么你相信吗，拉里？"我问。

"这个问题很难回答。我认为,我们西方人不可能像东方人那样打心眼里相信的。这种信念在他们的血液和骨子里。而对我们来说,只能算是一种看法。我既不相信,也不不相信。"

他停了一下,手托着脸看着桌子。后来他仰起了头。

"我想告诉你我有过的一次非常奇怪的经历。那是在修道院,一天晚上,我在自己的小房间里按照我的印度朋友教给我的方式坐禅。我点燃一支蜡烛,然后把注意力集中在火苗上;过了一段时间,我从火苗里相当清晰地看到一长串的人物,一个接着一个。为首的是一个年长的妇女,她戴了一顶网帽,灰白的长鬈发下垂过了耳朵,穿一件黑色紧身上衣和一条黑色丝绸荷叶边裙——我想,是十八世纪七十年代她们穿的那一种——她站在那里,正脸对着我,态度雅致羞怯,两臂沿身体两侧下垂,手掌心朝向我。她那布满皱纹的脸上,呈现出仁慈、甜美、温和的神情。紧接在她后面是一个瘦削个高的犹太人,但是由于从侧面看我只能看到他的侧脸,他长了一个大鹰钩鼻,两瓣厚嘴唇;他穿了一件黄色的宽松长袍,浓密的黑发上戴了一顶黄色的无檐便帽。他看上去像个勤奋刻苦的学者,表情严肃,同时流露出朴素的情感。他的后面是一个年轻人,但是他脸朝着我,清晰得就像我们中间不隔着任何人似的,他的面容愉快红润,一个典型的十六世纪的英国人,你不会认错的。他坚定地站在那里,两腿稍稍分开,一副胆大、鲁莽、放肆的面孔。他穿了一身红,非常隆重就像宫廷服一样;脚上穿着宽头剪绒鞋,头上戴着丝绒扁帽。在这三个人后面,是一连串数不尽的人,像电影院外面排的长队,但是,他们的模样模模糊糊,看不清什么样。我只是感觉到了他们模糊不清的轮廓和他们像夏日微风吹过麦田时的那种摇摆动作。一会儿,我不知道是一分钟、五分钟,还是十分钟,他们的影像慢慢消失在夜晚的黑暗里,只剩下蜡烛那不变的火苗。"

拉里微笑一下。

"当然可能是我打瞌睡或做梦了。可能是我把注意力集中在那微弱的火苗上,使我进入了一种催眠状态,而我看见的三个像你一样清晰的人是我潜意识里保存的图像的回忆。但也可能是前世的我。可能是这样:多年以前我是新英格兰的一位老太太;在这之前我是地中海东部的一个犹太人;在过去的某年,在塞巴斯蒂安·卡伯特从布里斯托尔起航不久以后,我是威尔士亲王亨利宫廷的一个时髦绅士。"

"你那个玫瑰红城市的朋友最终怎么样?"

"两年后我到了南方一个叫马都拉的地方。一天晚上,在庙里有人碰了一下我的胳膊,我转身,看见一个满脸胡须和黑色长发的人,赤着身子,只在腰间围了一块布,拿着一根手杖和圣徒化缘的钵子。他说话以后,我才认出他,原来是我那位朋友。我惊得不知说什么。他问我一直在做些什么,我告诉了他;他问我要去哪里,我说去特拉凡科;他叫我去见格涅沙先生。'他会传授给你你在寻找的东西。'他说。我请他告诉我这个人的情况,而他却笑了笑,说我有必要见见他,届时一切都清楚了。这时候,我已经不感到惊奇了,所以就问他在马都拉干什么。他说,他正在徒步到印度的那些圣地拜谒。我问他膳宿如何解决的。他告诉我,有人提供住处时,他就睡在走廊里,没有,就睡在树下或在庙里安身;至于吃的,有人施舍就吃,没有就饿肚子。我看看他,说'你瘦了'。他笑了,说他觉得瘦了反倒好。然后他向我道别——很滑稽听到这个腰间只围一块布的人对我说英语'Well, so long, old chap'(那么,再见,老兄)——走进了庙中的内室,那里我是进不去的。

"我在马都拉待了一段时间。我觉得这个寺庙是印度唯一可以让白人自由走动的庙宇,但不能进入庙中最圣洁的部分。到了晚上,庙里挤满了人,男人、女人还有孩子。男人打着赤膊缠一块腰布,前额上（往往还有胸口和胳膊上）厚厚地涂上牛粪烧完剩的白灰。他们在一个或另一个神龛前膜拜，有时候，完全趴在地上，脸朝下，行五体投地礼。他们祈祷并且背诵连祷经文；他们相互喊叫，争吵，热烈地辩论。一片不敬畏神的吵闹声，然而令人不可思议的是，上帝好像就近在咫尺而且活生生的。

"你穿过长廊，屋顶都是由有雕塑的柱子支撑，每个柱子下面都有一个打坐的托钵僧人；每个人面前有一个化缘的碗或一个小垫子，虔诚的人不时地在上面丢下一个铜板。他们中有些人穿着衣服，有些人几乎是赤身裸体。有些人在你经过时神情茫然地看着你；有些人念着经，默诵或者读出声来，对川流不息的人群似乎毫无意识。我在他们中间寻找我那位朋友，但是再也没有见到他。我想他已经向他的目标启程了。"

"那是什么呢？"

"从重生的束缚中解放出来。吠檀多[1]学家认为，自我——他们称阿特曼而我们称灵魂——是与身体和感觉截然不同的，是与精神和智力截然不同的；它不是绝对的一部分，因为绝对是无限的，所以没有组成部分而只能是它自己本身。灵魂不是创造出来的；亘古以来就一直存在，而当它最终揭去七个无知的面纱之后，就会回到它原来的无限中去。它就像从海里蒸发出来的一滴水，在一场阵雨后掉进一个水坑，然后不知不觉地汇成小溪，一路向前变为一股溪流，然后进入江河，流过溪涧和广阔的平原，蜿蜒曲折，受到岩石和倒下树木的阻塞，最终抵达它的源头——无垠的大海。"

"但是，那小滴可怜的水，当它再次融入大海时，无疑已经失去了个性。"

---

[1] 吠檀多，印度六派哲学中最有势力的一派。

拉里咧开嘴笑。

"你想要品尝糖,而你并不想要成为糖。个性要是不表现自我还会是什么呢?灵魂不完全摆脱个性的痕迹,就不能和绝对成为一体。"

"你非常热衷于谈绝对,拉里,那是个令人叹服的词。它对你实际意味着什么呢?"

"现实。你没法说它是什么,你只能说它不是什么。它是无法用语言表达的。印度人称它为梵天。它无处不在又无处可寻。万物蕴含它,依赖它。它不是人,不是物,不是原因。它没有属性。它超越了永久和变化、整体和部分、有限和无限。它是永恒的,因为它的完整和完善与时间无关。它是真理和自由。"

"天哪!"我心想,但是对拉里说道:"不过,一个纯粹理智的概念怎么能慰藉苦难的人类呢?人类始终想要一个人性化的上帝,好在苦难时向它祈求安慰和鼓励。"

"也许是这样,在遥远的将来,人们有了更进一步的醒悟,懂得必须会在自己的灵魂里面寻找安慰和鼓励的。我自己以为,之所以需要礼拜,只不过是因为人们还没有忘掉,过去有一些恶神拜一拜才肯息怒。如果是这样,我应当崇拜谁或者崇拜什么呢——我自己?人类处在精神发展的不同阶段上,因此印度的想象力已经发展到这样的地步——绝对表现为众所周知的梵天、毗湿奴、湿婆和数百个其他名称。绝对存在于自在中,它是世界的造物主和主宰,存在于谦卑的偶像中,在这个偶像面前,灼热田野里的农民供奉着花朵。印度供奉众多的神是为了让你认识到自我就是与至高的自我合为一体的权宜之计。"

我看着拉里,思索着。

"我想知道是什么使你被这种苦行的信仰吸引。"我说。

"我想我可以告诉你。我一直觉得那些宗教的创始人令人感到悲哀,因为他们把你对他们的信仰当作救赎的条件。似乎是他们得到你们的信任才有自信。他们使你联想起那些古老的异教神，如果没有虔诚信徒的烧祭，就会变得苍白和衰弱。吠檀多不二论哲学没有要求你盲目地接受什么；它只要求你应该有一种认识现实的热望；它声称你完全可以像感受快乐或痛苦那样感受上帝。而且在印度现在就有许多人——以我所知成百上千的人——确信他们已经那样做了。人们认为通过知识才能得到实在，我感到这种想法极其令人满意。在后世，印度的圣哲们在认识到人类的软弱性后，承认通过爱和善行也可以得到救赎，但是，他们从不否认最崇高的方式就是通过知识，尽管是最难的，因为知识的工具是人类最宝贵的能力——人的理智。"

七

这必须停下来说清楚，我不是想在本书里阐述闻名的吠檀多哲学体系的实质。我没有这方面的知识，即便有，这也不是阐述吠檀多哲学的地方。我们的交谈时间很长，拉里告诉我的比我感到能写出来的要多得多，毕竟这是一部小说，不宜如数列出。我关心的是拉里。我觉得得提一下拉里的思想状况及其导致的古怪行为，不然的话，他以后的行为就不好理解，而且不久后我还要让读者熟知这些事情。如果不是这个原因，我根本不会提及这样一个错综复杂的主题。他的声音和蔼可亲，连最随便的一句话都带有说服力；他的表情随着他的思想在不停地变化，从严肃到轻快，从沉思到嬉戏，就像钢琴在许多小提琴气势磅礴地奏起一个协奏曲的几个主题时发出的涟漪一样；但使我烦恼的是，我不能用我的语言把所有这些表达出来。尽管他谈到严肃的事情，话说得也相当自然，口气和交谈一样，也许有点羞怯，但毫不勉强，就像在谈天气或庄稼一样。如果我使读者感到他在说教的话，那是我的过失。他的谦虚和他的诚恳是显而易见的。

咖啡馆里只剩下几个人了。那些喝酒喧闹的人早已离去。那两个卖淫的凄惨女子也已经回到她们肮脏的住处。偶尔进来一个满脸疲倦的人要了杯啤酒和一块三明治，还有一个好像还没有完全睡醒的人要了杯咖啡。他们都是些白领工作者。一个是值完夜班要回家睡觉；另一个是被闹钟叫醒，不情愿地去从事冗长一天的劳动。拉里似乎对时间和周围情况毫无觉察。我这一生中遇到过许多不寻常的事情。我曾不止一次地差点儿送命；曾不止一次地染指风流韵事，饱尝艳福；曾骑一匹小马穿过中亚沿着马可·波罗当年行走的路抵达传说中的中国；曾在彼得格勒一间整洁的会客室里一面喝俄国茶，一面听一个穿黑上衣条纹裤子、说话温和的小个子讲他是怎样暗杀一个大公的；曾坐在议会大厦一间客厅里听着海顿的清澈温柔的钢琴三重奏，而外面则是炸弹的爆炸声。但是，我感到这些经历都没有我现在的处境更不可思议：我坐在那家装饰花哨的餐馆里的红毛绒椅子上，一个小时接一个小时地在听拉里讲上帝和永恒、讲绝对和令人厌倦的轮回。

八

拉里沉默了几分钟，我也没有催他，而在等着。一会儿，他向我友好地微笑一下，好像突然又意识到我的存在。

"当我到达特拉凡科时，我发现根本用不着打听格涅沙先生的情况。人人都知道他。有好多年他住在山区中的一个山洞里，但是最后被人劝说迁移到了平原上，某位慈善者给了他一块地，为他建了一间土砖房。这里离首府特里凡得琅[1]有很长一段路，我花了整整一天，先坐火车，后坐牛车，才到达修道院。我在这个大院的进口处看见了

---

1 印度西南部喀拉拉邦首府。

一个年轻人,问他我能不能见这位瑜伽师。我带了一篮子水果,这是通常的觐见礼。几分钟后,年轻人回来,领我进到一个廊,四周都是窗户。在一个角落里,格涅沙先生在一个蒙着一张虎皮的凸起的讲台上坐禅。'我在等你呢。'他说。我感到诧异,但是我猜想我在马都拉的那个朋友已经告诉了他我的情况。可是当我提起这个朋友的名字时,他却摇了摇头。我献上水果,他叫那个年轻人把水果拿走。剩下我们两人,他看着我,没有说话。我不记得这样的沉默持续了多久,也许有半小时。我已经告诉过你他长得什么样,但没有告诉你他身上散发的那种宁静、善良、平和、无私的气息。一天行程下来,我是又热又累,但是,逐渐地我感到奇迹般地安息了下来。在他没有再度开口之前,我已经知道他就是我一直要寻找的人。"

"他说英语吗?"我打断他。

"不。但是你知道,我学语言相当快。我已经学会足够的泰米尔语,完全能在南方地区与人交流。他终于开口了。

"'你来这里干什么?'他问。

"我开始告诉他,我是怎样来印度和怎样度过这三年时间的;怎样根据传说中那些圣人的智慧和圣洁,而一个接一个地拜谒,但发现他们没有人赐给我苦寻的东西。他打断了我。

"'这我全知道,无须告诉我。你来这里干什么?'

"'目的是你可以做我的心灵大师。'我回答。

"'梵天才是心灵大师。'他说。

"他继续以一种奇怪的眼神死盯着我,后来,他的身体突然变得僵硬,眼睛好像转向内视,我看见他已经进入恍惚状态,印度人称入定,在这种状态下,他们认为主体和客体的二元性消失,人成为知识绝对。我盘腿坐在地上,在他面前,心怦怦地跳。我不知过了多久,他叹了口气,我这才认识到他已经恢复了正常意识。他看了我一眼,神情甜美慈爱。

"'留下吧,'他说,'他们会告诉你睡觉的地方。'

"我住的地方是格涅沙先生刚来到平原时住的那间简陋的小屋。他现在日夜住的长廊,是在他的门徒簇拥他和越来越多的人慕名而来造访他之后兴建的。为了不引人注目,我穿上了舒适的印度服装,而且把皮肤晒得黝黑,除非你注意到我,否则很可能把我当作是本地人。我读了许多书,一个人默想。在格涅沙先生高兴讲话时,听他讲。他话不太多,但是他总是愿意回答你的问题,而且听他讲话,真太令人振奋,就像悦耳的音乐。虽然他在年轻的时候对自己实施了非常苛刻的苦行,但他没有要求自己的门徒那样做。他设法使他们摆脱私心、情欲和感觉的奴役,告诉他们通过宁静、克制、放弃、顺从,通过内心的虔诚,通过对自由的热望,他们能够得到解脱。人们时常从三四英里外的附近城镇赶来,那儿有一座出名的寺庙,大群大群的人涌来赶一年一次的庙会。人们从特里凡得琅来,从遥远的各个地方来,向他倾诉他们的烦恼,向他请教,听他的教导;所有的人离开时都心灵坚强,平静而快乐。他的教导很简单。他说,我们比自己知道的要更伟大,而且智慧是解脱之道。他说,救赎不必出家,但必须得放弃自我。他说,做事不怀私利才能清心,责任是赋予人类摒弃他单独的自我和宇宙自我合为一体的机会。但是更值得赞扬的不是他的那些教导而是他的人品:他的仁慈、他伟大的灵魂、他的圣洁。能见到他就是一种福分。和他在一起,我非常高兴。我感到终于找到了我想要的东西。一周周,一月月,日子过得想象不到的快。我打算要么待到他死为止,因为他告诉我们,他不想在这个会枯萎的躯壳里待太长的时间了,要么直到我得到启示为止,这种状态就是最终打碎无知的桎梏,深信不疑你和绝对合为一体了。"

"然后呢?"

"然后，如果他们说的是真的，就再也没有什么可求的了。灵魂在尘世的旅程到此结束，永不再来。"

"格涅沙先生死了吗？"我问。

"据我所知，没有。"

他说话时看出了我问这话暗示着什么，轻轻地笑了一声。犹豫了片刻以后，他继续说了下去，可是，说话的方式使我首先就想到他希望避免回答他心里清楚的在我嘴边的第二个问题，那个问题当然是他是否已经得到了启示。

"我并没有一直住在修道院。我有幸认识一位当地森林的管理员，他长期住在山脚下一个村子的边上。他是格涅沙先生的忠实信徒，一有工作闲暇，就过来和我们待上两三天。他人很好，我们总是长谈。他喜欢拿我练习英语。在我认识他一段时间之后，他告诉我森林管理所在山上有间小屋，如果什么时候我想一个人上山去住，他就把钥匙交给我。我偶尔去那里。有两天的路程，先得坐汽车到森林管理员的村子，然后还得步行，但是到了那里以后，山的庄严和幽静，实在壮观。我把所能携带的东西装在一个背包里背着，还雇个脚夫为我把食物扛上去，我一直待到食物吃光为止。那只是个小木屋，厨房在木屋的后面。家具除了一张放了一个睡垫的架子床、一个桌子、两把椅子之外，别无长物。山上很凉，有时在晚上，点起一堆火，很惬意。想到二十英里之内渺无人烟，我不禁感到一阵美好的狂喜。晚上我常常听见虎啸或者象群穿过丛莽的嘈杂声。我经常在森林中走得很远。有一个地方是我最喜欢坐的，因为坐在那里眺望和俯瞰，湖光山色尽收眼底。黄昏时刻，许多野兽，如鹿、豕、水牛、象、豹都来湖边饮水。

"我在这个修道院待了刚到两年，就跑到我在森林里的那个隐居的地方去住了，为了一个你会微笑的理由。我想要在那儿过生日。我在生日的前一天到达那里。第二天早上，天没亮我就醒来，想去我刚才告诉你的那个地方看日出。我闭着眼睛也能找到那里。我坐在一棵树下等日出。天还没有亮,但是,天上的星光暗淡了,白昼在即。我有一种奇怪的悬念感觉。渐渐地,我几乎察觉不到,光线开始透过黑暗,缓缓地,就像一个神秘的人蹑足穿过树林。我感到我的心在怦怦地跳动,好像危险在步步逼近。太阳升起来了。"

拉里停了一下,嘴上露出遗憾的微笑。

"我没有形容的天赋,不知道用什么词来描绘一幅图画,我讲不来,不能使你也体验到这美景,破晓时分五彩斑斓,展现在我面前的那片景致多么壮观。那群山满布林莽,那迷雾仍然笼罩着树冠,那湖泊深不可测远在我的脚下。阳光穿过山峰的裂缝撒在湖面上,就像擦亮的钢那样闪闪发光。世界的美使我陶醉了。我从来没有体验过这样的欣喜和这样超然的欢乐。我有一种奇怪的感觉,一种麻刺感从脚下直升头顶,感到自己好像突然摆脱了身体,像一种纯精神的对美好的享受,我从来没有想到过。我感觉一种超人类的知识控制着我,使得所有一直混乱的事情澄清了,所有困惑我的事情得到了解释。我快乐到了痛苦的程度,我挣扎着要摆脱这种状态,因为我感到再这样继续下去一会儿,我就会死去;然而,我是那样欣喜若狂,宁可死去而不愿放弃这种快乐。我怎么才能告诉你我那时的感受呢?没有言语能够说清我当时的极乐心情。当我恢复过来时,人变得精疲力竭,浑身发抖。我睡着了。

"我醒来时,已是正午。我走回那个小屋,我的心情非常轻快,好像脚没有沾地一样。天哪,我饿了,我给自己做点吃的,并且点燃了烟斗。"

这时拉里也点燃了烟斗。

"我不敢相信这是我,伊利诺斯州麻汶镇的拉里·达雷尔所得到的启示,而别人苦苦修行禁欲多年却依然在等待。"

"你为什么不认为这只是一种催眠状态,是你当时的心理状态,加上隐居的孤寂、黎明的神秘和那片灿银的湖水等因素造成的呢?"

"那是因为压倒一切的真实感。毕竟,它是全世界信奉宗教的神秘主义者所获得的同样模式的经历:印度的婆罗门、波斯的苏非、西班牙的天主教徒、新英格兰的新教徒;只要他们想形容难以形容的境界都用相似的语言来。这种境界的存在是不可否认的事实;唯一的困难是说明它。我是否片刻时间与绝对合为一体了,还是从我们人类都有的与灵性有密切关系的潜意识里涌现出来的,我也不知道。"

拉里停了一下,向我挖苦地瞅了一眼。

"顺便问一下,你能用大拇指碰到小拇指吗?"他问。

"当然能。"我笑着说,并且示范证明了这一点。

"这是只有人和灵长目动物才能做到的事情,你知道吗?这是因为大拇指和其他的手指相对,所以手才成为现在这样值得赞扬的工具。这个与其他手指相对的大拇指是演变而来的,毫无疑问在雏形时,只在某些人类和大猩猩的远祖身上是这样的,而且经历了无数的年代,它才成为人类的共同特征,这是可能的,不是吗?许多不同的人已经具有的与实在合为一体的经历,说的是人类意识中第六感觉的发展结果,在很遥远的未来,它将成为人类共同的感觉,这样人类就可能直接有了绝对的感觉,就像我们现在有感觉对象一样,至少这也是可能的,不是吗?"

"你预计这会对人类有怎样的影响呢?"我问。

"我无法告诉你,如同那第一个能将大拇指碰到小拇指的人,无法告诉你那个无关紧要的动作蕴含了无限的重大意义一样。我本人只能告诉你,在瞬间陶醉时控制着我的那种强烈的宁静、欢乐和自信感依然与我同在,第一次使我目眩神迷的世界美景现在依然那样新鲜生动。"

"但是,拉里,你的绝对理念一定迫使你认为,世界和它的美只是一种幻觉——是玛耶女神[1]的编造物。"

"认为印度人把世界看作是一种幻觉是错误的,他们不是那样认为的,他们的主张是世界的真实和绝对的真实不是同样的意义。玛耶只是那些热衷的思想家编出来的,借此解释无穷怎样创造有穷。商羯罗,他们中最贤明的一个,断言这是一个解决不了的谜团。你知道,婆罗门是存在、福佑和智慧;它是不可改变的;它永远存在,而且永远保持静止;它什么都不缺,也不需要什么,因此既不知道变化,也不知道争夺;它是十全十美的;难做的事情是解释为什么婆罗门要创造世界。是啊,如果你问这个问题,通常你得到的回答是,绝对创造这个世界是闹着玩的,没有任何目的。但是,当你想到洪水和饥荒、地震和飓风以及人体遭受的一切疾病,你的道德观念就会对这些骇人听闻的东西可以闹着玩似的被创造出来的说法义愤填膺。格涅沙先生心地太忠厚了,所以不相信有这种说法;他把世界看作是绝对的表现和其完善的外溢。他教导说,上帝不得不创造,而且世界是上帝本性的表现。我问他,如果世界是一个完善的上帝本性的表现,那么,它竟然是那样的可恨,使人类给自己确定的唯一合理的目的就是摆脱它的奴役。格涅沙先生回答说,尘世的满足都是暂时的,只有无限才能提供持久的幸福。但是,无限的持续时间不能使善更善,也不能使白更白。如果中午的玫瑰已经失去了黎明时的娇美,那它在黎明的娇美才是真实的。世间的一切都不是永恒的,如果我们要求事物永久不变,那是傻子,但是,当我们拥有它而不及时享受它,那肯定就更傻了。如果改变是生存的本质,那么,我们会认为把这一条作为人生哲学的前提才是明智的,是最合情合理了。我们谁也不能踏入同一河流两次,

---

[1] 印度教中制造虚幻的女神。

因为河水在动,我们踏入的另一股河流也是清澈凉爽的。

"雅利安人初次来到印度时,认为我们知道的这个世界只是我们不可知世界的表象;但是,他们欢迎这个世界,觉得它亲切美好;只是经历了数个世纪后,当精疲力竭的征服和使人衰弱的气候耗尽了他们的活力,使他们成为入侵部落的俎上肉,他们这才看到了人间的罪恶,渴望从轮回中解脱出来。但是,为什么我们西方人,特别是我们美国人,被腐朽、死亡、饥渴、疾病、衰老、愁恨和虚幻吓倒了呢?我们的生命精神是坚强的。当时,我坐在自己的小木屋里抽着烟斗,觉得自己比从前任何时候都更有生气。我觉得体内有种能量迫切需要消耗掉。要我离开尘世退隐修道院,这绝不是我要做的;相反,我要生活在世界上,爱这世界上的客体,这绝不是为它们本身,而是为了存在于它们之中的无限。如果在那几次的片刻陶醉中,我确实和绝对合为一体了,那么,如果他们说的属实,什么也触及不到我,而且当我弄明白我今生的因缘后,我就不会再轮回了。这种想法使我充满沮丧。我要反复投生。我愿意接受各种生活,不管多么痛苦和忧伤;我觉得只有生命不息,一个生命接一个生命才能满足我的渴望、我的活力、我的好奇心。

"第二天早上,我开始下山,次日到达修道院。格涅沙先生看见我穿上西服感到诧异。我是在森林管理员那所小屋里穿上的,当时上山比较冷,下山时也没有想起要换掉。

"'大师,我是来辞行的,'我说,'我打算回老家了。'

"他没有开口。如以往,他盘腿坐在铺着虎皮的禅床上,前面火盆里燃着一炷香,空气中飘着淡淡的清香。他单独一个人,和我第一天见他时一样。他凝视着我,眼光那么具有穿透力,我感觉到他看到了我生命的最深处。我知道他明白了一切。

"'好吧,'他说,'你出来的时间已经够长了。'

"我跪了下来,他给了我祝福。我起来时,眼里充满了泪水。他是一个具有高尚和圣洁品质的人。我将永远以认识他为荣。我向修士们道别。有些已经修道多年;有些是在我之后来的。我把自己的一点东西和书籍留下,觉得或许谁用得上,然后背上背包,穿着我来时的旧长裤和褐色上衣,戴一顶破旧的遮阳帽,步行回到了镇上。一星期后,我在孟买搭上一条船,在马赛上了岸。"

沉默来到我们中间,我们各自在追逐思绪;尽管我感到了疲倦,但是还有一点我非常想要问他,最后还是我开口了。

"拉里,老弟,"我说,"你这个长时间的追寻始于恶的问题。是恶的问题促使你锲而不舍。你说了这么长时间却没有提到一点这个问题,哪管是试探性的解决方法也行。"

"也许就没有什么解决方法,也许我不够聪明没能找到。罗摩克里希纳[1]把世界看作上帝的一种游戏。他说,'世界就像一场游戏,有乐与忧、道德与堕落、知识与愚昧、善与恶。如果罪恶和痛苦从创世时就被完全排除掉,这场游戏是不能继续下去的。'我要全力拒绝这种说法。我最好的建议是,当绝对在这个尘世上出现时,恶与善就不可分割。没有无法想象的可怕的地壳震动,你是绝不会看到喜马拉雅山的惊人之美。中国的工匠能够把花瓶烧制得如蛋壳薄,赋予它可爱的造型、装饰上美丽的图案、涂上迷人的色彩、画上完美的釉面,但是,他无法改变它的脆弱性,因为它的自然本质使然。如果失手掉在地上,它就会摔成许多碎片。同样,我们在这世界上所珍视的有价值的事物,只能和邪恶共存,这不可能吗?"

"这是一个有独创性的见解,拉里。我觉得不很令人满意。"

"我也不满意,"他微笑说,"只能说,一旦你得出结论,有些事

---

[1] 罗摩克里希纳(1836—1886),印度近代的宗教改革家。

情不可避免，你所能做的就是随遇而安。"

"你现在有什么打算？"

"我有一件重要的工作要在这里完成，然后回美国去。"

"回去干什么？"

"生活。"

"怎样生活？"

他回答得非常冷静，但是眼神里闪出一种调皮，因为他很清楚我完全想不到这样的答复。

"冷静、宽容、同情、无私、节欲。"

"过高的要求，"我说，"为什么节欲？你还年轻，女色和满足饥饿一样是人这个动物的最强本能，你抑制它明智吗？"

"我的情况很幸运，我的性放纵一直是一种乐趣而不是需求。我的亲身体验告诉我，印度的智者主张贞洁可以大大增强精神的力量，没有什么比这番话更正确了。"

"我原以为在肉体需要和精神需要之间保持一种平衡才算明智呢。"

"这点恰恰是印度人认为我们西方人没有做到的。他们认为我们有数不清的发明，有工厂和机器以及生产出来的所有东西，已经追求到了物质方面的幸福，但是，幸福不在于物质而在于精神。而且他们认为我们选择的道路通向毁灭。"

"你以为美国是实践你提到的那些美德的合适地方吗？"

"我看不出为什么不适合。你们欧洲人一点不了解美国。因为我们积聚了大笔财富，你们以为我们什么也不关心只关心钱。我们根本就不在乎钱；我们是有钱就花，有时候花得好，有时候花得不好，但总是花掉它。钱对我们来说不是举足轻重的，它仅是成功的象征。我们是世界上最伟大的理想主义者，我碰巧认为我们把理想放在了错误的东西上了,我碰巧认为人类能够追求的最伟大的理想是自我完善。"

"这是一个崇高的理想,拉里。"

"它值不值得努力去实现呢?"

"但是,你能想象到,你,一个人,对美国这样一个不安现状、忙忙碌碌、目无法纪、极端个人主义的民族会有什么影响呢?你这完全是想赤手空拳来阻止密西西比河的水流动。"

"我可以试一试。发明轮子的是一个人;发现引力定律的是一个人。事情的发生都是影响所带来的结果。如果你把一块石头扔进池中,那里完全不是它先前的样子了。认为印度的那些圣者碌碌无为地活着是误解。他们是黑暗中的闪耀之光。他们代表一种理想,能使他们的同胞恢复活力;普通的人可能永远达不到这种理想,但是他们尊重它,它会永远影响他们的生活。一个人变得纯粹和完善以后,他的品质就会产生广泛的影响,使那些追求真理的人很自然地去接近他。如果我过上给自己安排好的那种生活,它也可能影响到别人;这种影响也许不比石头扔进水池中引起的涟漪更大,但是,一道涟漪引起第二道涟漪,而第二道又引起第三道涟漪;恰好有这种可能少数几个人会看出我的生活方式能带来幸福和安宁,而他们也会把自己已经学到的教给别人。"

"我想知道你是否知道你必须面对的难题,拉里。你知道那些没有教养的人早已放弃了用肢刑架和火刑架这种手段镇压他们害怕的意见;他们已经发明了一种更致命的毁灭武器——说俏皮话。"

"我是条硬汉。"拉里微笑说。

"好吧,我只能说你有私人收入真是走了狗屎运。"

"这对我一直帮助很大。要不是有这点钱,我根本不能做我已经做的所有事情。还好,我的学徒期结束了。从现在起,它只能是我的一个负担。我一定摆脱它。"

"这将很不明智。你想过的那种生活或许成为可能的唯一保证就是经济独立。"

"相反,经济独立会使我打算的那种生活变得毫无意义。"

我按捺不住,拿出了一种不耐烦的姿态。

"这对印度那类云游四方的托钵僧也许很合适;他可以在树下过夜,而那些虔诚的人,为了积德,都很愿意把他的讨饭钵装满吃的。但是,美国的气候很不适宜露宿,而且虽然我不敢自命对美国十分了解,但我确实知道有一件事是你们美国人共识的,那就是你想要吃饭就得工作。可怜的拉里,恐怕还没有等你迈步,你就会被当作流浪汉送到教养院去了。"

他笑了。

"我知道。人必须适应自己所处的环境,当然我会工作的。我到美国后,将设法在汽车修配厂找一份工作。我是个相当好的机械师,我想这事不应该困难。"

"那么,你不是把或许在别的方面更有用的精力浪费了吗?"

"我喜欢体力劳动。每当我学不下去的时候,我就干一阵子活,觉得体力劳动能使人精力充沛。我记得在读斯宾诺莎传时,曾想到这位作者该有多么愚蠢,他把斯宾诺莎为了糊口不得不去磨光镜片看作经历可怕的苦难。我可以肯定地说这有助于他的智力活动,因为干活转移了他的注意力,使他暂时不去冥思苦想那些哲学问题了,如果这样也就值了。当我在洗车或者修理汽化器时,我的头脑是自由的,而当我干完活,我会有一种完成了什么事情的快感。自然而然,我不会在一个汽车修配厂无限期地待下去。我离开美国已经有很多年了,我必须重新熟悉它。我将设法找一个卡车司机的工作,这样的话,我就能跑遍整个美国。"

"也许你忘记了钱的最重要的作用,它可以节省时间。生命太短暂,而我们要做的事情那样多,所以一分钟也浪费不起。比如说,你从一个地方徒步到另外一个地方而不坐公共汽车,或坐公共汽车而不坐出租汽车,可想你将浪费多少时间?"

拉里微微一笑。

"确实如此,我没想到这一点,但是,我可以拥有自己的出租汽车来解决这个困难。"

"你这话是什么意思?"

"最终我将在纽约定居,除了其他原因,还因为纽约的图书馆。我靠很少一点钱就能够生存,我睡什么地方都行,而且一天吃一顿饭就很满足了;等我把美国我要去的地方都逛到了,我将会省下一笔钱足够买一部出租汽车,自己当司机。"

"你应该闭嘴,拉里,你完全疯了。"

"一点不疯。我很明智,也很实际。做一个个体司机,我每天开车的时间只要够我的膳宿和车的折旧就行了。其余的时间我可以用来干别的工作,如果急着想要去哪儿,始终可以开车就走。"

"可是,拉里,一部出租车和政府公债一样也是一笔财产,"我说这话是在逗他,"作为个体司机,你将是个资本家。"

他笑了。

"不会。我的出租车就是我的劳动工具,相当于托钵僧的手杖和钵。"

这番打趣后,我们的交谈结束了。我已发现有一会儿时间了,咖啡馆里的人愈来愈多了。一个穿晚礼服的人在离我们不远处坐下,叫了一份丰盛的早餐。他一副疲倦但满足的面容,是那种回味一夜风流韵事而自鸣得意的表情。几位老先生,是年长觉少的早起者,他们一边从容地喝着牛奶咖啡,一边透过深度眼镜读着晨报。年轻一点的人,有的衣冠楚楚,有的破衣烂衫,匆匆进来,狼吞虎咽地吃个面包,喝下一杯咖啡,就赶往店铺或者办公室去了。一个干瘪的老太婆拿着一沓报纸进来,到处走动兜售,但是我看到,哪个桌也没有买的。我从大玻璃窗望出去,看见天色已经大亮。一两分钟后,电灯都关掉了,只有这家大餐馆的后面还开着。我看看表,已经七点多了。

"来点早饭怎样?"我说。

我们吃了羊角面包,刚出炉的又热又脆,喝了牛奶咖啡。我感到很累,没精打采的,我肯定我的样子像上帝的愤怒,但是,拉里好像和平时一样神清气爽。他的眼睛闪闪发光,光滑的脸上一点皱纹也没有,看上去完全不超过二十五岁。咖啡使我恢复了一点活力。

"我能给你一个忠告吗,拉里?我不大给人忠告。"

"我也不大接受人家的忠告。"拉里回答,咧嘴一笑。

"在你处理掉你那一点点财产之前,你要慎重考虑好吗?因为一旦没有了,就永远没有了。或许有一回你为自己或为别人急需钱时,你就会因为自己做了一件蠢事而追悔莫及。"

他回答时,带着一种嘲笑的眼神,但没有恶意。

"你比我更看重钱。"

"的确如此,"我尖刻地回答,"你知道,你一直有钱,而我不是。钱已经给了我人世中我认为最有价值的东西——独立性。一想到这点——如果我想要,我就能够对世界上的任何人说见鬼去吧——我心里该有多么舒服,你能想到吗?"

"但是,我不想对任何人说这话,如果我说,银行里没有存款我照样会说。你懂的,钱对你意味着自由,对我是束缚。"

"你是个固执的混球,拉里。"

"我知道。我是情不自禁。反正我还有很多时间,如果我想改变主意,来得及。明年春天我才打算回美国。我的画家朋友奥古斯特·科泰把萨纳里的一所村舍已经借给了我,我打算在那边过冬。"

萨纳里是里维埃拉地区一个简朴的海滨休养地,位于班多尔和土伦之间。艺术家和作家不喜欢在圣特罗佩表演的花里胡哨的哑剧,就常到这里来。

"如果你不在乎那个地方就像一潭死水那样无聊,你会喜欢它的。"

"我有事情要做。我搜集了很多素材,打算写本书。"

"写的什么呢?"

"出版后你就会知道了。"他微笑说。

"书写成之后,如果你愿意寄给我,我想我可以为你出版。"

"你不用费心。我有几个美国朋友在巴黎经营了一个小出版社,我已经跟他们洽谈好了为我出版。"

"可是,你不能指望这样出版的一本书有什么销路,也不会有人写书评的。"

"我不在乎是否有人写书评,也不指望出售。我只想印够送给我在印度的朋友和我在法国认识的对这本书感兴趣的几个人就行。这本书没有什么特殊重要的,我写它只是为了把所有的素材都用上,而出版它是因为我觉得只有印出来才能弄清楚它是什么东西。"

"我明白这两条理由的意思。"

这时我们已经吃完早饭,我叫来服务员算账。账单来时,我把它递给了拉里。

"如果你打算把你的钱全部扔掉,你完全可以请我这顿早饭了。"

他笑了,付了钱。我坐了这样长时间,人都僵了,当我们走出餐馆时,我的两肋都痛。步入秋天早晨的清新空气中对身体很有益处。天空是蓝色的,克里希大街,在夜里一条色彩暗淡的通道,现在有了些活泼气象,就像一脸胭脂的憔悴妇人迈着女孩的轻快脚步,并不令人讨厌。我向一辆过路的出租车打了一个手势。

"我能捎你一段路吗?"我问拉里。

"不用。我要走到塞纳河边,在一个洗澡的地方游一会儿泳,然后必须去图书馆,我在那里要做些研究。"

我们握握手。我望着他穿过马路,两条长腿大踏步地走去。个性不够坚强的我钻进出租车回到了旅馆。走进客厅我才发现,时间已八点多了。

"一个年长的先生这个时候才回家太不像话了。"我不以为然地向一个玻璃橱下面的裸体女子说,自一八一三年以来这个裸女就一直躺在时钟的上面,我原来就认为摆在这里极其别扭。她继续望着自己在铜鎏金的镜子里的铜鎏金的脸,而那座钟说的就是:嘀嗒、嘀嗒。我放了一盆热洗澡水。我一直泡到水不太热的时候,才擦干身体,吞下一片安眠药,把瓦雷里[1]《海滨墓园》拿到床上(书正好放在床头柜上),一直看到睡去。

---

1 瓦雷里(1871—1945),法国著名诗人。

第七章

一

半年后,在四月里的一个早晨,我正在卡普费拉[1]自己房顶书房里忙着写稿子,一个用人进来说,圣让(我的邻村)的警察在楼下要见我。被打搅我很恼火,而且想象不出来他们找我有什么事情。我没有亏心事,已经把我的善款交纳给了慈善基金。作为报答,我已经收到了一张卡,被我放在我的车里,以防我开车超速被查或在马路上停错地方被人捉时,可以在出示行车执照时,不经意间让警察看见,免受没完没了的警告。当时我想很可能是我的一个用人一直是匿名信告发的受害者,这是法国人生活中的令人消遣的一件事,因为她的证件无效;不过,我和当地的警察关系不错,为了打发他们快走,我从来都是请喝杯酒然后再让他们走,所以我预料不会有什么大麻烦。但是,

---

1 法国滨海阿尔卑斯省的一个市镇,是欧洲贵族、富豪等喜爱的度假胜地。

他们是两个人一起来的,一定是带着不同的使命来的。

我们握了手,相互问候之后,年长的那个——被称呼为班长,蓄了一绺我从没有见过的最壮观的胡子——从口袋里掏出个笔记本,用脏兮兮的拇指一页一页地翻着。

"你听说过索菲·麦唐纳这个名字吗?"他问。

"我认识一个叫这个名字的人。"我小心地回答。

"我们刚和土伦的警察局通了电话,检察官要你过去,不得有误。"

"为什么?"我问,"我和麦唐纳夫人只是认识而已。"

我马上断定她有麻烦了,可能与鸦片有关,但是,我弄不懂为什么我被牵连进来。

"这个我不管。毫无疑问,你和这个女人有过交往。事情好像是她从出租的房间失踪有五天,现在有人在海港捞到一具女尸,警察有理由认为是她。他们要你去确认一下。"

我打了一个寒战。不过,我也不太感到出人意料。她过的那种生活很可能使她在抑郁的一瞬间结束自己的生命。

"但是,从她穿的衣服和随身证件完全可以把她认出来的。"

"发现她时,赤身裸体,喉咙被割。"

"上帝啊!"我感到惊骇。我马上思考一下。我认定警察会强迫我走,因此还是欣然遵命为好。"好的。我尽可能乘第一班火车去。"

我看了火车时刻表,发现我能赶上五点到六点之间前往土伦的一班车。班长说他会打电话给局长,叫我一到就直接去警察局。我把几件必要的东西装进一个手提箱,午饭后坐汽车去了火车站。

二

到土伦警察局说明身份后，我立刻被引进局长的房间。他坐在桌子后面，皮肤黝黑、身材粗壮、面容阴沉，我认为他是科西嘉岛的人。也许由于习惯，他怀疑地看了我一眼；可是当他注意到我佩戴在领孔上的法国荣誉军团勋章[1]（我采取的预防措施）时，马上虚情假意地微笑一下，请我坐下，开始了口口声声的道歉，说什么不得已惊动了我这样一个有身份的人。我用了同样的语气，向他表明我能够替他效劳乃荣幸之至。然后我们转入正题，他恢复了粗暴和唐突，而且相当傲慢的态度。

看着放在他面前一些卷宗，他说：

"这是肮脏的交易。麦唐纳这个女人好像名声很坏。她是酒鬼、瘾君子、色情狂。她不但经常和下船的水手睡觉还和当地的流氓睡觉。你这样年纪和身份的人怎么会和这种人熟悉呢？"

我有意想告诉他这不关他的事，但是，从我苦读数百本侦探小说的经验中得知，对警察还是客气的好。

"我和她并不熟。我在芝加哥时碰见过她，当时她还是个姑娘，后来和一个有地位的人结了婚。一年左右以前，通过她和我共同认识的一些朋友，我在巴黎又见到了她。"

我一直想弄清楚他到底怎么把我和索菲联系到一起的，可是，现在他把一本书推到我面前。

"这本书是在她的房间里找到的。如果你能好好地看看上面写的

---

[1] 拿破仑于1802年在法国设立的荣誉勋位勋章。

话，你就会明白你和她的熟悉程度绝不是像你所说的泛泛之交吧。"

这就是索菲在书店橱窗里看见的我的那本小说的法文译本，她要我在上面写几个字。在我自己的名字下面，我写上了"美人儿，走，去看那玫瑰"，因为这句话是我突然想起的，当然看上去稍微亲近一些。

"如果你想说我是她的情人，那你就错了。"

"这可能不关我的事情，"他答，接着眼里出现了一道闪光，"而且我丝毫不想冒犯你，我必须补充一点，根据我打听到的这个女人的癖性，我应该说你也不是她相中的那种人。但是，你对一个完全陌生的人显然不会称呼美人吧。"

"这句话，局长先生，是龙萨[1]一首著名的诗的第一句，我肯定他的作品对一个你这样有文化教育的人是熟悉的。我写这句诗是因为我确信她知道这首诗并且会想起下面的诗句，这可能向她暗示她过的那种生活，至少可以说，是不检点的。"

"显然，我在学校里读过龙萨，但是，由于我不得不把所有的精力放在工作上，我承认你说的那句诗我已经忘记了。"

我把那首诗的第一节背了出来，心里很清楚他在我提到这位诗人之前，从来就没有听过这个名字，所以一点不担心他会想起最后一节，这一节根本不能激励你学好有道德。

"她显然是受过教育的女人。我们在她的房间里找到了一些侦探小说和两三本诗集。有一本是波德莱尔[2]的，一本是兰波[3]的，还有一本是名叫艾略特[4]的人写的英文诗。他出名吗？"

1　龙萨（1524—1585），法国爱情诗人。
2　波德莱尔（1821—1867），法国现代派诗人，代表作有《恶之花》。
3　兰波（1854—1891），法国著名诗人。
4　艾略特（1888—1965），诗人、文艺评论家，曾获诺贝尔文学奖。

"名声很大。"

"我没有时间读诗。再说我看不懂英语。如果他是个好诗人,可惜的是他没有用法文写,使受教育的人都能读他。"

想到这位局长在读《荒原》,我充满了快乐。突然,他把一张照片送到我面前。

"你知道他是谁吗?"

我马上认出了拉里。他穿着游泳裤,这张照片是新近拍的,我猜,是他与伊莎贝尔和格雷在迪纳尔避暑时照的。我最先想说的是我不认识,因为我就是不想使拉里牵扯到这件事情中来,但是我再一想,如果警察发现了拉里的身份,我的否认会让人觉得我在这里面有什么不可告人之处。

"他是个美国公民,叫劳伦斯·达雷尔。"

"这是我们在这女人的遗物里面找到的唯一的照片。他们之间什么关系?"

"他们俩来自芝加哥附近的同一个村子里,是孩提时代的朋友。"

"可是,这张照片拍了没有多久,我怀疑是在法国北部或者西部的一个海滨疗养地。查出确切的地方并不难。他这个人是干什么的?"

"是个作家。"我大胆说。局长的浓眉稍稍抬起一点,我想他认为我们这行的人的品德都不高。"具有独立谋生的手段。"我补上这一句是想使这个职业让人听着更受尊重。

"他现在在哪里?"

我又禁不住想说我不知道,但是,还是认为那样只会把事情弄得尴尬。也许法国警察有许多毛病,但是,他们的体制使他们能很快地查出一个人来。

"他住在萨纳里。"

局长抬起头来,显然他感兴趣了。

"地址呢?"

我记得拉里告诉过我奥古斯特·科泰已经把自己乡下的小屋借给了他;我圣诞节回来时,曾经写信给他,让他来和我住一个阶段,但是,完全如我所料,他谢绝了。我把他的地址告诉了局长。

"我将打电话到萨纳里,叫人把他带到这儿来。询问他或许是值得的。"

我不禁看出来了这位局长认为拉里可能是个嫌疑犯,我只是想笑出来。我相信拉里会轻而易举地证明他和这件事情无关。我急于想听到有关索菲的悲惨结局的更多情况,但是,局长告诉我的仅仅比我已经知道的稍微多一点细节。两个渔民捞到的尸体。当地的警察浪漫地夸张说尸体一丝不挂。这个凶手把紧身裙和乳罩都留下了。如果索菲的衣着和我看见她时一样,那么,凶手只要剥去她的长裤和运动衫就行了。没有什么东西能辨认出她的身份,所以警察就在当地的报纸上加上了一段描述。这一招,使一个女人来到了警察局,这个女人在一条小街上出租房间,法国人称临时客房,客人可以把女人或者男人带去睡觉。她是警察局的耳目,警察想知道谁经常到她的客房来和来干什么。我上次碰见索菲时,她已经被码头上她住的那家旅馆赶了出来,因为她的行为太丢人,连那个宽容的旅馆主人也忍耐不下去了。索菲主动向这个女的租下一个房间,带一间小客厅,就在我刚才说的这个女人的房子旁边。本来一个房间一夜出租两三次的短时间,更有利润可赚,但是,索菲出的价钱相当高,所以这个女人答应租给她,按月计算。现在,这个女人到警察局来,说她的房客好几天没回来住了;她本没当回事,以为她短途旅行去了马赛或者维尔弗朗什,因为英国舰队的船只最近到了那里,这是一件吸引沿海岸一带的老少女子的大事;但是,她读到报上关于死者的那段描写,觉得可能吻合她的房客的情况。警察带她去看了尸体,她稍微犹豫了一会儿宣布就是那个索菲·麦唐纳。

"可是,如果尸体已经被辨认出来,你们找我来干什么?"

"贝列特太太是个很诚实的女人,而且品质优秀,"检察长说,"但是,她辨认这个女尸或许有我们不知道的原因;无论如何,我认为应该找一个与死者关系比较密切的人来看一下,以便事实可能得到进一步证实。"

"你认为有可能捉到凶手吗?"

局长耸了耸他的宽肩膀。

"我们自然在查寻。我们已经询问了她常去的酒吧里的一些人。她可能是被一个水手出于妒忌杀害的,而水手所在的船已经驶离港口,也可能是歹徒抢她身上的钱而杀死她。似乎她身上总带着不少的钱,那种人好像对此耿耿于怀。也许有些人认为某某人有重大嫌疑,但是,在她活动的圈子里,谁也不会说出来,除非对自己有利。她结交不良之友得到这样的下场太有可能了。"

对此我没有什么话可说。局长请我明天早上九点钟来,到那时,他一定会和"照片中的这位男子"见过面,之后,一个警察会领我们去最近的停尸房看尸体。

"葬礼怎么办?"

"如果认完尸体,你们承认是死者的朋友并且愿意负担丧葬费的话,你们将得到必要的批准。"

"我确信达雷尔先生和我都愿意尽快得到批准。"

"我完全理解。一件令人伤心的事,让这个可怜的女人越早安息越好。你的话使我想起来我这里有一张丧葬承办人的名片,他会为你办这件事,他收费合理,办事利落。我会在上面写一行字,他或许能给你办得周到些。"

我相当肯定他会在费用上得到回扣,但是我还是热情地感谢他。

在他毕恭毕敬地把我送出来之后,我立刻去了名片上写的那个地方。那位丧葬承办人头脑敏锐,办事有效率。我选了一口棺材,不是最便宜也不是最贵的,他主动为我从他熟识的一家花店买了两三个花圈——他说"为了省去先生一件痛苦的责任,也是对死者的尊敬"——并安排好灵车于次日两点钟到达停尸房。我不禁钦佩他的工作效率;他告诉我,对坟地用不着操心,一切他都会安排好的,还说"我猜夫人是新教徒吧",所以如果我同意的话,他要找一位牧师在公墓那边等着,主持葬礼。但是,由于我是个陌生人,还是个外国人,所以如果他要我痛快地给他预先开一张支票,他有把握我也不会说什么的。他说出的数目比我预见的要大,显然是希望我杀价,但是我二话没说,掏出支票本来,开了一张支票给他,这时我看出他是一脸的诧异,甚至失望。

我在旅馆开了一个房间,第二天早上回到警察局。他们先让我等了一会儿,然后被叫到局长的房间去。我看见拉里,神情严肃和痛苦,坐在我昨天坐的椅子上。局长乐呵呵地和我打了招呼,我仿佛是他失散多年的兄弟。

"很好,我亲爱的先生,你的朋友极其坦率地回答了我有责任问他的所有问题。我没有理由不相信他说的话——他已经一年半没见到这个可怜的女人了。他已经说明了自己上周的行踪和在那个女人房间里发现的他那张照片的事实,态度非常令人满意。照片是在迪纳尔拍的,有一天他和那女人吃午饭时,这张照片正好在他口袋里,被她要去了。我已经从萨纳里收到了关于这位年轻人的报告,说他很优秀,而且,我本身善于识别人,这并不是在自吹自擂;我深信他不可能犯这种罪。我已经不揣冒昧向他表示了同情:一个童年的朋友,在具备所有优势的一个健康家庭生活条件下成长的女孩,竟落个这样悲惨的结果。可是,这就是人生。现在,亲爱的先生们,我的一个属下将陪你们去停尸房,在你们辨认尸体后,时间就是你们自己的了。去好好享受一下午餐吧。我这里有一张土伦最好餐馆的卡片,我只要在上面写个字,保证你得到餐馆老板的最好招待。经过这一番痛苦的经历后,一瓶好酒会对你们两位颇有裨益。"

到这时,他确实充满了善意。我们跟随一个警察走到停尸房。他们停尸房的生意可一点也不兴隆。一具尸体就放在一块石板上。我们走到尸体前,殓房服务员揭开头上的遮布。令人很不舒服的情景。海水已经把卷曲的银白色的染发拉直,湿漉漉地湿贴在颅骨上。脸肿得骇人,看上去令人毛骨悚然,但毫无疑问,是索菲。服务员把遮盖布往下拉为了让我们看那道可怕的刀痕,穿过喉咙,从一个耳朵到另一个耳朵,这场面对我们俩来说还是不看为好。

我们回到警察局。局长没有空,但我们还是向一位助理说了我们不得不说的话;他离开我们,一会儿拿来了必要的证件。我们带着证件去了丧葬承办人那里。

"现在我们去喝杯酒吧。"我说。

拉里自从我们离开警察局到停尸房,然后回到警察局声称他辨认出尸体是索菲·麦唐纳,除了这句话外,一言不发。我领他去了码头,我们坐在从前我和索菲坐的那家咖啡馆里。外面吹来强烈的西北风,平时里波平如镜的海港这时缀满白色的泡沫。渔船在轻轻摇曳,太阳光芒四射;像往常刮北风的时候一样,眼中的每个物体都具有一种独特的闪光清晰度,就好像你透过异常精确聚焦的望远镜在看。这种清晰度赋予了你看到的每个物体一种刺激神经的和令心脏急速强跳动的生命力。我喝了一杯白兰地苏打水,但拉里始终没有碰一下酒杯。他郁郁寡欢地坐着,缄默不语,我没有打搅他。

过了一会儿,我看看表。

"我们最好是去吃点东西,"我说,"我们两点钟要到停尸房。"

"我饿了,我没有吃早饭。"

我从警察局长的表情判断他知道那个地方有好吃的,所以把拉里带到局长告诉我的那家饭店。我知道拉里很少吃肉,所以叫了煎蛋和烤龙虾,然后把酒单要来,再次遵照局长的忠告,挑了一瓶精制葡萄酒。酒送来时,我给拉里倒了一杯。

"你一定把它喝掉,"我说,"它也许使你想起个话题来。"

他乖乖地遵照我的吩咐把酒喝了。

"格涅沙先生常说沉默也是一种交谈。"他嘟哝道。

"这使人想起剑桥大学的那些知识分子老师们一次愉快的联谊会。"

"恐怕你得单独负担这笔丧葬费啦,"他说,"我没有钱了。"

"我完全准备那样做。"我回答。然后他说的这句话的含义使我突然明白了。

"你真的一直没有去做吗?"

他有一会儿没有回答。我注意到他眼神里闪动着诡诈和戏弄。

"你没有把你的钱处理掉吧?"

"我等的那艘船到达后,除了我必需的生活费,每一分钱都处理掉。"

"什么船?"

"我在萨纳里住的房子的邻居是一家货轮在马赛的代理商,货轮的航线往返于近东和纽约。他们从亚历山大城打电报给他,说他们必须把一条开往马赛的船上的两个生病的水手送上岸,让他再找两个替工。他是我的好朋友,已经答应让我去。我将把自己的旧雪铁龙送给他作为临别赠品。上船之后,我除了身穿的衣服和装几样东西的旅行袋外,就别无长物了。"

"嗯,是你自己的钱,你自由了,因为你是白种人且二十一岁了。"

"自由这个词很恰当。我一生从未感到这么幸福和这么无牵挂。

"我到达纽约时,会得到工资的,这钱会维持到我找到一份工作。"

"你写的书怎样了?"

"哦,已经写完并印完了。我列了一个我想赠送的名单——一两天后你应该收到一本。"

"谢谢。"

因为没有更多的可说的,我们在友好的沉默气氛中吃完了饭。我要了咖啡。拉里点燃了烟斗,我点燃了雪茄。我亲切地看着他。他感到了我在看他,瞟了我一眼,他的眼睛里闪出一种顽皮。

"如果你想要说我是个纯粹的傻瓜,不必客气。我一点也不介意。"

"不,我不见得想那样。我只是知道,如果你像别人一样结婚生子,你的生活方式是否会变得正常。"

他微微一笑。我说他的微笑很美一定能有二十次了;他笑得是那样惬意、真挚和甜美,这反映出他真诚、坦率的魅力天性;可是我必须再说一次,因为现在他的微笑除了上述的那些外,还含有悔恨和温柔的东西。

"现在一切都太迟了。我碰到的有可能和她结婚的女子就是可怜的索菲。"

我惊愕地看着他。

"一切都已经发生了,你能这样说吗?"

"她有个可爱的灵魂,热情、有抱负、有雅量。她的理想是高尚的。甚至到最后她寻找毁灭的方式,也具有崇高的悲剧味道。"

我没吱声。我不知道该如何解释这些奇怪的论调。

"当时你为什么不和她结婚呢?"我问。

"她还是个孩子。说实话,当初我常到她祖父家,我们一起在榆树下读诗,可我从未想到这个皮包骨头的小女孩有着心灵美的种子。"

我不由得觉得惊奇,此时他竟闭口不提伊莎贝尔。他不可能忘记他曾经和她订过婚,我只能设想他把订婚的插曲看作是两个没有成熟到了解自己的年轻人不计后果而做的一件蠢事。我情愿相信他压根儿就一点也没有想到,从订婚之日起伊莎贝尔就一直在苦苦恋着他。

我们该走了。我们走到拉里停车的广场,汽车已经很破旧了,我们开车到了停尸房。丧葬承办人说到做到,一切都做得井井有条;在那耀眼的天空下,狂风把墓地的柏树吹弯了腰,给殡葬加上了最后一个恐惧的音符。事毕,承办人诚挚地和我们握握手。

"好啦,先生们,我希望你们满意。丧葬办得很好。"

"很好。"我说。

"请先生记着,如有差遣,随时吩咐。距离不成问题。"

我谢了他。当我们来到公墓大门口时,拉里问我是否还有什么事情要他做的。

"没有了。"

"我想尽快赶回萨纳里。"

"把我送到我住的旅馆,好吗?"

行驶期间,我们一句话都没有说。我到旅馆下了车,我们握握手,他开车走了。我付了旅馆账,拿了手提箱,打一辆出租车去了火车站。我也想要赶快离开。

三

几天之后,我动身去了英国。我原打算是沿路不停,但是,出了索菲这件事情之后,我特别想看看伊莎贝尔,所以决定在巴黎停留二十四小时。我拍了个电报给她,问她我能不能在下午晚一点时候去并在她家吃晚饭;当我到达我的旅馆时,我收到她留的一张便条,说她和格雷晚上有饭局,但是如果我能在五点半以前来,她非常愿意见到我,之后她要去试衣服。

天阴冷,雨下下停停,但很大,我推测这个天气格雷不会去莫特方丹打高尔夫。这对我不大合适,因为我想单独见伊莎贝尔,但是当我到达公寓时,她说的第一句话就是格雷在旅行者俱乐部打桥牌呢。

"我告诉格雷如果想见你的话,不要回来太晚,不过,我和格雷要到九点钟才吃晚饭,这就是说,我和他用不着在九点半以前到达,所以我们有足够的时间好好谈谈。我有各种各样的事情要告诉你。"

他们转租了公寓。艾略特的藏画将在两星期后拍卖。他们想光临拍卖会,所以正准备搬到里兹饭店去住。然后他们要乘船回国。除了艾略特在昂蒂布房子里的那些近代绘画,伊莎贝尔把所有的东西都卖掉了。尽管她不太在乎这些近代绘画,但她的想法完全正确,这些画挂在他们未来的家里将会提高他们的威望。

"遗憾的是,可怜的艾略特舅舅不太合乎时宜。不太喜欢毕加索、马蒂斯[1]、鲁奥[2]的作品,你知道。我想他的藏画本身来说是好的,不过恐怕好像有点过时了。"

"假如我是你的话,用不着费心管它。几年之后,别的画家将会出现,毕加索、马蒂斯似乎也该比不上你的印象派画家时尚了。"

格雷正在进行谈判,由于有了伊莎贝尔给他提供的资本,他将以副总裁的身份进一家繁荣兴旺的企业。这家企业与石油相关,所以他们将要住在达拉斯。

"我们将不得不做的第一件事情就是找一幢适合的房子。我想要有个不错的花园,这样格雷下班回来可以有个地方闲逛,而我得有一个确实大的起居室,这样我可以招待客人。"

---

1 马蒂斯(1869—1954),法国画家,野兽派的创始人和主要代表人物。

2 鲁奥(1871—1958),法国画家。

"我想知道你为什么不把艾略特的家具一起带走。"

"我认为不大合适。我将全部换成现代家具,也许会点缀一些墨西哥的样式,赋予家具一种情调。我一到纽约就要弄清楚现在哪个室内装潢师最吃香。"

安托万,那个男用人,端上来一个托盘,上面放了许多酒瓶。伊莎贝尔总是那样机灵,知道十个男人有九个都确信自己勾兑鸡尾酒比女人做得好(而且他们是对的),所以叫我兑两杯。我把杜松子酒和努瓦里普拉倒出来,兑上少量的苦艾酒;这样就使干马提尼从不伦不类的酒,变成了连奥林匹斯山上的诸神都会毫无疑问地会放弃自酿的仙露想喝的一种饮料,我一直觉得这种饮品肯定十分像可口可乐。当我把酒杯递给伊莎贝尔时,我发现桌上有一本书。

"嗨,"我说,"这是拉里写的书。"

"是的,今天上午寄来的,可是,我一直非常忙,午饭之前,我有一千件事要做,午饭还是在外面吃的;下午我去了摩林诺时装店。我不知道啥时才能有空读一读。"

一个作家花费数月的时间写一本书,可能还要呕心沥血,然后就被随便放在什么地方闲置着,直到读者再也无事可做时才会翻开,我想到这些,心里郁闷。

"我想你知道拉里整个冬天都在萨纳里过的。你见过他没有?"

"见过。我们前几天还一起在土伦呢。"

"是吗?你们去那儿干什么?"

"埋葬索菲。"

"她难道死了?"伊莎贝尔叫了起来。

"如果她没死,我们怎能去埋葬她呢。"

"这不奇怪,"她停了一下,"我不想假装难受。我想是酗酒和吸毒双重原因吧。"

"不是的，是被人割了喉咙，然后赤身裸体被抛到海里的。"

就像圣让的警察班长那样，我也有点情不自禁地夸大了她的裸体。

"多么可怕！可怜的人。当然像她那样子生活，早晚会落个不好的结局。"

"土伦的警察局长也是这样说的。"

"他们知道凶手是谁吗？"

"不知道，但是我知道。我认为是你杀了她。"

她惊愕地盯着我。

"你在说什么呢？"接着，带有一丝窃笑说，"再说一遍，我有不在犯罪现场的铁证。"

"去年夏天，我在土伦碰见了她。我和她进行了一次长谈。"

"她清醒吗？"

"相当清醒。她告诉了我，她是怎样在她将要嫁给拉里的前几天，无法解释地失踪的。"

我注意到伊莎贝尔的脸板了起来。我接下去把索菲告诉我的话一五一十地告诉了她。伊莎贝尔在谨慎地听。

"从那时之后，我把她告诉我的话考虑了很久，越想越确信这里面有鬼。我在你这里吃午饭总有过二十次，你吃午饭从来不喝利口酒。你一直是一个人吃午饭。那天为什么放咖啡杯子的盘子里有一瓶苏布罗伏加酒呢？"

"艾略特舅舅刚派人把酒送来。我想看看是否和我在里兹喝到的一样令我喜欢。"

"对，我记得你当时极力夸奖这酒。我感到诧异，因为你从来就不饮利口酒；你太注意自己的身材，是不会喝这种酒的。当时我就觉得你是在设法吊索菲的胃口。我认为这是有意害人。"

"谢谢你。"

"总的来说,你和人约会非常守信。你约索菲去试结婚礼服,这对她来说那么重要,对你来说又那么感兴趣,可你为什么却要在那时不在呢?"

"这是她亲口告诉你的。我对琼的牙齿不放心。我们的牙医很忙,我只能按他指定的时间去。"

"看牙医时,你要在走之前约好下一次看牙的时间。"

"我知道。可是,他早上打电话给我,说有事不能履约了,但是,可以改在当天下午三点钟;我当然欣然接受了。"

"家庭女教师不能带琼去吗?"

"琼害怕得要命,可怜的宝贝,我觉得我和她一起去,她会觉得好一点。"

"当你回来的时候,发现那瓶苏布罗伏加酒四分之三空了,索菲也不见了,你不感到相当诧异吗?"

"我以为她等得不耐烦,自己去摩林诺了。我到了摩林诺一问,他们告诉我她没有来过,我也莫名其妙了。"

"那瓶苏布罗伏加怎么解释?"

"是的,我的确看出酒被喝了许多。我原以为是安托万喝的,也差一点要责怪他,但是又一想,是艾略特舅舅付钱雇的他,而且他是约瑟夫的朋友,所以我觉得还是不理睬为好。他是一个很好的用人,即使偶尔偷点嘴,我也犯不上来怪罪他。"

"你多会说谎啊,伊莎贝尔。"

"你不相信我吗?"

"从来没有。"

伊莎贝尔站起来,走到壁炉台那边。壁炉里烧着木柴,这在沉闷的冬日很令人惬意。她站着,把一个肘部撑在壁炉架上,摆出一种优雅的姿态，这是她最迷人的天赋之一，表面上让你看不出一点故意。像大多数的法国杰出女性一样，她白天穿黑色衣服，这特别适宜她瑰丽的肤色；这时她穿了一件式样简单价格昂贵，充分地显示出了她的苗条身材。她抽了一分钟的香烟。

"我没有理由跟你还有什么不可以说的。那天我得出去一趟的确很令人遗憾，当然，安托万绝对不应该把利口酒和咖啡等东西留在房间里，应该我出去以后就拿走。我回来时，看见这瓶酒几乎空了，我当然知道发生了什么，她失踪后，我猜她已经去纵酒作乐去了。我没有把这事声张出去，因为我想说了只会使拉里更苦恼，当时的情况已经够他烦闷的了。"

"你肯定那瓶酒不是按照你的明确指示放在那里的？"

"肯定不是。"

"我不相信。"

"不相信拉倒。"她恶狠狠地把香烟扔到炉火里，眼睛里充满黑暗和愤怒。

"好吧，如果你想要真相，我可以告诉你，然后你见鬼去吧。是我做的，而且我还会做。我告诉过你，我要不择手段阻止她和拉里结婚。你们什么都不会去做，你或者格雷，你们只会耸耸肩，说结婚是个可怕的失误。你们不在乎。我在乎。"

"如果你不插手她的事，她现在还会活着。"

"她嫁给拉里，拉里会痛苦不堪。拉里觉得他能使她变成一个新人。男人真是大傻瓜！我就知道迟早她会挺不住的。这是显而易见的。你也看到了我们大家在里兹吃午饭时，她神经过敏的样子。我注意到在她喝咖啡时，你在看着她；她的手抖得那么厉害，她不敢一只手拿杯，只好两只手把杯子送到嘴边。我注意到服务员给我们倒酒时，她在看着那酒；她那双可怕的、精疲力竭的眼睛跟着那瓶子转，就像一条蛇跟着一只羽毛刚刚丰满正在拍打翅膀的小鸡。我知道她会不要命地弄一杯喝的。"

伊莎贝尔现在面对着我，眼里闪烁着激情，声音严厉，刻不容缓地把话说了出来。

"当艾略特舅舅把那该死的波兰利口酒宠上了天时，我就有了这个主意。我本来觉得这个酒糟透了，却假装说这是我尝到过的最美的酒。我确信，如果她有机会，她绝对没有这种抵制力。这就是为什么我带她去看时装展览。这就是为什么我要送她一套结婚礼服。那天，当她要做最后的试样时，我告诉安托万，午饭后我要喝杯苏布罗伏加，后来，又告诉他，我约了一位太太，她来时请她等一会儿，喝杯咖啡，并且把利口酒留下来，要是她喜欢，会喝上一杯。我的确把琼带到牙医那里，但是，由于没有预约，医生不能看病，我就带琼去看了一场新闻片。我下了决心，如果索菲没有碰那酒，我就随遇而安，尽量与她交友。我发誓，这是实话。但是，我回到家一看酒瓶，我知道我言中了。她走了，而且我敢拿命打赌，她永远不会回来了。"

伊莎贝尔说完时，确实在气喘吁吁了。

"这几乎就是我想象中所发生的事情，"我说，"你看，我猜对了；我说你割了她的喉咙真的就好像你拿刀子亲手割了她的喉咙。"

"她是坏人、坏人、坏人。我很高兴她死了。"她一下坐在椅子上，"给我一杯鸡尾酒，你这个混蛋。"

我走过去，又兑了一杯。

"你是个卑鄙的魔鬼，"她接过我手里的鸡尾酒时说。后来她还是绽出了微笑。她的微笑就像小孩的微笑，她知道自己笑得很顽皮，但是，认为依仗她微笑的天真魅力，可以哄你不生气。"你不会告诉拉里吧？"

"绝对不会。"

"你敢发誓吗？男人是如此靠不住的。"

"我答应你不告诉他。可是就算我想告诉他，我也不能有机会了，因为我觉得我今生不会再见到他了。"

她坐直起来。

"你什么意思？"

"此时此刻，他在一艘货轮上，当甲板水手或者司炉，他要前往纽约。"

"你不是在说谎吧？他真是个怪物！几周前，他还在这里为他那本书不得不去公共图书馆查资料，可是，他从未提他要去美国。我很高兴；这就是说，我们会见到他的。"

"我怀疑。他的美国和你的美国相距的遥远程度就像戈壁沙漠一样。"

接着，我就告诉伊莎贝尔，拉里怎样处理掉自己的财产和他今后的打算。

她目瞪口呆地在听我讲，脸上写满惊愕。她时而打断我的话，惊叹"他疯了，他疯了"。我说完后，她垂下头，两行眼泪沿面颊流了下来。

"现在我已经真正失去了他。"

她转过身去，脸抵着椅背哭了起来。她好看的脸由于悲伤而扭曲，可她毫不掩饰。我束手无策。我不知道她心里珍藏的什么自负的、矛盾的希望被我带来的消息最后打得粉碎。我模糊地感觉到，偶尔能够见到拉里，至少知道拉里是她的世界的一部分，这一直是她和拉里情谊的纽带，无论多么牵强，而拉里的行动最后割断它，所以她明白了自己永远失去了他。我很想知道什么徒劳的悔恨折磨着她。我觉得还是让她哭一阵为好。我拿起拉里的书，看看目录。我的那本在我离开里维埃拉时还没有寄来，现在我不能指望几天之内看到了。这本书是

327

完全出乎我意料的那种，是一本论文集，篇幅和利顿·斯特雷奇[1]的《维多利亚名人传》一样，论述了一些名人。他的人选使我迷惑不解。有一篇论述苏拉[2]，这位罗马独裁者，在获得绝对的权力后，退位归隐；一篇论阿克巴[3]，这位蒙古征服者，建立了一个帝国；一篇论吕本[4]，一篇论歌德，还有一篇论切斯特菲尔德[5]勋爵，从事文学。很显然，每篇文章都需要读巨量的书，所以拉里花了那么长的时间才写成，也就不足为奇了，但是，我弄不明白为什么他认为花这么多时间是值得的，也不明白他为什么选择这些独特的人来研究。后来我突然想起来，他们中的每个人都用自己的方式造就了至高无上的成功人生，我想拉里感兴趣的就在于此。他渴望弄清楚这个至高无上的成功人生到底有多大的价值。

我浏览了一页，看看他文笔怎样。他的风格是学术性的，但写得通俗易懂，一点没有业余作者常常明显体现出来的那种狂妄和卖弄。可以看得出来他就像艾略特·坦普尔顿经常和达官贵人在一起那样，也经常沉浸在那些最好的作者的书中。我的思绪被伊莎贝尔的一声叹息打断了。她坐起来，扭曲着脸把稍稍变温的鸡尾酒一饮而尽。

"我要是再哭，我的眼睛就毁了；今天晚上，我们还要出去吃晚饭呢。"

她从包里拿出一面镜子，心急火燎地照照自己。"对了，用冰袋在眼睛上敷半小时，这才好。"她在脸上扑了粉，涂了口红。然后若有所思看着我，"你认为我那样做更坏吗？"

1　利顿·斯特雷奇（1880—1932），英国著名传记作家、文学评论家。
2　苏拉（约公元前138—前78），古罗马统帅，政治家，独裁者。
3　阿克巴（1542—1605），印度莫卧儿帝国第三代皇帝，著名的政治和宗教改革家。
4　吕本（1577—1640），佛兰德画派大师。
5　切斯特菲尔德（1694—1773），英国政治家、外交家，以他写给自己儿子的书信集闻名于后世。

"你在乎吗？"

"尽管你看起来奇怪，但我在乎。我想要你认为我人不错。"

我咧嘴笑了。

"亲爱的，我是一个很不道德的人，"我答，"当我真正欢喜一个人的时候，尽管我对他做的坏事深感遗憾，会依然喜欢他。其实你不是个坏女人，而且各方面表现得优雅和具有魅力。我非常欣赏你的美，因为我知道它是最佳审美和坚决果断的巧妙结合。你只是缺少一样使人完全陶醉的东西。"

她微笑着等待。

"温柔。"

她唇角的微笑逝去，一点礼仪都没有地瞥了我一眼，可是她还没有来得及回过神来回答我，格雷就蹒跚而入了。他在巴黎的三年时间胖了很多，脸色更红了，头发秃得很快，但是他身体健壮心情很好。他看见我是真高兴。他说话总是满口的陈词滥调，无论有多过时，他说出来后深信自己是第一个想到这些词的。他从来不说上床睡觉，而是倒在稻草上，在那儿才能问心无愧地睡觉；下雨就是大雨倾盆，巴黎就是繁华的巴黎。但是他是那么善良，那么无私，那么正直，那么可靠，那么低调，让你不可能不喜欢他。我是真喜欢他。现在，他对于即将离开巴黎回美国显得很兴奋。

"天哪，又要给马上套了，真棒，"他说，"我已经充满能量。"

"那么，一切都谈妥了？"

"我还没有在虚线上签字呢，但是合作肯定是成功了。我要合伙的是我大学里的一个室友，他是个好人，我非常肯定他不会给我次品。但是我们一到达纽约，我就要飞往得克萨斯把整个设备检查一下，在我把伊莎贝尔的金钱吐出之前，我当然要留神一切可疑的情况。"

"你知道，格雷是一个很好的生意人。"她说。

"我又不是在牲口棚里长大的。"格雷微笑说。

他继续告诉我他要加入的那个公司的情况,讲的时间过长了点,可是我对这类事情几乎一窍不通,我明白的具体事实只是他大有希望赚很多钱。他对自己讲的事情越来越感兴趣,以至一会儿转向伊莎贝尔说:

"听我说,我们为什么不把今晚讨厌的饭局推掉,然后就我们三个人到银塔饭店吃顿高档的晚餐呢?"

"哦,亲爱的,我们不能那样做。他们是为我们请的客。"

"反正我也来不了,"我插嘴说,"当我得知你们晚上有安排之后,我打电话给苏姗·鲁维埃,说好带她出来吃饭了。"

"苏姗·鲁维埃是谁?"伊莎贝尔问。

"哦,拉里认识的一个女子。"我这样说为了捉弄她。

"我总怀疑拉里在金屋藏娇。"格雷说,咯咯笑了出来。

"胡扯,"伊莎贝尔打断说,"拉里的性生活我全知道。他没有人。"

"好吧,我们分手之前再喝一杯吧。"格雷说。

我们喝了,然后,我和他们道别。他们陪我到了门厅。当我穿上外衣时,伊莎贝尔把胳膊套进格雷的胳膊,依偎着他,看着他的眼睛,脸上呈现出模仿得很到位的温柔,这是我指责她所缺乏的东西。

"你说说。格雷——说实话——你觉得我无情吗?"

"不,亲爱的,远非如此。怎么,难道有人说你无情吗?"

"没有。"

她扭过头来,使格雷看不见她,向我吐了一下舌头,这一做派艾略特肯定会认为很不像个淑女。

"那是两回事情。"我一边嘟哝,一边走到门外,随手把门带上。

四

我再经过巴黎时,马图林一家已经走了;其他人已经住进了艾略特的公寓。我很想念伊莎贝尔。她长得好看,谈话不大拘束。她领会得快,不怀恶意。我后来再也没有见到她。我不擅写信而且回信拖拉,伊莎贝尔也不爱写信。如果她不和你通电话或者打电报,你就休想得到她的消息。那年圣诞节,我收到她寄来的一张圣诞片,上面有张一幢房子的漂亮照片,房子带一个殖民地时期的门廊,四周是槲树;我认为那是农场的房子,他们需要钱的时候没能卖掉这个农场,现在可能愿意保留下来了。邮戳表明,信是从达拉斯寄出的,所以我推断,合作的交易已经圆满地谈妥,他们在达拉斯定居了。

我从来没有到过达拉斯,但我想应该和我见到的美国其他城市一样,有一个住宅区,在到商业区和乡村俱乐部的方便行车距离之内;住宅区里富人家的房子都很漂亮,有大花园,从客厅的窗户可以望见宏伟的丘陵或者溪谷。伊莎贝尔肯定住在这样一个住宅区和这样一幢房子里,房子从地窖到阁楼都是由纽约最时尚的室内装潢师按照最时新的式样布置的。我只希望她挂出去的雷诺瓦的画、马奈的花卉、莫奈的风景和高更的画看上去不太过时。餐厅无疑是大小适宜,可供伊莎贝尔经常招待女性的午宴,而且酒水好,菜肴一流。伊莎贝尔在巴黎学到不少东西。她一眼就可以看出来在客厅开妙龄少女的舞会是否可以,否则她是不会住的,因为随着两个女儿的长大,她要给她们提供这样的场所,这是她要尽的愉快义务。如今琼和普丽西拉一定到了结婚的年龄了。我肯定她们已经得到了令人钦佩的教养;她们一直就读在最好的学校,伊莎贝尔已经想到把她们培养得成就斐然,让她们成为如意郎君眼中渴望的对象。我想，尽管格雷迄今脸色还是红一点，头秃一点，又胖了很多，但是我不相信伊莎贝尔有什么变化。她仍然比两个女儿长得美。

马图林这一家肯定是这个社区的一个重要财产，而且我毫不怀疑他们很受欢迎，这是他们应得的。伊莎贝尔人风趣、文雅、谦恭、机智；而格雷，当然是好人的典范。

五

我仍然不时地去看望苏姗·鲁维埃，直到她的情况发生意想不到的变化使她离开了巴黎，她也从我的生命中消失了。一天下午，大致就在我刚叙述完的事件发生两年之后，我在奥德翁剧院的画廊里浏览书籍，惬意地消磨了一个小时，然后一时无所事事，这时想起要去拜访一下苏姗。我已经六个月没看到她了。她打开门，手里托一个调色板，嘴里咬一支画笔，穿一件罩衫，上面满是油彩。

"啊，是您，亲爱的朋友，请进来。"

对她这样正式的称呼我感到有点诧异，因为我们一般以第二人称的单数相称，但是我还是走进了那间客厅兼画室的小屋。画架上放了一张油画。

"我很忙，不知道该怎么办，不过你坐，我要继续干我的活。我一分钟都不能浪费掉。你不会相信，我要在梅耶海姆画店开个人画展，得准备三十幅画。"

"在梅耶海姆？那可了不起了。你是怎样做到的？"

因为梅耶海姆和塞纳路上的那些不可靠的画商不同，那些人开一个小店，由于缺钱付房租，总是面临关门的危险。梅耶海姆在塞纳河有钱人的那边开一个画廊，他享有国际声誉。被他看中的画家就会发财。

"阿希尔先生带他来看了我的作品,他认为我很有天赋。"

"A d'autres, ma vieille."我答,这句法文我想最好翻译成"鬼相信你,小女人"。

她看了我一眼,咯咯地笑了。

"我要结婚了。"

"跟梅耶海姆?"

"别装傻了。"她放下画笔和调色板,"我已经干了一整天,该休息一下了。我们喝杯波特酒吧,我再告诉你一切。"

法国的生活有一点令人感到不太舒适,那就是你常常要听命于人喝一杯酸溜溜的波特酒,也不分个时候,你只好听命。苏姗取出一瓶酒和两个杯子,斟满后,这才坐下来松了一口气。

"我一直站了几个小时,我的曲张的静脉都痛了。好,事情是这样的。阿希尔先生的妻子今年年初去世了。她是个好女人和好天主教徒,但是,阿希尔娶她不是出于自愿,而是为了生意经,虽然他爱戴和尊敬她,但要说她的亡故使阿希尔先生伤心欲绝,那就言过其实了。他儿子的婚姻很般配,在公司里干得很好,现在他女儿和一位伯爵的婚事也已经安排妥当。虽说是比利时人,但也是货真价实的贵族,在意大利那慕尔省附近有一座非常美丽的城堡。

"阿希尔先生认为,他可怜的妻子不会因为自己的缘故耽误两个年轻人的幸福,所以尽管还在服丧期间,一等到财产过户手续办完后,立刻就举行婚礼。显然阿希尔先生住在里尔的那幢大房子里会感到寂寞;他需要有个女人不仅要照顾好他的生活起居,还要管理好那所关系到他身份的住宅。长话短说,他要我代替他妻子的位置;他说得入情入理:'我第一次结婚是为了消除两个对立公司的竞争,而且我并不后悔,但是第二次结婚说什么也得让我自己满意。'"

"恭喜恭喜。"我说。

"当然我将失去自由。我喜欢自由自在的生活，但是，一个人总得考虑未来。我不瞒你说，我已经四十多岁了，这也就你我知道。而阿希尔先生正是虎狼之年；如果他心血来潮追求一个二十岁的女孩，我往哪儿摆呢？而且我还要为我的女儿着想，她现在十六岁，有希望出落得和她父亲一样漂亮。我已经让她受到了良好的教育，但是摆在你面前的事实是不容否认的；她既没有天赋当演员，也没有气质像她可怜的母亲那样当妓女：那么我问你，她能指望什么呢？当个秘书或者在邮局里当差。阿希尔先生非常宽宏大量地同意她和我们在一起住，还答应给她一笔丰厚的嫁妆，使她能有个好姻缘。相信我，亲爱的朋友，别人说什么随他们去，但婚姻仍然是女人能接受的最满意的职业。显然，当我想到女儿的幸福时，我毫不犹豫就接受了阿希尔先生的提议，即使是以某种满足为代价，总之随着岁月的流逝，我应该明白得到这个提议的机会更加困难；因此我一定要告诉你，我结婚之后，我要恪守妇道，因为我多年的经验使我深信幸福婚姻的唯一基础就是双方完全忠诚。"

"一种高尚道德情操，我的美人儿，"我说，"阿希尔先生还要每两个星期来一趟巴黎谈生意吗？"

"噢啦，你把我当什么样人了，我的小宝贝？阿希尔先生向我求婚时，我跟他讲的第一件事就是：'听着，亲爱的，你到巴黎来董事会时，不用说我也跟着来。我是不放心你一个人在这里的。''你不能设想一下我这把年纪还能做什么荒唐事。'他答。'阿希尔先生，'我跟他说，'你时值盛年，我比谁都清楚你是个多情种。你仪表堂堂，风度翩翩，方方面面都讨女人喜欢。总之，我觉得你还是别受到引诱为好。'最后，他同意把董事的位置让给儿子，由他代替父亲来巴黎开会。阿希尔先生假装认为我不讲理，而事实上他是非常受宠若惊。"

苏姗满意地叹了口气,"对我们可怜的女人来说,要不是男人具有那种不可思议的虚荣心,生活就更难了。"

"这都很好,不过这与你在梅耶海姆开个人画展有什么关系呢?"

"你今天可有点脑袋不开窍,我可怜的朋友。好多年了我不是告诉过你,阿希尔先生是一个颖异的人吗?他要考虑到自己的地位,而且里尔的人是很挑剔的。阿希尔先生希望我在社会上有地位,作为他这样一个重要人物的妻子,我有权利占有这个地位。你知道那些外地人是怎样的人吗,他们欢喜管别人的闲事,他们要问的第一件事就是:谁是苏姗·鲁维埃?好吧,他们会回答,她是一位杰出的画家,最近她在梅耶海姆画廊的画展获得了卓越的和当之无愧的成功。'苏姗·鲁维埃是殖民步兵团一位军官的遗孀,这些年来,她凭借自己的艺术才能维持着自己的生活,还要抚养一个早年丧失父爱的女儿,表现出了我们法国妇女的那种勇敢特性。我们欣悉她的作品将在一直明察秋毫的梅耶海姆先生的画廊展出,大众很快将有机会鉴赏她的细腻笔触和完美的技巧。'"

"你胡说些什么?"我说,同时竖起了耳朵。

"亲爱的,这就是阿希尔先生要搞的前期宣传。这条消息将出现在法国每个重要一点的报纸上。他一直很了不起。梅耶海姆先生的条件很苛刻,但阿希尔先生却接受了下来,似乎那些条件是小菜一碟。在公开展前的招待性的预展时,将开个香槟酒会,美术部长为了补上欠阿希尔先生的人情,会来给展览剪彩,他要做一次雄辩的演讲,强调我作为一个女人的品德和作为画家的才能,最后他将宣布国家已经买下我的一张画收藏,这种对价值的褒奖是国家的责任和特权。巴黎的媒体都将到场,梅耶海姆先生将亲自关照那些评论家,他肯定会保证他们的报道不但要赞许有加,还要连篇累牍。这些可怜的家伙,他们挣的钱那么少,给他们一个机会额外挣点钱也是在搞一个慈善活动。"

"亲爱的,这一切是你应该得到的,你一直是个好人。"

"别啰唆,"她答,这句话不能翻译。"但是这还不算啥。阿希尔先生还以我的名义在圣拉斐尔海边买了一所别墅,所以我要不仅以一个艺术家,而且还要以一个有财产的妇女在里尔的社交界登场。两三年后他打算退休,我们将像上流人士那样在里维埃拉住下。他可以在海上划船、钓虾,而我从事我的艺术。现在我把画拿给你看。"

苏姗作画已有好几年了,她已经研究透了她的不同情人作画的方式,终于有了自己的绘画风格。虽然她还不会素描,但是她的色彩感已经相当好了。她给我看了她画的风景画:有她和母亲住在昂儒省时的风景、有凡尔赛宫花园和枫丹白露森林的片景、有她喜欢的巴黎近郊的街道。

她的画作浮光掠影并无实质内容,但却有一种繁花似锦的魅力,甚至某种淡漠的高雅。有一张画我相中了,因为我认为我买她会很高兴。我记不起这张画是叫《林间空地》还是叫《白围巾》,事后仔细查过,可至今还确定不了。我问了价钱,合情合理,所以说我要买下它。

"你真是个天使,"她喊了起来,"我的首次出售。当然你在展览会开过后才能拿到这幅画,但是,我要叫这个消息上报,说你已经买了它。反正一点宣传不会给你造成什么伤害。我很高兴你选了这一幅,我认为这是我最佳之作中的一幅。"她拿起一把手镜,看着镜子里的那幅画。"很有魅力,"她说,眼睛眯了起来,"没有人能否认这一点。这些绿颜色——多么浓郁,然而又多么娇嫩!中间那个白颜色,是最重要的一笔;它把整个画面统一了起来,这就是特色。天赋就体现在这里,这点毫无疑问,真正的天赋。"

我看得出她在成为职业画家的路上已经取得了很大成就。

"现在，我的小宝贝，我们谈得够长了，我得重新工作了。"

"我也得走了。"我说。

"顺带问一句，那个可怜的拉里还在印第安人中间吗？"

提到上帝国度[1]的居民时，她一向习惯用这种不尊重人的口气。

"据我知道，还在那里。"

"像他那样温雅的人，一定很难。如果人们能相信电影的话，那儿的生活是可怕的，充满了匪帮、牛仔和墨西哥人。我并不是说那些牛仔没有身体吸引力，对你也会意味着什么。噢啦！可是走在纽约的街上，口袋里没有一把左轮手枪的话，似乎是极端危险的。"

她送我到门口，并且吻了我的双颊。

"我们曾经在一起度过美好的时光，以后别忘了我。"

六

这就是我故事的结尾。我一直没有听到拉里的消息，的确也不指望听到。因为他一般都说到做到，我想很可能是他回到美国后，就在汽车修配厂里找了一份工作，然后当卡车司机，直到他获得了他想要的关于他阔别多年的这个国家的知识为止。

完成这个目标后，他完全可能实施了当一名出租司机的怪想法：诚然，这只不过是我们在咖啡馆桌上开玩笑随便说的一种想法，但是，如果他当真这样做了，我也丝毫不感到奇怪；而且从那以后我每次在纽约乘出租车时总要看司机一眼，指望会碰上拉里的那双深陷的庄重而微笑的眼睛。我从来没有碰到过。战争爆发了。

他可能年龄太大不能飞行了，但可能再一次开卡车，在国内或在

---

[1] 指美国。

国外；也可能在一家工厂上班。我会想到他在闲暇时会写一本书，试图阐明他的人生体会和必须向自己同胞传递的信息；如果他在写的话，也许要等很长的时间才会完成。他有大量的时间，岁月在他身上没有留下痕迹，实际上，他还年轻。

他没有野心，也不图名利；非常厌恶成为大众人物；也许令他满意的就是过自己选择的生活，我行我素。他为人过谦不能成为别人的表率；也许他会想，一些渺茫的人——像飞蛾扑火一样被吸引到他身边来——随着时间的推移会变得与他共享他自己的光辉信仰：终极满足只能在精神生活中找到；而他本人，抱无我无求之态度，走尽善尽美之路；他将做出贡献，就像他过去著书立说或者向广大民众演讲一样。

然而上述之说仅是揣测。我是个俗人，尘世中人；我只能钦佩这类光芒四射的罕见人物，却不能步他的后尘，也无法进入他的内心深处，因为有时候我想我能够了解几乎与正常人一样的那类人的心理。拉里，如他希望的那样，已经融入喧嚣的人海中；而这片人海又被那么多的利益冲突所困扰，那样迷失在世界的混乱中，那样渴望善，那样外表上自信、内心里羞怯，那样慈善，那样冷酷，那样诚实，那样精明，那样吝啬又那样慷慨；这就是美国人民。我讲拉里只能到此为止：我知道这很不令人满意，但是，没有办法。但是，当我写完这本书时，就不安地意识到我一定让读者感到如堕云里雾里而又毫无办法避免它，我就把这冗长的故事在脑子里重温了一遍，看看有没有办法设计一个令人更满意的结局；使我非常吃惊的是，我忽然醒悟，我丝毫没想但却写了一部成功的小说。因为在书中与我有关的所有人无不如愿以偿：艾略特成为社交界名流；伊莎贝尔取得了有保证的地位，有一笔财产做靠山，居住在一个活跃和有文化的社区里；格雷找到一个稳定和赚钱的工作，每天早九晚六上班；

苏姗·鲁维埃得到生活保障；索菲死去；拉里得到了安身立命之道。所以，不管那些自炫博学的文人多么傲慢地挑剔，我们的大众从心眼儿里还都是喜欢一部成功的小说的。所以，也许我的故事结局总归不是那样不如人意吧。

ⓒ 毛姆 2016

图书在版编目（CIP）数据

刀锋 /（英）毛姆著；刘应诚译. — 沈阳：万卷出版公司，2016.1（2022.1 重印）

ISBN 978-7-5470-3888-8

Ⅰ.①刀… Ⅱ.①毛… ②刘… Ⅲ.①长篇小说—英国—现代 Ⅳ.① I561.45

中国版本图书馆 CIP 数据核字（2015）第 210970 号

出 品 人：王维良
出版发行：北方联合出版传媒（集团）股份有限公司
　　　　　万卷出版公司
　　　　　（地址：沈阳市和平区十一纬路 25 号　邮编：110003）
印 刷 者：辽宁新华印务有限公司
经 销 者：全国新华书店
幅面尺寸：145mm×210mm
字　　数：300 千字
印　　张：10.75
出版时间：2016 年 1 月第 1 版
印刷时间：2022 年 1 月第 3 次印刷
责任编辑：胡　利
版式设计：展　志
封面设计：所以设计馆
责任校对：高　辉
ISBN 978-7-5470-3888-8
定　　价：38.00 元
联系电话：024-23284090
传　　真：024-23284448

常年法律顾问：王　伟　版权所有　侵权必究　举报电话：024-23284090
如有印装质量问题，请与印刷厂联系。联系电话：024-31255233